CAÇADAS DE VIDA E DE MORTE

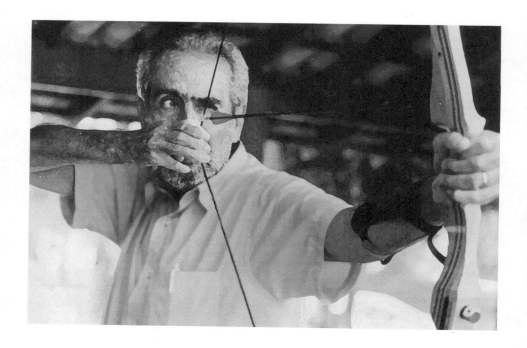

O ARQUEIRO

GERALDO JORDÃO PEREIRA (1938-2008) começou sua carreira aos 17 anos, quando foi trabalhar com seu pai, o célebre editor José Olympio, publicando obras marcantes como *O menino do dedo verde*, de Maurice Druon, e *Minha vida*, de Charles Chaplin.

Em 1976, fundou a Editora Salamandra com o propósito de formar uma nova geração de leitores e acabou criando um dos catálogos infantis mais premiados do Brasil. Em 1992, fugindo de sua linha editorial, lançou *Muitas vidas, muitos mestres*, de Brian Weiss, livro que deu origem à Editora Sextante.

Fã de histórias de suspense, Geraldo descobriu *O Código Da Vinci* antes mesmo de ele ser lançado nos Estados Unidos. A aposta em ficção, que não era o foco da Sextante, foi certeira: o título se transformou em um dos maiores fenômenos editoriais de todos os tempos.

Mas não foi só aos livros que se dedicou. Com seu desejo de ajudar o próximo, Geraldo desenvolveu diversos projetos sociais que se tornaram sua grande paixão.

Com a missão de publicar histórias empolgantes, tornar os livros cada vez mais acessíveis e despertar o amor pela leitura, a Editora Arqueiro é uma homenagem a esta figura extraordinária, capaz de enxergar mais além, mirar nas coisas verdadeiramente importantes e não perder o idealismo e a esperança diante dos desafios e contratempos da vida.

CAÇADAS DE VIDA E DE MORTE

JOÃO GILBERTO RODRIGUES DA CUNHA

Copyright © 2021 por João Gilberto Rodrigues da Cunha

Todos os direitos reservados. Nenhuma parte deste livro pode ser utilizada ou reproduzida sob quaisquer meios existentes sem autorização por escrito dos editores.

revisão: Hermínia Totti e Taís Monteiro

diagramação: Valéria Teixeira

capa: Filipa Damião Pinto | Foresti Design

impressão e acabamento: Cromosete Gráfica e Editora Ltda.

CIP-BRASIL. CATALOGAÇÃO NA PUBLICAÇÃO
SINDICATO NACIONAL DOS EDITORES DE LIVROS, RJ

C978c

    Cunha, João Gilberto Rodrigues da, 1930-
        Caçadas de vida e de morte / João Gilberto Rodrigues da Cunha. - 1. ed. - São Paulo : Arqueiro, 2021.
        396 p. ; 16 x 23 cm.

    ISBN 978-65-5565-094-5

        1. Triângulo Mineiro/Alto Paranaíba (MG : Mesorregião) - História - Séc. XIX - Ficção. 2. Romance histórico brasileiro. I. Título.

20-68346   CDD: 869.3
                                      CDU: 82-311.6(81)

Meri Gleice Rodrigues de Souza - Bibliotecária - CRB-7/6439

Todos os direitos reservados, no Brasil, por
Editora Arqueiro Ltda.
Rua Funchal, 538 – conjuntos 52 e 54 – Vila Olímpia
04551-060 – São Paulo – SP
Tel.: (11) 3868-4492 – Fax: (11) 3862-5818
E-mail: atendimento@editoraarqueiro.com.br
www.editoraarqueiro.com.br

SUMÁRIO

APRESENTAÇÃO, 7

PREFÁCIO, 9

PRÓLOGO, 13

NAS TRILHAS DO DESEMBOQUE, 14

OS GENROS DO CORONEL, 69

TEMPOS DE REPÚBLICA, 132

UM HOMEM VIOLENTO, 175

DESPERTAR DE ZÉ ANJO, 211

A CARGA DO BURRO ANTARES, 240

FECHA-SE O CERCO, 277

DUELOS, 334

NOITE TRÁGICA, 365

APRESENTAÇÃO

Por que escrevi este livro?
Tive um grande amigo e companheiro de juventude universitária, o Dr. Ronaldo Cunha Campos, depois grande jurista e desembargador no Tribunal de Alçada de Minas Gerais.
Ronaldo era um estudioso da nossa história no Triângulo Mineiro, que vinha investigando em miúdos para depois escrevê-la.
Sabe-se que este nosso Triângulo é uma região especial, originada pela mistura das bandeiras paulistas aqui chegadas em busca do ouro e das pedras preciosas com os mineiros de centro, aqui buscando os campos gerais para seu gado. Essa mistura gerou um tipo antropológico misto, audácia de paulistas com discrição e astúcia de mineiros. O ponto de encontro e fundação dessa colonização foi a vila do Desemboque, ali perto do Araxá e Sacramento, ruínas históricas ainda existentes.
Eu disse ao Ronaldo que livros históricos são muito chatos na sua sucessão monótona de datas, pessoas e acontecimentos. Falei que me desse essa munição e eu escreveria em parceria um romance com tipos, pessoas e vidas, em que a história seria posta de forma mais interessante para os leitores.
Ele achou ótima a ideia, e fomos conversando fatos da época, acontecidos ao final do Império. A coisa ia ficar culta e linda, se completada, mas aí o Ronaldo arranjou um câncer de pulmão e morreu.
Com ele foram-se a cultura e a pesquisa histórica, comigo ficaram ruínas e lembranças sepultadas com meu amigo – o livro morreu antes mesmo de nascer.
Passados anos, uma saudade boêmia me deu e resolvi escrever o romance, agora no gênero ficção, onde a nossa história é e faz parte no que ele tem de origem e base – virou estória no demais.

Aí está o escrito que é homenagem póstuma ao que seria nosso historiador, que sei iria aprovar as descrições sertanejas de nossa vida, nossa terra e nossos costumes. E afinal, como ele mesmo diria, gostaria que todos gostassem...

João Gilberto Rodrigues da Cunha

PREFÁCIO

A primeira vez que li o *Caçadas*, eu trabalhava em um departamento da TV Globo, fazendo leitura de textos com o objetivo de avaliar possibilidades de adaptação para a telinha. Todo mês, eu recebia alguns livros para ler, além dos que eu mesmo sugeria para avaliação. Não ouvira falar ainda do *Caçadas* e, como a experiência havia me acostumado, comecei a leitura com poucas expectativas. No entanto, os primeiros parágrafos capturaram minha atenção. Após uma boa "entrada", que trazia à lembrança o título do livro, fiquei sabendo que uma decisão importante iria definir o futuro imediato do personagem e, consequentemente, da história. Era um bom sinal, um convite para seguir adiante com mais confiança.

Aqui, cabe uma explicação: sou um leitor voraz de primeiros parágrafos. Vou às livrarias folhear a primeira página dos livros para ver como se saem os autores na tarefa de fisgar a atenção dos leitores logo nos momentos iniciais da história. Mesmo sabendo que muito dificilmente encontrarei algo que se aproxime da primeira linha de *Anna Kariênina* ou do primeiro parágrafo de *Orgulho e preconceito*, ainda assim me divirto conferindo a habilidade, ou inabilidade, com que os autores lidam com essa questão. Sendo que alguns autores não veem nisso uma questão, e tudo bem. Até porque apenas uma boa "entrada" não define a qualidade e a força de uma obra. Mas é uma mania que tenho e, nesse sentido, vi com grata surpresa que *Caçadas* havia passado no teste.

Seguindo em frente, e à medida que os personagens foram se apresentando, percebi que a história estaria apoiada nos três vértices de um triângulo dramático, sendo cada um deles representado por um dos três personagens-chave. Essa proposta de estrutura também me agradou. E então, dois capítulos adiante, já não conseguia atentar para esses detalhes mais relacionados à crítica literária do que ao simples prazer da leitura. Estava totalmente envolvido pela história.

Aqui, cabe uma nova explicação: por temperamento e por deformação profissional, já que sou roteirista, gosto de histórias. Histórias com enredos bem montados, com personagens convincentes, com uma estrutura narrativa eficiente e elegante, que mantenha a verossimilhança e seja surpreendente. Fui encontrando isso tudo à medida que avançava na leitura. Os personagens foram se tornando mais sólidos e tridimensionais, mostrando novos aspectos e comportamentos, em resposta aos incidentes de uma trama bastante coesa, que ia evoluindo rapidamente em lances dramáticos, ora violentos, ora carregados de sentimento. E, aqui e ali, surgia, discreto, o olhar irônico do autor, a lembrar que é difícil representar com exatidão o ser humano sem colocar na composição uma certa parcela de humor, flagrando não apenas o ridículo das vaidades desmedidas, mas também o das fragilidades inevitáveis, que são, algumas vezes, comoventes.

Outros valores também foram me puxando para dentro da narrativa, entre eles o período no qual ela se dá e os cenários habilmente desenhados pelo autor. O período cobre os últimos anos do século XIX, na passagem do Império para a República, fazendo ecoar, na história e nos personagens, as repercussões sociais e políticas daquele evento. Quanto aos cenários, depois de uma breve passagem pela zona rural mineira e pela capital paulista, a ação vai se concentrar inteiramente em uma pequena cidade no entroncamento dos estados de Minas, São Paulo e Goiás. Um lugar rude, que tenta a custo se civilizar, e para onde acorrem, com motivos diversos, os três personagens que irão conduzir a trama.

Com todos os ingredientes de uma eletrizante história policial, *Caçadas de vida e de morte* tem o sabor das melhores narrativas épicas ambientadas no sertão brasileiro, como as de Guimarães Rosa e Mário Palmério. Em suas páginas, erotismo, suspense e violência vão temperando as variadas intrigas, amorosas e políticas, num lugarejo semiesquecido que começa a conhecer as vantagens e os malefícios do progresso; num tempo que faz fronteira entre os preceitos e costumes ultrapassados do Império e os avanços duvidosos prometidos pela República.

CARLOS GREGÓRIO

PRÓLOGO

Difícil imaginar, prever ou julgar o comportamento humano. Diferente dos animais, ele tem mil e muitos fatores interferentes, resultando em tantos e outros comportamentos.

Bichos nascem, crescem, procriam, morrem – tudo presidido e direcionado por instintos primitivos e básicos.

Gente humana tem disso tudo, e mais. Aos seus instintos penduram emoções, que é o sentir e ser humano. Daí vem a precisão de Freud, de Jung e todos, buscando origem e conhecimento.

Na vila do Desemboque começou em efetivo a colonização do Triângulo Mineiro, pela chegada e mistura de mineiros e paulistas, ainda nos tempos do Império. Aí ocorreram coisas sem explicação ou entendimento. Ou melhor, com toda explicação e entendimento, se considerarmos que amor, paixão, ódio, vingança, crueldade, amizade, generosidade e perplexidade são emoções e constâncias da vida humana.

O homem julga o que não conhece – só Deus julga o que conhece.

Ao final e sempre, animais e gentes morrem, completam sua marcha e ciclo.

Os felizes deixam aqui sua boa e amável lembrança, até lições e exemplos.

Os maus e infelizes nada deixam? De nada serviram à vida? Terão outra chance?

A morte resume a todos, e quando não é solução, pelo menos é fim.

Ou começo, também.

NAS TRILHAS DO DESEMBOQUE

Era fim de tarde, começo de noite.

O sol já estava posto, nos altos ainda havia crepúsculo. Ali no fundo de furna já era escuro, piscavam os primeiros vaga-lumes. Sapos, rãs e pererecas começavam seu duelo coral, lambaris pulavam na lagoa em fuga das traíras de fome urgente despertadas.

No resto, tudo era silêncio, a humanidade recolhida em suas casas, de luz e prosa acesas, nos finalmentes do dia trabalhado e comentado.

Nos fundões da furna, junto ao paredão de mato que lhe guardava os segredos e a nascente do córrego, Tonho Pólvora entrava em alerta.

A espera fora construída com dois galhos de ipê lançados sobre as forquilhas da aroeira nova, amarrados com cipó de mato pra não deixar cheiro de gente.

Durante uma semana Tonho abastecera com milho em palha a ceva preparada para as pacas do vizinho mato, que já sem cerimônia vinham no anoitecer buscar ali banquete e festa.

Tudo estava pronto para essa noite do caçador.

A espingarda chumbeira 36 tinha um cartucho duplo da melhor pólvora, coroada por um balote grosso de chumbo capaz de varar até cabeça de boi.

A lua que ia nascer cheia daria a claridade necessária ao caçador para o lance único e decisivo.

Era esperar um pouco mais, e Tonho não tinha pressa. Afinal, essa era a sua última caçada na fazendinha do pai; tropa, tralha e canastras prontas para o adeus da manhã seguinte, um mundo e vida nova pela frente.

As espigas de milho, ali abaixo, uns dez metros à frente, eram bem visíveis no seu amarelo da palha, que servia de contraste para a caça e de alerta pelo barulho ao serem rasgadas.

Tonho imaginava coisas, nessa caçada quase de despedida, e despedida de tantas coisas: da juventude folgada e irresponsável, dos amigos que ficariam, dos pagodes em Oliveira, dos namoros no jardim, das serenatas nas janelas, até das canseiras no eito da roça de milho e feijão, nas terras fracas, esgotadas e curtas da fazendinha, produção pequena, futuro breve.

Mudar era mesmo o jeito.

Pais velhos, os irmãos maiores já assumiam a direção das terras; o genro, negócio de pólvora e sal no pequeno comércio de Oliveira.

O jeito era espirrar, cair fora, buscar destino e futuro, e para isso havia ambição em Tonho, apelidado Pólvora pelas vendas que fazia pelo oeste das terras mineiras. Sabia comerciar, era trabalhador, econômico, de convivência amável e simpática, em todo lugar lhe queriam bem. Dobrando serras e trilhas, varrera o Oeste até as beiras do rio Grande, conhecera gente, terras e oportunidades que nunca sonhara na sua acanhada Oliveira – e resolvera a sua mudança.

Juntadas as economias e um adianto de herança que os irmãos cederam talvez para livrarem-se dele, dera a entrada na compra da Fazenda Alvorada, distrito do Desemboque, sertão distante dos Araxás.

Ali estavam tirando ouro, diamantes do Quebra-anzol, muito gado nos campos, muita gente nova, de todos os lugares desconhecidos, muito comércio, muito dinheiro, muita precisão, muito futuro.

A febre das novas terras e gentes contagiara Tonho, que por ela largava tudo em seu passado. Ali, na espera da paca, dava um tiro naquele tempo, abria brecha e rumo no futuro, já era o Tonho Pólvora do Desemboque.

Uma bulha seca e curta, vinda do carreador da mata, corta o seu cismar. É paca na trilha, o bastante para uma carga elétrica imediata no caçador, agora alerta, ouvido e vista agudos, imobilizada a espingarda e o braço na posição de ataque, um bater gostoso e forte do coração.

A paca vem nas sutilezas da caça, troteando e parando, parando-troteando, aspirando o ar, perfumes da noite e do milho já orvalhando.

Há lua, baixa ainda, raios quase horizontais profanando a ramagem do brejo, devassando a mata, assumindo posse da noite, varando a escuridão.

Tonho é estátua, um galho imóvel na ramada da espera, nenhum tremor ou ansiedade denunciadora, só fervura por dentro, gelo por fora, olho na armadilha preparada.

Paca velhaca, não chega logo: reduz a marcha, dá volta desinteressada, passeia arredores, sondando, aspirando, cautelas da sobrevivência primitiva e instintiva, mil avisos genéticos ali embutidos.

Nenhum alarme.

Cessa a bulha intencional e chamativa, a provocação da caça ao predador primário.

Silêncio total na trilha. Tonho já sabe, é a hora.

Devagar, mansa, pisando em silencioso algodão, cada pata de uma vez, mostra-se a grande paca.

Parece impossível a sua aparição ali no cenário, farejando o milho, buscando alguma presença estranha, algum aviso, tomando espaço, mas temendo ainda mentes sem corpo misturadas entre sombras da ramagem e do luar.

Um pouquinho mais, e ela adianta a pata, pisa uma espiga gorda, suspende a cabeça, fareja e olha, então desarmada na fome e no prazer – e morde a espiga.

Tonho vê e escuta tudo. Apontada a arma, nem precisa mudar a posição tomada e estudada.

A caça lhe enche a mira, que não visa a cabeça, alvo menor e móvel, mas sim a paleta, nível do coração e dos grandes vasos, penetração fácil, pancada de derrubar sem estragos, morte rápida, feita de sangue e de ar.

O tiro sai estrondoso, ribombando nas quebradas das serras, gigantesco pelo contraste do silêncio, vai repicando córrego abaixo, calando de medo todos os seres da mata, até grilos e gafanhotos paralisados de espanto.

Tonho já está no chão, correndo para a caça, faca-misericórdia pronta a novo ataque, que vê desnecessário.

A grande paca está morta.

O tiro foi perfeito, apenas um tremor das patas na convulsão final, os olhos já parados, dilatados na lua que vem subindo.

Tonho suspende-a pelas patas traseiras, e é pendurada que lhe sangra o pescoço para consumar a caçada.

Depois, limpado o sangue, suspende-a nas costas, ao lado da espingarda. É paca pesada, levá-la nos braços vai cansar muito. O coração já mornou o agito, o fôlego já caminha solto e livre, e a vontade é de gritar a vitória e o sucesso.

O milho restante, o brejo, a mata, as demais pacas, preás, coelhos e bicharada vão desfrutá-los.

Tonho irá para longe, para o futuro.

Outras caçadas, outras pacas, outras emoções?

É cedo para dizer.

O caçador volta para casa, em silêncio, ainda imaginoso de sonhos e fantasias.

Longe, muito longe, late o cachorro do Zé Matias, despertado pelo tiro, pelo estrondo, pelo luar de caçadas que não mais faz.

Tonho Pólvora começa a sua marcha.

Era fim de tarde em São Paulo.

Nas ruas centrais, escriturários, auxiliares de escritório, faxineiros, a arraia-miúda dos gabinetes de trabalho, todos em alegre mistura rumavam para casa, a pé, em bondes puxados por lerdos burros, alguns felizardos em carruagens de serviço.

Acendiam-se os lampiões a gás, as luzes dos bares, das confeitarias, dos restaurantes noturnos, à espera dos seus frequentadores, uma fauna completamente diferente dos trabalhadores cansados que iam em busca do sossego da noite e do lar. Por vezes, nas esquinas, a plebe parava para dar caminho a alguma carruagem ou cabriolé mais elegante, em que ricos e enfeitados senhores ou buliçosas e maquiladas moças chegavam para o chá, o teatro, ou simplesmente para o sarau literário e musical que os reunia na feliz e alegre desocupação.

Os prédios de escritórios escureciam, apagados lampiões e velas, raras exceções mantendo amareladas janelas do serão de horas extras em serviços atrasados ou de revisão.

Num segundo andar da rua Líbero Badaró, uma iluminação mais forte era escondida da rua por uma cortina pesada, de veludo, só parcialmente aberta para a entrada e necessária renovação do ar.

Um escritório típico de guarda-livros, a atividade de fim de noite dos que em suas mesas controlavam números, resultados, balanços, sucessos e fracassos empresariais.

Esse escritório, porém, estava vazio, ou quase, já retirados do serviço os seus ocupantes diurnos.

A mesa central e elevada, de tampo inclinado para facilitar o exame e a escrita dos papéis, estava ocupada por um jovem, sentado em alto tamborete, uma viseira na testa a proteger-lhe os olhos da lâmpada pendente do teto, calorenta, mas necessária à visão e análise dos livros que manuseava.

Embora moço, José Antônio de Almendra Silva era um terrível conhecedor das artes contábeis. Sua boa origem familiar lhe permitira um estudo apurado, que ele focalizara em números, em livros-caixas, em ordens de pagamento, em duplicatas, em títulos – enfim, em tudo que lhe parecia caminho de riqueza, sua única ambição e destino.

José Antônio sabia que nunca chegaria ao seu destino pelo trabalho de guarda-livros, que seu pai exercera até perder a vista e a esperança. Entretanto, a herança de seus conhecimentos fora completa, até pela sucessão no emprego do pai, no grande escritório comercial da Almeida, Ribeiro e Pereira Limitada, na rua Líbero Badaró, 59, 2º andar, centro de São Paulo.

Durante cinco anos, José Antônio fora exemplar funcionário, como o fora seu pai. Não ligava para horas extras, para serviço extraordinário em domingos e feriados, não tirava férias, não pedia aumentos nem prêmios. Estava aprendendo ainda, dizia aos companheiros que criticavam sua dedicação extremada aos patrões pouco reconhecidos do seu esforço e do seu trabalho.

Agora, José Antônio sabia tudo.

Ganhara confiança em si, ganhara a confiança dos patrões, tinha cargo de chefia, de sua pena e exame dependiam assinaturas e fechamento dos livros. Tinha tudo que seu pai tivera enquanto enxergava, mas nada tinha do que José Antônio realmente queria e via: dinheiro.

Esse erro de visão, José Antônio não queria herdar nem suceder.

Seu destino, sua luta, sua busca e sua caça eram à riqueza.

Devagar e manso, em cautelas experimentais, José Antônio fora preparando a cama.

Aprendera a importância fundamental de dois pequenos números, aparentemente frágeis, o zero e o um.

Isolados, zero e um pouco valiam.

Um seguido de zero já valia dez.

Qualquer número acrescido de zero à direita valia dez vezes mais.

Qualquer número com um acrescido à esquerda se multiplicava, o 100 virava 1.100, o 1.000 virava 11.000 – artes matemáticas que um contador conhecia, pelo risco de erros envolvidos.

José Antônio procurou não cometer erros.

Com paciência e cuidado, manejou o livro-caixa das ordens de pagamento a ele confiadas e por ali iniciou a sua experiência.

Foi sua primeira operação: o pagamento de uma nota de serviço em máquinas de escritório. A cobrança era de dez mil-réis, a que a pena de José Antônio acrescentou um zero, virando cem mil-réis, lançados por esse valor no livro-caixa de contas a pagar, pagamento em dinheiro feito pelo próprio encarregado – José Antônio! –, que naturalmente deu os dez à oficina e embolsou os noventa. No meio das contas do mês, os números e a soma correta foram conferidos rapidamente pelo sr. Almeida, batiam em resultado, e tudo correu macio.

Muitas operações José Antônio montou da mesma forma, cuidando de usá-las com critério especial, em meio a meses, movimentos e notas complicadas, de forma a passarem despercebidas, como até então estavam.

Para descobrir e desmascarar a fraude, seriam necessárias revisões das notas, que ele mesmo fraudara, e a pesquisa em sua origem e pagamento, que era também de sua atribuição.

Tudo seguro, até aqui, José Antônio estava pronto para o golpe final. Um dia apareceria um enxerido, ou um fornecedor, ou um erro ou pequeno acidente, o suficiente para a auditoria desastrosa e temível.

Era hora de dar o grande golpe e cair fora.

Nos tempos atuais, José Antônio já subira de posto, pelo trabalho extraordinário, pela dedicação, pela humildade servil, pela eterna prontidão. Além dos pagamentos em caixa, já era encarregado das operações maiores, do caixa-bancos, dos cheques e seu precioso preenchimento.

José Antônio chegara aos grandes números, com que pretendia e tinha de sair do palco.

Era a sua caçada final à riqueza.

Almeida, Ribeiro e Pereira eram importadores, e os cheques e ordens de pagamento para comprar no exterior eram geralmente confiados às firmas corretoras de suas operações. Essas firmas apresentavam as faturas, recebiam os cheques, emitiam sobre eles suas ordens de pagamento a favor dos vendedores estrangeiros, na praça e local por eles designados.

Todos os papéis passavam pelas mãos do guarda-livros mor – José Antônio de Almendra Silva.

Na véspera, chegara de Portugal a fatura da compra anual de equipamentos a serem revendidos aos órgãos governamentais – uma lista longa, múltiplos itens, de difícil e demorada conferência, coisa que os patrões confiavam aos seus guarda-livros.

Não foi difícil para José Antônio, acumulada experiência nas trapaças, transformar noventa contos de réis em cento e noventa – o um "mágico" à esquerda, o cento por extenso acrescentado na caligrafia universal dos guarda-livros, todos usando tintas e penas iguais.

O golpe era grande, por certo seria descoberto, havia a corretora no meio, o fornecedor no início – mas o seu interesse imediato e final era ter em mãos o cheque da Almeida, Ribeiro e Pereira. Como de outras vezes, iria à corretora, que cegamente confiava em sua firma, e lhe faria um favor já habitual: endossar o cheque e pedir-lhe que pessoalmente o depositasse na conta bancária indicada pelo fornecedor de além-mar. Um costume que já se transformara em tradição de anos de confiança. Assim, o cheque nominal à corretora passava a ser um cheque ao portador, pelo menos até ser depositado no seu destinatário final.

Esse cheque não iria para a conta indicada nos papéis e faturas.

Com seu dinheiro anterior, José Antônio havia criado uma conta bancária em nome de um Alfredo Silva qualquer, bêbado que encontrara na Estação da Luz, documentos fáceis de surrupiar, e que lhe serviriam de máscara nessa primeira operação.

Durante o dia, em meio ao movimento de cheques, faturas, ordens e desordens, embutira o cheque preenchido no meio da correria do final de mês, grampeado na fatura enorme, e fora uma assinatura fácil e normal do velho Almeida, que apenas verificara os números e totais somados e corretos.

Nessa noite, José Antônio fechava o balancete do mês – o último trabalhado na Líbero Badaró, 59, 2º andar, aonde jamais voltaria.

Com prazer profissional, verificara que todos os números batiam e fechavam, um casamento perfeito entre papéis e dinheiro, escrita, caixa e bancos.

Pela primeira vez, José Antônio ia entrar em férias no dia seguinte. Por uma semana apenas, pedira ao sr. Almeida, e com o compromisso de deixar fechado o balancete do mês – um lindo e correto balancete.

Comprara uma passagem para Santos, exibida aos colegas de trabalho, provocando-lhes a inveja das férias. Até roupas de banho comprara, e uma reserva exibida no Hotel Atlântico. Grandes férias!

Na realidade, José Antônio já fizera no final da tarde a sua operação bancária: o cheque endossado pela corretora estava depositado em nome de Alfredo Silva, e esse Alfredo Silva já deixara um cheque ao portador para ser pago em dinheiro na manhã seguinte, tão logo o banco abrisse e verificasse ser bom o bom cheque do sr. Almeida.

O portador era nesse momento o rico José Antônio, acariciando no bolso o papel de sua felicidade.

Prevenido, o banco lhe pagaria em grandes notas de quinhentos mil-réis, logo arquivadas na maleta já preparada pelo artista, que naturalmente não tomaria o trem de Santos, muito menos o sossego do Hotel Atlântico e sua praia.

O dia seguinte era primeiro do mês, grande movimento bancário, o papel seria pago sem discutir. Um tempo iria correr até que a corretora ou o vendedor alertassem o sr. Almeida do desaparecimento do seu cheque e do seu dinheiro. Viria a pesquisa bancária, confirmando o afirmado e coincidindo com o desaparecimento do guarda-livros José Antônio de Almendra Silva, que a polícia iria buscar em Santos ou nos navios de lá zarpados.

Grossa confusão, que o sr. Almeida permitiria prosseguir para dar satisfação ao banco, aos operadores de mercado e à própria polícia.

Na realidade, não interessaria ao sr. Almeida a prisão do sr. José Antônio, agora digno desse tratamento. Em seu último ato, que consumava nessa noite, José Antônio deixava na gaveta central do sr. Almeida uma carta em que relatava resultados de sua auditoria particular na firma, nesses anos de intimidade, revelando e provando como o ínclito e honesto Almeida passara a perna nos seus preclaros e sempre ausentes sócios Ribeiro e Pereira. Esses documentos, esclarecia finalmente José Antônio, estavam catalogados e permaneceriam em seu poder até que a polícia o prendesse, tornando-se então de domínio público.

O sr. Almeida iria detestar esse domínio público – e faria, portanto, tudo que fosse possível para que o sr. José Antônio jamais fosse preso ou encontrado. Se preciso, juraria estarem em Portugal os seus avós, com quem deveria estar acoitado, num esquecimento definitivo e a todos benéfico.

José Antônio fechou a carta com goma-arábica, endereçou-a ao sr. Almeida – em mãos próprias – e colocou-a na gaveta central e exclusiva de seu chefe.

Acariciou uma vez mais o cheque.

Apagou as luzes, desceu pela última vez as escadas de madeira, que dessa vez pareciam gemer mais em sua despedida, qualquer coisa de fúnebre no anoitecer entediante.

José Antônio saiu, aspirou o ar fresco da rua e mergulhou na noite de sua cidade.

São Paulo já era uma selva de pedra.

———

Tonho Pólvora quebrou o chapéu na testa para ver melhor a chegada à Fazenda Alvorada, sua posse e moradia na nova vida.

No passo mole da sua comitiva, vinte escolhidos burros de carga, vazara o sertão oeste desde Oliveira até os chegados do Desemboque.

Foram trinta marchas, mais de sessenta léguas, pousos bons feito Bambuí, onde havia pasto, refresco e descanso da tropa e gente, pousos ruins feito o Requentado, dormindo ao relento, mordido de pernilongo, chuva no lombo e na traia, burro escapando da corda e dando arribada.

Passagens fáceis nas estradas de Formiga, no Tapiraí, subindo a serra dos Campos Altos, a comitiva alegre na guia do burro Alecrim, cincerro badalando, Zé Brilino assobiando na frente, preto bom e danado pra achar caminho e rumo.

Passagens ruins achar o vau nas cabeceiras do São Francisco, beirando a serra da Canastra, pedra e tropeço da burrada, mancando de vez o alazão do Tonho, pisadura incurável no rim do burro Alemão, nome posto pela crina branca, força e gênio ruim que gostava de exibir no arrear de madrugada.

Aguadas boas pelo caminho, se cortavam campos empedrados ou de cascalho, onde quem sofria eram os animais, revezando-se no transporte das canastras pesadas e dos badulaques da mudança.

Aguadas ruins nas terras de massapé, macias e de bom pasto, atoladeiras e barrentas pela chuva, traiçoeiras quando em fundo de grotas, onde uma vez perderam dois dias esperando vau numa enchente de grande chuva.

Depois, fora o sol quente, o descaminho entre os Campos Altos e a terra dos araxás, os índios já mansos ou retirados, aparecendo de longe em longe, desconfiados e curiosos do barulho da tropa. A comida ia raleando, rapadura e farofa na sustância, por sorte alguma caça do Tonho, logo transformada em manta e carne-seca, a vontade de chegar logo, o difícil de fazer caminho onde ele havia desaparecido, a perdida no campo só resolvida nas artes de rumo do Zé Brilino.

De noite, ali nos campos, em cima da serra, um frio ventava e vazava as roupas, exigindo capa e fogueira para o ao redor do jantar, uma prosa sobre o dia varado, um pito de fumo de rolo, um café quente adoçado com rapadura, um projeto do dia seguinte.

Tonho e Zé Brilino se revezavam e se ajudavam na carga e descarga das canastras, no trabalho de peso e força.

Um mulatinho petiço, Zé Anjo, magrelo esperto e curioso, cuidava da tropa, seus dez anos irmanados já aos burros, aos arreios e traias de carga, que untava com sebo para evitar o ressecar do sol, a chuva e o vento.

O velho já era antigo condutor de comitivas pelo sertão, nem sabia mais viver em casa e muito menos na cidade. Manco da perna, quebrada numa queda em pulo de potro bravo, perdera a agilidade para guiar as comitivas de boiadas do Mato Grosso, a sua paixão pelas grandes distâncias, os meses de marcha, a economia forçada por nem ter onde gastar o dinheiro ganho, depois evaporado nas farras dos bordéis vadios das corrutelas.

Zé Brilino era agora condutor de tropa de burros de carga, o transporte comercial do sertão, que conhecia desde Ouro Preto até os confins de Goiás e Mato Grosso. Alugava sua experiência como guia, mas na verdade o que queria mesmo era estar na estrada, viver o mato, o chapadão, os vaus dos rios, o fogo na macega, a chuva levantando o cheiro gostoso da terra e da erva molhada. Ambição não tinha, que dela não precisava. Gostava era da hora do pouso, uns poucos companheiros, a rede armada, a única luz vindo da brasa chupada do pito, em piscadas que alternavam os casos recontados e as risadas dos mais novos quando ele soltava seus exageros de mistura com mentiras de tropeiro.

Agora, Zé Brilino estava ligado com o Tonho Pólvora, com a sua mocidade guerreira, a força, a vontade e – mais que tudo! – a promessa de muitas viagens cargueiras de pólvora e sal que faria para esse jovem patrão. Era viver na estrada! Entretanto, e de passagem, ia ensinando o mulatinho, como chamava o Zé Anjo.

De começo, ensinou o menino a conhecer tropa de comitiva, o jeito de lidar com cada animal, conhecer seu gênio, sua manha, até a sua preferência de trabalho e companhia, onde gostava e desgostava da barrigueira e da carga, o nome de cada um, que bicho também tem mania de ser gente e pessoa.

Explicou a diferença entre burros e cavalos.

Burro é inteligente. Aprende ligeiro, sabe que seu dono é o patrão, que vai levá-lo para boa água e bom pasto, se cumprir a obrigação. Mas é igual gente, tem manhas, gosta ou desgosta das pessoas e coisas, e mostra isso no comportamento: com cavaleiro estranho ou antipático ele empaca, dá rabichada, endurece o queixo e, se leva esporada, sai riçando a perna do coitado em lasca de aroeira ou fio de arame farpado.

Cavalo é burro, dizia Zé Brilino. Faz tudo que os outros querem, anda por qualquer mão, apanha de todo lado e de todo mundo, lerdo de entendimento, obsequioso e servil, qualquer agradinho o faz feliz.

Se você for buscar remédio urgente pra doença, ensinava o velho, pegue um cavalo, que sai de galope, se arrebenta na correria do vai e volta, fica afrontado e pode morrer de aguamento, incapaz até de comer e beber de tanto que se esgota. O burro não serve, quanto mais pancada menos rende no galope mole, cabeça virando de lado, dando coice no ar, respondendo a cada esporada com um peido, afrontando ouvido e paciência do cavaleiro, que chega frouxo do esforço da busca. Em compensação, desarreado, o burro está novo: espoja-se no chão, bufa e sai pastando como quem nada tem com a briga.

Para correr uma fazenda pequena, para um passeio ou namoro, para ir a uma festa, cavalo bom, de crina prateada e toada macia – uma riqueza!

Agora, se o caso é correr matos e serras, estrada ruim e atoleiro, campeio longo de horas no calor ou no frio, carregar uma carga pesada, levar doente ou mulher em hora de parto – nada como uma mula macia, marchinha rendosa e firme, o pé sabido de evitar buracos de tatu e trilha funda.

De burros e cavalos, Zé Anjo ia aprendendo.

Outro ensino de Zé Brilino fora o de formar e encabrestar seus animais.

De manhãzinha já formava a sua tropa, estalando no chão o chicote e chamando pelo nome o animal desordeiro, até que todos de frente e em linha esperassem o seu comando, o cabresto com a escolha de cada um para o trabalho a ser iniciado.

Correria, laço, gritaria, tudo era besteira.

Tropa era feito gente, voltava a explicar o velho Zé. Escolha um burro mais sossegado, um cavalo mais esperto, dê um treino neles desde a hora que entram no curral. Chame pelo nome, encantoe o bicho na cerca, chicote e cabresto na mão. O animal vira de costa, lhe dá a garupa: chicote e grito nele, com o susto e medo ele vira de frente. Aí você chama macio, mostra o cabresto, vai chegando, mão leve e jeitosa, a mode não assustar. Se o bicho vira de novo a garupa, pau e grito com ele, até oferecer a frente de novo, para o agrado da voz, da mão, do cabresto. Logo, tudo está ajeitado e entendido, que burros e cavalos afinal nasceram pra obedecer ao homem. Aqueles dois ou três logo estão formando na fila, e exemplando vão educar à mesma obediência toda a tropa.

Na vida e na verdade, tudo era assim, somava Zé Brilino na sua lição. Se você for patrão, ensine dois ou três no seu sistema, que os outros vão formar por igual, e quem não aprender apanha ou é eliminado. Se você for peão, quanto mais cedo entender e cumprir a lição do patrão, mais cedo será distinguido, terá posto de exemplo, até de comando e prêmio.

Aquele velho, filho da natureza, sabia tudo, mas não era patrão nem empregado, não formava na tropa do mundo. Era dono de sua vida, do seu nariz e do seu rumo, por isso não tinha mulher, pouso ou serviço fixo. A estrada era seu mundo; a liberdade, o seu destino. Por isso não tivera filhos, peias e prisões, nada a amarrá-lo na terra ou na gente.

Agora, com Zé Anjo, o Brilino estava de mudado. O mulatinho magrelo, calado, sério, serviçal, sequioso de aprender, atento o tempo todo, apreciador da mata, do campo, da chuva e – mais que tudo! – da sua tropa, havia despertado nele pela primeira vez a vontade de ensinar e transferir a sua experiência.

Zé Brilino nunca tinha ido à escola, nenhum conhecimento ou ciência aprendera dos outros. Tudo que sabia era aprendizado seu, era cultura própria, por isso mesmo de raiz profunda e definitiva, ninguém ia mudar o seu entendimento. Muita coisa aprendera por sofrimento e dor pessoal, ou por observador que era dos outros e da vida.

De certa maneira, naquela viagem o Zé Anjo virava filho do Zé Brilino. Mais do que um filho de acidental esperma, era um filho natural e definitivo, porque concebido de um amor que o próprio Zé não sabia nem pretendia ter. Como filho único e último de pai estéril, Zé Anjo herdava tudo do peão velho, que lhe transferia o parco saber da existência com uma intensidade de última vontade e doação.

Na natureza, Zé Anjo era filho daquele Zé Brilino.

Tonho Pólvora ia assistindo na viagem ao crescimento dessa relação, apreciando a maneira como ela se desenvolvia, de forma natural, espontânea, como a noite caminhava para o dia. De parceria pegava uns aprendizados do velho peão, coisa que não pedia para si porque patrão deve nascer sabendo e não pode mostrar ignorância ou perguntar coisas.

Assim, escutava conversas na madrugada.

– Mulatinho, sai da rede ligeiro, é hora de juntar a tropa! Tán com preguiça?

– Tô indo, seu Zé. Preguiça não, só moleza de corpo, de tanto rodar em lombo de burro.

– Isso não é nada, moleque. Você ia ver moleza de lombo é se fosse pro Campo Grande da Vacaria, correr sertão de verdade, dormindo na ronda de gado sem cerca e sem pouso! Também já falei que a mula Jandira não te serve pra viagem. Tem lombo mole, falseia o pé, muda de marcha, observa o jeito manhoso dela gangorrar o peão no lombo pra cansar-lhe as cadeiras! Bota ela na carga e pega o Brioso, sujeito!

– Mas o Brioso é cheio de balda, seu Zé. Tá redomão, na hora de montar fica rodando, se bestar ainda manda coice traseiro, se montado ainda quer pular até hoje!

— Deixa de ser besta, menino. Você não viu que ele está é te experimentando, saber quem domina e manda? Se você deixar, aí ele panha defeito de verdade. Monta sem cisma, mete taca e espora, quebra o pescoço dele com a rédea grossa de crina toda vez que ele quiser tretar. Fica nessa luta uns dias, e você vai ver que ele entrega. Burro é menos teimoso que gente teimosa, e é mais inteligente pra aprender... e o Brioso tem um toadão macio e seco, de não cansar nem noiva em viagem...

Às vezes, a conversa era mais dura.

— Mulato Zé Anjo, vou lhe dar uma surra de vara de catiguá se você untar outra vez de sebo as abas do meu arreio cotiano. Já falei que sebo é só pra couro ressecado, usar no mato e no campo. Nunca passar sebo em pouso de paiol de milho ou cocheira, terra de rato e outras ruindades. Taí roída a aba do meu arreio de estimação, menino burro!

— Pensei que ia agradar, seu Zé. Untei até tarde da noite, pra aba ficar macia e não magoar essa sua perna doente. Num faço mais!

Zé Brilino virava a cara de lado, não mostrava a comoção de ser objeto de alguma atenção ou afeto, e resmungava.

— Tá bem, agora passa. Mas preste atenção. E veja de não apertar a barrigueira do Alemão em cima do inchaço. Ontem ele machucou a barriga com o peso, e se apertar burro em cima do inchaço ele vai deitar com a carga, rolar e estragar tudo. Aperte adiante, também, porque na virilha ele é cosquento e nojento!

No dia seguinte, cedo, Tonho falava pro Zé Anjo, de perto do velho.

— Mulatinho, tô vendo um inchaço na barriga do Alemão. Muda a posição da barrigueira, burro não aceita machucado apertado, capaz de rolar no chão e dar trabalho!

Zé Brilino aprovava com os olhos, o patrão tava observando bem!... E conhecia!...

Em aprendizados e camaradagem progressiva rodaram todo o sertão oeste, e agora desembocavam nos Araxás e beiradas do rio Grande.

Tonho chegava na porteira da Fazenda Alvorada, o coração batendo forte, o cincerro do Alecrim lhe parecia festa de Natal, na nova vida que ia começar.

Comprar a Alvorada fora fácil, as terras novas não tinham valor, o que valia era criação, era tropa, sal, roupa, artigos de comércio, a pólvora que fabricavam em Oliveira e viria aqui vender. Um dia, ele sabia, ia valer muito, porque ia produzir muito, para a nova gente que ia chegar, comprar, vender, festar, casar, multiplicar, encher aquele mundo e aquele sertão de febre e progresso. E ele queria estar lá!

—

José Antônio de Almendra Silva chegava a Franca do Imperador com duas decisões tomadas: mudar de nome e mudar de vida.

Apesar dos cuidados, uma desconfiança tinha do velho Almeida, conhecido em São Paulo pela dureza com que cuidava de seus negócios e de sua companhia. É verdade que tinha os papéis de sua trapaça social, coisa de muita valia na prevenção de uma ação pública ou social. Entretanto, de nenhuma valia se uma ação extraoficial, clandestina ou disfarçada lhe movesse uma busca ou perseguição, punitiva ou de resgate. Esse sr. Almeida viera de baixo na companhia e corriam histórias de sua subida, com alguns acidentes e abandonos de carreira de concorrentes, por mecanismos desconhecidos, mas em que alguma violência sempre fora detectada.

Melhor não arriscar.

Desaparecer de São Paulo fora fácil, despiste perfeito, mas não bastava. Tinha de desaparecer mais, novo nome e nova vida, outro mundo.

José Antônio entendia de negócios, como de negociatas. Aprendera o prazer do comércio, a mágica de ganhar sempre intermediando quem produz e quem consome. Com os contos de réis podia abrir seu próprio negócio, estabelecer-se, crescer na vida, fazer dinheiro e poder – realizar seu destino, afinal.

Caminhou para o interior. Na cidade grande teria concorrentes, teria de lutar e se expor, e não era hora disso.

Depois dos séculos coloniais vinham os novos tempos de Brasil, emancipando-se pela Independência, o Império e já os projetos de uma República. A portuguesada colonial ficara arranhando o litoral, mas já havia uma raça brasileira rompendo picadas e estradas para dentro, a serra do Mar já não era o limite ou fim da terra, contavam-se as maravilhas do desconhecido interior, sonhava-se com ouro, com esmeraldas e diamantes, com riquezas de um eldorado a conquistar.

José Antônio não acreditava em sonhos decantados, e muito menos em pegar em aventuras ou no pesado. Entretanto, sabia que sonhadores, poetas e trabalhadores precisam de comida, máquinas, transporte, ferramentas e necessidades de toda espécie – coisa que o comércio devia prover, na terra fértil com que sonhara.

Franca do Imperador, assim chamada nos novos tempos, era o portal paulista das novas entradas. Uma agitação febril dominava suas ruas e casas comerciais, um imenso armazém a abastecer todo o interior mineiro, goiano, paulista e já do Mato Grosso. Salim, turco velho do Largo Paiçandu, lhe dera uma lição preciosa para escolher caminho.

– São Paulo melhor que tudo na vida. Agora, se vai sair de São Paulo, olha bem cidade que escolhe. Olha telhado! Cidade telhado velho, acabada, tudo parado, morto. Vai cidade telhado novo, gente nova, correndo, não diz bom-dia. Aí tem vida e dinheiro. Resto é bobagem sem futuro!

Franca do Imperador era um mar de telhados novos, gente na rua, agitação, casa comercial abrindo porta nova todo dia, comitivas de gado, tropas de burros cargueiros e carros de boi trombando pelo centro em busca de pouso hoje e serviço amanhã.

Bom pra Salim, bom pra José Antônio.

Duas dúvidas, porém.

José Antônio não serve como nome.

Franca pode ser perigoso, vem gente de São Paulo à toda hora, um conhecimento pode acontecer.

Assim, José Antônio virou José Albério, aproveitando até as iniciais bordadas nos lenços e roupas de São Paulo. Uma certidão de nascimento forjada, em papel roubado de um amigo escriturário e convenientemente bêbado, lhe serviria para um documento definitivo em futuro. Nas novas terras, não se perguntava muito por papéis, valendo mais a conveniência dos negócios e do dinheiro.

Depois, José Albério decidiu mudar de pouso em seu negócio. Saiu da concorrência e riscos de Franca para um novo ponto, pulando o rio Grande e estabelecendo-se na Província de Minas Gerais, distrito do Desemboque, naqueles dias florescente encontro das estradas mineiras e paulistas em devassa do Triângulo, de Goiás, do Mato Grosso.

Lugar novo, menor, quieto, tudo por fazer, fácil de assuntar chegada de gente e coisas novas, o Desemboque lhe servia para plantar raízes, ao menos pelo tempo de multiplicar fortuna e abrir horizontes.

Foi assim e ali que o jovem senhor José Albério comprou ponto comercial, casa grande na esquina do Largo, perto da igreja. Sua fala estudada, seu jeito macio, a maneira arrojada com que gastava o seu dinheiro em coisas que pareciam aventura iam abrindo caminho e conceito entre os locais e os que chegavam para ali se assentar e viver.

José Albério estava plantando o que julgava ia ser a sua árvore da fortuna: na praça principal, regada a suor e trabalho dos que ali vinham abastecer-se, suas contas anotadas em cadernetas mensais que ainda rendiam juros ao dono e mestre.

Nunca mais segundo andar da Líbero Badaró, viseira na testa, olhar baixo e servil, falta de horizonte, falta de dinheiro, falta de vida...

José Albério estava plantado, afinal. O mundo ia ser seu!

―

– Seu Manuel Crispim, venha para dentro, aqui na salinha. Na sala grande está muito quente e podem nos interromper.

Foi assim que o sr. Joaquim Almeida baldeou para a sua sala privativa e particular o sr. Manuel Crispim, atarracado moreno, rosto marcado de bexigas na infância, nariz achatado, cara que nunca conhecera sorriso ou maneiras de agrado e gentileza.

Seu Almeida também não estava para sorrisos, agrados ou gentilezas. Mais que o roubo do José Antônio, amargava a sua incompetência de administração e julgamento. De administração, por ter deixado passar pelo seu nariz os pequenos e sucessivos roubos, até consumar-se o desastre maior. De julgamento, por ter deixado subir em crédito e confiança aquele pilantrinha humildemente falso e servil, até permitir-lhe não apenas o roubo, mas sobretudo o acesso e conhecimento da sua companhia, dos seus negócios mais íntimos, dos seus documentos pessoais mais comprometedores, a ponto de ele próprio não saber avaliar.

Passado o instante inicial de estupor, a denúncia à polícia, os acertos financeiros do desfalque, as explicações à praça e aos companheiros, seu

Almeida já voltava ao natural, que envolvia planos e investigações na firma, em caráter oficial, e projetos especiais destinados ao desaparecido.

Nas circunstâncias, esses projetos não poderiam ter nenhuma publicidade. Para o público ficavam as desorientadas investigações policiais, que ele mesmo se encarregava de tumultuar.

Em seu projeto particular, as coisas iam correr de maneira diferente – e para isso ali estava o Manuel Crispim, agora calado e expectante na sala privativa do seu Almeida.

– Vosmicê já sabe, seu Manuel Crispim, do roubo que me fizeram, e que a polícia vai investigando por aí. Não espero nem quero solução por esse lado, mas quero resolver isso do meu jeito. Não é só pelo dinheiro, é pelo desaforo, pela desmoralização e até por uns papéis que quero arrecadar de volta. Vou precisar dos seus serviços. Como sempre, sem tempo e hora – e sem conversa ou conhecimento de ninguém. O que me diz?

– Sei pouco do caso, só que um moço lhe deu um golpe e sumiu. Deve ter sido coisa pensada e bem-feita. Vosmicê é esperto demais para essa mocidade. Preciso mais conhecimento, e saber o que quer nos finalmentes do caso.

– Quero tudo, seu Manuel Crispim. Quero meus papéis, meu dinheiro e, mais que tudo, quero esse moleque que me desafiou e ridicularizou.

– Pode não ser fácil. O homem fez tudo de caso pensado. Sem família, sem amigo, sem pouso, sumiu por aí. Sem notícia, sem rastro.

– Não tem importância. Vosmicê terá todo o tempo e recurso que precisar. Dois contos por mês, retirados no meu caixa. Um mês, um ano, dez anos – não tem importância. Esse dinheiro sobra, mas estou pensando na sua neta. A menina precisa do tratamento, que fica garantido. Só não quero é desânimo, e uma obrigação no final: esse moço não pode escapar, não pode aparecer, não pode ser preso pela polícia – vosmicê sabe. E no final ainda deixo um dote para a neta. Penso muito nela!

Seu Almeida sabia bater na corda certa.

Manuel Crispim entendeu tudo, menos o porquê da ojeriza de seu Almeida, a ponto de dar sumiço definitivo no moço, condenando-o sem juiz, sem cadeia, sem recurso, só porque ele também pensava muito na neta...

Nas rondas de São Paulo, Manuel Crispim era respeitado. Mulato de cor, aprendera cedo as dificuldades da vida para quem não tinha berço, origem ou educação. Sua meia raça não ajudava, porque Manuel Crispim por nem ser branco podia subir, por nem ser preto aceitava descer. No meio do caminho, era desconfiado de todos e por todos, o que fizera dele afinal um solitário.

Para fugir da marginália, alistara-se na polícia, esperando um dia ter oportunidade, ter educação e estudo para ser advogado, botar anel no dedo e gravata com colarinho alto.

Adiantara pouco. A discriminação de fora existia dentro da corporação, e só lhe davam o serviço pior, a investigação noturna, a prisão violenta, a ronda pelos puteiros, proxenetas, cafetões, alcaguetes, vigaristas e ladrões de toda espécie.

Aprendera muito, por outro lado. Sua meia cor, seu jeito calado, a origem comum, tudo fazia dele um policial diferente, capaz de circular à paisana pelos piores ambientes, conhecer tudo e todos, criar até uma rede de informantes, tudo muito útil ao seu trabalho. Ademais, Manuel Crispim aprendera um comportamento policial próprio. Entendia o que era fome, necessidade, oportunidade, separava entre os que a sociedade rotulava maus, os que o eram por fatalidade, dos que o eram por vocação. Entendia e relevava o roubo ocasional, para matar uma fome, comprar um remédio, pagar o parto da rapariga amada, até para uma farra de amigos. Prendia o culpado, dava-lhe uma surra exemplar, mas não o levava à cadeia, onde por certo faria o aprendizado das ruindades profissionais. Com os outros maus, era implacável, capaz de perseguir um assassino por três dias sem comer, deitar e dormir, capaz de tocaiar na cara da mãe o bandido estuprador e cruel, de na frente dela espancar a porrete o filho inútil:

– Dona, isto vosmicê devia ter feito em sua casa, quando ele era menino. Não fez, agora chora!

Nessa tênue linha divisória da marginalidade, Manuel Crispim vivera até merecer o respeito dos seus superiores, que a ele recorriam em todo caso cabeludo, escabroso, misterioso, problemático. O mulato sério mergulhava no poço, consultava seus informantes e amigos, baixava o cacete nos inimigos, intimidava e agradava, pagava e fazia contas – mas sempre trazia a solução, a explicação e o criminoso.

Passara muitas experiências, tentações, propostas.

De corrupção, uma só: um cafetão que lhe propôs relaxar um flagrante de iniciar na prostituição imbecil mocinha vinda do interior, agoniada em necessidades nas ruas da capital.

O cafetão fez a besteira de escorregar para a mão e bolso de Manuel Crispim uma nota de cinco mil-réis, em que estimava valer sua inocentação.

O cabaré do fato era escuro, mas havia luz forte no palco da orquestra, lugar para o qual o mulato arrastou o assustado e surpreso malandro, antes passando pela privada e enchendo de urina uma competente caneca de chope.

Foi ali o espetáculo da noite, na fala curta de seu Crispim.

– Toma a sua nota, filho da puta que quer fazer puta a filha dos outros! Mastiga e engole, desgraçado! Pra ajudar, toma este chope que mereceu!

E foi com a mão enforcando o gasnete do cafetão que Manuel Crispim lhe enfiou goela abaixo os cinco mil-réis e a urina fermentada, a mão já liberada apontando imperial garrucha na cara chorosa e sufocada do coitado, que entre engulhos e medo tudo bebeu e comeu.

Terminado o espetáculo, o arremate.

– Se lhe vejo nesta zona outra vez, meto-lhe primeiro o tiro, depois nota e urina!

Esse cafetão sumiu do mapa paulista, disseram que foi garimpar ouro na serra da Canastra, léguas de terra e vergonha do Manuel Crispim.

Pegou fama de durão – e o consequente respeito.

No que foi possível, subiu na vida, sempre sério, solitário, sem amigos, sem diversões – sem amor, porque de ódio e desamor eram feitos os seus clientes.

Sem amor, mas não pelo sempre.

Manuel Crispim, filho de estupro e violência, de mãe negra e seu senhor, escorrendo a vida no esgoto da sociedade, nem podia imaginar ternura, afeição, pureza, muito menos amor.

Caprichosa, porém, é a biologia, que de um menino faz um homem pela simples secreção de uns hormônios da hipófise, da tireoide, da suprarrenal. Aí o jovem explode na puberdade, e outros hormônios de secreção ainda mais baixa, nas curiosas glândulas testiculares, vêm lhe trazer novas surpresas, já lhe ditando não apenas os rumos do corpo, mas também o espírito, o pensamento, o comportamento, a própria alma.

Qualquer jovem sadio, nessa idade, é explosivo caldeirão de seus hormônios, imprevisível de atitudes, um dia eletrizado em atividades e intenções, capaz de varar febrilmente noites de festança, esporte e competição, violento e brusco nas brigas grupais, hostil aos pais, aos mestres, aos costumes, à tradição, revolucionário enfim. Noutro dia está apático, distante, preguiçoso, sonolento, escreve poesias e versos de amor, sonha sonhos coloridos, suspira.

Caprichosa natureza essa, que um dia ataca o homem com tais forças glandulares extraordinárias, fazendo-o romper juras e intenções, morrer em combates, viver dos combates. Ninguém a ela escapa, quando chega a sua hora. A biologia desperta, provoca e sustenta toda a vida animal – e naturalmente o homem.

Por formação, por educação, por vocação, o homem se contrapõe aos seus hormônios e busca conscientemente viver o seu próprio projeto, numa vitória sobre si mesmo, sobre o seu eu interior, que Deus permite seja animal para a sua própria perpetuação.

Um dia, porém, as forças explodem e a biologia pura se mostra, a todos igualando no jogo da espécie.

O amor físico é o mais típico e temível jogo da espécie. Típico pela forma física que apresenta, temível pelas consequências que daí podem advir.

Foi desse amor glandular e inesperado que Manuel Crispim, como todos os mortais, um dia adoeceu.

Obcecado em sua luta e profissão, calejado dos sofrimentos assistidos e vividos, nunca tivera atenção nenhuma despertada por mulher, biologia em sono, hibernada, desconhecida, insuspeitada – traiçoeira!

Uma certa semana Manuel Crispim folgou no serviço, prêmio do delegado às noites que passara acordado e nos plantões sucessivos da ronda.

Aconselharam pescar. Ou praia em Santos, ou piquenique com a família, ou passeio em fazendas, sei lá.

Manuel Crispim descobriu sua solidão absoluta: não sabia pescar, não sabia onde era Santos, não tinha família nem fazenda ou chácara nem nada.

Não sabia de nada além de policiar as noites e os vagabundos.

Nem de gente para conversar sabia.

Bestando a solidão, andou ruas, sem projeto ou ideia, por primeira vez à luz do dia.

De tarde estava numas cabeceiras do córrego Ipiranga, um lugar ainda desabitado, onde a cantoria de mulheres lavando roupa o chamou.

Ficou por ali a observar as moças que recolhiam roupas dos varais, fazendo as trouxas de ir embora, passando por ele sem ver ou sentir, era hora de voltar.

Passam duas, cinco, oito, lá vem sozinha, esguia e alta, trouxa na cabeça, uma moçoila sacudida, descalça, roupa úmida da lavação feita, pressa nos pés e na cabeça.

Passando por Manuel Crispim, resvala pela beirada do trilho, pisa molhada no capim, escorrega e a trouxa da cabeça lhe vai ao chão.

Desastre choroso, por certo, parte da roupa lavada se sujando, o pé torcido doendo.

Manuel Crispim se descobre ajudando, levantando a moça, arrumando trouxa e roupas, de mistura no cheiro do capim, da tarde, do sabão, da limpeza úmida e orvalhada do cangote e dos seios.

Recolhida a traia, a moça o olha pela primeira vez, agradecida apenas.

– Obrigada, moço. Desculpe o trabalho.

O simples olhar agradecido explode aquele adormecido do Manuel Crispim.

– De nada, dona moça. Atrapalhei talvez. O pé torceu. Posso ajudar, levando a roupa?

– Precisa não. Moro perto, moço.

– Melhor andar leve. Levo a roupa!

E foi assim que Manuel Crispim entrou na casinha e na vida de Maria Belé, a jovem lavadeira do Ipiranga, o coração batendo forte, as narinas aspirando, a ideia esquecida do mundo.

– O pé está magoado, moça. Tem uma arnica e água morna, faço uma compressa, a dor passa. Amanhã está boa.

Maria Belé não era bela, mas era jovem, forte, a sensualidade molhada das que vivem na água, uns olhos grandes, boca com belos dentes, e sobretudo curvas e seios que Manuel Crispim adivinhava.

Ela nunca recebera atenção ou carinho masculino, sempre na luta comum e feminina de varais e trouxas, e via com encanto a preocupação e os esforços do moço moreno para ajudá-la.

Manuel Crispim, amulatado de nariz grosso e marcas de bexiga da infância, tinha olhos carinhosos e gentis, as mãos suaves no trabalho das compressas pelo pé magoado, a preocupação ansiosa de bem impressionar.

Não foi difícil acontecer entre eles o choque do amor. Estavam solitários, disponíveis, desprevenidos na vivência de outras coisas que faziam, o que deixava vasto vazio para a nova emoção.

– A moça mora sozinha?

– Moro. Meu pai deixou a casa há muito tempo, mãe morreu ano passado, fiquei só com a casinha e o serviço que ela fazia.

– Difícil viver sozinha, eu sei.

– O moço também é sozinho?

Aí Manuel Crispim vazou e extravasou.

Sem entender, contou em minutos a vida toda, em suas frases curtas, agora abundantes.

No final, abreviou.

– Só isso tudo. Sozinho também.

Maria Belé entendeu o vazamento, com a emoção de se sentir confidente, até no acanhamento de Manuel confessar-se policial, e nas frustrações da vida.

– Se quiser, moço, volte aqui. Tem um café, um dedo de prosa. Também sinto falta, sabe?

Era só o que Manuel Crispim pedia naquela hora, a emoção nova, o companheirismo de vida, o coração aos pulos de sair do peito.

Maria Belé sentiu-se mulher pela primeira vez, na eletricidade que os unia e atraía, e instintivamente amarrou em faceiro coque o cabelo escorrido de água. As donas faziam assim, pensava.

– Amanhã ainda tenho folga. Esta hora, outra vez, posso voltar?

Podia, e foi assim que começaram namoro, primeiro pela faísca elétrica, pelos olhos, depois pelas mãos, a prosa curta, algum passeio de bonde, volta tardia para casa, as mãos ficando ousadas, a urgência progressiva e fatal dos corpos, o pedido de calor e cama.

Casaram-se em seis meses.

Foram felizes, na medida em que se é feliz quando a solidão termina, no pouco tempo que dispunham de vida comum na casinha de Maria Belé.

Manuel Crispim ainda nas noitadas policiais, Maria Belé nas manhãs e tardes do lava-roupa, mesmo assim achavam hora de fervura amorosa, os corpos agarrados não querendo se despedir, como em medo da solidão passada.

Maria Belé engravidou no primeiro mês, e correu saudável a sua gestação, o médico da Santa Casa dizendo das vantagens do trabalho e da saúde para a criança e o parto futuro.

Manuel Crispim, entre feliz e assustado, palpava o crescente ventre da mulher, ali sentia o movimento do filho, ver que ia ser pai. Jurava pra sua Belé.

– Não tive pai. Isso me deixou ruim, muita raiva por dentro. Nosso filho, Belé, vai ter pai. O melhor pai do mundo, juro.

Belé sorria, feliz, esperando a hora, os pés inchados, alguma dor de cabeça, estrias aparecendo na gordura da barriga e das nádegas, o olhar quente do seu homem em vigília.

Chegados os dias do possível parto, Manuel Crispim ficou angustiado, um peso no peito, uma opressão esquisita, a raiva do serviço aumentando, impedindo-lhe a presença permanente, conforme queria.

Uma noite – por que os partos começam à noite? –, Maria Belé sentiu os primeiros sinais, e Manuel entrou em inexplicável pânico. Fora chamado com os companheiros para um serviço especial, uma batida conjunta em casa de jogo, todo mundo participando, o delegado queria sucesso e promoção.

– Belé, filha, não vou trabalhar. Falto pela primeira vez, acho você chegando a hora.

– Manuel, vá. Vem promoção por aí, a coisa não acontece rápido do jeito que você pensa, passo a noite aqui, lhe espero amanhã cedo pra gente ir junto ao médico. Está tudo bem, vá sossegado.

Manuel Crispim foi, mas não sossegado nem feliz.

Noite feia, escura, de tempestade em chuva e raios, o céu parecia anunciar as preocupações da alma de Manuel Crispim.

O serviço e a ronda acabaram tarde, para ele tudo parecia preso e amarrado naquela noite.

Voltou correndo para casa.

Ainda longe, viu a movimentação na sua porta, vizinhas em prosa agitada, corrente elétrica no ar.

Entrou depressa, o povo fazendo silêncio e passagem à sua chegada, olhos curiosos, outros comovidos, um presságio de desgraça.

Dentro achou primeiro dona Arlinda, uma parteira da vizinhança, reconhecida esperta e sabida, agora agitada e medrosa.

– Seu Manuel Crispim, a Belé passou mal toda a noite, de dores e perdendo água. Não quis ir ao médico, pediu para esperar o senhor de manhã. Fiquei assistindo, eu e mais duas amigas, pra não deixar ela sozinha. Uma hora atrás veio a dor final e nasceu a criança, bonitinha e forte, graças a Deus.

Manuel sentiu um alívio que logo sumiu pelo jeito preocupado de dona Arlinda.

– Agora, seu Manuel, passa o seguinte, a Belé não para de perder sangue, está fraca, a voz sumida, o peito agitado. Isso não sei tratar, foi bom o senhor chegar, graças a Deus.

Manuel entrou rápido no quarto, abafado em janelas fechadas, vapor de água quente, uma opressão.

Maria Belé estava na cama, os olhos fundos, mas conheceu seu marido, um jeito de sorriso na boca seca, e chamou com o dedo.

– Manuel, nossa criança nasceu forte, benza Deus. Eu é que estou fraca, Manuel, uma bambeza subindo, uma dormência nas mãos e pés, uma sede sem jeito, este suor feio, a cabeça zoada, nem posso erguer na cama. Mas quis te esperar, meu marido!

Manuel Crispim pôs as mãos nas mãos de Belé, e sentiu nelas o frio da morte. Também que brancura, que secura de boca, e este suorzinho colando na pele!

– Vamos depressa, Belé. Pro hospital, ligeiro, você vai ficar boa!

Na rua, uma azáfama acesa, gente pedindo ajuda, gente querendo ajudar, entra e sai, nada se decide.

Manuel Crispim, ajuda de Deus por certo, encontrou ali perto uma caleça, em que rápido se alojou com Maria Belé, em grito de comando para a Santa Casa, para o socorro, para a vida que pedia e ansiava.

Deitada no banco, Belé começava a delirar.

– Manuel, você foi homem muito bom na minha vida. Deus lhe abençoe. Agora, sei que vou morrer. Não chore. Só lhe peço uma coisa, você vai lembrar. O melhor pai do mundo, Manuel, você vai ser. Você vai ser pai e mãe, eu no céu vou ajudar. O frio está chegando no peito, a força está acabando, seu abraço é só o que estou sentindo. Fique com Deus, meu... bom... marido...

E Maria Belé desmaiou, ali nos braços de seu Manuel Crispim, estátua de pedra, rígido, descompreendido de tudo, uma dor infinita no peito.

Maria Belé chegou morta ao hospital.

Seu médico nada pôde fazer, hemorragia pós-parto, disse. Acontecia, matava mesmo.

As boas freiras disseram que Deus quis assim, arrumaram e vestiram o corpo, na capelinha, um velório rápido, umas amigas do serviço, três ou quatro colegas, sem conversa comprida, às seis da tarde Belé foi enterrada no cemitério do Araçá, cova ainda rasa e quente, terra em cima do pobre caixão, até logo Manuel Crispim, Deus te dê o consolo, a vida é assim mesmo, o que se vai fazer...

Manuel Crispim, sentado na sepultura do lado, viu saírem amigas, colegas, a freira que veio rezar.

Aturdido, viu descer a noite, sem nada entender de tudo tão rápido.

À sua frente, enterrados os sonhos, o único amor, a amizade, o calor, o fim da solidão que lhe subia agora pelo peito, explodindo nas lágrimas que nunca chorara, na vida que nunca conhecera amor, que não sabia como ele podia chegar e sair tão depressa, tão doído, tão penetrante como aquela chuvinha fina e solidária.

Escuro já, Manuel parou de chorar, como a chuva parou de chover. Seu coração e o céu tinham chorado todas as águas do mundo.

Devagar, dor em cada movimento, levantou-se e voltou para casa.

O melhor pai do mundo, pediu Belé.

Foi assim pensando que entrou em casa, dona Arlinda chorosa, vizinhas doloridas, no pajear da criança jovem.

– Seu Manuel, a Aparecida vizinha tem criança de mês e muito leite. Ofereceu ajuda, para cuidar e amamentar. Nós todas vamos ajudar, a menina vai crescer forte e bonita, graças a Deus.

Só aí Manuel Crispim soube que tinha filha mulher. Havia de ser outra Maria Belé, pensou. Não mulata, branca. Não feia, como ele, mas linda como a Belé de sua vida.

Só aí Manuel foi ver e conhecer a sua filha, o coração batendo de novo com força.

Achou-a parecida com Belé: forte, corada, rosto e nariz finos de mulher branca, Manuel Crispim tinha raiva do seu nariz achatado.

– Obrigado, dona Arlinda. Deus ajude vocês todas, e me ajude. Prometi a Belé ser o melhor pai do mundo. Vou ser. Esta menina vai ter de tudo na vida, graças a Deus, dona Arlinda.

Assim cresceu Maria Esperança, a filha de Maria Belé com o mulato Manuel Crispim.

Nos seus primeiros meses, as poucas exigências da amamentação, das trocas de roupa, do chá de noz-moscada ou erva-cidreira, fáceis ajudas das vizinhas capitaneadas por dona Arlinda, ainda dolorida por algum desconforto da morte de Belé.

Depois, na infância, já Manuel Crispim lhe buscava novos confortos, a troca da casinha por uma melhor, mais central, onde podia chegar mais cedo e prestativo.

Depois, as roupas mais finas, os laços de fita, uma mucama de permanente contrato às suas ordens, o trato dos cabelos para ficarem longos e lisos como os da mãe, porque Manuel tinha horror a deixar-lhe qualquer herança física.

Crescendo, o colégio particular, com gente fina e educada, logo as freiras com as exigências da sociedade melhor de São Paulo, Maria Esperança a menina de pais desconhecidos mas aceita pela recomendação específica do chefe de polícia, privando e participando da nobreza paulista.

Manuel Crispim melhorara de vida, já exercia chefia, trabalhava de dia, mandava gente fazer o que antes fazia, e tudo gastava no prazer de manter feliz aqui a filha que, achava, Belé ajudava no céu.

Foram anos felizes, o mulato inchado com os pequenos sucessos da menina, os versos recitados no colégio, o piano que já aprendia, os convites que recebia para saraus em casa das colegas, aos quais ele nunca ia para não expô-la ao vexame da origem e da cor.

Maria Esperança cresceu bonita, mas para Manuel Crispim era linda, lindíssima, a mais inteligente, a mais viva, a mais estudiosa, a mais culta, a mais tudo do seu colégio e das moças de São Paulo.

O mundo, ele tinha certeza, ia cair a seus pés. Esperança merecia tudo.

Foi assim, por destino, que vale mais que o merecimento, que lhe veio o amor.

Maria Esperança tinha dezessete anos, florida idade, floridos sonhos, ilusões, a biologia pronta para explodir, forças ignoradas da natureza espreitando a falha por onde estourar o vulcão das paixões.

Como de costume nesses casos, as coisas correram rápidas.

Um sábado, contou ao pai do sarau em casa de Carolina, uma de suas novas amigas de colégio, filha de desembargador, afinal a porta definitiva para a nata da sociedade.

– Posso ir, pai? Gente boa, da Carolina. Até pediram para você ir também.

Manuel Crispim queria tudo de bom para a filha, e nunca trazer-lhe o embaraço de sua presença e conhecimento.

– Vou não, filha. Tenho serviço, mas você vai. Fique bonita, arranjada, e tenha juízo. Essa sociedade grã-fina tem de tudo. De bom e de ruim.

Maria Esperança adorou a festa, uma novidade, afinal.

Afinal uma novidade, comentaram os rapazes. Conheciam todas as moças, e a morena espigada, longos e lisos cabelos, sem pai e sem mãe, uma carnadura empolgante e voluptuosa, afinal era uma novidade...

Comentários entre si, a pergunta de base era:

– Quem vai pescar a beleza morena e nova?

Carolina tinha um primo, já experiente nessas pescarias, favorecido pela origem e nome familiar, e por uns olhos azuis e louros cabelos cacheados, um jeito sonhador, uma conversa amável nos lugares-comuns do galanteio.

– E a linda moça, aqui arrebatando os corações, como é seu nome?

Maria Esperança, assustada, nem soube responder.

– Fale comigo, menina. Nem posso mais segurar a emoção. Meu desejo é ficar preso nesses cabelos longos, afogar-me nesses olhos escuros...

Esperança afinal sorriu. O galanteio já era demais, até para a sua pobre desconfiança.

– O moço está afogando fácil demais. Afinal, para gostar é preciso conhecer...

– É só o que quero. Sou Manuel José Oliveira e Silva, me chamam Nelito, seu criado e escravo...

Foi assim, na bobeira da conversa banal, que Maria Esperança deixou Nelito entrar em sua vida, a ilusão daqueles olhos azuis, cabelos louros, as mãos delicadas, o jeito macio, insinuante. Um homem já treinado nas escaramuças sociais da conquista, uma jovem deslumbrada e febril, ingredientes suficientes para qualquer romance – ou drama.

Depois do sarau de Carolina vieram outros, e Maria Esperança sempre aparecia onde Nelito aparecia, de início em inocentes jogos verbais, logo em maior calor, as mãos já se buscando, os encontros secretos na confeitaria ou no teatro, juras e promessas, rostos afogueados no primeiro e escondido beijo.

Maria Esperança achou que devia contar a Manuel Crispim do seu amor.

– Você é nova demais, filha. Não conhece a vida. Tem muito ainda a estudar, a aprender.

– Pai, gosto do Nelito mais que tudo, livro, estudo, festas, roupas...

– Só falo por cuidado, filha. Vou buscar conhecer o moço. Na sua informação, é melhor que bula de remédio.

E Manuel Crispim buscou informação e conhecimento do moço – coisa fácil para a sua rede policial.

Assustou-se.

Esse Nelito era um subproduto da decadência familiar. Origem boa, é verdade, o avô fizera os títulos e a fortuna. Criara mal os filhos, que dissiparam parte da herança, o resto se perdendo na geração dos netos, que imitavam o exemplo dos pais na indolência, na irresponsabilidade, no empobrecimento depois.

Nelito, um terceira-geração caprichado, era tudo isso piorado: jogo, bebida, mulheres, estroinice sem fim, e abusado pelas impunidades do nome. Metido em conquistas, já infelicitara duas jovens, que seduzira nas promessas e esperança de casamento.

Nessa, a sua Esperança não ia cair.

– Filha, seu moço não presta. Verifiquei tudo. Falsidade. Ilusão. Até ruindade.

– Pai, você está enganado. Meu coração não se engana, Nelito me ama, se fez bobagem foi antes, agora é homem feito e sério.

– História. Falsidade. Não quero mais ver ele por aqui. Seu pai só quer o seu bem. Obedeça.

Pobre Manuel Crispim, que nada conhecia de ser pai ou mãe. Só de ordens vivera, para cima ou para baixo.

A filha, como todas as apaixonadas jovens, era-lhe cega, surda, e doravante muda, nada lhe contando dos futuros, mais escondidos e perigosos encontros.

Manuel Crispim deveria conhecer o *Rigoletto*, em que viveria o papel importante, e saberia do risco corrido por sua menina.

Não conhecia nada de música ou ópera, por isso viveu todo o seu drama, explodido em noite fria e garoante de junho.

– Pai, preciso lhe falar.

– Fale.

– É do Nelito, pai. Nós temos nos encontrado, você sabe, é amor. Escondido, porque você não quer, mas é amor, pai.

– Filha, não é amor, é doidura!

– Não, pai, eu quero o Nelito para sempre, o meu marido, o meu homem. Você já me deu o que podia de felicidade. Agora, é ele!

A voz de Manuel Crispim tremia, de emoção, de angústia, de medo até.

– Filha, faz isso não. Acredite em mim. O moço não presta, não tem conserto. Esqueça. Vamos sair de São Paulo, tenho oferta de delegacia importante...

– Pai, não posso. Quero casar. Preciso casar com o Nelito, pai... Vou ter um filho dele!

Manuel Crispim caiu sentado no velho sofá, sem forças nas pernas, o coração fraco de emoção, a ideia em sofrimento sem fim.

– Filha... não faça isso comigo... não faça isso com você. Fique comigo, vou criar esse neto com amor. Mas fuja dele... para sempre!

– Nunca, pai. Por ele, sou capaz de fugir de casa, de deixar você, de morrer até... Se for preciso e obrigada, tomo veneno. Melhor morrer que deixar meu Nelito. Pai, eu quero mais que tudo é casar com ele. Perdoa?

Da filha, Manuel Crispim perdoaria tudo, por Maria Belé, pelo amor feliz, pela promessa do melhor pai do mundo...

Tinha de casar Maria Esperança, o coração cortado de dor, mas a jura cumprida, tudo pela sua felicidade.

– Vou ver o que posso fazer.

Naquela mesma noite, Manuel Crispim procurou o sedutor futuro genro, fácil de achar na boêmia dos cabarés.

No Augusta, pelas duas da manhã, em mesa de bebida e jogo, rodeado de amigos, braço na cintura de uma certa francesa, achou o seu Nelito.

Manuel Crispim chegou-se à roda, certificando-se da presença desarmada, que não queria surpresa.

Na frente de todos, desprevenidos e desatentos de sua chegada, desfechou.

– Moço Nelito, precisamos conversar.

Nelito conhecia o policial Manuel, desconhecia o pai de Maria Esperança.

– Oficial, outra hora. Agora estou com os amigos, sem tempo. Estamos em boa ordem, vê?

– Moço, não é dessa ordem que eu quero falar. É coisa particular, importante.

– Não tenho tempo para particular na noite dos amigos. Se quiser, lhe pago uma cerveja. Amanhã conversamos.

– O moço não entendeu. A conversa é para hoje, e agora.

– Se não ofendi a lei, você não tem poder sobre mim. Vai se arrepender se me aborrecer.

Manuel Crispim já tinha perdido todo o tempo e paciência de que se armara.

– Moço, levante-se e me acompanhe.

– Oficial, retire-se. Não vê que estamos jogando cartas, em pacífica distração?

Manuel Crispim meteu na mesa formidável pontapé, espalhando fichas, cartas, copos e garrafas por todo o salão.

Um silêncio de estupor se estabeleceu de imediato, todo mundo conhecia raivas do mulato.

– Ninguém mais quer jogar, viu? Me acompanhe agora.

E, sem esperar, Manuel Crispim levantou pelo pescoço o moço Nelito, na mão esquerda o porrete educador que usara em outras necessidades.

Nelito estava branco, desconhecedor de seu crime, apenas medo e susto, os amigos abrindo alas para a raiva e violência do Manuel.

Deixou-se arrastar para fora do cabaré e da vergonha pública que passava, explicações ainda não dadas, por certo um engano do oficial, ele lhe pagaria depois, o delegado-geral era amigo íntimo de seu pai, a coisa não ia ficar assim.

Fora do cabaré, Manuel Crispim abriu o jogo.

– Conhece uma moça por nome Maria Esperança?

Nelito suspirou de alívio. Devia ser um namorado iludido, um mandado qualquer.

– Conheço, é colega de minha prima. Moça bobinha, tenho nada com ela não. Conversamos alguma vez, não tenho nada com ela...

A porretada de Manuel Crispim estalou em suas costas, uma dor violenta desceu-lhe pelas pernas, numa bambeza que o pôs de joelhos na calçada fria e molhada da madrugada.

– O moço tem muito com ela, e vai ter mais. Esperança é minha filha, e quer casar com o moço...

– Mas... eu não posso, seu Manuel Crispim. O meu pai, a minha família, o senhor sabe... Não tem um jeito. Se for preciso, arranjo dinheiro...

Outra porretada, dessa vez em cima do ombro esquerdo, uma dor paralisante até a mão.

– Moço, minha filha tem na barriga um filho seu, que quer parir e criar, e para isso quer casar. Sua sorte. Se não quisesse, quem falava hoje não era o porrete, e o moço nunca mais ia casar com ninguém. Ela quer, e por isso o moço vai casar direitinho, certo?

Nelito, ainda no chão, era todo dores, que a visão do porrete policial aumentava.

– Me dê tempo, oficial. Preciso falar em casa, preparar papéis, um prazo para pensar.

— Para pais e papéis, bastam uns dias. Para pensar, teve tempo antes. Aviso uma coisa. Espero amanhã em minha casa a sua visita. Você sabe onde é. De tarde, tudo resolvido. E mais: não desapareça. Na polícia sou conhecido como o rei dos perdigueiros. Acho tudo que foge e desaparece. Aviso que, se fugir, vou achar, mas você nunca mais vai aparecer.

Nelito suava, gemia, no esforço de ficar em pé. Tinha que ganhar tempo, clarear as ideias.

— Certo, seu Manuel. Amanhã apareço por lá.

— Um último aviso, hoje que estou falando demais. Jurei pra Belé que ia fazer feliz a minha filha, e vou cumprir. Você vai casar, e andar certo com ela. Se fizer ela feliz, eu vou lhe agradecer muito e até perdoar. Mas lembre-se: se fizer ela infeliz, eu não vou perdoar. Onde você estiver, enfio-lhe pela boca a minha garrucha Henrique Laporte e puxo de uma vez os dois canos. Não vai sobrar cabeça para arrependimento nem maldade. Espero amanhã.

E saiu, afundado na noite.

Nelito não voltou ao cabaré, tinha se mijado todo, não sabia se de dor ou de medo.

O casamento de Maria Esperança foi muito simples, ninguém da família do noivo, do lado de cá duas ou três amigas, dois colegas do pai, cerimônia breve no cartório, igreja e padre ficavam para depois.

Feliz mesmo, só a Esperança.

Manuel Crispim tinha a cara séria de sempre, nenhuma palavra, coração oprimido, a dúvida se agira certo — o melhor pai do mundo faria a mesma coisa?

Nelito se comportou bem. Deu o sim, assinou livros, agradeceu aos padrinhos indicados pelo sogro, beijou Esperança. Passou a morar com ela na casa do sogro.

Manuel Crispim fora promovido a agente especial, ia passar meses em delegacias do interior, numa nova ronda, agora entre seus colegas, até as beiradas dos rios Grande e Paraná.

Recomendou ao genro que cuidasse bem de sua Esperança, e de passagem e lembrança deixou o porrete especial pendurado na sala de jantar.

A lembrança valeu algum tempo.

A esperança durou pouco.

Passado o medo e o susto, ausente o sogro, Nelito foi voltando à vidinha boa e despreocupada.

Trabalhar nunca fizera nem aprendera, ia gastando a mesada paterna agora encurtada pela decepção que o matrimônio causara. O pai já não tinha as boas vontades de suprir-lhe a boêmia folgazã com a desculpa de juventude.

Pouco a pouco, Nelito viera à mesa da turma, ao jogo de cartas, logo à bebida, à mulherada, à noitada de farra, ao chegar tarde em casa.

Maria Esperança, barriga e medo crescendo, o pai ausente, tentou reagir.

– Nelito, meu bem, não chegue tão tarde. Não estou boa. Preciso de você...

– Precisa não, tem casa, comida, vida boa, filho na barriga...

– Não é isso. A gente se casou pelo amor, e eu preciso dele pra ter força, o pai longe, você é o meu bem, a minha segurança.

– Aceitei casar, não tinha outro jeito, seu pai um ignorante capaz de fazer qualquer bobagem. Agora, essa de amor é outra coisa. Amor é o que a gente fez na cama. No dia seguinte acaba, é bom você aprender. Não vou gastar minha vida nesse casamento. Tenho de aproveitar a juventude, que logo se vai. Ou você pensou que meu amor pela filha do policial ia ser único e eterno na minha vida?

Maria Esperança levou para a cama o choque e a decepção. Não era possível aquela conversa do Nelito, antes tão gentil e carinhoso, juras e promessas, os olhos mansos e desejosos, as mãos, os lábios...

Esperanças por terra, sobrou-lhe o choro, lágrimas de humilhação, com que esperava receber algum carinho e atenção.

Como sempre acontece, essa argumentação, longe de ser eficiente, serviu apenas à resposta agressiva e incomodada do novo Nelito.

– Pare de chorar, mulher. Você quis, você teve. Agora aguente. E volto tarde esta noite, não estou aí pra ficar tolerando lamúrias!

Voltava tarde o Nelito, às vezes bêbado, às vezes com perfumes estranhos, uns olhos injetados, uma intolerância e grosseria cada vez mais ofensivas.

Manuel Crispim distante, a coisa foi em derramas sucessivas, da agressão verbal à ameaça física, num quinto mês de gestação.

Maria Esperança, em madrugada insone, esperava o seu homem. Não tinha passado bem, dores na barriga, pés inchados, urinando aos poucos, calor e cansaço, gordura nas curvas antes sensuais, agora perdidas.

Nelito voltou bêbado, dinheiro perdido no jogo, a vida ficando difícil, o pai encurtando rédeas.

– Nelito, meu bem, você chegou tarde outra vez. Não estou boa...

– Cale a boca, mulher. Esse seu filho é a culpa de tudo, viu? De tudo, até dessa vida desgraçada que estou vivendo!

Esperança estava nervosa.

– Meu filho não, nosso filho. E a culpa não é dele, eu tenho parte, porque fui uma boba de acreditar num homem falso e fraco, cachaceiro e sem vergonha...

Não acabou de falar.

Nelito meteu-lhe a mão na cara, mão dura, enfezada, descarregando raivas e frustrações.

– Já falei pra calar a boca e me respeitar. Se falar mais, vai apanhar mais. Sou o homem da casa. Exijo respeito!

Maria Esperança virou lágrimas, soluços, mas engoliu. Ainda amava aquele homem, pai do seu filho, sonho de sua vida.

– Perdoa, meu marido. Estou nervosa, mas vamos melhorar. Pai vem por aí, pode me ajudar com o médico e tratamento...

Nelito já estava escornado, roncando no sofá.

Manuel Crispim chegou pelo oitavo mês, de nada sabendo, ansioso de ver a filha, de palpar-lhe na barriga o neto, como fizera com Maria Belé.

Esperança lhe escondeu tudo, fez cara de felicidade, tinha fibra a menina.

O genro ficava ausente, mas isso não interessava a Manuel, que só negociava com Esperança, já em dias finais de gestação.

Nessas alturas, Nelito também ignorava o sogro, tornado manso pela espera do neto e ocupado pela nova delegacia que assistia. Na vida de antes, curtia sua vagabundagem insolente, intolerante com a mulher, cada vez mais ausente.

Manuel Crispim sentiu alguma coisa no ar.

– Filha, o seu marido não aparece desde que cheguei. É coisa de agora ou já vem de antes?

Esperança escondendo: tudo ia bem, tudo ia dar certo.

Uma noite, Nelito chegou menos bêbado e por isso mais exigente.

– Mulher, a casa está um desarranjo, minha roupa mal lavada e passada, janela por limpar, e nem uma comida à minha chegada!

– Nelito, estou sozinha, cansada, final de gravidez. Precisava de uma ajudante...

– Ajudante pra quê? Pensa que é madame, casou pra ter vida boa e farta? E essa barriga grande vai logo desocupar, não precisa contratar ninguém para nova despesa.

– Com isso não se preocupe. O meu pai já se ofereceu para pagar. Aliás, ele está estranhando a sua ausência, ainda não viu você.

A lembrança do sogro foi desastrosa.

– Aquele policial imbecil, metido a sebo, é igual culpado de tudo. O mulato tinha de querer um branco importante na família, de pôr a filha na cama comigo, de levar-me a este casamento infeliz! Você podia pelo menos ser filha de branco, de professor, de médico, de gente da minha espécie. Agora, com esse filho da puta na sua barriga, o mulato deve estar babando de achar bom!

Maria Esperança tinha esperado demais, sofrido demais, e daí explodiu. Na mesa tinha só uma jarra de água, e foi ela que quebrou na cabeça do Nelito, encharcando-lhe a roupa e o moral.

O moço Nelito agarrou-a pelo braço e aplicou-lhe surra de pescoção, tapa, pontapés, desaforos, rodando-a pela casa aos berros de puta sem vergonha, safada, aproveitadeira, vagabunda, tudo que podia machucar.

Terminada a surra, Maria Esperança estava no chão, com sangue pela boca, pelo nariz, pelo ouvido, manchas no corpo todo, uma água esquisita rolando pelas pernas, uma dor apertada na barriga, uma idiotice na cabeça, o olhar perdido, sem lágrimas, sem entendimento.

Foi essa Esperança que Manuel Crispim veio buscar de urgência, alertado pelos vizinhos, o genro foragido, a moça no abandono, um parto em curso.

No hospital lavaram-lhe as feridas e o sangue, as freiras assistiram no parto, nasceu uma menina loirinha, linda, diziam, como se diz de todos os recém-nascidos.

Maria Esperança não disse nem viu mais nada, o olhar distante e perdido, a cabeça fraca pelo resto da vida, a mãe que deixava de ser mãe em seu primeiro dia.

Manuel afagava a cabeça da filha, culpando-se da miserável ausência, deixara de longe de ser o melhor pai do mundo, fracassara para Esperança e para Maria Belé.

Quando os médicos deram alta, na semana seguinte, Manuel Crispim voltou para casa com a filha e a neta, dois pesos incapazes que tinha de carregar em nome do amor que não trazia no coração carregado de ódio.

Precisava agora desocupar espaço.

Acomodadas as coisas, dormidas as suas crias, Manuel Crispim pegou na sala o seu velho e esfolado porrete. Do armário retirou a garrucha Laporte, dois cartuchos 28 carregados de chumbo grosso, o cinturão de couro, o paletó negro das rondas do mundo.

Nelito estava num cabaré que não sabia ser o último, com os amigos estroinas, julgando-se um livre e esquecido mortal – palavra que ia em verdade conhecer.

Manuel Crispim marchou direto para a mesa do genro, só o porrete na mão, mudo, um toque-toque das botinas ferradas no assoalho, o silêncio calando bocas, um ar de susto e desgraça à sua passagem.

Nelito estava de costas para a entrada, só deu fé da presença do inimigo quando viu os olhos arregalados dos companheiros e sentiu na nuca o cutucão do porrete.

Virou-se, e virou pedra de cal. Na sua frente, reconheceu a morte, e tremeu, curada a bebida, fanfarronada e coragem em gelatina pura e escorrida.

– Moço, eu avisei. Abre a boca, se quiser ser enterrado com os dentes!

A Laporte nas mãos do mulato era enorme; os canos, dois olhos malignos espiando-o do infinito.

Quando a garrucha chegou à sua cara, Nelito já não tinha ideia. Em seu pavor final, só viu que estava se borrando todo.

Os dois tiros de uma vez, pedaços de osso e sangue sobre a mesa, o que fora Nelito era agora massa inerte no chão, todo mundo assistira, horror, morrer e matar...

O júri de Manuel Crispim foi rápido. Sua vida profissional exemplar, seus amigos na polícia e nas leis, a comprovação da emoção incontrolável e da perda dos sentidos lhe deram pena leve, logo transformada em prisão domiciliar, porque tinha a filha e a neta a cuidar.

Apenas não tinha mais profissão, despejado das funções e do emprego – seria mau exemplo a ser citado.

Ia virar pária social, porque nada sabia fazer a não ser policiar, descobrir, perseguir, prender, tudo em nome da lei, agora sua inimiga.

Nenhuma ajuda, estava desorientado nas funções de pai e avô, que ainda achava dever cumprir.

Já quase em desespero, apareceu-lhe o sr. Almeida oferecendo um emprego simples, uma espécie de vigia, segurança ou espreita na sua companhia. Esse sr. Almeida ouvira falar de sua fama e situação, disse ter dó de tudo que acontecera, não era justo, filha e neta precisavam dele, etc. e tal.

Aceitou o emprego pelo salário, nem sabia o que ia fazer.

Os médicos disseram que Maria Esperança não tinha cura, seria fraca de ideia o resto da vida. A neta, sim, podia ser sadia, mas precisava de um tratamento por toda a infância, pancada na cabeça na surra da mãe, ia ter de aprender a falar e andar, tudo mais difícil, mas valia porque criança sempre é caso de esperança, o que não mais aconteceria com a sua Esperança.

Os tratamentos eram caros, precisava de empregada em casa, e remédios, e médicos.

Seu Almeida não deixou faltar nada, por todo o tempo que foi necessário e para tudo que foi preciso.

E não cobrava nada, a não ser a presença, a segurança pessoal, parecia ter medo de alguma coisa – ou teria feito alguma coisa errada?

Por duas vezes seu Almeida lhe pediu serviço: a primeira, para espantar um crioulo que parecia estar vigiando sua casa – coisa fácil para o porrete do Manuel Crispim. A outra foi mais séria, tinha de levar para fora de São Paulo um homem que apareceu na companhia, tomar-lhe uma pasta cheia de papéis e convencê-lo a nunca mais voltar. Não se soube se por respeito, juízo ou pela perda dos papéis, o fato é que o tal nunca mais apareceu.

E Manuel Crispim tocava sua vida curta de dinheiro e trabalho, buscando no possível ser o melhor pai e o melhor avô do mundo – coisas de que já passava a duvidar.

Agora, saindo da sala do sr. Almeida, Manuel Crispim fazia-se perguntas.

Como achar o moço fugido? O dinheiro, onde andava? E os papéis, que pareciam o incômodo do patrão? Por que fazer sumir o infeliz? O sr. Almeida teria algum medo de sua volta?

Achou melhor engolir dúvidas e perguntas.

O dinheiro oferecido era grande, metade bastava para sustentar filha, neta, casa, empregada, tratamento – o pai livre do fracasso e de dívidas.

Com a outra metade, ia cair no mundo, virar cão de caça, farejar, rastrear, descobrir, merecer o pagamento do seu Almeida.

Manuel Crispim já não pensava só na neta, ou na filha, ou na Mana Belé.

Seu instinto primitivo, aguçado nos anos de trabalho, o levava a pensar no moço fugido, de repente algum Nelito da vida.

Manuel Crispim voltava às origens, animal caçador e predador, farejando trilhas, pensando, imaginando...

– Se eu fosse o moço, golpe tão bem dado, o que ia fazer?

Manuel vestia a roupa de José Antônio, a caça e prêmio. Tinha de conhecer dele tudo que fosse possível, o que comia e bebia, a roupa, o jeito de andar e sentar, a fala, a escrita, a diversão, o que gostava ou não, até a ideia e pensamento.

Manuel Crispim estava a trabalho, finalmente.

Encheu o peito do ar da tarde.

Voltava às filhas, agora de cabeça erguida. Não ia lhes faltar. Nada ia faltar mais em sua vida!

―

Tonho Pólvora tirou a coalheira do burro, liberando-o da carpideira onde passara horas tratando seu milho. Suadeira geral, nos burros, no Tonho, no Zé Brilino, até no Zé Anjo que ficava no vaivém de trazer e revezar animais de trabalho.

Logo na posse da fazenda Tonho Pólvora resolveu plantar roça de milho e feijão, coisas de que ninguém cuidava por ali, terra de gado criado na solta e pasto nativo e comum. O pasto endurecia após a semente, botavam fogo em agosto, e no broto do novo capim as vacadas sobreviviam até as águas e tempos melhores.

Tudo muito primitivo, pensava Tonho Pólvora.

Tudo vinha de fora, preço alto, lucro para o transportador, para o comerciante, para a casa comercial que bancava e cobrava juros do prazo de venda.

Em Oliveira toda fazenda era autossuficiente, tinha seu feijão, milho, arroz, café, cana-de-açúcar pra melado e rapadura, leite, horta de verduras, laranjal, porco de cria e na ceva. Caso de guerra, ninguém passava fome ou precisava dos outros. Por último, até a roupa de lã ou algodão, cardada e tecida no tear doméstico, o sapatão de couro cru, tudo se fazia em casa.

Aqui no Desemboque só filhos se faziam em casa, e em grande quantidade – o que aumentava mais a carestia e necessidade das coisas.

Tonho Pólvora viu que precisavam de um tudo, e desde logo estendeu seu programa que era comércio principal em pólvora e sal para desbravar as suas terras e produzir o que todos queriam e iam pagar caro nas vendas do arraial.

Olhou feliz o seu milho nascido, plantado em leira para ser cultivado na carpideira rústica, puxada por seus burros, porque com enxada era caro e vagaroso.

Já tinha colhido o primeiro feijão das águas, dezoito sacos num pitito de terra, muito mais que lá em Oliveira.

O milho carpidado da cana grossa, escuro até azulado, prometia espiga farta e bem granada.

Cana, já tinha uma quarta de chão plantado perto da casa, pra baixo do curral, de onde recebia natural urina e adubo.

Tinha assentado monjolo, bezerreiro, paiol de milho e feijão.

Doze vacas já iam pastando por perto, das cinco paridas vinha o leite e um queijo cada semana.

A Fazenda Alvorada já começava a ser fato, e Tonho Pólvora sabia que vinha e queria muito mais pela frente. O dia era duro, começava e terminava com o sol, uma hora de almoço e pito de fumo goiano, água fresca que Zé Anjo trazia da mina, Zé Brilino deitado uns minutos na sombra do pequizeiro, Tonho sentado, o olhar longe na terra e no futuro. Afinal, ele estava ali. Tinha começado!

José Albério tinha começado a nova vida e vigiava agora o acabamento da casa de residência, um puxado nos fundos do casarão da praça, sede da Comercial do Desemboque, com lustrosa placa que na frente inaugurava suas atividades.

As coisas eram difíceis, montar comércio naquele fim de mundo, mercadorias vindo de longe, em lombo de burro e carro de boi. Seu ponto de abastecimento era Franca do Imperador, lugar obrigatório de passagem das caravanas para o interior, por sua vez recebendo de São Paulo e até do porto de Santos as suas múltiplas mercadorias – desde telhas de Marselha, francesas, até louças inglesas, passando por barras de sabão, água de cheiro, machado Collins, arame para cerca, o de tudo que ali se precisava.

José Albério aproveitou bem o dinheiro surrupiado para a montagem da casa e do nome junto aos fornecedores distantes, que só acreditavam de início em pagamento à vista, e logo pegaram confiança com o moço bem falante e atrevido, desbravando-lhes novos mercados. Tudo corria bem, os lucros promissores com a enorme margem, mesmo porque nas fazendas e sertões o pagamento vinha sempre atrasado, pela distância, pelo gado ou safra a vender. De qualquer forma, estava inaugurado no Desemboque um novo estilo comercial, para gente que ia se maravilhando com as novidades e se tornando mais civilizada e exigente. Uma banheira inglesa, por exemplo, tinha de ser exibida e apresentada, louças e torneiras esmaltadas logo exibindo água encanada, variações que as donas de casa iam admirando, livradas do suplício de carregar água em baldes.

José Albério e sua Comercial do Desemboque iam crescendo, pegando nome que já escorria pelo Sertão da Farinha Podre, desde Uberaba até o pontal do Triângulo, Porto Alencastro, até Silvânia e Goiás Velho, armando caminho para Mato Grosso.

Na atividade de créditos e débitos, tudo anotado em seu livro-caixa, José Albério ia se tornando um pequeno banco particular, permitindo-se uma certa agiotagem sobre o próprio lucro, coisas toleradas por aquela gente que não tinha outra forma ou fornecedor de suas necessidades. Ia crescendo, conforme esperava e pretendia, e seu projeto de vida e fortuna tomava corpo e tamanho.

No Desemboque, a fortuna era coisa de passagem, e qualquer um que ali se firmasse e desenvolvesse tornava-se imediatamente figura de atenção, de inveja às vezes, mas sempre de respeito, que para isso serve o dinheiro.

José Albério passou a sentir o gostoso prazer de ser considerado, tomar chá com o padre, jogar cartas com o agente executivo, amigo do delegado, cumprimentos respeitosos na rua, olhares lânguidos das moças casadoiras e aconselhadas à sua sedução. Já era cidadão do Desemboque, convidado especial a todas as reuniões, desde os saraus familiares até as comunitárias, religiosas, políticas, classistas: tudo o mais.

Em seu projeto, José Albério não se esquecia de donativos à igreja, ao pequeno hospital, às obras da confraria de São Vicente, e com discrição aos maçons locais em visitas de seus maiorais. Fazia caminho, e fácil, entre aquela gente simples que lhe admirava o sucesso, o que em todo o mundo acontece aos que têm dinheiro e o mostram.

Havia, é claro, alguns invejosos e desconfiados, gente que perguntava de onde vinha aquele arrivista, o seu dinheiro misterioso, a sua juventude ali plantada quando parecia mais coisa de gente da capital.

José Albério sorria, para o padre Júlio:

– Vim para ficar, padre. Não tolerava mais a cidade grande, com sua inveja e falsidade, tanta gente em luta por dinheiro e posição, roubando e trapaceando. Não aguento mais, padre. Vim para o interior, gente simples, boa, honesta, onde o espírito de caridade ainda existe, onde se pode ser feliz e em boas intenções!

E para o delegado:

– Doutor, conte com a minha ajuda para o que precisar. Neste fim de mundo, admiro a sua dedicação e coragem em impor a lei, a ordem, os bons costumes. Desemboque vai crescer, e confio no seu trabalho de alicerçar esse progresso. E por falar em alicerce e construção, tomei a liberdade de mandar para a sua casa uma banheira e uma caixa-d'água e canos, é preciso dar-lhe algum conforto, fico feliz em poder ajudar. Se precisar qualquer coisa, é só avisar!

E lá ia o moço José Albério, sua fala insinuante, relações e influência crescendo, o mundo aberto à sua frente, no caminho da Fortuna, única deusa que pretendia e em quem acreditava.

O coronel Ângelo Macedo de Queirós era figura patriarcal nos sertões do Desemboque, onde chegara antes de todos, fincando limites pessoais às terras sem dono ou disputa, que depois ganhariam o nome de devolutas para servirem de luta, negociatas e ambições entre os futuros arrivistas.

Um homem singular, esse coronel Macedo.

Ninguém saberia dizer se o seu coronel vinha de patente, da Guarda Nacional, de alguma concessão nobiliárquica, ou simplesmente de seu próprio desejo titular – mas todos o respeitavam como tal.

Estabelecera seus limites desde as nascentes do rio das Velhas até a margem do rio Grande, abrangendo o ribeirão do Inferno, o Quenta-sol, o Soberbo e beiradas do Desemboque – uma sesmaria de terras na maioria incultas, exploradas de maneira predatória, mantidas pela pressão pessoal do coronel e seu exército de fiscais e escravos. Ali era lei única, mandava e desmandava, nem gente do governo atrevendo-se a interferir em seus projetos.

Figura típica do senhor feudal, o coronel não pagava salários, simplesmente cuidava da vida de sua gente, sobre a qual exercia poder absoluto. A todos dava o de comer e beber, um trato no parto ou na doença, as roupas tecidas por suas mucamas na própria fazenda. Quando queria, dava uma gratificação ou prêmio para o felizardo ir-se ao Desemboque comprar algum penduricalho para o negro, ou um pano encarnado para a saia da festa dos Santos Reis, ou uma viola, um pandeiro, um pote de óleo perfumado, uma bobagem qualquer, porque no seu humilde pensar ninguém ali precisava de nada, o coronel dava e sabia tudo.

Aquele poder absoluto lhe conferia direitos totais de decisão sobre as vidas que lhe pertenciam.

O coronel Macedo escolhia a hora e a pessoa que devia casar-se, e com quem, cuidando geralmente do seu interesse: a filha do capataz ia casar-se com um vaqueiro melhorado, promissor substituto para o pai. A filha da mucama ia casar-se com seu terrereiro, continuando a linha de trabalhos domésticos. Se havia padre, o casamento era homologado. Se não havia, valia a palavra do coronel, e o casamento servia até futura e definitiva homologação cristã, às vezes já associada ao batismo de filhos advindos na espera. A palavra de Deus era importante, dizia o coronel, mas a dele era de valia imediata – e tinha que ser obedecida.

O absolutismo do coronel abrangia as vidas de sua gente, e ai daqueles que aí viessem interferir.

Um mudinho que cuidava de sua horta foi judiado por um cachaceiro, quando em visita ao Desemboque, posto nu e ridicularizado na praça.

O coronel tomou desforço pessoal.

Montado em sua melhor mula, cercado de seis negros especiais, entrou no arraial, ajaezado para combate, armas e olhares mortíferos a desencorajar interferência, o delegado saindo rápido para desconhecida pescaria.

Na praça principal estava o Bar Alegria, onde ainda tomava coragem o dito cachaceiro, um Zé das Antas qualquer, avisado da visita do coronel Macedo, já agora sozinho e desacompanhado em solitária mesa, amigos vazando por portas ou janelas possíveis, a chegada do coronel desfazendo qualquer solidariedade.

Chegado à porta do bar, o coronel não estacou a mula: meteu-lhe taca e espora, com o que o mulão vazou porta adentro, invadindo salão e balcão, parando apenas frente à mesa do tal Zé das Antas, agora sóbrio e respeitoso, medo superior a qualquer coragem alcoólica.

– O moço judiou cria minha, um mudinho infeliz, gente humilde da minha casa, pessoa de minha estima e proteção!

O Zé das Antas pôs-se de pé, um cuidado especial em segurar a tremura de seus alicerces.

– Senhor coronel Macedo, peço-lhe perdão. Não quis ofender ninguém, juro, nem sei que arte do capeta me possuiu!

– Não quis, mas ofendeu. Meu mudinho é curto de ideia, nem fala tem para protestar, um coitadinho que vou zelando. Por isso, o moço não lhe fez ofensa nenhuma. Ofendeu, e de verdade, a minha pessoa, que fica desautorizada neste sertão se gente de minha casa receber o trato que vosmicê lhe deu e eu ficar mudo, coisa que não posso aceitar.

– Mas, coronel, eu já pedi desculpa...

– Desculpa não chega, o povo não vê nem escuta, toda a gente fugiu do nosso encontro e conversa. O que precisa mesmo é uma correção, que vai ser boa até pra sua educação e pensar futuro.

Os negros do coronel já tinham apeado dos burros, deixados lá fora, e cercavam a mesa do Zé das Antas, suas pingas substituídas por gelatina na ideia e nas pernas.

– O moço passeou meu mudinho pelado pela praça, teve gente até que achou graça. Agora é a sua vez de passear, o povo lá fora aumentou, está esperando coisa mais engraçada. Por isso, o moço vai ficar pelado aí e agora, do jeito que nasceu, e já!

Zé das Antas pediu socorro com os olhos, ninguém em resposta, um negrão já correndo a mão pelo chicote feito de verga de boi, o jeito foi obedecer, e logo.

– Agora, o moço pelado não precisa passar vergonha na praça. Meus negros vão lhe dar roupa conveniente.

E já de imediato um mulato forte despejou pela cabeça do infeliz um balde de preto e fedorento piche, cuidando em cobrir-lhe o corpo todo, da cara aos pés. Ato contínuo, um segundo crioulo completou o serviço despejando-lhe um jacá de penas de galinha e conveniente esterco, tudo grudando no piche e corpo do tal José, transformado agora em enorme galináceo.

– O moço vai sair para um passeio pela praça, umas duas ou três voltas, só para o povo ficar feliz e ver que o coronel Macedo cuida de sua gente. E não vai ficar calado, não, que meus negros vão lhe acompanhar. Vai andar cacarejando feito galinha que botou ovo, acho que pela última vez aqui no Desemboque!

E foi caminhando feito galinha, cocoricando feito galinha, coragem e espírito de galinha que o Zé das Antas deu suas voltas, finalizadas em escapada por trás da igreja até a farmácia do Quirino, este gastando duas horas e meia lata de água e sabão para limpá-lo do piche e das penas, às vezes algum pedaço de pele queimada junto, muita dor e sofrimento do coitado.

Zé das Antas, claro, sumiu do Desemboque.

O coronel Macedo reafirmou autoridade e prestígio, brilho para a sua desconhecida e temida patente.

Coisas assim fizeram a fama do coronel, já agora sessentão e pensante nos novos tempos do Desemboque.

O coronel casara tardio, após os quarenta, e só tinha duas filhas para sua herança e futuro. Donana, sua mulher, fora buscada nos longes de Ouro Preto, de gente fina e educada, e um desarranjo na segunda parição lhe impediu novas gestações. O coronel tinha que ficar satisfeito com Ana, a filha mais velha, e com Mariita, a mais nova, suas sucessoras e preocupação, porque aos genros caberia o trabalho das imensas terras e da descendência.

Donana ensinara ao marido, meio às escondidas, alguma leitura e escrita, o suficiente para o coronel Macedo do Desemboque, mas pouco para o que pretendia para as filhas, enviadas a estudar em Ouro Preto, casa e convívio dos seus parentes. Assim, de pouca coisa participavam ou conheciam em sua terra, que visitavam uma vez por ano, em férias do colégio.

Sentado na varanda do casarão colonial de sua fazenda, o coronel imaginava coisas que tinha que decidir, em futuro próximo.

Ana, a mais velha, não era bonita, nem se fazia atraente, mas era o braço da casa, sustentação das ordens e serviços de Donana, fiscal dos trabalhos de lavoura e gado que visitava montando em silhão um cavalo macio e escolhido, resistente de andar seis a oito horas sem se cansar ou mudar a toada.

Mulher danada, essa Ana, pensava o coronel. Mas quem iria escolher a moça sem beleza, sem vaidade, até sem interesse pelos rapazes de ronda no Desemboque?

Mariita era o contrário. Mais nova, nos seus quatorze anos, era um capeta em forma de gente. Em Ouro Preto era a canseira da família, presença em todas as festas, farta pintura e perfumes, os cabelos encaracolados e trabalhados, vestidos decorados, um atrevimento sensual e sedutor, a palavra fácil, os jogos de amor já incendiados no olhar e no comportamento.

Para Mariita, o Desemboque era um castigo anual, a que vinha por pura obediência. Nenhum interesse tinha por gado, por lavoura, por terra, pela gente suarenta e fedorenta que o pai recebia nos finais do dia trabalhado. As festas do Desemboque eram desenxabidas, gente atrasada, conversa de negócios nos homens, conversa de filhos, empregadas e doenças nas mulheres. Nada que lhe interessasse, a não ser algum episódico comprador de gado vindo de Barretos, em visita e negócio do pai, e para quem se vestia e coqueteava como em treinamento para o retorno a Ouro Preto, supremo desejo de suas férias.

– Esta vai ser fácil casar – pensava alto o coronel com Donana. – Difícil vai ser conservá-la no Desemboque.

– Macedo, as meninas são diferentes, mas tudo vai dar certo. Tenho permanente duas velas no oratório de Santo Antônio. Sei que você anda preocupado, mas ainda não chegou a hora. Todo dia vem gente nova, e Santo Antônio vai fazer a escolha. Afinal, elas são os melhores partidos do Desemboque! Sem pressa, portanto, coronel!

Apesar disso, o coronel tinha pressa. Não que estivesse cansado do trabalho, nunca fizera outra coisa na vida, ia morrer no eito, como falava.

A pressa, na realidade, era de casar as filhas e fazer descendência, não podia esquecer a sesmaria a zelar, agora e pela primeira vez valendo alguma coisa, mineiros e paulistas ali se encontrando, a vila ia virar cidade, comércio esquentando pelo interior, cada vez mais gente passando ou ficando.

Foi assim que o coronel vendeu ao moço Tonho Pólvora o pedaço de chão que o encantara. Era barato para o moço de Oliveira, mas era muito mais do que valia por ali. Depois, o rapaz era trabalhador até demais, ia criar raízes, prometeu, e ia trazer gado, sal, pólvora e outras coisas importantes para ele e para o Desemboque.

Ficaram amigos, o moço Pólvora sempre o visitava pedindo um conselho, trocando opiniões, o velho valorizado da consideração do moço, ainda tímido e respeitoso, mas já visita quase semanal.

– Esse rapaz vai longe, Donana. Trabalhador demais, gente de família, de respeito. Vai longe!

Tonho Pólvora tinha finalmente acabado o depósito de pólvora, sólido barracão a uns prudentes quinhentos metros de sua casa, ponto mais baixo e escorrido do chão, perto do córrego que antes passava pela sede e serviços de curral.

Zé Brilino estava feliz. O barracão construído era certeza das viagens, das comitivas de burros e carros de boi, a longa e amada estrada até Oliveira, a novidade a contar, o pouso entre as estrelas e a terra cheirosa de chuva ou capim, um cateto a caçar num capão de mato, araras passando em final das tardes, pio de codorna, de nhambu, de perdiz, o corujão da noite, o sabiá da madrugada, as pombas do bando, uma intoxicação de natureza que lhe enchia narinas, olhos, ouvidos, todo o coração e alma.

Zé Brilino ficava novo, a manqueira e dor da perna saravam, maliciava caminhos e atoleiros, encurtava estrada, o sentido no melhor pouso, o prazer de ver a tropa formada e educada; burros e cavalos virando gente na sua mão de mestre.

Sempre que podia, levava o Zé Anjo, agora ajudante oficial do Tonho na fazenda, nem sempre possível de sair em sua companhia.

Quando podia, Zé Brilino ficava mais brilhante e imponente no seu trabalho de instrução, um legado que deixava final para o aluno amado, a passagem de sua inculta e inescrita cultura ao mulatinho esperto, que na certeza ia guardá-la e transmiti-la depois, porque assim procediam os homens da terra.

Às vezes, o toque de instrução era rude.

– Zé Anjo, põe tenência, menino burro. Se vai na guia da comitiva, não é pra olhar atrás, nem assobiar ou soltar a ideia. Na frente, é preciso ainda mais sentido das coisas. Ontem, você passou do lado daquela caixa de abelhas, não viu nem sentiu, foi a gente atrás atropelar aquela criação do capeta e esparramar tropa no cerrado, tudo mordido e inchado, desordem a tarde toda. Não sei se lhe meto o relho pra aprender, ou lhe passo para a culatra, onde poeira e calor também servem de educação. Põe tenência, menino.

Às vezes, a instrução era preventiva.

– Moleque Zé Anjo, na guia você tem que ter atenção. A tropa, o gado, os bois de carro, tudo que vem atrás vai no seu rastro e confiança. Por isso, é preciso você aboiar, chamar a tropa, barulhar o caminho na frente, a mode assustar cobra ou bicho do mato que pode aparecer de repente com alvoroço e assustar ou esparramar a nossa traia. Guia não é só pra mostrar caminho, é pra limpar caminho!

Raras vezes, um cumprimento.

– Zé Anjo, gostei do seu trabalho hoje. Da outra vez passamos mal o córrego da Ariranha, água pelas arcas, molhança de roupa e gente, a traia de cozinha encharcada para a janta ficar tardia e reclamada. Vi que você saiu cedo, no burro Piau, animal especial no assunto de descobrir vau mais fácil, medo de água que ele tem. Foi passagem boa, dessa vez, você maliciou sem precisar meu aviso. Mas não fica besta, não, moleque, presta sempre atenção que tem muita coisa pra aprender!

E Zé Anjo prestava atenção, a figura do Zé Brilino mestre, o saber que o velho ralhava por costume e vontade de ensinar, mas que no fundo lhe queria bem, e se não demonstrava era porque não era coisa de homem mostrar fraqueza de sentimento.

Quando podia, Zé Anjo fazia um agrado de surpresa, um articum, um murici, uma fruta qualquer do mato, apanhada lá na frente e que no final da tarde e janta vinha repartir com o velho.

– Menino, perdendo tempo em panhar fruta do caminho! Atenção na guia, já falei!

Mas, ao ver a cara triste do Zé Anjo:

– Falei por falar, não presta atenção, sou um velho ranzinza mesmo. O articum tá muito bom, escolhido no ponto, e nem atrasou seu serviço. Fico obrigado, menino. Toma, prova este pedaço. Especial!

Com o transporte da pólvora e sal iniciado, Zé Brilino ficava mais cuidadoso, a carga era perigosa, duma vez explodiu em certo pouso um incarote de pólvora, dois burros e o peão feitos em pedaços.

– Atenção, meus companheiros. Carga de pólvora não é farinha. Daqui até o Desemboque não quero saber de pito nem fósforo, fogo só para o cozinheiro, longe da carga e contra o vento. Se pego desobediente, educo a porrete, e nunca mais comigo na estrada!

Assim começava Tonho Pólvora o seu negócio, o armazém de pólvora uma coisa essencial para os bandeirantes de passagem, felizes do abastecimento próximo agora, e pagando o bom preço da facilidade.

Pólvora, sal, milho, feijão, arroz, um capado gordo, um charque de vaca, e o abastecimento sertanejo ia rendendo a Tonho Pólvora conhecimento e influência, além do dinheiro que reaplicava na terra do seu futuro. Nessa ocupação, pouco tempo lhe sobrava para ir ao Desemboque, e pouca vida de cidade ou gente o ocupava. Em verdade, o que buscava no comércio era alguma coisa para melhorar sua casa e pouso, um conforto de água e banho, de cozinha, um telhado garantido contra chuva de vento, uma parede de tijolo queimado, uma janela de veneziana, pequenas coisas que lhe lembravam a origem civilizada e ensinavam conforto aos novos sertanejos da vila.

—

Foi assim, em ida ao comércio, que Tonho Pólvora ficou conhecendo a Comercial do moço José Albério, como ele um migrante do futuro.

Foi fácil o conhecimento, e logo a amizade, irmãos de certa forma em sua vida de pioneiros solitários, desguarnecidos de família e companhia.

Tonho Pólvora admirava o arrojo do José Albério, o seu atrevimento comercial, a sua confiança no futuro, o seu conhecimento de cidades e negócios, a sua prosa insinuante, o moço lhe parecia ser o mais sabido e experiente do lugar.

José Albério via no Tonho Pólvora o trabalhador incansável, o desbravador invejável, que não somente lhe servia como freguês, mas também como amostragem e referência do seu comércio.

Passaram a se encontrar nos finais de semana, em alguma festa ou reunião, um jogo de cartas, uma prosa sobre negócios e a preocupação permanente dos dois: o futuro.

– José Albério, admiro a sua coragem. Com sua experiência e recursos, você podia estar em lugar melhor, de futuro imediato, e não nestas lonjuras e incertezas. Por que essa disposição?

– Tonho, não pude ser como você, um trabalhador do sertão, homem do mato e da terra. Fiquei homem da cidade, mas a minha vocação é o comércio do sertão. Vi que tudo aqui está por fazer, que futuro existe, e quero estar nele.

Assim, sem grandes intimidades, iam em convivência amiga, companheiros de destino, laços imprevisíveis no futuro e na vida.

―

– Seu Almeida, terminei a busca do moço aqui por São Paulo, por Santos e pela baixada beira-mar. Garanto que esse José Antônio não está nem nunca esteve arranchado por aqui, desde o roubo, há mais de ano.

– Sr. Manuel Crispim, o senhor usou todos os seus conhecimentos?

– Os que eu sabia, de sua informação, e mais uns tantos, verificados com companheiros antigos, com informantes da ronda, com trabalho pessoal. Não temos muita coisa, o senhor sabe. Juntei as peças no que era possível. Moço entre 25 e 30 anos, bem falante e educado, muito entendedor de escritórios e contabilidade, trabalho anterior com compras e vendas por atacado, ambicioso, com um monte de dinheiro pra gastar... Verifiquei bem, ninguém apareceu nessas condições, nem em farra, nem em negócios. Alguns poucos conhecidos ou de família, por aqui, nunca mais o viram. Vigiados uns tempos, nenhuma visita.

– E agora...

– É mudar de rumo... Demorado, o senhor já viu. Continuo?

– Seu Crispim, vale sempre o que conversamos. O dinheiro da família está depositado todo mês. A neta vai bem?

– Nem tenho muito tempo, só apareço algum fim de semana. Vai forte e bonitinha, ainda não anda, em tratamento sempre, o médico com boa esperança. O pagamento do senhor tem sido sagrado, minha palavra também vale. Vou pelo interior, desapareço uns tempos, cada seis meses dou notícia, antes se descobrir...

– Vai com Deus, sr. Manuel Crispim!

―

Tonho Pólvora e José Albério já eram pessoas conhecidas e reconhecidas em todo o Desemboque, cada um com seu jeito e sua atividade.

Tonho, homem do campo, sua fala simples e direta, sua vontade de vencer, seu trabalho incansável, ia influenciando o povo da roça em novos progressos, a melhoria de produção, o comércio ali perto já absorvendo o que tinham para vender, uma liderança em crescimento.

José Albério, o moço da cidade, trazia para sua casa comercial confortos e artigos nunca imaginados, até revistas de moda e tecidos da Europa. Mocinhas já sabiam o que era Paris e seus perfumes e tentações, as reuniões comentavam as novidades, até um professor novo se mudara para dar aulas na escola, civilidade, boas maneiras, uma tintura de latim e francês, *bon soir, madame, vous êtes très jolie*, etc.

O Desemboque começava a ferver, a ser falado, do sertão vinham gentes conhecê-lo, breve a vila, depois seria a cidade, enfim.

O passar do tempo ia aproximando o convívio de Tonho e José Albério, jovens em caminho do triunfo.

O comércio de sal e pólvora do Tonho cresceu, nesses cinco anos, e o depósito fora aumentado, mais viagens e comitivas, mais negócios e dinheiro, todo reaplicado na fazenda, agora já apontada e invejada, recebendo visita até do coronel Macedo.

Na cidade também crescera José Albério, a Comercial do Desemboque tinha construído novo depósito nos fundos, gente de toda parte o visitando e comprando, os fornecedores de Franca admirados dos pedidos crescentes do moço, que já pensava em fazer compras diretas no porto de Santos ou em São Paulo, nada atrevendo ainda pelos receios anteriores.

Passando tempo, convivência, festas, reuniões, os dois moços trocavam conversa, já agora amadurecida e objetiva.

– José Albério, você que é homem do comércio, o que acha de montar filial de pólvora e sal em Uberaba? Lá é entroncamento da estrada de São Paulo, acho que tem até mais futuro...

– Pode ser, Tonho, mas e a sua fazenda, toda em organização? Arrume uma coisa de cada vez. Comércio, só com o dono em cima do caixa e dos livros. Tem sempre um bandido pra tirar proveito de uma ausência ou distração!

No fundo, José Albério estava interessado no comércio do Tonho, uma simplicidade de dois artigos, um controle fácil, importante era só conhecer e negociar o fornecedor, quem sabe Uberaba seria ponto seu, uma filial da Comercial já projetada para lá...

De resto, a idade e estabilidade levaram os dois moços à cobiça dos patriarcas regionais portadores de filhas casadoiras, resultando em convites múltiplos de suas presenças em festas sob qualquer motivo ou pretexto outro que não a apresentação da donzela disponível ou necessitada.

Tonho Pólvora sentia-se lisonjeado, comparecia, falava pouco, dançava, desajeitado e tímido, só respondia a assuntos de que entendia, esgotado o assunto saudava todos e se retirava no cavalo Brasão, um baio que Zé Anjo ficava zelando até a saída do patrão.

José Albério lia as entrelinhas, pesquisava o cadastro do anfitrião, falava muito e de tudo, sorria à donzela da vez, falava uns versos ou graças, e saía de charrete, lenço francês vermelho no pescoço, chapéu de legítimo Panamá, um borzeguim abotoado de duas cores, o janota sabido do Desemboque – e ia direto ao cabaré da Zilda, arredores escondidos, onde mais tarde se encontravam austeras presenças masculinas da festa, agora liberadas do convite.

– Cáspite, José Albério! Desta vez o velho Ariosto mostrou a menina, coisa mais feia e desajeitada, o que você diz?

– Não digo nada, o velho está no papel dele. E meu freguês, amanhã por certo fecha o negócio de um carroção e carga, e isso já lhe dá qualidade grande. Zilda, me manda a Margô. Dia cheio, hoje!

O coronel Macedo ia a Ouro Preto buscar as filhas para as férias. Antes, porém, tinha que comparecer e chefiar a reunião do partido, porque na política regional nada se fazia sem a sua consulta e aprovação. A oposição era pequena, inexpressiva, sem motivação. Dom Pedro II, o imperador, era um homem bom, distante, culto, gostava de livros, de visitas ao exterior, deixava o governo aos seus ministros e administradores, e um certo movimento republicano começava a tomar corpo dentro daquele marasmo político e administrativo.

Ali no Desemboque a situação era tranquila, o coronel era imperialista respeitoso, como respeitoso seria de qualquer governo que lhe reconhecesse patente, méritos e propriedades. Falava-se da tal República, mas não se via corpo nem cabeça para tal atividade.

Por costume e tradição, o coronel promovia as reuniões políticas no

Salão da Lira do Desemboque, presentes o padre, o delegado, o intendente e seis ou sete líderes locais, por obrigação e devoção filiados ao partido do coronel.

Naquela noite, sua abertura foi breve.

– Meus companheiros, estou de partida para a capital, em busca de minhas filhas para as férias. Não temos programação especial, apenas para o ano devemos ter atividade do partido, de conforme com as notícias que eu trouxer de Ouro Preto. Por isso, farei breve esta reunião, apenas perguntando se algum companheiro tem assunto a propor ou tratar.

O delegado achou por bem falar, sempre complicado.

– Coronel, no realmente as coisas estão assim no paradeiro, tudo sem novidade, a sua ida pode ser de valia para a nossa orientação...

José Oliveira, um baixinho encardido, era agente comissionado do governo para correio, listas eleitorais, alistamento, e achou de interromper.

– Não é tão no paradeiro, coronel. Existe um zum-zum de República por aí, gente soprando nos botecos e vendas, desrespeito ao imperador, coisa de mudar governo e regime, é bom a gente informar lá em cima e prevenir aqui no Desemboque.

– Sr. José Oliveira, não acredito nesse disparate, inda mais aqui onde controlamos todo o Distrito. Em todo caso, farei a informação. É bom colocar uma pulga de preocupação, até para valorizar o nosso trabalho... Alguma outra sugestão?

O padre Júlio mostrou serviço.

– Coronel, o senhor chefia a nossa política há muito tempo, de maneira exemplar, nunca tivemos problemas. Agora, o Desemboque vem crescendo, muita gente de fora abre terras e fazendas, negócios e comércio por aqui. Sem abrir mão da liderança de vosmicê, queria lembrar a oportunidade de pegar esses arrivistas mais importantes para fazerem parte do nosso partido, coisa de nos fortalecer e evitar aparecimento de outros movimentos...

O zum-zum foi da sala, a lembrança do padre era válida e real, reconheciam, mas junto vinha o medo da renovação, de novos e mais ativos companheiros, com a ameaça às lideranças já antigas e adormecidas.

– Muito bem, padre Júlio. Eu mesmo já vou ficando velho...

Um "não apoiado" geral na sala.

– ... e acho mesmo que é hora de ir buscando gente nova, nos conformes que o padre falou, entrar para ajudar e ao mesmo tempo para desarmar qualquer adversário. Quem apresenta gente nessa situação, para o nosso convite?

– Coronel, a gente vai ouvindo e conversando por aí. Na igreja, reunião da Confraria de São Vicente, duas pessoas têm sido lembradas pela ajuda e capacidade. O sr. Tonho Pólvora, que nos fornece arroz, feijão e milho para alguma necessidade, e o sr. José Albério, que tem ajudado no conserto de casas de alguns pobres. São pessoas novas por aqui, mas que chamam a atenção.

– Apoiado, coronel – o intendente falava pela primeira vez –, se o senhor concordar, naturalmente, são pessoas para o futuro de nossa cidade e do partido.

Outros assentiram.

– Companheiros, levo comigo a lembrança. Conheço bem os dois, pessoas diferentes, cada um em seu galho. Uma vantagem é que cada um representa um tipo de gente. O Tonho Pólvora é do campo, pode ser líder da gente do mato. O José Albério é moço da cidade, uma roda de gente que vai crescendo, e pode ser importante por aí. No mais, agradeço a todos a presença. Se tivermos mais assunto, em minha volta vamos conversar.

O boa-noite do coronel Macedo era sempre final e dispersivo. Todos foram para casa, ninguém diria palavra aos novos convidados, a honra e serviço caberiam ao coronel.

OS GENROS DO CORONEL

Mariita e Ana estavam de volta ao Desemboque para férias, preocupações diferentes nas cabecinhas jovens, afinal para o ano deveriam voltar em definitivo, terminavam os estudos.

Ana logo montou cavalo, um moleque serviçal de companhia, e foi correr campos, gado e alguma lavoura que o coronel ia imitando fazer.

Mariita foi pra cidade, à roda buliçosa das amigas, contar novidades da capital, soprar confidências, escândalos, risadinhas excitadas, as meninas locais se juntavam na curiosidade e no prazer de sua presença.

Ana, um chapéu de palha de aba larga elegantemente amarrado por lenço no pescoço, varava terras e estradas, a única pintura um afogueado de calor no rosto, uns olhos brilhando de curiosidade, a alegria da fazenda que ia ser sua um dia, que imaginava crescendo, cheia de gente e gado, cantoria nas lavouras, nos paióis de milho e arroz, ia plantar café, ia plantar cana, engenho novo, todas as novidades de que falavam e com que sonhava.

Foi assim que chegou aos limites da propriedade, rumo ao ribeirão do Inferno e Retiro Alvorada, hoje fazenda dum tal sr. Tonho Pólvora.

De feminino, Ana tinha toda a curiosidade.

– Zito, abre a cancela. Acho que é hora de visitar esse vizinho desconhecido.

E foi no passo aberto do alazão que Ana entrou pelas terras de Tonho Pólvora, sem nunca imaginar que um dia entraria em sua vida.

Mariita entrava com sua mucama na Comercial do Desemboque, curiosidade acesa pela informação excitante das amigas.

– Tem de tudo, Mariita! Perfume francês, imagine, um sabonete inglês que perfuma e azeita o corpo da gente, dá arrepio e vontade de passar a mão... E tem roupas, colares, brincos, chapéus que só as madames de São Paulo usam... E tem um moço-dono que é uma beleza, sempre perfumado e limpo, uma fala macia, umas histórias que conta da sociedade de Franca e São Paulo, uns olhos grandes e cobiçosos, parece comer a gente e o mundo... e até agora solteiro, Mariita, imagine o desperdício...

Mariita foi examinando peças e curiosidades pelo salão da Comercial, avaliando os artigos expostos, e lá por dentro já corria um atendente.

– Sr. José Albério, está lá na frente a moça Mariita Macedo, a filha do coronel, gente de importância, vale o senhor atender...

José Albério arranjou os cabelos caídos na testa, uma camisa de punhos longos, sem paletó ou gravata, afinal estava em serviço, colocou apenas o lenço francês no colarinho... e foi conhecer a senhorita Macedo.

– Senhorita, muita honra e prazer em conhecê-la e recebê-la em minha casa. Sou José Albério, um seu criado.

Mariita sorriu lisonjeada do cumprimento, coqueteria despertada já pelo jeito educado do moço, tão diferente dos outros do lugar.

– Muito prazer também. Sou Maria do Socorro Macedo, mas pode me chamar de Mariita. Toda gente aqui me chama assim!

– Pois dona Mariita, faça desta a sua casa. Não temos no Desemboque os encantos que a senhorita conhece, de cidade grande e capital, tudo aqui está em começo, mas vamos chegar lá um dia. De qualquer maneira, a sua beleza e elegância já estão enfeitando hoje a minha casa, para minha alegria...

Mariita ficou vermelha, mais de prazer que de vergonha, a galanteria metropolitana do moço era fato novo no Desemboque, onde pouca gente teria coragem de lhe falar daquela maneira.

– Sr. José Albério, dispense de me chamar de dona, que vou dispensar-me de o chamar de senhor. Também estou feliz com o progresso que sua Comercial significa para o Desemboque. Por certo vamos encontrar-nos depois, meu pai sempre oferece uma festa quando voltamos de Ouro Preto. Será um prazer recebê-lo...

– O prazer será meu, Mariita. E, se me permite o atrevimento, aceite em agradecimento da sua presença este pequeno perfume, que espero fazer justiça à sua beleza e personalidade.

– Obrigada, José Albério. Fico lhe devendo uma dança. Por certo você é um bom dançarino, treinado nos salões de São Paulo...

– Nada, Mariita, mas dançar consigo deve me fazer leve, na honra que desde já lhe agradeço.

– Então até breve. Espero-o na festa!

E Mariita Macedo, o mais jovial e coquete sorriso no rosto, estendeu a José Albério a ponta dos dedos, que ele logo beijou em elegante mesura.

Retirada Mariita, o antigo José Antônio assumiu o moço José Albério, despertado seu pensamento para o caminho da Fortuna, uma cócega no bigode bem cuidado, um pensamento vagando no rastro coleante da jovem filha do coronel Macedo.

– Taí, seu Zé Albério, a nova estrada da vida. Moça bonita, educada, agitada, idade certa das coceiras matrimoniais, por trás de tudo a fortuna do velho Macedo... é coisa pra pensar. Vale deixar a Margô da Zilda, os cabarés de Franca, algum projeto de Rio ou São Paulo? Casado, tudo isso será mais difícil, o coronel tem estopim curto, muita ignorância e poder... Melhor esperar um pouco, marcar posição com cuidado; sai fora, José Antônio, deixa José Albério trabalhar!...

―

Ana de Macedo apeou do cavalo com agilidade, nem esperando que o moleque Zito lhe segurasse a montaria.

Estava afinal na Fazenda Alvorada do tal Tonho Pólvora. Passara pelos campos e gados trabalhados, lavouras de milho embonecando, o arroz encartuchando, gente cantando no serviço, seriemas gritando no longe do cerrado, o berro de bezerros leiteiros presos no curral, um zunido de abelha oropa fazendo colmeia nova na cumeeira da cocheira, galinha cacarejando no quintal, um cheiro de flor-de-são-josé na beira do rego-d'água, um monjolo batendo compassado, cantiga de negra na cozinha... as coisas familiares da sua vida, aqui mostrando ainda mais calor e presença.

De dentro da casa um mulato jovem e espigado pulou os degraus da varanda e segurou as rédeas do seu cavalo, apresentando-se.

– Dona, sou Zé Anjo, peão do sr. Tonho Pólvora. Precisa alguma coisa?

– Moço, sou Ana de Macedo, sua vizinha, venho visitar para conhecer o sr. Tonho. Ele está?

– Dona, seu Tonho está no quintal, ensinando limpar arroz no pilão do monjolo. Vou chamar. Favor entrar na sala. Volto em instante.

Assim Ana entrou na sala de visitas da casa, antiga mas reformada, caiada de novo, os barrotes em azul, venezianas das janelas ainda cheirando a pintura recente. Sala simples, assoalho de largas tábuas corridas de ipê-roxo, uma mesa redonda central com jarra de porcelana e lavanda em cima. Nenhum quadro nas paredes, só um espelho oval e bisotado, nenhuma flor, nenhuma almofada nas cadeiras ou no sofá de treliça, tudo nu de mão ou gosto feminino.

"Casa de homem", pensou, "e gente que trabalha sem enfeite. Vida dura..."

Zé Anjo logo entrava com um Tonho Pólvora afogueado da pressa em vir atender à filha do coronel Macedo.

A moça tinha tirado o chapéu e lenço, refrescando nuca e cabelo com a água de lavanda, cabelos presos em coque, um rosto correto, traços finos, olhos bonitos, a boca tinha lábios lineares, nenhum sorriso ou atração própria da idade.

– Moça, sou Antônio Pólvora de Oliveira, todos me tratam Tonho Pólvora. Desculpe-me estar suado, a roupa suja, estava em trabalho no terreiro...

– Sou Ana de Macedo, já disse pro seu mulato. Não ligo pra essas coisas, até gosto de ver o trabalho e a gente da roça. Vim visitá-lo e conhecê-lo, afinal somos vizinhos, vou ficar uns tempos por aqui, de férias. Gostei dos seus campos, lavouras, gado, trabalho, afinal.

– Fico obrigado, dona Ana. O coronel Macedo me fez um favor vendendo-me estas terras do jeito que lhe pude pagar, e vou fazendo o que posso para progredir.

– O que devia, já pagou. Meu pai admira o seu trabalho, acha que o moço tem futuro, coisas novas e importantes para nós todos do Desemboque. Sei do seu comércio de sal e pólvora, queria conhecer o seu depósito. Também do rego-d'água servindo cozinha e serviços, tocando o monjolo, depois a mó para fazer fubá. Posso ver tudo?

Tonho Pólvora ficou surpreso, nunca tinha visto mulher falar ou interessar-se em trabalho de homem, era só coisa de cozinha, de costura, de criadas, de roca, fiadeira e tear.

– Vou mostrar tudo, dona Ana. Um prazer para mim. Quer me acompanhar?

E foi assim que Ana de Macedo ficou conhecendo os pertences e a gente do Tonho Pólvora.

Voltou de sua visita intrigada com as coisas novas, um rego-d'água movendo tanta coisa, desde o monjolo e moinho de fubá até uma roda d'água para uma caixa-depósito na casa, encanamento e distribuição para serviços e banheiro, um chuveiro que substituía as incômodas e antigas banheiras de madeira, tudo limpo, higiênico, coisa nova por ali.

E o depósito de sal e pólvora, para comércio? Levou um susto com o seu tamanho, galpão de cinquenta metros compridos e dez de largura, estrutura da mais sólida madeira, tranca e fechadura de cadeado nas portas; um cuidado permanente contra visitas e gente estranha. Um Zé Brilino em permanente ronda, a pólvora em ordenados barrilotes de madeira, nunca sobrepostos, para evitar quedas e acidentes, tudo bem cuidado, uma surpresa.

Ana de Macedo gostou imediato do moço Tonho, seu jeito direto e simples, a fala descomplicada do sertanejo, camisa aberta no peito, um chapéu de feltro desabado, um cheiro de mato nas roupas, o melhor perfume para narinas de Ana.

Tonho, por seu lado, admirou a moça despachada, interessada e perguntadeira de tudo, nada dos fricotes e frivolidades das que conhecia no Desemboque. Mulher danada, esta filha do coronel Macedo, pensou.

Segurando pelo cabresto o cavalo em que Ana montou, ágil e destemida, saudou-a com o chapéu em despedida.

– Bem-vinda a toda hora, dona Ana. A casa é sua. Lembranças ao senhor seu pai e senhora sua mãe.

– Até logo, Tonho Pólvora. Foi um prazer conhecê-lo, e ao seu trabalho. Vamos nos encontrar de novo, em breve, espero.

A moça meteu a taca no animal, que arrancou atropelado, seguido aos trotes pelo moleque Zito, levantando poeira, deixando intriga.

– Moça danada, essa. O coronel vai ter nela uma garantia. Tem até jeito de homem. Uma pena não ser homem!

—

As festas do coronel Macedo eram famosas no sertão. De longe vinham convidados, parentes, amigos, chefes e correligionários políticos, todo mundo se reencontrando, pondo em dia os assuntos, obituários, casamentos, escândalos e falatórios regionais.

Nesse ano, a festa das filhas foi feita em capricho especial, precedia o final de seus estudos.

Já eram moças, as meninas de outros anos. Já era tempo de aparecerem os pretendentes, os casamentos se faziam dos dezesseis aos vinte anos, as filhas do coronel representavam em todos os sentidos a nata casadoira do Desemboque,

Com dias de antecipação se escolhiam as novilhas gordas a churrasquear, leitoas, frangos, as caças diversas, codornas, perdizes, pacas, preás, até uma capivara do banhado, que tinha gente acreditando precisar da força de sua carne e do seu óleo medicinal.

Na grande cozinha, uma azáfama de cozinheiras, da casa-grande, da colônia; de vizinhos prestativos, doces de mamão, de laranja, de abóbora, de leite, e arroz-doce, e requeijão queimado, queijo fresco, curado, cozido ou de trancinha, de tudo e com fartura, cada festa maior e melhor que a anterior.

A casa-grande era toda lavada, cera de carnaúba passada na sala de visitas, flores nos vasos, *corbeilles* de papel pintado na porteira de entrada do grande curral, boas-vindas permanentes aos convidados.

Havia dez quartos na casa, reservados para as famílias dos parentes próximos ou visitas importantes que vinham de longe, pouso e estada obrigatória por dois ou três dias. As moças dormiam em grupos nas alcovas ou quartos especiais, enquanto os rapazes tomavam pouso em redes ou catres pela varanda e corpo do paiol.

No dia a festa sempre começava pela missa do padre Júlio, devoção especial de Donana, mulher do coronel e chefe da empreitada festiva. Depois, o tempo era de cantoria, comedoria, bebedoria, jogos de cartas para os homens, as mulheres descansando da cozinha, limpeza e lavação de louça e coisas até a hora inicial da noite e baile.

Na dança, todos participavam, homens e mulheres da infância à velhice. Quem cansava dormia um pouco e voltava mais tarde, porque o baile terminava somente com sol nascido e quente.

Moça educada podia marcar e conceder danças, mas não podia recusar convite, de velho, de menino, de feio, de antipático, se ficava no salão. Se queria descansar, o jeito era fugir para o quarto, a varanda, até a cozinha, tirando os pés do sapato apertado, bambeando o espartilho de fabricar cintura, até trocando as roupas pesadas e suadas da batalha salonal.

Grandes festas deixavam saudades, despertavam amizades. Negócios e casamentos eram engendrados, as vidas individualistas desapareciam naqueles momentos raros de comunidade, o povo virava gente, tinha nome, cara, falava, ria ou chorava, mostrava sentimento – era vida!

Mariita se preparava para a festa da maneira mais feminina e coquete, fricções de óleo perfumado nos cabelos, massagem na pele do rosto, não viesse alguma espinha juvenil aparecer no dia. Sol, nem pensar: a pele branca era grande atrativo, a palidez das donzelas estimulava os galãs, e Mariita intencionava conquistá-los todos em sua festa.

Ana continuava seu ritmo normal, giros diários a cavalo, curiosidade e inspeção associadas. No dia da festa se arranjaria, pensava, ela que não pensava em homem.

– José Albério, você vai à festa do coronel Macedo, certo?

– Por certo que sim, Tonho. Afinal, todas as pessoas importantes lá estarão, será mais uma oportunidade de conhecer gente de longe, quem sabe algum negócio até...

– Imagino. Preciso de alguma roupa melhor, de cidade, só uso coisa de fazenda. Você sabe o que é, deve ter um fato para me vender, de acordo com a ocasião!

– Pois claro que sim. Tenho o que lhe serve, roupa elegante, vinda de São Paulo, colete e gravata, um calçado de verniz, você vai ficar na moda, as moças vão embeiçar por sua causa...

Tonho envermelhou, assunto festa e mulher ainda não era coisa natural para ele.

– Você sabe que eu fico avexado no meio de salão e mulher. Tenho pensado em melhorar, afinal é a vida, uma hora até penso que casamento tem que aparecer aí na frente, difícil viver sozinho o tempo todo.

– Tonho, casamento é igual negócio, você tem que pensar e muito. Enquanto puder, vou negaceando, as meninas do cabaré me bastam, despesa pequena, compromisso nenhum, você devia mais é aproveitar a vida! Eu só vou casar se aparecer um negócio muito especial...

Beleza de tarde, pensava Tonho no voltar para casa, a marcha do Brasão tocando a estrada, um cheiro intoxicante de todas as ervas e frutos do mato, o sol já meio posto pelo horizonte, a ideia vagabundeando pelo mundo do sonho e da ilusão.

– Casar é negócio, Brasão velho. É preciso aproveitar a vida, diz o Zé Albério. Aproveitar de que jeito, se o que eu sei é só trabalhar, meu pensamento é só de fazer e criar coisas, fazenda, gado, lavoura? Nem mulher conheço direito, no meu quarto já tenho cama grande, a janela cortinada dando pro pé de laranja, um cheiro de flor, até água encanada e chuveiro, tudo preparado e suficiente. Eu, Brasão, é que não sou suficiente pra casar!

– Sr. José Albério, a festa do coronel Macedo vai ser de arromba, muita novidade no ar, gente deste mundão todo, muito assunto variado, vim lhe contar...

– Zé Oliveira, estarei lá, poupa a conversa. Se tem coisa pra me falar, desembuche, homem!

Estavam nos fundos da Comercial do Desemboque, lugar isolado, a tarde caindo, portas fechadas, lampiões lá fora começavam a ser acesos.

– Sr. José Albério, como agente comissionado do governo em política e eleições, venho observando o crescimento do Desemboque. Pensei que o nosso coronel Macedo está ficando velho, que logo deve ceder sua liderança política para gente mais nova, mais capaz de crescer com o Desemboque.

"Aí, na reunião do partido, tomei a liberdade de indicar o seu nome, para ser convidado e preparado para esse futuro. Falaram também no Tonho Pólvora, bom moço, mas muito simples e atrasado para o que precisamos. O senhor tem cultura, preparo, conhecimento, liderança e dinheiro, nada lhe falta para ser nosso novo líder, na política que vem..."

– Zé Oliveira, agradeço a lembrança, política ainda não está nos meus planos. Fico obrigado, mas dispensarei o convite, pelo menos por enquanto. Vamos nos ver na festa.

O baixinho Oliveira saiu de manso, na sua experiência a política era caminho de poder, e daí, um dia... O José Albério ia se lembrar de sua apresentação, quem sabe precisar dos seus serviços, era rico aquele danado.

José Albério fechou a porta à saída do Zé Oliveira, um sorriso disfarçado, o baixinho vinha se oferecer, podia ser útil em futuro...

Na realidade, José Albério já tinha pensado na política, só que em termos totalmente diferentes do coronel Macedo e seus companheiros. O idealismo em sua cabeça era pragmático, a política poderia vir a servi-lo, em sua vida e projetos, mas sem paixão ou cegueira, estado ainda dominante entre os partidários do imperador Pedro II.

José Albério viajava, conversava, cidades grandes, pessoas importantes, sondava, escutava... e sabia que o Império tinha seus dias contados, políticos e militares já articulados em clima revolucionário, coisa ainda escondida, mas em gestação avançada, parto para breve.

José Albério não ia se sangrar pelos amigos conservadores, com quem estaria até a hora da decisão, e aí por certo estaria com os vencedores. Na calada da noite frequentava as reuniões dos insatisfeitos, o farmacêutico, o sacristão, os professores do colégio, uma certa juventude de protesto, até gente do comércio começava a captar as mudanças. José Albério lhes trazia notícias de longe, tudo com muita discrição, nuvens no céu, trovões remotos, mas por certo um ar de tempestade a vir.

Era esperar, e ver... José Albério estava atento, não podia perder a estrada da Fortuna!

A festa do coronel Macedo foi um sucesso.

Tudo que se esperava e foi programado aconteceu, e para melhor.

De gente, veio tudo que era importante, desde os Araxás até Uberaba, pelas beiras do rio Grande, depois pelo Quebra-anzol, o chapadão dos Veadeiros, os garimpos de Estrela, o Cascalho Rico, e de São Paulo até gente de Franca apareceu, convidados e curiosos da nova região.

Três dias de recepção e festas, e no sábado o grande baile, com presenças de Ouro Preto, um marcador de quadrilha, um mestre-sala professor de danças, um chique de madames nunca visto pelo Desemboque.

Donana presidiu o exército de trabalho, as cozinhas, lavanderias, limpeza, arranjos de sala, copa e mesa.

O coronel Macedo presidiu o exército intelectual, supunha-se que apenas os homens eram inteligentes e capazes para o exercício da administração e da política, artes de que se afastavam as recatadas senhoras de então.

Na convivência amável se reforçavam amizades e alianças, e a festa das meninas – conforme ficou conhecida – foi acontecimento também importante na política regional.

Pela primeira vez o coronel ficou sabendo de dissensões e deserções nas hostes do imperador, dos boatos revolucionários, da infiltração sorrateira e despercebida das novas ideias republicanas, talvez até no Desemboque já estivesse escondida a nova moda.

No sábado fez importante reunião com seus correligionários, reafirmando a fidelidade partidária e ao imperador, a necessidade de união no futuro próximo, o perigo das ideias novas e revolucionárias.

– O Desemboque é e sempre será imperialista! Jamais trocaremos a nossa tradição de ordem pela desordem dos oportunistas, revolucionários sem origem, sem raízes, sem tradição, um perigo para o nosso futuro!

De quebra, o coronel cobrou o que prometera, novas adesões e companheiros para o partido.

Tonho Pólvora não entendia coisa alguma de política, via tudo pela linha reta do trabalho e das boas intenções, e achava o coronel homem reto e do trabalho, não deu problema a sua adesão.

José Albério desconhecia retas, mas já era estudante da arte política, muito condizente com seu temperamento.

– Coronel, fico-lhe imensamente grato pela generosidade do convite, que prometo corresponder. De momento, confesso não ter conhecimento algum de política, se entro sou até capaz de atrapalhar, quero é aprender com os mais velhos e experimentados. Depois, nesse tempo de espera, posso lhe ser útil, quem sabe, até descobrindo as agitações e pessoas a que o senhor se refere como revolucionários, gente que me supondo neutro vai me contar suas novidades e seduções. Conte comigo nesse papel, coronel Macedo!

A festa era um puxa pra cá e pra lá, o coronel não teve tempo para avaliar todo o José Albério, aceitou pela possível boa intenção o seu discurso. Na hora da decisão, pensou, o moço promete estar conosco. É o que interessa...

No baile, as meninas do coronel foram apresentadas aos visitantes e à comunidade, à qual se supunha voltariam definitivamente no ano seguinte.

Era hora da volta às origens, às raízes, ao seu povo e costumes, e para isso deveriam conhecer e estar conhecidas.

Como era de se esperar, as reações eram variáveis. Mães e pais de família admiravam e fiscalizavam sua educação e maneiras, algum olho postado em plano matrimonial para filhos disponíveis: casar-se com uma Macedo seria coroar esse plano.

Na mocidade a reação era de pecado capital: inveja para as moças, ambição e luxúria para os rapazes.

Por todos os aspectos, Mariita e Ana eram diferentes, não só entre si, mas entre todos do lugar, e a curiosidade é mãe dos pecados, mesmo no sertão do Desemboque.

Ana, beleza recatada e sóbria, aparecia pouco. Na festa gastava tempo ajudando a mãe nos expedientes da casa e o pai no gerenciamento do pessoal e trabalho que não podia parar.

Mariita, ao contrário, era a beleza esfuziante, cabelos cacheados em brilhante penteado, uma pintura de rosto agressiva para os costumes locais, um vestido longo e um decote abusado, ali desconhecido, além da conversa risonha e provocante para todo ser que usasse calças compridas.

Ana era paz e tranquilidade, Mariita era só paixão e sedução.

No baile, a roda de Ana era séria, discreta, fala baixa e sorrisos amáveis. A roda de Mariita, ao contrário, era enorme, todos os homens girando ao seu redor, risadas buliçosas, os chistes e casos contados em voz alta e contagiante, "um salão cheio, essa menina do Macedo", diziam.

José Albério transitava fácil pela festa, treinado nos expedientes e na vida da cidade, um sorriso permanente, a atenção aguçada para tudo que pudesse significar proveito ou oportunidade.

Tonho Pólvora navegava com dificuldade, pouco conhecimento de gente e maneiras, nem à vontade estava na fatiota nova, no sapato e na gravata apertada, e no colete que nunca usara na vida. Recatado, foi reconhecido por Ana de Macedo em trabalho de fiscalização e relações públicas do baile.

– Pois sr. Antônio Pólvora, escondido por aqui? Venha comigo ao salão, nem toda gente por aqui é vazia, tem um pessoal do garimpo e do Chapadão que quer conversar sobre gado, já falei de sua pessoa...

– Bobagem, dona Ana, estou em começo de vida, pouco sei de aproveito...

Ana não se incomodou, e foi puxando um Tonho Pólvora pela manga do paletó que entrou casa e salão adentro, rumo às rodas sérias dos mais velhos.

No caminho, um esbarro na juvenil e barulhenta roda de Mariita fez Tonho tropeçar e derrubar uma bandeja de copos de refresco de maracujá postada sobre instável mesa de centro. Copos se quebraram, um susto na vizinhança, mas logo a risada cristalina e aguda de Mariita.

– Ana, faltava mesmo quebrar uns copos, festa de sucesso e felicidade tem que ser assim, como fazem em Ouro Preto. Quem é o moço sabido que providenciou esse expediente?

– Mariita, é este o Tonho Pólvora, nosso vizinho de fazenda, o moço de quem lhe falei...

Tonho estava vermelho, a fala engolida, sentia-se alvo de olhares e atenções que supunha de reprovação ou deboche, aquele não era seu ambiente.

– Pois seu Tonho, tenho muito prazer em lhe conhecer. Um moço bonito e bandido, que fica por aí com a minha irmã, e nem vem se apresentar? Olhe que quero dançar com todos os moços do Desemboque, e você ainda não me apareceu...

De vermelho, Tonho passou a roxo, nunca tinha visto uma moça tão desembaraçada e destabocada, nem tão sedutora, nem tão bonita, nem tão amável, nem tão doce, nem tão tudo.

Tonho apaixonou-se à primeira vista.

Acompanhou Ana, cumprimentou seus pais, tios e parentes, padre e delegado, mas a cabeça estava longe, girava pelo salão, buscava os cachos de Mariita, a fala de Mariita, o riso de Mariita.

Pela ordem, buscou Mariita para dançar, quando achou vez. Não que soubesse ou quisesse dançar, queria mesmo era senti-la bem perto, o perfume, o sorriso, o olhar, naquele momento que parecia só seu.

– A moça Mariita me desculpe, sou ruim de dança, só lhe tirei por admiração, meu gosto era de escutá-la e conhecê-la...

– Tonho, você está é com galanteria, até parece malandro da capital. Vamos na varanda tomar um refresco, estou encalorada...

Tonho saiu aos trambolhões, Mariita de braço dado o comboiando. Quebraria todos os copos e pratos do mundo para fazê-la feliz, como se fazia em Ouro Preto ou Rio ou Paris, sabe lá onde...

– Boa noite, sr. Manuel Crispim. A família vai bem, espero.

– Tudo nos conformes, seu Almeida. A filha sempre fraca da ideia, a neta em melhora, o médico sempre com esperança. É bonita, a minha neta!

– Estimo. Alguma novidade?

– Prossigo meu trabalho, apareço pouco por aqui, portanto sem notícia importante. Andei nesse sul das Minas Gerais, fui a Mariana, Congonhas, Ouro Preto, São João del Rei... Nada, até agora. Nas cidades maiores e importantes ninguém apareceu de novidade no comércio. Nosso homem está sumido, mas vai aparecer, eu vou encontrá-lo. Um dia, uma hora qualquer, ele faz um erro, aparece, deixa rastro, qualquer coisa. Aí eu venho com novidade.

– Toma muito tempo a sua investigação?

– Por certo. Chego num lugar, sento praça. Dois meses, três meses, agora sou viajante comercial, representante de casa de São Paulo, vou deixando pista e notícia, converso uns e outros, conto casos passados, invento umas coisas. Vou girando mundo, devagar pra não passar por cima, cada lugar que faço fica feito e definitivo. O moço sumiu, mas se está vivo vai aparecer, lhe prometo.

– Então prossiga, Manuel Crispim. Deus lhe acompanhe...

Tonho Pólvora ia zanzando pelo mundo, cavalo e ideia solta, Mariita na cabeça, a busca de vê-la, ouvi-la e senti-la de novo era festa no seu coração. Era paixão de suspirar, um prazer da lembrança, um sofrer da ausência, um pensar nas frases trocadas de forma inconsequente, mas que o sorriso malicioso de Mariita enchia de cumplicidades.

Em casa, ficaram Zé Brilino coçando a nuca, Zé Anjo por entender.

– Menino Zé Anjo, o patrão ficou atacado. Ofendido de amor, menino, pior que mordida de cobra. Nem tá prestando atenção nas coisas, tropeçando nas cadeiras da casa, batendo a cabeça na trava do paiol, esquece hora de comer, fica sem assunto, está conversando por dentro, um riso besta na cara, longe do mundo...

– Isso tudo mode aquela festa do coronel.

– Foi lá, Zé Anjo. Mulher é assim. Toma ciência e cuidado. Igual cobra, fica nas moitas das festas, assuntando. De repente, escolhe vítima, dá o bote, pronto. Já passei por isso, fiquei vacinado. Você tome cuidado. Um dia, será sua vez.

Zé Brilino falando, Zé Anjo ficando por entender, um assunto nunca tratado nas conversas e viagens conjuntas. De tropa, de gado, de estrada, de vau de rio, de tempo e tempestade, de coice de mula e mordida de marimbondo, de caça de preá até anta, até de artes de cura e benzeção Zé Anjo estava quase diplomado.

De amor de homem por mulher Zé Anjo era virgem e ignorante. Assim desprevenido ia vigiando o descomportamento de Tonho Pólvora, sem entender ou compreender.

Foi assim, em sideral estado, que Tonho Pólvora amarrou o cavalo no estaleiro da Comercial do Desemboque, com esperança de lá dentro encontrar Mariita em visita de vaidade e compras.

Encontrou somente o amigo José Albério, arrumando e entregando cargas de vendas que realizara na oportunidade da festa do coronel. Um negócio bom esse de receber tanta gente de fora, fregueses novos, uma festa dessa devia acontecer todo mês, pensava.

— Bons dias, Tonho amigo. Precisando comprar alguma coisa? Aproveite logo, a gente de fora fez um limpa na casa, ainda vão voltar...

— Obrigado, José Albério. Estou de passagem, apenas, uma visita ligeira ao Desemboque, levo uma melancia para o padre, apeei só para lhe saudar.

— Pois vamos chegar, tem um café recém-passado!

E José Albério puxou Tonho até a sala traseira da casa comercial, já em sua habitação particular.

— Tonho, essa gente nova precisa de tudo. Terras e casas sem nenhum conforto, você precisa ir conversando com eles sobre o progresso, as cercas de arame em lugar das valas, o valor e conforto das casas de material, água encanada, banheiras, coisas de cozinha, até roupas e encantamentos para as mulheres, dizer que aqui no Desemboque já temos de tudo, na Comercial...

Tonho ouvia de longe, a ideia em outros assuntos que não o interesse comercial do José Albério.

— Certo, José Albério, vamos conversar por aí. E da festa, que você conta?

— Negoción, Tonho, muita venda, muita promessa de mais negócios, um povo de longe e de dinheiro. Conhecendo o Desemboque novo, por certo que vai voltar...

— E do baile, José Albério, das moças, das danças, das diversões?

— Tudo muito bonito, não igual por certo às festas de Franca e de São Paulo, mas muito bonito!

— Você fala de passagem, não pensou hora nenhuma em namorar uma daquelas moças, tanta gente bonita, você falou...

– Nem tive tempo, Tonho. Estava conhecendo e negociando com gente nova, fazendo amigos, conversando política, progresso, negócios, dancei um pouco só, nem reparei!

– José Albério, você sentiu que a festa foi uma apresentação das moças do coronel e das outras suas colegas, um jeito de movimentar a rapaziada para se conhecer, quem sabe algum namoro e casamento?

– Tonho, isso é de tudo quanto é festa e reunião, vamos ter outras assim. Você mesmo já passou outras festas no Desemboque, só agora é que reparou nessa intenção... Calma, rapaz, esse tipo de jogo vai longe.

Tonho não tinha confidentes nem conselheiros. A vida simples da roça e do trabalho lhe enchia o tempo, precisava conversar mais o assunto, uma timidez de entremeio, quase a vergonha de nada saber da vida...

– José Albério, ando pensando na nossa vida, já tantos anos de luta, solteiros, ninguém pra caprichar ou ordenar uma casa, um sozinho com gente ignorante e grosseira, ninguém sabe pôr uma mesa, usar uma toalha, uns copos finos, uns pratos de comida diferente, enfeitada, umas flores num vaso, um cheiro de perfume, sei lá o que mais. Vida seca, esta vida de solteiro!

– Tonho, você ficou besta de repente. Que foi que te mordeu, rapaz? Para mim, nada paga a liberdade que tenho. Casar é ficar de quatro, freio na boca e sela no lombo, ser montado de bota e espora, caminhar dirigido, falar dirigido, pensar dirigido, prisão em casa e na vida, entro nessa não, rapaz!

– Mas e no futuro, Zé Albério? A casa, os filhos, tudo tem que acontecer!

– É. No futuro, está certo. Aí, pode ser negócio casar. Se for bom negócio, até o seu amigo José Albério pode embarcar. Por enquanto, nem pensar.

Tonho Pólvora bateu em retirada. Seu romantismo naufragava no pragmatismo comercial de José Albério. Conversar com ele, longe de ajudar, atrapalhava.

Se por Mariita quebrara pratos e copos, por ela prestaria servidão. Não a grosseria de freio e arreio, mas a servidão amorosa e romântica do jovem, levar-lhe flores, perfume e juras de amor eterno, pôr-lhe aos pés tudo que tinha, e mais buscar para lhe servir.

Precisava encontrar Mariita, vê-la, senti-la, falar-lhe... O quê, não sabia, na hora apareceria. A moça ia para Ouro Preto, terminava os estudos, e Tonho já a via de volta, véu e grinalda, cabelos cacheados, perfume na orelha, malicioso sorriso, caminhando matreira em sua direção, abraçando-lhe o pescoço, ronronando ao seu ouvido aquela urgência e calor no meio das pernas... Uma loucura, Tonho Pólvora de Oliveira estava louco de amor...

José Albério ia avançando seus negócios, rumo à Fortuna, empurrado pela ambição. Tudo caminhava bem, o Desemboque era florescente e desconhecido, o passado uma lembrança escondida. De incômodo só sentia a velocidade, porque ambição é coisa sem limite e de muita pressa, e os sucessos obtidos nunca lhe pareciam satisfatórios.

José Albério queria mais, sempre mais.

Naquele ano, abriu filial em Uberaba e no garimpo de Estrela, começando estudos para os Araxás.

Na medida em que abria frentes e se expandia, ia precisando de mais gente, mais contatos com compradores, mais compras a fazer, mais coisas a vigiar e fiscalizar, mais dinheiro entrando e saindo, mais viagens e compromissos, mais gente a conhecer e conviver, ideias novas, influências e conversações múltiplas, um chegar sorrateiro da vaidade, sócia e amiga da ambição.

Por história e experiência, José Albério buscava estar seguro e protegido em seus negócios, sob todos os aspectos.

Com compradores, era implacável nas garantias exigidas, nos prazos de pagamento, nos juros e condições que impunha, de aparência suave no trato inicial, de aplicação severa posteriormente.

Com fornecedores, era arengueiro, em pechinchas intermináveis, facilitadas pela fórmula financeira de seus pagamentos, quase sempre à vista e em dinheiro vivo, apreciado e incomum.

Assim viajando, José Albério sentiu que precisava de uma segurança pessoal, alguém que não fosse um capanga ou jagunço apenas, mas que pudesse acompanhá-lo nessa fase da vida.

Foi nesse tempo de pensamento que lhe veio às mãos Joaquim Teodoro.

Nos distantes do rio Tijuco, rumo ao Paranaíba, abriam-se as primeiras terras do que viria ser a vila de Ituiutaba. Os campos férteis iam sendo trabalhados com gado, mas as primeiras roças já se abriam nas matas, revelando um solo extraordinariamente fértil e produtivo.

As terras não tinham dono nem ocupação, as sesmarias eram tituladas no papel, a região do Triângulo nem sabia direito se era Minas, São Paulo ou Goiás, de tanta gente de tanto lugar diferente ali chegando e acampando.

Na confusão, invasores honestos e desonestos se misturavam. Os primeiros vinham para ficar e trabalhar, os outros para pilhar, aproveitar e tomar destino em novas promessas e promissões.

Era comum a associação de uns e outros no trabalho inicial da posse e exploração, uma união que visava sobretudo manter protegido o grupo inicial, gerador dos primeiros agrupamentos, depois corrutelas, vilas, no futuro cidades.

No grupo, de início sempre heterogêneo, havia de tudo, de gente boa à gente pior da terra, de lavradores humildes buscando oportunidade até ladrões e assassinos foragidos em definitivo de seus domicílios. Como ninguém se conhecia, abria-se um crédito inicial ao recém-vindo, desde que ele comprovasse sua integração à comunidade e às regras.

No Brasil-sertão, assim se formavam todos os agrupamentos, e famílias distintas das novas cidades não ousavam mergulhos genealógicos por medo de seus ancestrais, muitos deles só de primeiro nome e nenhum ou apenas inventado sobrenome.

Foi a um desses grupos, depois do rio da Prata, que Joaquim Teodoro se agregou. Grande, forte, um rosto de pedra talhada, curtido de sóis e chuvas desconhecidas, uma fala mansa e curta, um machadeiro impressionante, veio ao velho Gouveia apresentar serviço.

Como sempre acontecia, foi aceito, as regras do jogo seriam aprendidas no caminho, o Gouveia tinha liderança, autoridade e respeito.

Por dois ou três anos Joaquim Teodoro tombou mata e abriu roças, admirado pela força e saúde, malária nunca teve, foi logo a chefe de turma.

Gouveia e a família já o recebiam em casa, suas maneiras reticentes e retraídas levadas à conta de timidez. Joaquim Teodoro era tido como gigante calmo e inofensivo, serviria até para guarda e defesa da casa acolhedora e hospitaleira.

Terrível engano do desconhecido, Joaquim Teodoro nada era do que aparentava.

Vinha de longe, realmente, uns fundos de Mariana, tinha até algum estudo, que não contava, uma família a que nunca mais voltaria, ia em frente e sem retorno.

Pelos vinte anos, trabalhou em minas de ouro e cristais, onde aprendeu malícias de jogo e bebida, das mulheres da zona, das brigas violentas, de onde só os mais fortes se salvavam. Tudo gastava do que ganhava, e deduziu que no trabalho honesto não ficaria rico.

Resolveu viver mais fácil, por conselho dos amigos de farra e trabalho: esconder uma pepita de ouro, uma pedra, logo um dinheiro em bolso de bêbado surrado.

Mas Joaquim precisava e queria mais. Cartas, bebidas e mulheres são vorazes, coisa pequena já não lhe servia.

Mente e ambição doentias, Joaquim esperou certo dia a chegada do pagamento no escritório, um dia – sábado qualquer. O dinheiro ficaria na gaveta do caixa até a segunda-feira, o sábado era dia de festa.

Pelas nove da noite, Joaquim forçou a porta dos fundos do escritório, e no escuro varou as salas até o caixa, que arrombou com o pé de cabra pesado e de serviço. Catou as notas, abaixou pra pegar umas caídas, e ao se levantar bateu cara na claridade do lampião que Mateus, o vigia noturno, lhe apontava.

– Joaquim Teodoro, você ficou louco, homem! Roubar o escritório do seu serviço, homem! O patrão vai lhe prender, homem de Deus!

Joaquim Teodoro não falou "ah". Na mão direita tinha o pé de cabra, pesado ferro fundido, e foi com ele e sua força que arrebentou o crânio do Mateus, osso, sangue e morte pelo chão. Saiu pela frente, ainda deu tempo de tomar umas pingas no cabaré, uma gringa no pescoço, e a burrice assassina: respingos de sangue nas calças (cortei o pescoço dum frango...), notas gastas em profusão para bebidas amigas, e – pior que tudo – o seu pé de cabra esquecido junto ao Mateus.

Estava bêbado, ainda, na manhã do domingo em que foi preso.

Na prisão local, Joaquim Teodoro curou a bebedeira e imaginou o destino.

Na época, cadeia maior e juiz só em Mariana, a condução do preso era em carroça, amarrado de pés, mãos e braços nas costas com corda grossa de bacalhau, só a viagem já era uma judiação.

Manuelino era um mulato espigado, vigia e condutor de preso, e foi sobre ele que Joaquim despachou conversa, tarde, véspera de sua viagem.

– Manuelino, não fiz por mal. Bêbado, somente. Agora, vou definitivo para Mariana, talvez forca ou terror, nem volto mais. Preciso um favor...

– Joaquim, tenho dó de você, mas sou devoto e obrigado na lei.

– Nada especial, Manuelino. Fiquei com muito dinheiro escondido, monte de notas no meu barraco, enterrado debaixo de tábuas. Queria deixar para minha amigação, Flozina, última lembrança, vou embora e adeus... Muito dinheiro, Manuelino, pra ficar enterrado!

Manuelino tinha coração duro para presos, mas mole para dinheiro enterrado e sem destino.

– E o que você quer dizer, Joaquim Teodoro?

– Simples. Cedo você vai me amarrar, enfiar no carroção e sair com um desses meganhas de polícia. Você para no meu barraco, é longe e retirado, diz que vai buscar roupa minha, ensino o lugar do dinheiro, você busca e guarda, dá metade pra Flozina na volta, o resto é seu.

Manuelino ficou mordido.

Dinheiro não foi feito pra ser enterrado, pensou. Enterrado ia ser esse Joaquim, por que não ressuscitar esse dinheiro? Ia fazer muito bem, até um pouco pra Flozina, talvez. Serviço fácil...

– Certo, Joaquim. Faço por caridade, coitada da Flozina, não vai mais lhe ver...

Joaquim Teodoro agradeceu e foi dormir.

Antes, verificou na botina a pequena lâmina do canivetinho pica-fumo, ali guardada de forma permanente, costume dos mineradores.

O café quente e solitário do Manuelino veio tirá-lo da cama, ainda escuro da madrugada. Um policial sonolento o acompanhava, curioso das artes de amarrar presos, uma vaidade do Manuelino.

No estremunhar, vestir e calçar, o Joaquim já tinha empalmada a sua lâmina, treinada para escorregar entre polegar e indicador.

Manuelino demonstrou sua arte, imobilizando Joaquim como um fardo, não fosse ele escapar em sua última viagem.

Carregado pelos dois, Joaquim Teodoro foi ainda amarrado na lateral do carroção, cara pra baixo, pernas encolhidas e repuxadas na direção do pescoço, a viagem ia ser infernal, como o foi na realidade...

Conforme acertado de véspera, Manuelino parou no rancho pobre do Joaquim, para buscar roupas, disse.

Cara no assoalho, Joaquim já vinha trabalhando a lâmina, serrando e cortando, cortando e serrando as ataduras do punho, corda grossa e dolorida, pressa e desespero, o meganha tranquilo nas rédeas do cavalo, o mundo era de paz e frescura naquela manhã.

Joaquim não tinha tempo para cortar todas as ligaduras. Livrou as mãos, apenas, e a corda que arrochava o seu pescoço. Respirou fundo, um gato em silencioso movimento às costas do seu condutor, a corda esticada entre suas mãos.

Num bote, a corda pulou a cabeça do policial e foi cerrada em seu pescoço, de forma violenta e brutal quebrando-lhe a nuca e a traqueia, a morte rápida e calada, nem o cavalo passou susto, pastando a grama do lado.

Dentro do rancho, Manuelino coçou a cabeça.

Que dinheiro era esse, debaixo de tábuas de um quarto que nem tabuado tinha? Estaria escondido por ali ou acolá?

A busca foi curta, um Manuelino furioso passou pela entrada e portal, o Joaquim ia ter uma viagem inesquecível, assassino e vigarista que era.

A raiva cega, e Manuelino descobriu muito tarde a presença de Joaquim às suas costas, o assobio da corda no pescoço, o arrocho, o desespero, quero ar, quero viver, a cabeça estourando de dor e sangue represado, tudo ficando escuro, longe e apagado, quero ar, e nem um gemido sai...

Joaquim Teodoro arrastou os mortos para seu rancho, derrubou óleo na palha, fez tudo virar fogo e fogueira, queimou seu passado e sua vida em Mariana.

Sumiu no mundo.

Onde viveu, pouco tempo em cada sítio, marcou passagem pela violência, mais duas mortes em brigas, mas uma esperteza de fugir e desaparecer até chegar ao rio da Prata.

Não queria ficar muito tempo, o bastante para ganhar um dinheiro e a confiança da gente, depois mais um roubo, e o ir em frente que o mundo era grande.

Não se afeiçoou, que não era de sentimentos, mas respeitou o velho Gouveia, por isso ficou ali mais tempo do que esperava e queria.

Devia ter-se ido antes, e não teriam acontecido Maria e outras desgraças, mas a sina dos violentos é a da fatalidade.

Maria era sobrinha do velho Gouveia, moça meio boba e sem atrativos, tivera meningite e ficara com a ideia maneira e permanente de menina.

Em casa, Maria ajudava na cozinha, no tanque, ralava mandioca, cardava uma lã, mas gostava mesmo era de zanzar pelo quintal e pelos pastos, apanhar flores e alguma fruta de murici ou articum, o vestido amarrado alto na cintura para evitar espinho timbete, carrapicho e picão.

Joaquim Teodoro andava sem mulher, tesão represado, e ver Maria nas andanças lhe dava um fogo de molhar as calças. Era boba, pensava, mas era mulher. Melhor que bananeira, melhor que correr atrás de égua, cuidado, Joaquim, juízo, Joaquim!

Um sábado, serviço findo, Joaquim Teodoro foi tomar seu banho de córrego, um poço mais fundo, debaixo dum ingazeiro, água fria e limpa de esquecer calor e suor.

Em serviço de esfrega sabão e bucha, Joaquim Teodoro ouviu um barulho nas ramas da beirada, alguém escorregava para dentro d'água, e logo a cabeça de Maria aparecia, assustada e molhada, o vestido pesado dificultando seus movimentos e a retirada de cena.

Joaquim estava nu integral, e foi nesse estado que socorreu e puxou para o seco a Maria sonsa, curiosa boba em corpo de mulher, artigo por que Joaquim ansiava.

As mãos rudes envolveram Maria, apertaram seus peitos, seguraram seu rosto para um beijo de selvagem asfixia, a moça em frágil protesto, nada entendendo ou querendo, incapacitada de evitar as roupas rasgadas, o corpo no chão, o gemido babado do Joaquim, a dor e a força das pernas, aquilo era diferente de murici e articum e pequi e goiaba e pitanga, cadê o tio Gouveia, isto machuca e dói, agora eu vou gritar e chorar.

O grito de Maria só começou. Joaquim Teodoro ficou assustado, cale a boca, menina, você vai gostar, não grita que vem gente, a mão no pescoço é só pra calar, fique calada, senão vou ter que apertar, este pescoço fino, este olho esbugalhado, esta baba de sangue, sua cara ficando roxa, roxa, eu bem que falei pra não gritar...

Maria estava nua e morta, e assim foi jogada no poço, podia passar por afogamento, pensava Joaquim.

Mais uma vez a burrice assassina esquecendo as manchas do estrangulamento no pescoço, a dentada na boca, o defloramento, a Maria que tinha horror de água, e o pior de tudo, ser o descobridor do corpo da sobrinha desaparecida e procurada.

O velho Gouveia enterrou sem choro a Maria, em seu domínio não viria polícia nem juiz, ele conhecia o criminoso e a pena, não ia lhe escapar esse Joaquim Teodoro. Era passar o dia e o choro das mulheres...

Joaquim voltara ao normal, instintos reativados e alertas, sentia-se novamente preso e condenado, sem cordas ou carroça, mas com a morte nos olhos do velho Gouveia.

Naquela noite, o velho juntou a família, um terço. Ia rezar para Maria, falou.

Em seu quarto, Joaquim sabia que aquele terço era para ele, e não esperou seu final. Na primeira dezena vazou pela janela, buscando rumo do desconhecido. Ia ser procurado em frente, para Goiás iam os criminosos do lugar.

Joaquim voltou rastro atrás, sabia que ia ser perseguido, tinha que se esconder, e que fosse onde já passara e tinha conhecimento.

Foi nessa marcha que chegou ao Desemboque, e por uns dias buscou descanso e emprego com José Albério, de início serviço pesado, carga e descarga, coisa fácil para sua força.

José Albério vigiou o novo empregado, seu espírito sempre observador e desconfiado, alguma coisa naquele homem não estava certa, um olhar assustado toda vez que entrava gente na cidade ou na loja, o pouso da noite sempre variado e vigilante, o homem estava sendo perseguido e se escondia, concluiu.

Um dia, dois viajantes aportaram na Pensão Faria, poeira e cansaço, vinham de longe, não diziam de onde. Andaram pela vila, especularam daqui e dali.

José Albério viu seu homem em serviço, achou de comentar.

– Engraçado, dois homens na cidade, armados, mulas viajadas de longe, não vêm comprar nada, só conversa fiada, assuntando o povo...

Joaquim entrou em imediato alerta, arrumou trouxa e coisas, ia sumir de noite.

José Albério se adiantou, queria tirar a coisa a limpo. Procurou os visitantes na pensão, escutou sua conversa, procuravam alguém? De novo na cidade só o seu empregado, chegado havia um mês de lugar desconhecido, não tinha casa ou pensão, dormia mesmo lá na Comercial do Desemboque, quarto dos fundos.

Os visitantes agradeceram, depois iam visitar o comerciante.

Naquela noite, ainda mal começada, Joaquim estava se preparando para outra saída pela janela, quando pela frente encontrou bojuda garrucha, escorada do outro lado do quarto por arma idêntica. Como chegaram tão cedo? – pensou.

– O moço achou que ia fugir outra vez, esqueceu que tem trato com o tio Gouveia, viemos lhe buscar. A morte da Maria deixou a gente triste, lá no rio da Prata. A alegria só vai voltar quando ela for visitada pelo seu matador, ela no céu e você no inferno, seu desgraçador de mulher!

Joaquim era frio, escutou sem protesto.

– Pegue as coisas, as mulas já estão arriadas, são boas de viajar à noite, voltam pra casa, é só bambear a rédea...

Um adiante, outro atrás, conduziam Joaquim pela casa comercial, buscando a saída lateral que José Albério lhes tinha deixado aberta. Enquanto o da frente abria o trinco, Joaquim Teodoro sentiu na escuridão um toque na mão, uma coisa lhe estava sendo entregue – uma faca. Punhal enorme, a lâmina escurecida por carvão, para nenhum brilho acusar.

Quando o visitante da frente abriu a porta e se virou, não teve tempo de ver o braço e mão de Joaquim, violência e velocidade varando-lhe o coração. A mesma faca, a mesma velocidade e decisão fizeram o giro de 180 graus e pegaram duas vezes a barriga do retaguarda, saindo-lhe pelas costas a ponta e a vida.

Dois corpos no chão, um lampião se acende, e aparece José Albério, dono e autor dos acontecimentos.

– Sr. Joaquim, ouvi tudo, e já esqueci tudo. Vieram para lhe matar, é tudo que sei. Vamos arrastar esses tipos para fora, lavar o sangue, enterrá-los mais tarde e longe daqui. Sua força e velocidade fizeram tudo silencioso. Se quiser, pode sumir em seguida, mas vai ser esquisito desaparecerem os três na mesma noite. Se quiser, pode ficar e continuar comigo. Preciso de gente disposta a tudo, no meu futuro, protejo os meus porque quero ser protegido. Pode escolher o seu rumo.

– Sr. José Albério, o senhor é muito esperto. Sabe de minha história. Se eu fugir ou lhe desagradar, vai mostrar onde estão os mortos e onde estão os vivos que me procuram. Ou fico, ou lhe mato agora...

– Pensei nisso, sr. Joaquim. Avisei o delegado que pelas nove horas ia visitá-lo, um assunto sério, e se eu não aparecesse que ele viesse me buscar em casa, e com urgência. Faltam dez minutos para as nove horas, é tempo para sua decisão. Se ficar, aviso, será meu protegido, arranjo-lhe nome e trabalho por toda a vida. Se preferir fugir, corra, porque eu vou contar ao delegado que você matou dois homens aqui na minha casa. Sua preferência?

– Não tenho escolha, fico a seu serviço. Estou na sua mão. Vá ver o delegado. Eu vou lavar o chão. Depois enterramos os defuntos. Juntos, espero!

Foi assim que José Albério conseguiu seu segurança total, abrindo raminho para uma estrada mais curta e de maior risco para a Fortuna.

Tonho Pólvora andava inseguro no lombo macio do Brasão. Cavalo firme, sólida marcha picada, atento no evitar fundezas de trilho estreito ou buracos de tatu, passando ao largo de espinho malícia ou unha-de-gato, o macho poupava ao dono os cuidados de vigiar ou corrigir caminho, não tinha culpa das suas ideias ou do seu sofrer – marchava apenas rumo de casa, tarde caindo em sol dourado, sombras deitando-se alongadas, nhambus e codornas no derradeiro pio.

Tonho imaginava.

Do que sonhara, tudo estava encaminhado – fazenda e formação, gado, lavoura, sal e pólvora no depósito, até fama e companhia de companheiros e amigos.

Diabo era a Mariita, que não saía da sua cabeça.

Pensava em plantar milho, vinha Mariita colher espiga verde pra fazer pamonha.

Jogava a ideia na vacada de leite, via Mariita na janela do quarto, esperando faceira o copo de leite quente e espumoso da Mimosa, bezerro mais velho pra dar o leite mais gordo e gostoso.

Se pensava na filial que ia abrir em Uberaba, pra venda de sal e pólvora, lá ia Mariita em sua companhia, um lenço florido e perfumado, um chapéu de aba larga, um vestido decotado a mode ver o começo dos peitos, endoidando de inveja a gente ao redor.

Na roça de arroz, Mariita apanhava cachos escolhidos pra enfeite na sala, de mistura com lírio-do-brejo e flor-de-são-josé, perfumes misturados de tontear qualquer.

Na cidade, era Mariita de braço dado, na sala da casa era Mariita bordando e levantando olhos maliciosos de início de noite, na madrugada era Mariita deitada na cama branca, cabelos cacheados, o sono compassado, a cara de anjo em descanso.

Era Mariita entreverada em tudo, uma canseira do não poder mais pensar no assunto, lá vinha ela de mistura com tudo, assumindo e dominando lugar, o pensamento virava bandido, o coração mole, a respiração de suspiro, só um calor gostoso requentando o corpo e as partes, a precisão dela, a urgência sem descanso, onde é que eu estava mesmo, repensava...

Caminho de casa, Brasão de rédea solta, a ideia era maneira, Tonho não sabia mais o que fazer ou querer, era só Mariita no seu caminho.

—

Farmacêutico de vila vira médico, dentista, advogado, até padre e padrinho. Do parto que enguiça até a criança de diarreia, é ele quem cuida, na morte aconselha inventários, nas brigas sociais e familiares dá opinião, é importante na política, nas sociedades reais e ocultas, na religião, o prestígio solidificado pelas necessidades e gratidões.

Seu Quirino estava velho, mas ainda assim tinha no Desemboque importância e liderança, os muitos anos de dias e noites no atendimento de sua farmácia, do seu conhecimento e habilidade, sobretudo de sua argúcia e experiência da gente que bem conhecia e entendia.

Quirineu, seu filho, era outra pessoa.

Criado nos luxos do velho pai, que em tudo lhe atendia, já que de tempo não dispunha para educá-lo, passou abusando uma juventude irresponsável e ociosa.

Quirineu não se preocupou com estudo ou trabalho. Tinha a casa e fazenda do velho, sua única ambição era satisfazer os prazeres da vida, em especial a gula que lhe impôs quilos de gordura aos quinze anos, quando lhe apareceu a segunda gula – o sexo.

Quirineu era um gordo ativo, libido de bode, sempre necessitado e urgente em sua atividade.

Baixote, a cara de lua cheia sempre escorrendo suor, as banhas arrebentando botões da camisa na barriga, calças caídas por baixo da virilha, nem sua situação seduzia qualquer branca do Desemboque. Quirineu virou o terror das negras, escravas, mucamas, empregadas, tudo a que pudesse recorrer, pressionar e influir para se satisfazer. Nesse trabalho era eficiente e dedicado, não poupava esforços, sempre em caçada, uma excitação cada vez maior, a posse forçada ou o estupro lhe alimentavam maior fome e desejo.

Seu Quirino de nada sabia, negras e pobreza não se queixavam para ele, brancos amigos e agradecidos lhe esconderiam as torpezas do filho que ainda ninava e mimava.

Quirineu, nos trinta anos, virou amigo noturno e de cabaré do José Albério, cujo poder de encanto e sedução invejava, mesmo com as putas do cabaré, que torciam o rosto à sua presença.

José Albério cultivou essa amizade, caminho certo ao prestígio do seu Quirino, que lhe poderia servir um dia. Não aprovava os métodos do Quirineu, mas ficava calado no relato dos seus mórbidos sucessos. Custava pouco, afinal, escutar as proezas do Gordo, e nisso ganhava dele reconhecimento e admiração.

Foi em vezes de esperar a companhia do José Albério para escapadas de noite que Quirineu conheceu Joaquim Teodoro.

Aquela sombra muda, sombria e misteriosa o intrigava, sempre arredorando José Albério, buscando disfarçar presença, o olho e ouvido atentos. Um cão de guarda despercebido e perigoso, sentia Quirineu.

Por vezes trocava alguma palavra com o homem, sem conseguir

intimidade maior, mas sabendo que aquela presença impunha respeito e medo, e aquela sombra podia servir-lhe também, quem sabe. Pagava-lhe uma cerveja, um agrado, alguma gorjeta leviana, só para poder estar perto, herdando um pouco do terror e da força que lhe faltavam.

———

Nenhuma pressa acudia Zé Brilino e Zé Anjo, irmanados na pesca beira-noite no poção do ingá do rio das Velhas.

A volta do rio era caprichosa, a água escorria lenta, com um rebojo no ingazeiro, cujas frutas faziam ceva aos bagres, mandis e algum pintado. Peixe de couro gosta da noite, peixe de escama aprecia sol entrando e saindo, quer claridade e corredeira de água.

Linhada e chumbada a fundo no poção, porque essa nação de peixes gosta de pegar a isca lá por baixo, vai mamando devagar, puxando aos poucos, só passada a goela ele corre, e sempre mais e mais pro fundo, o prazer da fisgada, de sentir o tamanho e o peso do bicho, tirar devagar e cansando, a mode não rebentar a linha ou a fisgada de beiço e beirada.

Tudo sem pressa, dizia Zé Brilino, mania de comparar bicho com gente.

– Tem povo que é igual a dourado e piapara, cheio de escama, de força e valentia, vem logo à flor da água, pula pra fora, afunda feito doido, gasta a energia, aí entrega rápido pra morrer. Tem gente igual a peixe de couro, Zé Anjo. Vive mais por baixo, experimenta isca, anzol e pescador, mesmo ferrado busca defesa em ramo de enrosco, parece entregar para distrair, logo afunda de novo, até pra morrer na canoa o bicho é demorado. Na sua pescaria da vida, põe tenência nisso. Veja e estude o peixe que vai pescar. O jeito e o trato variam, se for de couro ou de escama...

Zé Anjo ia considerando a conversa do velho, os dois em prosa macia, pai e filho na vida e no barranco da pescaria.

Na verdade, os dois tinham de momento a mesma preocupação, que iam comentando nessa linguagem cifrada de sertanejos, entendendo-se ambos sem conhecimento ou participação de outros.

Ali fora, pensava Zé Anjo, o patrão amigo estava pescando em seco, nas imaginações da moça bonita, sem ideia pra mais nada, no poço da sua vida só ela existia.

Que espécie de peixe era essa moça?
Ou será que o peixe era Tonho Pólvora?

―

As compras de José Albério em Franca, e as encomendas que fazia de São Paulo e Santos e por ali chegadas, exigiam cada vez mais a sua presença.

Evitando ao máximo contatos bancários, José Albério levava pagamentos em dinheiro, e para essa segurança o acompanhava Joaquim Teodoro. Afinal, seu nome e presença já chamavam a atenção, até mesmo outros companheiros de distante comércio se habituavam a encontrá-lo de pouso no Hotel do Comércio, onde trocavam informações e opiniões de seus negócios.

Alguns compradores distantes, nos longes de Cuiabá e Goiás, não vinham pessoalmente, designavam compradores comissionados, viajantes comerciais para quem a cidade maior era descanso das viagens poeirentas, do desconforto e das tropelias do sertão. Com esses, José Albério nadava à vontade, sua esperteza e astúcia extraindo-lhes todas as confidências nas noites de cabaré e das bebidas que pagava para o ingênuo informante que pretendia sugar.

Ali urdia tramas, atravessava negócios, recomprava mercadorias em trânsito, desviava a seu interesse o que fosse de sua conveniência... e também empurrava mercadorias pessoais que chegavam desvalorizadas ou encalhavam, gerando possível prejuízo.

Assim foi na noite em que repassou para Gercino Spíndola, viajante credenciado de firma atacadista de Santana do Paranaíba, um certo carregamento de pás, picaretas, peneiras, enxadas, machados, um monte de ferragens recebido do porto com problemas sérios de ferrugem por exposição à maresia, prejuízo certo que teria se fosse levado para a Comercial do Desemboque.

Embalado a vinho do Porto, Gercino transpôs para a dívida e promissória de José Albério o aceite de sua firma, comprometendo-se ao pagamento e retirada do material que acreditava sadio.

Dia seguinte, passada a zoeira, visita simples ao depósito mostrou a

Gercino que tinha entrado em fria, o amigo José Albério safava-se e ele ia curtir a perda do dinheiro e até do emprego, quem sabe...

Italiano de origem, curtido do comércio e das ignorâncias regionais, esfriou a raiva sopitada até hora tardia do jantar no pátio do hotel.

Ali, em solitária mesa, assentava-se José Albério, num meio-escuro propício ao que pretendia conversar.

– Amigo José Albério, tem coisa que não se faz. Fui ver hoje a mercadoria que me repassou ontem, aproveitando-se da noitada, da festa, da minha confiança e boa-fé. Foi boa brincadeira, a sua, que pode ficar sem graça. Quero de volta, hoje e agora, o meu aceite de pagamento por aquela porcaria. Agora, e sem mais amizade ou conversa!

José Albério esperava aquilo, italianos sempre eram explosivos, dizia.

– Gercino, não posso fazer isso. Já entreguei ao pessoal da importadora o seu documento, a coisa está finalizada e repassada. Mais adiante, se você quiser, em outro negócio nós acertamos...

– Que outro negócio nada! Se isso termina assim, você pode ter outro negócio. Eu estou liquidado, despedido, fora do mercado! Você tem dinheiro, veio para acertar, sei que está sempre carregado, vai me fazer esse favor, certo?

– Nada disso, Gercino. Estou começando, não tenho disponibilidade nem disposição para perder dinheiro. Conversa com seu patrão, ele vai compreender...

Nessa altura o vermelho de Gercino ia ficando roxo, as mãos apertadas, o peito oprimido em ponto de explosão.

– Olhe bem, seu José Albério de merda. Ainda está pra nascer um filho da puta que me enganou e fez praça disso. Me paga, seu ladrãozinho, ou deixo a sua cara em ponto de manteiga, se não fizer coisa pior e mais dolorida! Moço de cidade é delicado, eu sou mesmo é um carcamano grosso, quebro-lhe um braço ou uma perna sem fazer força.

Gercino ia falando e se levantando, o rosto pletórico, um esgar raivoso fora de controle. Não tinha visto nem percebido, porque a raiva italiana lhe tirara o sentido, que estava de costas para a ramagem escura da trepadeira à beira da varanda, e que dali saíam dois braços mais fortes ainda, com a vantagem da mão direita armada de grossa faca sangradeira. Enquanto um braço enorme lhe imobilizava a cintura, a faca lhe espremia brutalmente o pescoço, o fio já cortando a pele rumo da traqueia e vasos, um movimento brusco e o estrago estava feito.

– Sente-se, Gercino. Não vale perder a vida por causa de um negócio. Meu amigo estava aí atrás do seu desaforo, a sua ideia é só esfriar o caso. Aviso que ele é muito mau e bruto, muito mais do que você pode imaginar. Pode querer esfriar você – coisa que não desejo a um amigo!

Gercino foi sentando devagar, um pouco relaxada a força do braço anônimo, um fio de sangue escorrendo pelo pescoço, ainda não dava pra falar, só respirar, de leve e maneiro, que nem engolir podia.

– Tem mais, Gercino. O meu amigo não trabalha, a sua ocupação é só com a minha saúde. Ele já guardou a sua cara, não esquece nada. Amanhã estou voltando, e acho que você também deve voltar. Vai ser muito ruim pra sua saúde se ele encontrar você por aqui, noutra visita.

José Albério levantou-se e saiu. A pressão no pescoço do Gercino terminou, um resvalo leve da faca aumentando um tico no corte, como derradeiro aviso do perto que a morte havia passado.

Gercino não se levantou nem saiu. As pernas estavam bambas, medo é coisa muito mais importante que raiva, precisava de uma água, um fôlego, um tempo.

Lá fora, José Albério encontrou Joaquim Teodoro.

– Tudo de acordo, correu bem. Acho que desse aí ficamos livres.

– Não sei, patrão. Tinha razão evitar sangrar o homem ali na varanda. Mas de noite, em rua escura, melhor terminar o serviço!

José Albério pensava, afinal a violência não era sua preferência.

– Deixa pra lá. O italiano some, vi o medo na cara dele. Amanhã voltamos pra casa.

Mas de noite, na cama, José Albério ainda se perguntava se tinha tomado a decisão certa.

Pelo final do ano, Tonho decidiu que tinha que casar. Afinal, voltavam para casa as meninas do coronel, em definitivo agora, e ele já não conseguia mais articular pensamento em que não entrasse Mariita.

Os casamentos eram arranjados, sabia, bastando que pais aprovassem o noivo, e deu-lhe o medo de que algum primo Macedo se antecipasse, já que os casamentos em família pressupunham melhor e mais rápida aceitação.

Sentado à beira do monjolo que consertava de sociedade com Zé Brilino e Zé Anjo, ia se explicando – afinal, eram seus companheiros de tudo na vida.

– Vocês sabem que eu vim aqui ganhar a vida, plantar fazenda e negócio, me ajudaram até hoje, de tudo nós já conversamos na vida. As coisas vão caminhando, fizemos bastante, mas a gente nunca fica só na ambição do conseguido, quer logo outra coisa que vai aparecendo, nem sei se isso vai acabar. Só penso que eu vou acabar antes de conseguir tudo que quero e vou querendo.

Zé Anjo e Zé Brilino escutando, jeito de quem não está dando atenção. O patrão estava vazando, deixa ele vazar...

– Nosso negócio de sal e pólvora está plantado, já vamos vendendo até pra fora e longe, as lavouras e gado crescendo, mais pessoal no trabalho, se a gente quiser crescer mais tem crédito e confiança. O povo daqui já nos aceitou, somos gente do Desemboque!

Nenhum comentário.

– Estou pensando em tudo, na vida de hoje, e perguntando o que falta. A casa está muito bonita e arrumada, já tem flor e perfume na varanda, mas não tem ainda gosto de mulher pra enfeitar, penso que isso pode fazer falta...

Zé Brilino suspendeu o pilão do monjolo, Zé Anjo calçou por baixo, tudo calado e sem função.

– A gente daqui acha que é preciso um casamento e mulher em casa, não é só pra dar gosto, é pra chefiar cozinha e lavadeira, é pra receber visita de importância, enfeitar, fazer companhia... até pra gente ter filho, vocês acreditam?

Acreditavam.

– Vocês não falam nada, são uns porqueiras sem sentimento ou opinião. Zé Brilino é um safado, nunca ligou pra mulher, deve ter culpa passada, ou medo ou incompetência. Você, Zé Anjo, é menino novo, não preste atenção no velho manco, não vire bicho do mato feito ele. Um dia, você vai ver, mulher vira precisão. Não que isso me aconteça hoje, penso na casa, na fazenda, na patroa que todos precisam. Vai fazer bem a todos nós, quando chegar a hora, que não sei se já é. Me ajudem a pensar se estou certo ou errado!

Zé Brilino e Zé Anjo só ajudaram gemendo no peso de levantar o braço e pôr o monjolo pra funcionar, o batido compassado da água entrando e caindo, o pilão batendo, joão-de-barro cantando na paineira, a vida estava no lugar e nos conformes.

Tonho Pólvora se mandou pra dentro da casa, lavar mãos e clarear ideias. Magra colaboração recebera.

Lá fora, pouca prosa.

– Zé Anjo, o patrão agora tá no sal. Foi caçado ou pescado, não escapa. Tá no sal!

Zé Anjo olhava longe, sem entender. A noite era de lua, tinha armado espera de paca, como lhe ensinara antes o patrão. Era só em que pensava, e só do que entendia.

—

Os dias para fim de ano iam escorrendo rápidos, nas contas do José Albério, que ia em compras de festas de Natal, de férias, sortimentos para lavouras já plantadas e projetos de ano-novo.

Preocupações e temores amortecidos pelos anos passados, aventurara-se a passar por São Paulo e ir a compras diretas em Santos, preços e variedades melhores que os de Franca e seus importadores.

Usava naturalmente as cautelas necessárias, discrição dos hotéis de segunda linha, frequência limitada aos encontros comerciais, às noitadas de diversão. Só ia levando Joaquim Teodoro, em tudo incógnito e misterioso.

Nesses novos contatos José Albério recebia informações importantes. Santos era um caldeirão de novidades, onde sobretudo circulava o dinheiro, sua paixão, e onde descobria uma atividade que pouco conhecia – a política.

Diferente do Desemboque, onde a política era apenas mostra de prestígio, ali ela era fonte de poder, e José Albério sabia como o poder era sócio e caminho para a fortuna.

Nas rodas do comércio importador e exportador havia uma agitação desmedida com referência aos sinais de fim do Império. A República era tida como certa, pacífica ou por revolução armada, os militares já consentidos em consumá-la.

Centros de estudo, bastidores da Igreja e da Maçonaria, empresários do comércio, banqueiros, todos já se entendiam e previam os novos rumos da nação. Os ajustamentos a acontecer, as mudanças de mando e comando, os novos tempos e as novas eminências do poder.

Curiosamente, José Albério verificava como estavam ainda distantes e inocentes desses projetos os comandantes do Império, geralmente lideranças idosas e de herança, alguma coisa que lhe parecia o velho coronel Macedo do Desemboque, sempre considerando doideiras de juventude essas novas ideias. O imperador era apenas o nome brasileiro do rei, e este reinaria para sempre...

De volta para casa, germinava em sua cabeça o projeto da nova política no Desemboque, que ele devia presidir e comandar, antes que outro a assumisse. Tinha o campo aberto, os jovens sonhadores, a lira musical, o sacristão, o Quirineu lhe conquistaria seu Quirino e a farmácia, os viajantes, o hotel.

De preocupação era só o velho Macedo, cuja liderança antiga e influência na área rural se mantinham intocáveis, e que não pretendia desafiar. Era preciso amaciá-lo. Convertê-lo era impossível, os novos tempos para ele eram inimagináveis, mas devia ter um jeito de neutralizá-lo. Depois, com o poder na mão, algum agrado e respeito, que velhos disso precisam e apreciam... tinha que haver um caminho para mornar aquele Macedo. Ele ia pensar nisso, antes que estourasse a panela fervente da Revolução.

Novembro ia chegando, José Albério imaginava se no próximo novembro as coisas estariam iguais.

Se mudassem, ele queria estar na frente.

A volta de Mariita e Ana de Macedo, agora em definitivo no Desemboque, reclamava festa grande, um pré-Natal de confraternização e alegria. A data ia chegando, os comentários ferviam, vinha gente graúda de

Mariana, de São João del Rei, de Ouro Preto, amigas de colégio em final despedida, a parentada local e distante novamente curiosa e reunida, até banda de música contratada, festa de arromba ia ser.

Tonho Pólvora andava leve nos arreios, sempre maneiro de ideia, tudo resolvia ligeiro, não gastava pensamento – a não ser aquele esquentamento por Mariita.

De tempos para cá, decidira que estava mesmo em paixão, que era preciso finalizar, em casamento ou em desanda. Não podia continuar de cabeça ocupada, sem outra serventia que não namorar sem ter namorada.

Pegou coragem, achou de procurar José Albério, com alguém tinha que abrir o peito, tomar conselho e opinião, o companheiro lhe parecia experiente, treinado nas esfregas dos salões da vida.

Meio da tarde apeou na Comercial, passando na estaca mestre o cabresto do Brasão, a conversa podia demorar.

Lá dentro encontrou-se com o amigo, que mostrou logo boa vontade no conversar, convidando-o para o café de sua sala particular.

– Amigo Tonho anda sumido, eu também tenho viajado, como vão as coisas na fazenda, e o negócio de sal e pólvora? Soube que vai crescendo, vendas aí pelo sertão, gente até de Mato Grosso fazendo pedido...

– É isso, José Albério, tudo nos conformes, não tenho queixa dos meus negócios, coisa pequena comparado com a Comercial, mas vamos tocando.

– Pequena crescendo é melhor que grande e parada. O que você precisa é só um empurrão de mais coragem, uma injeção de dinheiro, abrir portas mais adiante, o mundo é grande!

– Sei disso, mas vou devagar. Venho pensando nas minhas coisas, José Albério, careço opinião de amigo. Sempre fui muito sozinho, família longe, só uns peões empregados de companhia, gente sem cultura ou opinião, sem ajuda para decidir...

– Não sei aconselhar, Tonho, mas sou meio experiente na vida, de negócio e comércio e ganhar dinheiro entendo um pouco, se precisar de opinião.

– Não é bem assim. Não tenho preocupação desse tipo, acho tudo correndo natural, o resultado vem saindo com o trabalho. Estou ficando é com umas ideias novas, coisa que não pensava antes, que vai me ocupando tempo e cabeça, por aí você pode me ajudar.

Tonho não estava à vontade. José Albério sentia sua dificuldade e timidez, era bom mostrar-lhe amizade e abertura, tudo na vida era um negócio.

– Meu amigo Tonho está caçando caminho pra falar. Desembuche, homem de Deus. Para lhe escutar, pelo menos, tenho serventia!

Tonho animou-se.

– José Albério, não sei se acontece com você, acho que é coisa da idade ou da situação, mas em mim vem batendo forte. Tenho pensado muito, desde aquela festa das meninas do coronel, e estou sentindo uma coisa aqui dentro, uma falta grande de companhia de mulher, de fazer família, é hora de encher a casa, de escolher uma companheira, até na criação isso acontece, sinto que comigo também.

José Albério só escutava.

– Naquela festa fiquei conhecendo as moças, gente educada, de berço, uma casa cheia e alegre, diferente do soturno em que vou vivendo. Depois, aquela menina Mariita me encheu os olhos, uma alegria de esquentar o coração, uma beleza de pintura de quadro, voz de passarinho em arrozal, uns braços roliços, um olhar de fervura que queima a gente por dentro, não sei até se fiquei besta demais de conhecê-la. A verdade, José Albério, é que dei de pensar em casamento, primeira vez na vida, juro!

– Tonho, vai devagar. O coronel Macedo é de longe o melhor projeto de sogro aqui no Desemboque, e não é só pelas meninas. Um fortunão daqueles, o velho já meio derreado, no casório e primeiro neto vai ficar besta de todo. É herança pra ninguém botar defeito!

– Que é isso, Zé! Não penso nisso, é na moça que vai virando paixão...

– Certo, mas a mistura é que completa o prato. Acho cedo o seu pensar, só isso.

– Só isso é tudo. Você sabe como são os pedidos de casamento por aqui. Um primo chega de longe, uma conversa do tio com o velho, lá vai Mariita virar mulher de outro, nuns fins de mundo daqui. Não quero que isso aconteça, não quero perder oportunidade, você me ajude a pensar, pode me apadrinhar se for o caso. Você mesmo já me falou que oportunidade só bate uma vez na porta, se passou, passou, não volta mais...

José Albério entendia Tonho, um pouco à sua maneira, era verdade o que dizia dos casamentos e da oportunidade. No seu pensar, até casar era negociar, e talvez o Tonho tivesse razão. Era coisa de pensar.

– Tonho, vamos pensar um pouco mais. Sei que o coronel fará gosto na sua escolha, é vizinho, é trabalhador, tudo fica em família. Ainda temos um mês para a festa, vamos conversando. É capaz até de você ter razão, e pode ser que eu possa lhe ajudar. Vamos pensar nisso.

Tonho voltou para casa feliz. Sabia da resistência do amigo ao casamento, um negócio definitivo, dizia, sem direito a arrependimento. O fato de aceitar pensar já era um sinal positivo. Pelo menos não tinha explodido suas prevenções, quem sabe iria ajudar?

Na chegada da fazenda, tinha recuperado todos os prazeres dos sentidos, estava de novo um Tonho Pólvora na natureza. Os ouvidos vinham cheios dos cantos do entardecer, da codorna, do nhambu, das curicacas em voo final, dos socós no brejo. No nariz, o perfume sufocante da flor-de-são-josé, do articum maduro, até do delicado murici e da flor do pequi. Nos olhos, todas as cores do arco-íris; no passear pelos campos, matas, flores e folhas, uma riqueza por dentro, dava até aperto de felicidade no coração.

Tonho Pólvora estava mesmo feliz.

Em casa, José Albério pensava.

Sujeito estranho, esse Tonho Pólvora. Tinha nas mãos um negócio explosivamente crescente, era o único fornecedor regional acreditado para pólvora e sal, fizera nome e mercado, não sabia aproveitar, ficava feliz ali nas suas roças e vacas!

Sua ideia era oferecer-lhe sociedade, anunciando novos e melhores tempos, penetrar os segredos do seu negócio, seus contatos, fornecedores e compradores, ampliar sua rede, que precisaria de injeção de recursos financeiros – coisa que poderia fazer.

Nesse ponto, a história seria simples: mudanças progressivas na proporção do capital social, Tonho ficando cada vez menor, até perda do comando, das decisões, da empresa e do seu futuro.

A dificuldade estava em dar o primeiro passo, esse Tonho Pólvora não se apercebia do seu negócio nem se interessava em promovê-lo, em crescer, em fazer dinheiro. Agora, e por cima, substituía a deusa da Fortuna por essa Mariita, que ignorância, santo Deus!

Esperava a fortuna do velho Macedo? Não parecia. O coronel tinha saúde de ferro, às vezes brincava dizendo que dinheiro a genro só daria quando estivesse com a mão fria.

E Mariita, que assombro de mulher seria, a ponto de deixar Tonho tão banzé da cuca? Bonitinha, é verdade, esperta e espevitada, saideira, talvez uma sensualidade latente, um olhar de ambição, um indiscutível poder de seduzir e atrair a juventude do Desemboque. A outra, Ana, era retraída, difícil, jeito masculino de ver as coisas, desinteressante e desinteressada de festa e rapaziada.

Ao velho Macedo caberia receber e decidir do pedido de casamento. Donana e as filhas nesse ponto não tinham voz ativa. Eram os costumes da época. Quando muito, poderiam participar da apresentação ou encorajamento de candidatos, ou de escondida rejeição anunciada por terceiros emissários. Decidir, só com o coronel.

A traia da festa chegou ao Desemboque bem primeiro que as meninas do coronel.

De repente, começaram a brotar carroções de malas de roupa de gente, de cama e de mesa. Eram tecidos desconhecidos, costureiras da cidade vinham acertar cortinas, bordar toalhas, até guardanapos de uso raro e quase desconhecido por ali.

E vinham carros de boi trazendo mobília nova de sala, um espelho francês bisotado, lindo em moldura de terracota a ornar a sala de visitas, e vasos de cerâmica esmaltada, pintados em cores da China, e um jogo de jantar com vinte e quatro peças, porcelana chinesa pintada à mão, uma quase transparência que nem José Albério conhecia.

Vieram também cozinheiras da capital, às quais caberiam os pratos mais sofisticados e os doces mais refinados. Na festa estava comprometido até o ouvidor, o governador dizia que ia fazer o possível para aparecer, era preciso caprichar!

Naquela azáfama, o coronel Macedo não se sentia bem. Festa para ele era coisa importante, afinal as meninas voltavam de vez, constituir família, fazer-lhe sucessão... mas essa festa era diferente, não parecia coisa do Desemboque.

Vinha do campo, Donana mandava descalçar as botas na varanda, para não sujar o tabuado encerado.

Banho, tinha que tomar todo dia, e de bucha e sabão francês, desse que não para na mão, cai pelos cantos do chuveiro, um sofrimento segurar o danado. E depois, vai de passar um troço contra cheiro no subaco, invenção da Mariita, um meio perfume que ardia e irritava a pele, e depois ainda uma esfrega de óleo no cabelo, branco-ondulado e bruto e que elas queriam ver lustroso e escorrido, e depois uma roupa janota listrada, pano fino que não ia aguentar um campeio de gado no cerrado. Paletó apertado na barriga, botina nova duas cores apertando os pés, o coronel era um homem apertado e aperreado, já tinha saudade do dia seguinte da festa, quando ia jogar fora aquele despotismo de sofrimento.

Mais logo chegaram as meninas, com as amigas de Ouro Preto, de Congonhas, de São João del Rei, de Mariana, mais pessoas de suas famílias, a casa cheia, dias e noites de bulha de risos, de cantos, de provocações e jogos, o Desemboque nunca recebera tanta gente de fora e de luxo.

Mariita dominava a cena doméstica, a festa e seus preparativos, as suas exigências e desvelos. Queria tudo na perfeição, fazer inveja e história para as amigas de longe, embasbacar a gente do lugar.

Ana chegara com seu jeito amadurecido, ajuda nas providências de preparação da cozinha, da casa, de roupas, até das lavadeiras e passadeiras que eram imprescindíveis aos vestidos da metrópole. Quando podia, dava ainda uma escapada pelos pastos e roças, o cavalo em rédea solta, marcha corrida, o vento passando pela cara, os olhos, ouvidos e nariz na embriaguez dos seus domínios, pois Ana se sentia dona de tudo, do pai, da mãe, das criações todas, de gente ou de gado.

Tonho Pólvora, grande vergonha, tomara escondido umas aulas de dança com o professor Calvert, um meio francês que no colégio ensinava cultura e civilidade.

Não ia passar vexame com Mariita, dessa vez.

Tinha importado as roupas do José Albério, dançava uns passos, até respondia "merci", como o Calvert achava bonito, ao receber um copo de água.

Estava tinindo, em ponto de festa... e de casório, esperava.

José Albério estava também em ponto de festa, mercadorias novas na prateleira, preços suspendidos, uma atenção total aos visitantes. A outra festa dos Macedo fora sucesso, nesta queria mais. Tinha que deixar boa impressão. De certa forma aquele acontecimento era o ponto final do coronel, dali pra frente tinha que aparecer gente nova, outros líderes, achava que sua idade e posição já mereciam esse sonho.

Era não errar, não desperdiçar vaza, não perder ponto nem oportunidade.

Seu sonho da Fortuna estava a meio caminho. O sonho de Poder era ainda novo, os dois juntos iam se ajudar, o Desemboque tinha que ser seu, depois o resto do mundo, ambição é terra sem fronteira ou fim.

Não errar, não perder vaza. Só isso.

Quirineu, sinistro soba de gosto africano, terminava mais uma festa particular.

Ofegante, um suor pela testa, a boca seca, barriga flácida, um amolecimento das carnes e da vontade, saía vitorioso de cima do corpo seco, magro, semijuvenil da Florzinha, filha da escrava Antéria, sua nova presa, arrastada à força do pátio escravo, levada ao seu quarto particular da fazenda, sítio predileto dos seus defloramentos, onde mais que a força física exerce a ameaça de crueldade, de chibata, dos ferros, dos castigos à mãe e família, Florzinha e outras não tinham como reagir, o Gordo era senhor e dono.

Quirineu pensava doentio na festa dos Macedo. Dizia para si que não era do seu gosto ou ambiente, não queria lá ver como o desprezavam as moças brancas, como dele riam os outros. Lá não iria, tinha seu próprio reino e poder, sua festa particular, que antecipava em orgias vingativas de sua frustração e sofrer. O choro de Florzinha, o tremor de seus músculos tão frágeis, as mãos frias, o olhar de medo e dor, tudo lhe era estimulante e bastante.

– Vá-se embora, pretinha! Lave-se, cuide as roupas, não vá levar choro pra velha Antéria, lembre-se da palmatória e do chicote!

E Quirineu já ressonava, sua festa terminara, era sonhar com a próxima...

Três meses depois ainda se falava na festa dos Macedo do Desemboque. O sertão da Farinha Podre nunca vira coisa igual, em alegria, em fartura e riqueza, em gente de toda sorte, tipo, fortuna e destino.

Dirigentes, figurantes e personagens, todos brilharam em seus postos e posições, tudo correra perfeito. Os dias de comentários se sucederam, secava-se o bagaço dos acontecimentos e sensações, tudo voltava ao normal e trivial das vidas regionais.

Tonho Pólvora dançara com Mariita, tinha em festa e fervura seus sonhos atuais.

José Albério fizera negócios, amigos, influência, sonhava mais riqueza e poder.

Ana de Macedo voltara aos cuidados de terra e gado, ao galope cavaleiro e fiscal, liberada alegria no rosto corado de calor e emoção.

Mariita contava histórias de colégio às amigas, promovia saraus, ia às compras, enfeitava-se, coquete e decote em audácias pelo Desemboque.

Zé Brilino e Zé Anjo voltavam de Oliveira, nova carga em comitiva, novas conversas entendidas e não faladas. O burro Alemão centralizava atenção, rengo de uma perna, coisa séria para eles.

Pelos escuros navegavam maldades Quirineu e Joaquim Teodoro, agora mais associados e amigos, a noite sempre aproxima sombras.

O coronel Macedo voltava às calças de brim do tear, às botinas largas, paletó e cinto desabotoados, o pito de palha de fumo goiano, liberdade de corpo e vida.

O Desemboque descansava a ressaca da festa.

—

Tudo tem seu dia, e decisão tem sua hora.

Nessa hora e dia, uma tarde de janeiro, Tonho Pólvora rebuscou encontro com José Albério, em prosseguimento do falado anterior.

– José Albério, já conversamos o assunto, você me pediu confiança, venho em nome dela. Tenho pensado muito o assunto daquele casamento com a menina do coronel Macedo, você já sabe...

– Ouvi, Tonho. Eu lhe aconselhei até dar um prazo, repensar o caso, casamento é coisa séria...

– Certo, certo, mas já repensei e tripensei, tenho certeza de que é hora do pedido. Você viu como a gente toda sabe que o destino das moças agora é casar. O coronel mesmo brincou com essa ideia nos dias da festa, eu estou de juízo formado, o que falta só é a coragem final, e a ajuda que venho lhe pedir de apadrinhar o meu pedido. Você aceita?

José Albério via precipitação no amigo, mas ia além. No fato e em verdade, o sr. Tonho Pólvora ia fazer um negócio de lhe dar inveja...

– Tonho, um pedido desses não posso recusar. Me dê um tempo...

– Você pode marcar a data, desde que seja breve. Viajo a Oliveira neste fevereiro, quero sair daqui com a questão resolvida. Você me acompanha?

– Certo, seu Tonho Pólvora. Assunto de coração é coisa séria, vou respeitar seu desejo. Vou estudar um dia próximo, fora de festa ou agitação, em que o coronel esteja disponível e de bom espírito. Lhe aviso em seguida, e vamos à visita.

Tonho saiu aliviado e feliz. Na verdade, não teria coragem de pedir a mão de Mariita. Tinham trocado olhares e prosas na festa e em encontros casuais, o jeito dela era sempre de sedução. Mas no fundo ele nem podia afirmar que era só para ele, a menina era assim com todo mundo. O que mais queria era fazê-la feliz.

Seduzido ele já estava.

Seduzi-la era arte em que empregaria todo o seu tempo – se preciso fosse – para fazê-la feliz.

―

A presença do ouvidor na festa dos Macedo tinha sido ponto alto da parte política do encontro; afinal, viera representando governador, carta e comenda nas mãos.

O coronel aproveitara para reunir novas adesões e simpatizantes do regime imperial. Havia um zum-zum republicano já perceptível. O imperador era distante e desinteressado da política, apenas a princesa Isabel se inteirava das mudanças em marcha.

Precisavam de gente e ideias novas, uma renovação para calar a boca dos oportunistas de bastidor.

Nesse espírito preparou-se a Lei Áurea, que depois do Ventre Livre significaria o passo terminal do regime escravo no Brasil.

Buscando popularidade, o Império não conseguia por aí alcançá-la.

Pela Lei do Ventre Livre, os filhos de escravos seriam considerados livres da servidão, e pela Lei Áurea todos os escravos seriam alforriados ou libertos.

Parecia ser bom e simpático, adequar-se o país aos regimes livres das nações desenvolvidas, mas em política o efeito não foi o esperado.

Grande parte dos imperialistas eram senhores de engenhos e terras, que se acreditavam prejudicados pelas novas leis e perdiam assim o zelo pela sua militância.

De outro lado, a juventude e os movimentos culturais sempre pretendiam mais, e a República, o voto livre e a democracia eram sonhos que iam se tornando intensivos, extensivos e próximos.

Tonho Pólvora e seu pessoal prestavam natural filiação política ao coronel. Amizade, respeito e interesses comuns os uniam.

José Albério, na surdina dos bastidores, ia assumindo as rédeas do movimento republicano, sem hostilizar o coronel de público, mas solapando a sua "política do passado".

Seria impossível evitar no futuro essa confrontação, mas José Albério ia contemporizá-la até ter certeza de que a vitória seria sua. Não podia arriscar-se a perder o terreno que ganhara naqueles suados anos de serventia. Ia esperando, sutil e sorrateiro, urdindo e tramando espertezas a mode não provocar o coronel e a desarmá-lo se as coisas se complicassem.

O pedido de Tonho Pólvora lhe vinha a propósito, na marcha atual dos acontecimentos.

Analisou com minúcia a situação, que serviria certamente ao seu espírito de manter amistoso e amigável o relacionamento com o coronel.

Nada tinha a perder em apadrinhar o pedido de casamento de Tonho Pólvora. Sabia que o coronel gostava do moço, já seu alistado e companheiro de partido, vizinho de fazenda, amigo da casa. Era mais um ponto positivo em sua conta.

Com isso em mente, José Albério visitou o coronel Macedo em seu retiro Olhos-d'Água, ali mais perto da vila, em serviço de ronda pela grande fazenda.

A varanda era mais simples, a casa era pequena. O retiro só era usado em ocasiões de trabalho de gado. O coronel estava no à vontade de que sempre gostava, de café forte e pito goiano de fim de tarde. Ficou surpreso e feliz de ver o jovem comerciante desmontar diante da sua casa, inesperada visita, coisa que aquela gente simples apreciava em sua hospitalidade espontânea.

– Com licença, sr. coronel Macedo!

– Ora viva! Chegue-se, sr. José Albério. Entre aqui pela varanda, tome assento. Chegou de dentro um café novo e água fresca, prazer de vê-lo por aqui!

– Obrigado, coronel. Uma tarde bonita, o senhor ainda dando exemplo de trabalho, pousando fora de casa em serviço, já não carece mais esse esforço todo...

– Que é isso, José Albério! Trabalho pra mim é vida, só vou quietar pela morte. Depois, ainda tenho as filhas pra cuidar e casar. Se vier genro bom, que é o que quero e espero, vou maneirar um pouco, mas nunca se sabe...

No gosto forte do café caipira, tomado de companhia com queijo fresco do dia, José Albério desfechava sondagem.

– É isso mesmo, coronel. As moças estão muito bonitas, prendadas e estudadas, sei que vão fazer feliz qualquer pretendente. Não sei é se o coronel já está na disposição de estudar casamento para elas, às vezes ainda não é hora desse assunto.

– Na verdade, José Albério, venho pensando nisso. Casei tarde, trabalhei demais, envelheci. Não vejo a hora de casar bem as minhas meninas, ter meus netos, descansar afinal.

– E as moças, coronel?

– Moça casadoira não tem muito querer, é só concordar que eu escolha com quem e quando pode casar. A Mariita é muito espevitada e cheia de vontade, mas acha que uma festa de casamento deve ser a coisa mais bonita e importante de sua vida. A Ana nem pensa em casar, conforme a escolha vira burro bravo. No seu calado vai pular com os arreios, é mais difícil de manobrar. De qualquer forma, já estou em preparos desse futuro. Aqui na Olhos-d'Água estou pondo quinhentas vacas de cria e terra à vontade como dote da Mariita. Está perto da cidade, ela pode fazer lá seus passeios e compras... E na Fortaleza será o dote de Ana. Quinhentas vacas também, muita terra e serviço pra encher seu tempo, nem cerca ou curral tem direito, ela gosta de fazer tudo à sua moda. Que acha disso?

– Das moças, já falei que não tem nada de melhor por aqui. De dote, o coronel é um exagerado de coração, põe risco de estragar um genro...

– Que nada, sr. José Albério. Vou acompanhar tudo de perto, passo filha, terra e gado, mas não perco autoridade e respeito. Acho até que é porque sou coronel Macedo que ainda intimido um pouco, pretendente fica de longe, assuntando, desconfiado, sabe que comigo não vai ter moleza.

– Sei não, coronel, mas acho que vem surpresa por aí, e perto. Sei de muito pretendente, um em especial me fez passar por aqui. Já é seu amigo, queria que eu sondasse o coronel.

– Pois vamos conversando, não assusto ninguém que tenha boa intenção e disposição. Família pra mim é coisa sagrada, mas de muita preparação e estudo, não decido de sufragante, sem conhecer o moço.

– Boa notícia, coronel, que vou considerar com o meu amigo. Ele vai ficar feliz, e por certo lhe faremos em breve visita mais decisiva. Agora, se me dá licença, volto à cidade, também tenho umas ocupações. Agradeço o bom café e a boa recepção, tenha uma boa tarde!

Assim se retirou maciamente José Albério, o que sabia lhe bastava, Tonho ia ficar feliz com a disposição do velho.

Em caminho, estudava as farturas da Olhos-d'Água e generosidade do Macedo, que já enricava de saída o novo genro. Não entendia de terras e gado, mas sabia quantificar em dinheiro o dote de Mariita e de Ana. Era coisa de pensar como é que o sonso do Tonho Pólvora descobria as coisas sem pensar nem procurar!

—

Manuel Crispim recomeçava giro pelo interior e fronteiras de São Paulo, decepcionado por nada descobrir naqueles anos de busca.

Em seu interior, sentia que ia encontrar uma pista, uma trilha. Só a morte consome de vez uma pessoa, dizia sempre. Seu medo era do tempo, que escorria rápido, talvez só tardiamente chegasse ao desaparecido, talvez sem as forças e astúcia que cultivara. Era risco do caçador virar caça, tinha que se manter atento, agora mais cérebro e ideia, pernas e braços iam ficando lerdos.

Comprara em São Paulo uma nova arma, vinda da América do Norte, usada na sua guerra civil: um revólver de seis tiros, coisa extraordinária, muito mais eficiente e rápida que as garruchas e clavinotes da sua juventude num combate de perto – assim achava que ia ser o encontro. A cada tiro precisava remontar o cão com a mão esquerda, mas o treinamento que fazia já lhe permitia descarregar a arma numa sequência muito rápida. Menor que seus instintos em São Paulo, porém mais precisa porque Manuel Crispim não queria apenas pressa, não queria nem podia perder tiro. Seis eram mais que suficientes para a sua proteção e serviço.

Sistematizando a nova ronda, era pelos campos e arredores que treinava pontaria e manejo do revólver e da cabeça. Não queria que ninguém soubesse que aquele caixeiro-viajante tinha outras intenções além das quinquilharias a vender.

Limpa e untada a arma, num fundo falso de sua maleta a levava, sempre carregada e de pronto uso.

O homem tinha que aparecer, pensava. Arma e balas se conservam sempre em forma, um trato diário basta. Gente é que se gasta, não tem jeito de conservar, a ferrugem da idade vem de dentro.

Precisava de uma pista, uma só, e logo.

Foi uma semana de festa e angústia aquela em que Tonho Pólvora aguardou o sábado de presença à casa dos Macedo.

José Albério lhe contara do espírito do coronel e da sua resolução em marcar a data oficial da visita e pedido de casamento, uma formalidade imprescindível naquela situação: o primeiro sábado de fevereiro, um jantar discreto na fazenda, somente os dois como convidados.

Tonho temia e desconhecia formalidades, sobretudo casamenteiras. Delegou ao amigo todos os arranjos necessários, somente recomendou em casa o terno solene, a gravata, o chapéu palheta, botinas engraxadas, arreata e Brasão em brilho de festa.

Passou a semana em inúteis ocupações, em nada punha atenção, um suor nas mãos, o coração acelerado, o corpo na casa e serviço, a ideia lá junto de Mariita de Macedo.

Buscava parecer tranquilo e confiante, num natural que não tinha, montava de barrigueira bamba o burro Solene, que era especial em derrubar peão distraído, esquecia de pôr chapéu, um dia entrou e saiu do pasto sem dizer ou saber o que ia fazer por ali.

Zé Anjo e Zé Brilino iam assistindo à marcha dos acontecimentos, num adivinhar de coisa séria e grossa pela frente. O patrão estava demudado, diziam.

No sábado, afinal, Tonho Pólvora teve que abrir o jogo.

Tomou demorado banho com sabão de cheiro, enfatiotou-se de janota da cidade, pôs escova em sapato, em arreio, em Brasão, até no pixaim do Zé Anjo, que determinou o acompanhasse para cuidar do que queria fosse solene e importante.

Ia ficar noivo, anunciou à empregadagem, aos campos, ao gado, ao joão-de-barro da paineira, às pombas do paiol, às rolas, sanhaços, tico-ticos, saracuras, socós, sabiás-laranjeira, e de passagem pelas codornas, nhambus, perdizes, bicharada de penas e pernas que cruzavam seu caminho do Desemboque.

Ninguém lhe deu ouvidos. Pareceu-lhe decepcionante desatenção a forma como receberam seu comunicado expedido em ordens, em roupa nova, em estudadas e solenes atitudes que julgava obrigatórias a um pretenso e decidido noivo em marcha marcial para seu amoroso combate.

O que não percebia é que havia muito o seu comportamento lhes mostrara o que ia acontecer, a novidade era velha, era apenas consequência das coisas que não conseguia esconder.

Brasão é que pagou a conta, levando taca e espora no rompante de saída do patrão, que pelo menos jogou poeira nos domínios onde não lhe davam a atenção esperada...

—

No Desemboque, José Albério preparava sua companhia, também em roupa nova e solene. Não ia perder imagem para o companheiro ajaezado.

Tinha pensado nesses dias, e formado juízo da situação toda: Tonho Pólvora, o coronel Macedo, as meninas casadoiras, os dotes anunciados, o prestígio de sua visita em tom oficial, a intimidade que se fazia anunciar, até o seu projeto político pessoal de desarme e aproximação, tudo o favorecia.

Tonho já encontrou José Albério à sua espera. Iam juntos para a casa-grande da fazenda do coronel, seriedade de compromisso, passo sem retorno, adeus ao passado livre e solitário – tudo lhe punha um aperto no peito, o suor gastava lenços, era coisa de inesperado sem ser surpresa, era um susto sem ter razão.

– José Albério, você pôs sentido em tudo, acha que vamos ser bem recebidos? Não tem medo do coronel ficar amuado, será que Donana já sabe, as moças estarão na mesa, vai haver conversa em separado ou todo mundo junto, o que é que eu devo fazer? Ou é só ficar calado e você fala tudo? Diabo que você nem abre a boca, tou ficando agoniado, sô!

– Calma, Tonho Pólvora. Deixe comigo, já fiz a preliminar com o velho, ele já percebeu tudo, se consentiu no jantar e convite é porque lhe interessa o assunto. Frio e firme, deixe comigo!

E foi assim frio mas não muito firme que Tonho Pólvora se apeou na casa do futuro sogro, pensava. Não podia tolerar ou esperar surpresa, era um sofrimento aguardar jantar, conversa, decisões, tudo devia ser mais simples num casamento...

A recepção correu mais fácil do que Tonho Pólvora esperava.

Uma conversa rápida, informal, ali pela sala de visitas, o coronel em prosa leviana, assuntos variados. Só algum calor quando fazia seus comentários e críticas aos republicanos, esses irresponsáveis agitadores que pretendiam a guerra e a baderna do país e das instituições.

Na mesa do jantar, o coronel na cabeceira, Donana à sua direita, os dois moços à esquerda, as duas moças em frente, a prosa continuava comandada pelo velho Macedo. Sub-repticiamente, o patrão indagava da vida e negócios, das origens e projetos, era uma satisfação às mulheres que se limitavam a ouvir.

Ana de Macedo estava séria, como sempre. Interessava-se pela conversa quando de negócios, quietava quando eram amenidades ou filigranas de salão e festa.

Mariita era o contrário, só se interessava pelo supérfluo, o sorriso cintilava com qualquer dito espirituoso, tomava até liberdades de comentários que o coronel buscava reprimir com a cara fechada, porém sem a resistência que queria.

Terminado o jantar, voltaram os homens à sala de visitas, para o cafezinho em delicada xícara de porcelana, servido pelas moças que logo se retiraram para os dentros-de-casa.

O coronel serviu charutos baianos, mas fumava implacável o seu pito de fumo goiano.

Os dois moços soltaram as baforadas perfumadas e convenientes. Era preciso dizer da qualidade dos charutos, da excelência do jantar, da amenidade do tempo, as bobagens que deviam preceder a conversa decisiva que Tonho Pólvora esperava e agoniava.

O coronel pausou a prosa, não era de cozinhar conversa, era de decidir e dormir cedo.

Tonho ficou de pé, junto à cadeira de braços, transferindo pelos olhos a iniciativa a José Albério.

José Albério permaneceu sentado, as pernas cruzadas, um ar meio solenizado ao iniciar os finalmentes da visita.

– Senhor coronel Macedo, viemos mais que em visita de cordialidade, o senhor sabe. Agradecemos a atenção e acolhida em sua casa, o que sempre pretendemos merecer.

O coronel assumiu ares mais sérios, próprios para as decisões que lhe deviam competir.

– O coronel sabe e já conversamos sobre as qualidades e disposições de casamento de suas filhas, que são reconhecidas por toda a nossa sociedade. O meu amigo Tonho Pólvora confidenciou-me igualmente a sua disposição de contrair matrimônio, e aqui comparece em minha companhia e dentro desse objetivo. Acredito que o senhor já nos conheça de forma suficiente e portanto encare com seriedade esta visita, em que esperamos receber generosidade e consentimento a esta pretensão. Creio que meu amigo Tonho Pólvora esposa estas palavras e confirmará frente ao coronel a procuração verbal que me deu para que fale e peça em seu nome.

Tonho Pólvora tinha as mãos e o rosto suados. Achava demasiado empoladas as palavras do amigo, diabo de coisa complicada era um pedido de casamento! Com a cabeça e gesto de mão assentiu, devolvendo a José Albério a conclusão. O amigo ficou de pé, o rosto sério, e concluiu.

– Portanto, coronel Macedo, investido das responsabilidades do ato, venho fazer a Vossa Senhoria o pedido de casamento objeto de nossa visita. Peço a mão, com muita honra, da senhorita Ana de Macedo para meu amigo Tonho Pólvora, e da senhorita Mariita de Macedo para minha esposa!

Tonho Pólvora caiu sentado na cadeira.

Tinha escutado mal, não era possível, o jantar ou o charuto lhe revoltavam o estômago, era vertigem, vontade de vomitar, a ideia fraca, o sentido longe...

O coronel já tomava a palavra.

– Meus caros jovens, agradeço e aprecio a intenção apresentada. Não sou de cerimônias, já os conheço, se não fosse o caso, não os teria recebido a este fim. Devo dizer que estou feliz, que a mim agrada o pedido, mas que a resposta final devo passar às minhas filhas.

– Coronel, sabemos de sua generosidade, até relativa aos dotes que acompanham as moças, que são importantes, mas não tanto quanto a recepção e consentimento que ouvimos. Será nosso prazer receber logo a decisão das moças que esperamos fazer felizes como merecem.

Este filho da puta do José Albério, pensava Tonho Pólvora, nem dá tempo para um clarear de ideias ou de conversa, quer fechar o assunto como se fosse venda em sua Comercial, era sangria total e imediata...

Com estudada discrição, o coronel comandou uma campainha de cristal, providência por certo combinada com Donana, logo aparecida à porta.

– Donana, minha mulher, os dois moços vieram em pedido de casamento às nossas filhas. São nossos conhecidos e amigos, de minha parte não apresentei obstáculo, disse que queria sua opinião, e depois o consentimento das moças, se for do seu agrado.

A Donana agradava tudo que fosse do agrado de seu marido.

– O que meu marido decidir é que importa. Por mim, estou feliz, se querem chamo as meninas para uma conversa final...

E foi nesse clima de galope que as moças foram readmitidas à sala e conversa, inteiradas do pedido dos moços, agora de pé os dois, José Albério muito à vontade, Tonho pálido e suado, um aperto no peito, não passava a vontade de vomitar.

– Meninas, acabo de receber um pedido formal de casamento para vocês duas, ao mesmo tempo, coisa que nem todo pai tem ocasião de receber. Os dois moços, que vocês conhecem, pretendem casar-se. São pessoas que conheço e estimo. Não farei objeção se for do agrado de vocês. O sr. Tonho Pólvora pediu-me Ana, e o sr. José Albério pediu-me Mariita em casamento. A vocês cabe a decisão final.

As meninas sabiam que a decisão final sempre seria do pai, que aquelas palavras eram de delicadeza apenas, ou quando muito de apresentação de alguma contrariedade ou intolerância absoluta ao pedido.

Mariita considerou José Albério, o bigode aparado, as roupas elegantes, o perfume francês, as maneiras metropolitanas, a vida na cidade, as viagens, a riqueza, as festas prometidas, e sorriu.

Ana estudava Tonho Pólvora.

Tinha coisa errada por ali, o moço estava pálido e abatido, parecia tão surpreendido com o pedido como ela própria, que não esperava casamento tão cedo.

– Não manifestando objeção, minhas filhas, devo considerá-las noivas, para em seriedade conversarem com os moços o seu futuro. Eu estou velho, retiro-me para a cama e repouso. Donana fechará a casa quando eles saírem. Minha bênção a todos!

E dentro de sua solenidade cabocla o coronel estendeu aos moços a mão em despedida, das filhas recebendo a reverência e o boa-noite.

Estavam na sala os quatro jovens, na primeira hora das definições.

Ana, pragmática, puxou Tonho Pólvora pela manga, era seu jeito de decidir e conduzir.

– Tonho, faz muito calor nesta sala. Se quiser, vamos conversar na fresca da varanda. Mariita e José Albério ficam por aqui. – E foi logo puxando o noivo em saída da casa, era preciso um ar diferente para ver se melhorava e esclarecia aquele enjoo, suor e brancura do moço.

Caminharam assim juntos um instante. A noite era negra e sem estrelas, algum relâmpago faiscava longe, o rosto do rapaz, de pedra, não divulgava emoções ou intenções.

Num canto da varanda, frente ao paiol, Ana estacou a marcha condutora, encostou-se no corrimão e voltou-se para ver o noivo inesperado.

De vozes e luzes, só grilos e vaga-lumes, algum sapo no banhado, de longe um berro de vaca-mãe, uma coruja na cumeeira do paiol.

Tonho estava mudo. Ana esperou pouco, sabia quando devia desembuchar serviço.

– Pois bem, sr. Tonho Pólvora, aqui no ar fresco, na liberdade da noite e mato, você vai me explicar a história deste noivado. Eu sei que fiquei surpresa e assustada, tudo de repente. Mas parece que você ficou ainda muito mais.

Tonho Pólvora admirou a coragem e desembaraço da moça, que lhe parecia enfrentar a peito aberto o susto e a emoção que ainda lhe paralisavam as reações.

Diferente de Mariita, seus cabelos eram lisos e escorridos. Sabia de uns dourados na ponta dos cachos, de sua pintura discreta, o vestido gola alta e saia de amazona, uma sapatilha de couro abufalado, serventia em casa, curral e cavalo. A fala era macia, mas decisiva e imperiosa, convidava e intimidava. Não podia ser menos homem do que Ana era mulher.

– Pois dona Ana, Ana, quero dizer, não sei como conversar, me desculpe, de certa forma eu também estou assustado, acho que não esperava... Sabe, esperava diferente, talvez, tudo veio de repente, fui apanhado no contrapé, igual peia em bezerro de marcação, nem vi o tombo ou do que caí, sou amigo e admirador do coronel, tenho-lhe a maior estima e consideração, não esperava este rumo das coisas, fiquei desnorteado, me desculpe...

Ana, calada na sombra, era estátua de escuta. Alguma coisa estava errada, sentia, mas só Tonho Pólvora podia explicar.

– Ana, eu tinha mesmo a intenção de casar, e por aqui todo mundo sabe que não tem moças melhores que as filhas do coronel Macedo, e eu sempre quis o melhor da vida, sou ambicioso, meio besta talvez. Faltava coragem, acho, de enfrentar a situação. Inexperiência. Ninguém da minha família por aqui, nem sei como agora fiquei falante na sua presença, capaz por sermos iguais de sentido e pensamento. Foi só e tudo, o resto é susto mesmo, me desculpe outra vez.

Ana ainda esperava, ia fazendo ideia do acontecido, imaginava o bom e gostava, imaginava o ruim e odiava.

– E aí, Tonho, o José Albério fez o pedido. Foi tudo nos conformes, estava combinado antes, ou foi surpresa ou descombinação?

Tonho voltava a suar.

– Ana, acho que foi, não sei dizer. Acho que faltou um apreparo, um acerto melhor da conversa, talvez por isso fiquei do jeito que você sentiu. Mas saiba que lhe aprecio muito, não quero lhe agravar em nada. Tenho a maior estima por você e sua família, o maior respeito e desejo de felicidade para todos! Nem sei por que esta sem-graceza do meu proceder, me desculpe...

Ana via e sentia o vazamento emocional do noivo, adivinhava as coisas, buscava conserto e tratamento, não era de se amofinar por querelas.

– Tonho Pólvora, não quero ter mais preocupações por esta noite. Na sua conversa curta, no seu desconcerto, só vejo duas conclusões: ou o noivado não lhe saiu como esperava, ou você está inseguro do nosso futuro. No primeiro caso, não se aborreça à toa, não considero penhorada a sua palavra, digo ao pai que não lhe quero, você volta livre ao seu pensamento e à sua casa. No segundo caso, se a busca for de companheira e firmeza, saiba que para isso estou preparada. Não lhe tenho amor nem paixão, acredito que isso é coisa de construção, casal só existe mesmo amadurecido pelo tempo e pela vida. Gosto do seu trabalho, da sua vida, da sua competência e honestidade. Somos parelhos no jeito de ver as coisas. Se me quiser de verdade, serei noiva e mulher, coisa pela vida toda. Você não se arrependerá, nem terá melhor. Pense bem, delibere e decida. Tem a semana toda para isso. No próximo sábado, estarei aqui pela varanda, hora do jantar, esperando meu noivo, se for do seu gosto e fim. Se não vier, não vou chorar nem sofrer: melhor separar antes que venha amor ou compromisso. Passe agora pela sala, leve José Albério. Eu e Mariita vamos para dentro, mãe Donana deve estar do lado da porta, doida de curiosidade em escutar o que não precisa ou deve. Cuidado em abrir a porteira: tem um fio de arame farpado no batente, danado pra rasgar dedo e paletó, que hoje você resolveu usar. E tenha boa noite!

Assim voltou Ana à sala de entrada, passando direto por Mariita e José Albério, com um boa-noite despedidor. Tonho ficou ali mesmo por fora, despachado e sem assunto.

De dentro veio em seguida o seu padrinho e companheiro de noivado. Um soberano ar de tranquilidade, cigarrilha nova acesa, o passo batido e seguro.

– Então nos vamos, Tonho. Você me acompanha até o Desemboque? É tarde, pode dormir em minha casa, conversaremos um tanto...

Tonho montou mudo o seu enfeitado Brasão, seguro pelo Zé Anjo, já pronto ao retorno.

A viagem era curta, José Albério montava mal. Conversar para ele era difícil, atenção total na montaria e no caminho, mesmo com Zé Anjo de guia. Ademais, o Tonho estava difícil, era de esperar problemas se a conversa tomasse calor.

Seguiram calados até a encruzilhada da ponte, visíveis os lampiões do Desemboque, destino do José Albério.

– Então, Tonho, quer me acompanhar?

– Não, obrigado. Vou dormir em casa. Já tive muito da sua companhia por hoje. Tenho que arrumar minhas coisas e ideias. Depois conversaremos, melhor em dia claro.

– Pois seja. Tenha boa noite, estarei sempre por minha casa.

Tonho não respondeu. Brasão gemeu na roseta da espora, arrancou rápido, jogando poeira e cascalho para trás, rumo de casa, que tomava por feliz e agradável instinto.

Zé Anjo no seu pé, o silêncio sábio do companheirismo, o sentimento de desacerto no ar, não valia a sua preocupação.

Chegados em casa, Tonho entrou rápido, passando sem prosa pelo esperante Zé Brilino, os companheiros já adormecidos.

Era bem e boa noite, Zé Anjo banhava e soltava os animais, recolhia a traia na casa de arreios, voltava à companhia do velho, hora de dormir.

– A viagem não foi toda boa. O patrão entrou de veneta, mode cachorro apanhado, rabo entre as pernas...

– Sei de nada, tio. Nem perguntar.

– Bem faz, filho. Temos nada com isso. Agora é dormir. Amanhã é trabalhar.

A noite cresceu em nuvens, em relâmpagos, logo em raios, em tempestade de chuva brava, cachoeiras de enxurrada, berro de bezerros em susto no curral, mães distantes, era vazar a longa escuridão até o amanhecer.

No seu quarto e cama, Tonho Pólvora não dormia, deitado de costas, olhos nas vigas de aroeira e no telhado, ouvidos para a chuvarada, no nariz, o cheiro da terra molhada, do seu mato, das suas gentes e coisas.

Tonho queria amanhecer lavado e curado do sofrimento passado, mas a dor ainda era muita.

Ainda pensava em Mariita, mas agora já via seu sorriso reticente para José Albério. Era também negociante, a menina danada!

Via o coronel à sua frente, o jeito sério meio paternal, a confiança que não podia ser atraiçoada.

E via Ana, nos raios e relâmpagos. O rosto não tremia um músculo, sem caretas ou sorrisos, a fala macia e precisa, não buscava encantos nem encantar, era rocha pura, a mulher danada a quem devia resposta.

Tarde madrugada, a chuva passou.

Havia um claro pelo nascente, um galo cantou.

Ia ser novo dia, Tonho Pólvora adormeceu.

Se trovões, raios, tempestade e problemas povoaram a noite de José Albério, não o incomodaram. No fundo e em verdade, seu pensamento era conforme seu destino, achava certo e correto todo o seu feito e feitio.

Fizera bom negócio.

De um lado, recebia um bom dote, bom acréscimo à sua conta de patrimônio, e na mesma fonte neutralizava possível hostilidade às suas ambições de política e poder. O imperial coronel cederia espaço ao republicano José Albério. De quebra, a moça Mariita era a coisa mais apetitosa nas jovens casadoiras do Desemboque. Tinha treino e maneiras de metrópole, seria bom apoio à sua própria carreira.

E o coitado do Tonho Pólvora? José Albério tinha vontade de rir da sua cara de espanto, da sua queda no assentado da cadeira, um estupor que ele entendia bem, afinal a paixão do jovem pela Mariita era declarada e farta.

Teria ganho um inimigo?

Qual, esse Tonho seria sempre um sonso ingênuo. Ia sofrer um pedaço, logo caía no lugar. Teria que escolher entre aceitar e carregar Ana de Macedo vida afora, e ficar calado, ou arriscar-se a um protesto ou recusa, com risco de ódio do coronel Macedo – coisa que ninguém queria enfrentar no Desemboque.

Tudo ia dar certo, por isso José Albério dormiu bem a noite de trovoadas no noivado do Tonho Pólvora.

A semana correu tranquila, no pós-tempestades do sábado.

Tonho Pólvora afundou-se no serviço, uma febre de ocupação física que lhe moeu o corpo. A noite chegava cedo e hospitaleira, o sono era pesado e sem sonhos, o acordar só pelos galos do amanhecer e pelo berro das vacas que chegavam a ver os filhos e deixar o leite.

Tonho decidira não procurar José Albério.

Não ia dar ao suposto rival o gosto de vê-lo amarrotado, derrotado, chocado pelo final de seu pretendido arranjo matrimonial.

Admitia desde já o casamento de Mariita com o comerciante. Vira os olhos e sorrisos da menina, era uma dor de despedida e decepção. Sabia que apenas ele tinha amado Mariita, e que ela não amava ninguém, os sorrisos que lhe dera eram também de superfície, como por vingança queria acreditar eram os dados ao José Albério.

E Ana de Macedo, sua pedida noiva?

Decidiu na base do deixa pra lá, sábado apareço para conversar. Ela mesma pediu um tempo. Era curar bicheira de bezerro, esgotar vaca parida de novo, ordenar capina de arroz, fazer inventário total do estoque de sal e pólvora, tirar goteira no paiol, matar capado gordo pra turma da lavoura, um encher de tempo e vida que serviam de curativo e alívio.

Aí chegou o sábado, de susto e afinal.

Tinha que voltar ao coronel Macedo, em revisão de Ana e ideias.

Na véspera quis refugar, inventar viagem e serviço, ainda não decidira o que dizer ou comportar.

Depois, decidiu pelo encontro. Afinal, tinha pelo menos que mostrar a essa Ana que era homem macho, que mulher não lhe metia medo nem embaraço.

Meio da tarde, Brasão arreado pelo Zé Anjo, tomou rumos da casa colonial. Dispensara seu escudeiro dessa vez. Não queria mostrar tremura de voz ou atitude, melhor sozinho.

Chegou ainda cedo, sol de fora, tinha tempo de conversar em dia claro e assuntar melhor a reação de Ana.

Amarrou o alazão no esteio do paiol e já na escada encontrou e saudou com cortesia o velho Macedo, que lhe mostrava cordial espera e hospitalidade.

– Boa tarde, amigo Tonho. Ana me falou de sua vinda, que já esperava. Suba à varanda, no final ela lhe espera com um café e pão de queijo, você fica para jantar, certo?

Tonho ficou desconcertado, não servia para receber atenções do coronel, esperava antes conversar e sentir Ana e seu sentir.

– Boa tarde, coronel. Obrigado pela atenção, vejo Ana em seguida. Uma tarde bonita, seus pastos e gado bonitos, agradeceram a chuva!

– É isso, Tonho. No que é seu, espero que tudo tenha corrido bom e igual. Não perca seu tempo com velho reumático, que vou ao curral dar umas ordens. Vá ver Ana, ela por certo lhe espera.

Assim subiu Tonho as escadas e pela varanda ao encontro de Ana, ela no final ali mesmo do passado sábado, agora uma mesinha com toalha de renda, um bule de café, uns bolos frescos e pão de queijo quente, duas cadeiras de palhinha frente a frente.

Ana levantou-se à sua chegada e Tonho sentiu novo susto e medo.

A moça estava demudada, era outra pessoa.

Não usava roupa de cavaleiro, nem botina abufalada, nem lenço no pescoço, nem chapéu de feltro para sol e chuva, não portava taca ou espora, era gente mulher, coisa que nunca parecera ser.

O cabelo de Ana estava penteado para trás, fixado em travessa dourada, reflexos do sol poente igualando os dois. Usava vestido, imagine, de decote baixo, manga curta e bordada, uns braços roliços esculturados, a cintura era fina em cinto de prata e pedrarias, delicado sapato de salto, imagine, alto! E no rosto carmim e cores, ele que dela só vira até então o tisnado do sol em verão!

Tonho ficou mudo imóvel, nem gesto ou fala, passarinho assombrado no encanto de cobra jiboia.

– Boa tarde, Tonho. Estava lhe esperando, sabia que você viria, vontade e força de ser homem, capaz de vencer fraquezas e medos de momento. Estive igual também, sem saber se e como viria ao nosso encontro. Não foi fácil, também precisei de recursos de força e coragem.

A moça sentou-se, o vestido fez frufru, era peça nova e engomada nos por dentro.

– Decidi aparecer-lhe como mulher, você me pareceu assustado outro dia, acostumado talvez a me ver como homem ou lobisomem...

E a moça riu da própria graça que fazia, um riso solto, uns dentes bonitos, Tonho meio abestalhado via até cheiro de perfume naquela boca.

– Como é, você não me dá um boa-tarde, não diz nada. É a história do gato comeu a sua língua?

Tonho desarmou-se no assento da cadeira.

– Boa tarde, então, Ana. Me desculpe, fiquei mesmo assombrado de vê-la assim mudada, nem parece a outra. Me desculpe, mas você ficou bonita – quero dizer, mais bonita, me desculpe. Diabo, também só sei pedir desculpa, você me deixa nervoso...

– Ligo não, Tonho, é o seu natural. Se fosse de fala pronta e solta seria coisa preparada e estudada. Nós dois temos conversa séria, e é bom que ela seja assim franca e desarmada. Tome um café forte, coma alguma coisa, fique à vontade. Já lhe disse há uma semana tudo que precisava dizer. Vou escutá-lo, e sei que seremos sempre amigos, pelo menos.

E a moça veio servir o café em generosa chávena, um bolo de fubá de engenho. A renda do vestido roçava o seu braço, era mesmo cheiro de perfume que vinha de sua boca. Até um calor Tonho sentia na proximidade, não sabia divulgar se era seu ou de Ana, mas era gostoso, dava vontade de pegar e sentir.

Ana ressentou-se, o rosto entre sério e brejeiro. Parecia achar graça no sem-jeito do moço, mulheres geralmente manobram com superioridade essas situações.

– Ana, venho mesmo conversar, como você falou, a sério. Sou simples e direto, fico desgovernado quando me tiram do meu sistema e jeito – e foi assim que estive semana passada.

O moço ia tomando fôlego e coragem. O rosto macio e calmo de Ana eram força e estímulo.

– Saí daqui pequenino, diminuído, não sabia como me comportar ou lhe responder. Hoje estou melhor, posso não lhe ser igual, mas posso e devo dizer-lhe a verdade.

Um novo fôlego e gole de café, e o despejo final.

– Você sabe, Ana, eu senti no seu jeito, que o noivado não correu no acordo que eu tinha com José Albério. Eu pedi a ele que me representasse, mas era para pedir Mariita em casamento. Ele trocou tudo na hora, nem sei se de caso pensado com Mariita, ou de intenção dele, e pediu ao coronel que me desse Ana em casamento. Daí meu susto, minha surpresa, até achei que era dor. Não se ofenda, nada contra você, que sempre vi com admiração, mas não como mulher, me desculpe. Daí meu comportamento. Eu nem sabia o que falar ou fazer. Hoje estou refeito, a ideia clareou, venho vê-la primeiro em desagravo e desculpa, depois conversar. Não ia ser feliz se não lhe contasse isto, desculpe se magoei, tinha que falar...

Ana tinha o rosto sério, mas sem sombra ou mágoa. Entendia o moço caído em surpresa e armadilha, era boi embarcado no brete, dando cabeçada em busca de rumo e saída.

– Vi tudo, Tonho, entendi tudo, por isso quis pôr você à vontade. Não me amofino fácil, tenho cabeça boa e carnes duras. Nunca precisei de sais de desmaio ou massagem de álcool nas mãos. Continue sem rodeios, que para mim é mais fácil.

– Pois assim foi, Ana, que passei a semana em canseiras e trabalho, coisa que me refresca a ideia e acalma os nervos. Fui arrumando a casa aqui por dentro, clareando devagar, a sombra de Mariita pesava de verdade no começo. Sonho ou ilusão, nem sei, demorou mas passou. Vim lhe dizer isto de expresso, abrir o coração. Sofri de verdade, fiquei desorientado feito você viu, mas passou. Fiquei curado, Ana! Sarei da paixão que nem teve existência, a flor caiu e secou antes de dar fruto.

No falar de flor, Ana colheu delicada uma flor dedaleira da trepadeira. Como em distraída arte enfiou nos cabelos o seu talo, uma graça ficou o enfeite, Tonho Pólvora até sorriu.

– Pois certo, Tonho, sua explicação é honesta e digna, não tenho reparo a fazer. Fico feliz de ver que não me enganei consigo.

E nada mais disse, cabeça e olhos voltados para os pastos e campos a entardecer, ouvidos na bicharada que ia em últimos pios e cantares, logo seriam os da noite em apresentação.

Tonho ficou esperando, esperando, nada de movimento ou fala. O quieto da moça o deixava agoniado, aquilo não podia ser tudo e só.

Passado um tempo, tinha que se mexer.

– Ana! – quase gemeu.

A moça permaneceu estátua.

– Ana, quero lhe falar. Me desculpe!

– Chega de me desculpe, seu Tonho Pólvora. Já desculpei, não cabe perdão onde não houve crime.

– Não é isso, Ana. É o resto, a conversa que ficamos de ter. Estou sem fio de começo, não me preparei, achei que na primeira prosa você me mandava embora...

– Não mandei, pronto. Pode desembuchar!

– O resto, Ana, o que ficou da sua conversa de antes, como é que ficamos hoje, preciso lembrança e confirmação.

– O resto, Tonho Pólvora, vou lhe recordar por última vez, para decidir o seu destino. Eu lhe disse que ia aguardar a sua volta e decisão, que não considerava presa ou penhorada a sua palavra, que se você quisesse eu diria ao pai que lhe rejeitava, você saía livre, descompromissado, ninguém ficava agravado nessa história. Você já contou a sua verdade, se acha que acabou está tudo bem, é só tomar a decisão.

Tonho ficou de pé. Admirava cada vez mais a determinação da mulher que Ana se revelava, uma fortaleza que nunca imaginara. Meio sem jeito, intimidado, segurou de longe os ombros de Ana, fazendo-a virar-se em sua direção, buscando-lhe os olhos, que encontrou sustentados e firmes.

– Ana, eu não vinha preparado para esta decisão, devo dizer, agora sem pedir desculpa. Queria e precisava daquele desabafo, que você aceitou com tanta dignidade. Ao vê-la de mulher, e de linda mulher, perdi o assunto a prosseguir. Sabia e reconhecia suas qualidades, que não queria ferir nem magoar. O que eu não sabia, Ana, é de sua grandeza interior que até me põe pequeno. O que eu não conhecia era também essa outra beleza que você tem, que vivia escondida do mundo, e que você teve a bondade de me mostrar nesta tarde de sábado. Por tudo isso lhe agradeço, e, se você me permitir, quero confirmar meu desejo de casar-me consigo. Mariita é passado, que peço perdoar e esquecer. Se me achar capaz, quero merecer a extraordinária mulher que você mostrou ser. É tudo isso, apenas e só...

Pronto, Tonho soltou-se, era o desabafo, até ele se assustou de ter chegado ao fim.

O sentimento por Ana, ele sabia, era coisa recente, a surpresa de encontrá-la tão diferente e bela, as qualidades entrevistas, a solidez e firmeza de que ele próprio carecia e precisava. Ademais, a moça admitira que o amor era coisa de trabalhar vida afora, e hoje era seu primeiro dia nesse trabalho.

– Tonho, você decidiu pelo que achou melhor. De minha parte, confirmo a conversa de antes: aceito seu pedido, vamos caminhar juntos pela vida. Um pelo outro, não com as ilusões de pombinhos carregando fitinhas, mas sim de dois fortes e treinados bois de carro puxando a carreta pesada da vida, que assim pode ser mais leve a cada um. Serei sua mulher, Tonho, para sempre e em todos os sentidos. Você será meu homem, meu macho, meu marido. Deus nos protegerá!

Tonho ficou impressionado e comovido. Não viu quando puxou para si os ombros e corpo de Ana de Macedo, um abraço de alívio, de tensões escorridas e mortas, da vida nova que começavam.

Ana correspondeu à palavra e anseio. Sem timidez deixou-se apertar ao peito forte do noivo, agasalhou-se em seu corpo, os frufrus do vestido acusando a pressão que lhes fundia em um o desejo físico e o amor que ali nascia. Tonho levantou-lhe o queixo delicado, os lábios dos dois tremiam na ânsia daquele primeiro e inesperado beijo. Uma descarga elétrica lhes percorreu o corpo, os dois tremeram as fibras musculares de cima a baixo, um aperto no coração, um respirar fundo, e estavam definitivamente unidos Tonho Pólvora e Ana de Macedo.

—

Os acertos matrimoniais de José Albério e Mariita foram simples, os dois sabiam o que queriam e pretendiam. Mariita, sabidamente, assumiu ares de moça recatada. Noiva não iria estar a toda hora em festas e rodas, era fazer o enxoval e sonhar com o futuro de liberdades e viagens. Já via em sua frente as recepções em São Paulo e no Rio de Janeiro, o marido ia ser cada vez mais importante, ela teria seu brilho de estrela, a existência rica, florida, cor-de-rosa.

José Albério acertou com o sogro o casamento, dote e relacionamento, este já com vistas no seu futuro que pretendia de fortuna e poder.

– O senhor coronel sabe que não me alistei entre os companheiros imperialistas. Tenho pelo senhor o maior respeito e estima, achei que nada de novo traria ao partido. Não tenho vocação, fico mais disponível para lhe servir de outras formas, quem sabe até para servir de contato com essa gente da oposição. É provável que esta República não passe de um sonho, mas vale estar atento ao que acontece, e nisso quero ser útil.

O coronel ficou meio sem entender a posição do futuro genro. O Tonho Pólvora lhe fora fácil e fiel, este apresentava uma conversa que mais parecia de negócio que de política.

– Deixa pra lá – pensou –, o moço é novo, vai acertar mais adiante no meu caminho. Não é hora de cobrar, pelo casamento tudo chega no devido lugar. Assim caminharam para o altar, no mesmo dia e hora, Ana e Mariita de Macedo, Tonho Pólvora e José Albério.

Festa grande no sertão, novamente em promoção do coronel Macedo, afadigado em seus apreparos, atropelos de acomodar gentes de longe, sofrimentos de casaca, colarinho, gravata e pés apertados em sapatos de verniz, nem pitar seu fumo goiano podia, Donana braba pela camisa queimada de brasa de cigarro.

Afinal, tudo passa e termina.

Noivos enviados a seu destino, Ana e Tonho à sua fazenda, Mariita e José Albério à reformada e pintada casa no Desemboque, o coronel jogou fora as roupanças de cidade e seus malefícios apertados. Espraiou os dedos dos pés em chinela velha e larga, sentou-se na cadeira de balanço da varanda, olhou de longe o pôr do sol sobre suas posses e gados, puxou um trago fundo do maior pito de palha que já fizera, e suspirou pela fumaça.

– Metade de tudo foi feito e bem. De minha parte, plantei a lavoura da vida e dela cuidei. Agora é assistir os moços, um empurrão de ajuda, e colher os netos. Deus foi bom comigo, Donana. Vamos descansar agora, velha. Chega de tropelo, tudo se ajeita, é gozar este resto de tempo e vida sem o sofrer passado!

E o coronel Macedo, sentadão, balançou sua cadeira, Donana fiel a seus pés, os olhares estavam descansados e longe, a família arrematada em completo.

Tudo corria plácido, no sertão do Desemboque.

O coronel estava enganado.

TEMPOS DE REPÚBLICA

Tonho Pólvora respirou fundo o ar da noite, todos os seus cheiros e perfumes conhecidos. Ainda não caíra orvalho para apagá-los antes do amanhecer, quando tudo voltaria a embriagar abelhas, beija-flores, insetos, pássaros e bichos irmãos e conviventes da natureza.

Tonho caminhava fácil o trilheiro de volta, seguido de perto pelo Zé Anjo, este com a gorda paca às costas, um caminhar mais pesado e merecido: o patrão lhe cedera a honra do tiro.

Não conversavam os dois, entendidos no seu proceder e costume. Anos de vida juntos, não precisavam prosear desnecessário. Bastava-lhes a convivência amável, a amizade sólida das viagens pelas estradas e aberturas. A lida comum do campo, gado, currais e terra cimentava a sua existência e juntidade.

Zé Anjo já era homem, jovem ainda, porém amadurecido pela experiência do Zé Brilino e da própria vida. Gostava do patrão. Em frente alheia era respeitoso de costume, chapéu na mão, postura serviçal, distância conveniente. No particular curtiam relacionamento mais amistoso e profundo, o patrão soltava confidências em meia prosa, contava casos, pedia opinião, manifestava apreço que o mulato correspondia na forma discreta aprendida em boca do Zé Brilino.

Haviam descoberto novo sítio de pacas, uma grota funda em cabeceira do rio das Velhas. Uma ceva de milho garantia toda semana a paca do domingo, que Tonho Pólvora sistematicamente levava à mesa do coronel Macedo.

Para Zé Anjo a vida não podia estar melhor, era chefe de comitivas, Zé Brilino fixado pelos reumatismos e idade ao controle do paiol de pólvora e sal. Quando na Alvorada, era companheiro permanente das caminhadas do patrão, na cidade ou no campo, e em especial na visita aos domínios do coronel, pelas manhãs e tardes do domingo.

Dona Ana, agora criando seu primeiro filho, deixara no momento o campeio de gado e terra, ele era a companhia do patrão – de menos no domingo, quando todos iam almoçar a paca no coronel. Ali Zé Anjo somente cuidava de soltar os animais de sela até a hora do retorno. O dia era passado em folga e conversa com os companheiros, uma ajuda na limpeza da cozinha e pertences do almoço, até uma sesta na rede da varanda do paiol, esperando passar o calor e modorra do meio-dia.

A comitiva da Alvorada era pequena, iam ele, Tonho e dona Ana, o menino e sua pajem Angelina, uma menina que Donana presenteara à filha para acompanhá-la no casamento e com ela viver na nova casa. Lina, como era chamada, crescera, já se fazia mulher, uma cor clara de mulata espigada, umas curvas nos braços roliços, os peitos espetando o vestido que não acompanhava seu crescimento, uma fala macia, o andar ligeiro e assustado que à ideia de Zé Anjo figurava paca em trilho de mato ralo.

Nos domingos o neto ficava por mãos e cuidados de Donana, até o coronel lhe fazia graças. Lina tinha folga para ver a mãe, as amigas deixadas na fazenda, e aí até alguma conversa com o Zé Anjo, ali por baixo das mangueiras, coisa sem compromisso de assunto, um caminhar lado a lado. O vaqueiro contava coisas da infância, de estrada e mata, casos do Zé Brilino, a língua puxada pela curiosidade da Lina entrando sua vida afora. Sem entender, Zé Anjo estranhava o seu falar solto, nunca fora de muita conversa, a moça lhe provocava aquele despejar de assunto. Quando parava o andar ou a conversa, Lina lhe puxava o braço, enfiava-lhe aquele punhal de olhos claros, memória genética de acontecidos passados em senzala.

– Fala mais, Zé Anjo. O caso acontecido na passagem dos Campos Altos, aquele do roubo que Zé Brilino descobriu, peão deixando boi sumido de arribada pra vender, você jeitoso de arrecadar sem machucar o comprador...

– Coisa de menor, Lina, o homem da pensão ajudou. Era do lugar; já conhecia aquela manhã, me contou como proceder, nem precisou polícia ou delegado.

– Mas você fala pouco, Zé Anjo. Gosto de escutar de sua vida, a minha é sem novidade, você viu mundos e coisas que eu gostaria de viver!

– Nem vale a pena, Lina. Quase tudo é igual, depois de um tempo: Tudo vai repetindo, novidade é eu ficar zanzando aqui no quintal e conversando com você. O Zé Brilino ia estranhar, ele acha mulher e prosa mais perigosas que pólvora no galpão.

– Aquele velho é muito enjoado, tem ciúme de você, às vezes pensa e procede como se você lhe pertencesse como filho.

Zé Anjo não respondia. Andava ao lado de Lina, em voltas pelo quintal, apanhando verdura, arrancando mandioca, de novo a conversa espaçada, ficava embaraçado pelo interesse da moça, o seu andar de paca em trilheiro, a saia arregaçada no pular o rego-d'água, os peitos espetando, o olhar molhado e esverdeado de interesse e gosto.

Zé Anjo e Lina não sabiam ainda, mas já estavam se namorando, era chegada para eles a estação hormonal da criação, calores e febres, um pulsar maior do coração, mãos e pés frios, a língua ficava seca, o andar e gestos descompassados, sempre em jeito de se encontrarem nas mãos e apoios.

Nisso pensava o moço, trilheiro acima, atrás do patrão. O que lhe estava acontecendo que gostava tanto dos esbarros das mãos de Lina, do tropeçar em raiz de quintal para lhe cair de encontro, a descarga elétrica botando coração e batedeira na garganta, precisava descobrir. A Zé Brilino não pensava consultar, tinha vergonha, mulher era fraqueza. Burro, tropa e gado é que tinham validade e serventia.

Enquanto pensava, a paca lhe ficava leve, nem sentia, o peito estava cheio de ar e de ilusão. A Lina devia estar esperando, iam juntos limpar e salgar a caça para o assado do domingo, as mãos iam novamente se misturar em toques mágicos, os olhos cruzando assuntos que as bocas não diziam.

Vida boa e gostosa, pensava Zé Anjo, aquilo era pra durar sempre, tão bom que era.

Zé Anjo estava enganado.

—

José Albério fechou o caixa do mês e guardou no cofre inglês os seus livros. Os resultados eram invariavelmente bons, as aberturas pelo sertão exigiam cada vez mais mercadorias, a sua posição estava assegurada, filial em Uberaba, em Araxá e até em estudos por Paracatu. Era a conquista do sertão via São Paulo, a gente de Minas Gerais esbarrava sua coragem e vontade ali pela serra da Saudade, deixava em aberto os campos que chegariam a Goiás e Mato Grosso.

Suas viagens de compras e negócios eram mais frequentes. O medo de São Paulo era quase nada, anos passados, idade, barba e bigode, casado e engordado, ainda o escudeiro Joaquim Teodoro farejando ao redor, sua vida era marcha de sucesso no rumo que lhe propusera.

A fazenda de dote havia vendido. O coronel ficara arrevesado, foi explicar-lhe que era para pôr capital nas novas frentes de trabalho. Mariita não punha problema, desde que lhe sobrassem vestidos, festas e viagens, um marido generoso e complacente com suas vontades.

Não tinham filhos, mas isso não preocupava José Albério, no momento mais ambicioso ainda de fortuna e poder, o resto viria depois. Pelo momento, esperava o prometido golpe revolucionário da República. Tudo estava pronto, e no Desemboque a situação estava sob seu controle, embora em aparência o Império do coronel Macedo ainda fosse importante.

No particular de ambição, José Albério estava pondo olho no cunhado Tonho e seu negócio de sal e pólvora, também crescente, próspero e filiais se espalhando. Todo negócio bom devia ter seu interesse e participação, era preciso convencer o cunhado do seu valor.

José Albério sabia que sua atitude no casamento deixara em Tonho Pólvora mágoa e desconfiança, mas contava com o tempo para curar as feridas. Depois, o casamento com Ana, o filho, a vida tranquila e afinada, tudo somava em seu favor.

Num domingo apareceu pelo almoço do coronel Macedo. Sabia que Tonho lá estaria, julgava ser hora do entendimento. Esperou o momento da sesta na varanda, mulheres lá dentro recolhidas em restos de comida e conversa, o velho Macedo no sono, só os dois na varanda refrescada por brisas da tarde chegante.

Tonho estava distante, final da varanda, e para lá se dirigiu José Albério, uma aproximação cuidadosa e sutil.

– Tonho, você anda sumido, só aqui lhe encontro. Precisa aparecer pela cidade, levar Ana e o menino a ver Mariita, será meu prazer recebê-los em casa...

– Minha vida é na fazenda, José Albério, não tenho tempo de ir à cidade, nem Ana gosta.

– Certo, mas faz falta. Você é hoje um genro e sucessor do coronel, ele até lhe dá preferência, o que acho certo. Afinal você conhece tudo de fazenda, eu só conheço de negócios. É tempo da gente se conhecer melhor, de programar a vida, de certa forma viramos parentes, e Ana é única irmã de Mariita...

– Pode ser, é até bom Mariita visitar mais a gente aqui pela fazenda. Um dia ela vai ter que zelar da sua parte, se você quiser ficar só com a especialidade em negociar.

– Vou achar bom, Tonho. Falo de coração, o negócio de fazenda não é meu forte. Acho bom até você se interessar e orientar, nisso eu e Mariita sabemos bem pouco. Sei que às vezes eu lhe pareci estranho no proceder, mas tudo em boa intenção, você vai reconhecer pelo que deu e caminhou certo.

– Tá tudo bem. Se você não tiver incômodo, vou descer ao curral. É hora do Zé Anjo ir juntando a tropa para voltar.

– De acordo, mas queria sua escuta mais um momento. Você mostrou que é capaz e competente, no seu negócio de sal e pólvora. Fez dinheiro e ponto, este sertão já lhe está aberto. Queria propor-lhe um estudo de sociedade comigo. Eu já tenho minhas filiais da Comercial com muita coisa e nome. Juntar o seu sal e pólvora ia ser coisa muito boa, aproveitava a estrutura e relações que tenho, tudo se multiplicaria em pouco tempo.

Tonho voltou-se da escada que descia, um ar pensativo, como ponderando.

– Vou pensar nisso, José Albério. Por hoje estou despreparado, mas vou pensar.

– Certo, pensa logo. Estou de viagem marcada para São Paulo, novos contatos da Comercial. Se estivermos acertados, já vou pensando na possível sociedade sua com meus negócios, isso dá aumento de capital, de créditos, de oportunidades, de importância afinal. Vamos crescer juntos, Tonho.

"A época é das sociedades, acabou a do trabalho individual. Você verá como vai ganhar muito mais e com menos esforço, vai lhe sobrar tempo para gado, lavoura e fazenda..."

Tonho já ia descendo a escada, acenou com a mão somente. Negócio em sociedade com José Albério?

Sempre confiante e em expectativa, José Albério já ia imaginando: começaria uma sociedade a 50%, integralizaria o capital do Tonho pela incorporação dos bens no negócio do sal e pólvora, a sua parte com escritórios, negócios, contabilidade e gestão da Comercial. Gerenciaria tudo aí por um ano, absorvendo o pouco pessoal e relações do Tonho. Assumiria a direção comercial, propondo depois aumento no volume dos investimentos e pedindo para isso aumento em dinheiro no capital social. Como o Tonho nunca tinha dinheiro efetivo, iria subscrever e incorporar sozinho, aumentando sua participação social e aguando a do Tonho. Mais um ano, outra chamada de capital, mais outra – e logo o Tonho ficaria um minoritariozinho sem direito a nada, a não ser vender-lhe sua parte pelo que ele quisesse pagar. Era José Albério sempre crescendo na estrada da Fortuna!

Sorriu por dentro. A vida era e ainda seria mais bela e fácil!

José Albério estava enganado.

O coronel Macedo estava no Araxá, com Donana e mucamas, em uso de repouso e águas medicinais que diziam fazer maravilhas para reumatismos e perrenguezas dos velhos.

Casadas as filhas, sua vida assumia mais ares de prazerosa aposentadoria. Descansava dos anos passados nas lutas da sesmaria que transformara em fazendas, dos trabalhos continuados pela sobrevivência e afirmação que o levaram à patente de coronel da Guarda Nacional, eminente chefe político do Desemboque e adjacências, respeitado nas amizades, temido pelos adversários, reconhecido no governo do Estado e do Império, sua palavra lei, sua ordem decreto.

Pitando seu fumo goiano em cigarro de palha, o coronel alternava manhãs de água sulfurosa com tardes de águas que diziam ser a juventude de dona Beja, e em futuro chamadas radioativas. Eram banhos de imersão, de cachoeira, de lama, de massagens repousantes. O coronel desacostumado ia amolecendo as carnes, já dormia uma sesta à tarde, confiava o destino feliz de suas coisas da fazenda ao Tonho Pólvora, de negócios e das políticas ao José Albério, os dois jeitosos cada um em sua vocação. As filhas estavam felizes. A Mariita faltava o filho e neto que esperava, agora tudo sem pressa, o coronel Macedo era um tranquilo espectador e assistente dos tempos rolantes.

Foi uma bomba a chegada do estafeta de Ouro Preto, mensagem lacrada do governador, pessoalmente dirigida ao coronel.

Em notícia curta e grossa, anunciava que naquele 15 de novembro de 1889 uma revolução armada e militar comandada pelo marechal Deodoro da Fonseca proclamara a República, com a consequente extinção do regime imperial e de Sua Majestade o Imperador Dom Pedro II. Voltava a corte de festivo baile na Ilha Fiscal quando já nas ruas andava a Revolução, tão anunciada e esperada, e mesmo assim desprevenida do imperador, dos membros do seu governo, da corte e dos seus áulicos, todos confiantes na perenidade de sua força e poder. Desmoronava o Império, último braço de Portugal no Brasil. Nascia a República, uma revolução armada muito menor que a revolução política e governamental, de métodos, de ideias e de costumes, um liberalismo que ia se proclamar. O Brasil inscrevia-se nos regimes que nas Américas abominavam a herança colonial dos reinados europeus.

Os governadores das províncias, os chefes tradicionais, os cargos de mando e comando iam ser substituídos. A mensagem dizia ao coronel Macedo das cautelas e procedimentos no Desemboque, onde, na medida do possível, devia preservar sua influência e suas amizades durante a constituição do novo regime. Seriam feitas eleições, e era desejável que a sua participação e resultados favorecessem o poder em atual exercício, evitando mudanças que resultassem em desprestígio ou marginalização dos chefes até então dedicados a servir ao Império e ao país.

Os políticos das metrópoles procedem diferente dos provincianos, pensou o coronel. A eles interessa sempre a permanência no poder ou próximo dele, sem considerações pessoais de posição ou sofrimento. Seu envolvimento é de liderança apenas, as escaramuças e o corpo a corpo eleitoral ficam distantes e relegados às bases.

Na multidão de Desemboque, vilas, aldeias, povoados e corrutelas, as coisas se passavam de outra forma. Os chefes eram marcados por suas posições e opiniões, tinham amigos e inimigos de tradição. Ganhar ou perder adquiriam feição dramática e decisiva: ao chefe perdedor podia caber o exílio político, nunca a capitulação ou negócio com o vencedor. Ceder ou aliar-se ao inimigo significaria perder os amigos que tantas vezes por ele se sacrificaram e que por isso criaram inimizades e sofrimentos.

Não, o coronel não iria buscar outras e novas alianças, tentando manter-se à tona e em serviço dos metropolitanos. Iria combater pelos amigos de sempre, reforçar e unir o seu núcleo. Cabia-lhe a responsabilidade do povoado eleitoral que chefiava. Com eles ganharia eleições, por eles manteria o prestígio e a liderança, no Desemboque continuaria líder e imperador!

Comitiva, tropa e sua gente agrupada, o coronel Macedo regressou aos pagos, a decepção pela revolução tão tibiamente combatida, a falta de sangue e coragem na hora da luta.

Ia mostrar que um chefe é capaz e consistente em seu trabalho, que ainda havia fidelidade, disciplina e amizades, que em sua terra continuaria a ser lei e decreto.

O coronel estava enganado.

José Albério recebeu via São Paulo as novas da República. Confirmavam-se as suas informações, novos tempos se anunciavam, novas oportunidades, novos costumes, novos líderes e poderes – esperava.

Sabia e aguardava reações do sogro, o coronel Macedo ia lutar para manter-se vivo e dono.

Em seu espírito e ambição não havia espaço para o sogro. O homem estava velho, seu tempo era findo. Com sutil paciência, José Albério minara suas bases. Era só questão de querer e o coronel Macedo estava encerrado para a vida pública. Alguns amigos fiéis, companheiros das antigas lutas, iriam acompanhá-lo. A juventude, os arrivistas e oportunistas, a nova fauna humana do Desemboque desconhecia ou se esquecera dos feitos do coronel; acompanharia os ventos do poder e do dinheiro – os seus ventos, pensava.

Um único cuidado: escolher a hora certa para o assalto final. Não podia revelar-se ao sogro, nem permitir-lhe reações. A fama da violência do coronel ainda estava viva em José Albério, não ia arriscar-se ao erro que a outros custara caro. Avaliava suas forças com cuidados de militar: tinha o farmacêutico Quirino, os professores e a juventude escolar, a mocidade do comércio, a oculta porém forte maçonaria, o sacristão, os donos das pensões que recebiam viajantes e compradores. Na vila, seu domínio seria completo, bastava-lhe ter a indicação republicana.

No interior, os proprietários rurais e seus relacionados e dependentes, ali estava o reduto do coronel Macedo, a amizade e fidelidade histórica, gente orgulhosa e de tradição, para quem José Albério seria sempre um arrivista desconhecido e sem raízes.

Não importa, pensava. Era ganhar as eleições, impor seus candidatos pelo peso e número de seus eleitores, talvez até uma pressão ou intimidação via Joaquim Teodoro, e tudo se arranjava. A vitória sempre ganhava aderentes; dispersiva e triste era a derrota. Estava preparado e ia ganhar, sabia – mas o confronto direto com o sogro ainda lhe dava arrepios. Tinha que contorná-lo ou buscar outra e indireta forma de afastá-lo de seu futuro em política e poder. O Desemboque ia ser todo seu, era o seu pensamento e certeza. Quase foi.

Como sempre acontece, o fim do Império e a Revolução Republicana foram recebidos em toda parte com as festas de estilo: fogos de artifício, panfletos noticiosos das mudanças nos escalões governamentais, denúncias dos mandatários anteriores, promessas dos novos mandantes. O país entrava na modernidade dirigente, o povo seria afinal ouvido e decisor de seu destino. Em que pese a imposição pelas armas, o regime já se declarava democrático e popular, o Brasil se inseria na comunidade dos países livres da América, caminhava para ocupar seu lugar entre as nações do primeiro mundo. Isso já se falara na Independência, provavelmente seria repetido em futuro.

Um natural impacto se produziu na população, um entusiasmo pelos novos métodos anunciados. Em ponto menor e provinciano, a gente simples parecia imitar a Revolução Francesa, a queda da Bastilha, o enterro do autoritarismo imperial e da tirania. Sem a guilhotina, porque afinal as revoluções brasileiras odiavam mortandades físicas desnecessárias.

Uma guilhotina, porém, funcionou a pleno, que foi o rolar das cabeças mandantes, todas substituídas por comandantes nomeados, nos postos superiores sempre de patente oficial e militar.

Nos postos secundários, no interior e no comando popular, as revoluções buscam coonestar seu poder pela via eleitoral e cívica; afinal, tudo é em nome da democracia e da felicidade do povo. Naturalmente, mesmo nessa função tem-se o cuidado de escolher os novos aliados e líderes, e com sabedoria promover a eliminação – se possível, pacífica – dos chefes anteriores, agora relegados à oposição.

Não foram diferentes dessa conduta os ocorridos no Desemboque, já no primeiro ano de República.

A indicação e o pedido a José Albério de coordenar as funções regionais do comando republicano estavam já estabelecidos em bastidor, e para as novas eleições lhe couberam todas as indicações na lista oficial de candidatos.

Fazendo-se de surpreso, foi em domingo de almoço na fazenda do coronel Macedo que José Albério lhe transmitiu as novidades.

– Coronel meu sogro, venho trazer-lhe notícias da política adotada pelo poder militar, que agora chega ao Desemboque. Eu mesmo fui apanhado desprevenido. Aqui sempre vivemos paz e harmonia, nunca pensei em mudança de comando ou de situação política.

O coronel Macedo era ouvidos, pitava disfarçado e distante o seu fumo goiano, a cadeira de balanço em compasso lento, alguma coisa seu genro lhe trazia e não lhe agradava.

– Coronel, recebi delegação especial de poderes do novo governador para compor as listas eleitorais e preparar nossos candidatos às eleições que o regime agora democrático pretende convocar.

O coronel ouvia e pitava.

– Coronel, sei e reconheço a sua liderança no Desemboque e no nosso sertão. Pedi um tempo para lhe ouvir, como meu sogro e chefe. As coisas vão mudar, é ordem de cima, que devemos acatar. Aqui, porém, a sua ordem é importante, ninguém vai lhe atropelar ou magoar. Temos que obedecer, é claro, mas eu penso que posso ser útil ao senhor e a todos os nossos amigos na função que estão me confiando. Também é claro que a Revolução ganhará as eleições, contra a força não há resistência. Entretanto, nós podemos conversar, trabalhar juntos, apresentar e defender os nossos amigos e aliados...

– E como é que isso será, me explique, sr. José Albério!

Havia um toque de irritação na voz do velho, um alarme dentro de José Albério.

– Bem, meu sogro, em sua parte, amigos pessoais e parentes, tudo se conservará. O senhor é muito importante para nós todos, o seu conselho sempre será pedido e ouvido. Agora, é claro, cargos e pessoas vão mudar, os partidários da República vão exigir isso, é natural, alguns companheiros serão sacrificados e substituídos.

– E, é claro, em seu lugar vão enfiar essa cambulha de baderneiros e idiotas que acreditam nos milicos e sua imbecil Revolução. Não querem salvar o país, querem apenas desforço e vingança de um passado, e logo a defesa dos cargos, empresas e sinecuras que a República lhes promete! Não, José Albério, aqui no Desemboque isso não acontecerá. Eu vou lutar, com minhas forças e de meus fiéis amigos. Esses republicanos de merda vão conhecer a derrota e seu fel amargo. Ninguém passará por cima de mim, lhe aviso! Ninguém, repito, e ponha-se também nesse lugar!

O coronel estava vermelho, as mãos agitadas, descompasso na cadeira, esforço de se levantar e impor. Havia falado muito, o que não era do seu feitio. Estava cansado, as veias do pescoço dilatadas, cigarro e emoção eram ruins para o fôlego senil.

José Albério abriu retirada verbal. Já tinha dado e cumprido o seu recado, anunciara os novos tempos, o resto seria obra dos acontecimentos.

– Coronel, aceite minhas desculpas se não fui feliz em apresentar o assunto que me confiaram. De mim, volto a avisar que receberá sempre fidelidade e respeito. É claro – sou um comerciante, o senhor sabe – que vou cumprir leis e ordens que me derem. Não tenho na cidade a facilidade que o senhor tem de conservar-se superior e distante. No que puder, tudo farei para lhe poupar dissabor ou desgosto. Na sua idade, até a saúde pode sofrer nessas situações...

– Não se preocupe, José Albério. A minha saúde ainda é muito boa, dá pra aguentar até desaforos, e mais ainda, para cuidar do meu povo, dos meus amigos, do meu Desemboque. Agora, pelo momento, vou curtir a minha sesta, com sua licença.

O coronel abandonou o picadeiro da varanda, varando salas até seu quarto e refúgio.

José Albério voltou à cidade. Não estava presente por ali o Tonho Pólvora, com quem ele contava para maneirar as notícias e o comportamento do sogro. De qualquer forma, tinha cumprido o que dizia ser seu dever, mas na realidade assumia ser sua missão. Ia mudar comandos e poder no Desemboque. Pela República, pela Democracia e – é claro! – pela sua fortuna e poder.

Tonho Pólvora terminara com Zé Brilino e Zé Anjo a conferência de seus estoques de sal e pólvora no grande galpão. Tinha ficado de ir ao almoço costumeiro na fazenda do sogro, mas até Ana lhe aprovara a necessidade de renovar a sua escrita. Durante a semana estava sempre longe em cavalos e serviços da fazenda.

Em seu pensamento, Tonho germinava uma preocupação: a insistência do José Albério em lhe propor e até impor uma sociedade em seu negócio, que agora dizia ser ainda mais assegurado pelo sucesso político em marcha. Conhecia e desconfiava do concunhado, nunca esperaria qualquer lucro ou benefício da eventual sociedade, que aliás não pretendia fazer. Mesmo assim, não estava confortável com a sua insistência. Uma coisa por dentro lhe soava como alarme ou perigo. Era manter distância e atenção, aquela ruindade por dentro podia ser imaginação gerada do passado.

Para sua surpresa, Zé Brilino lhe viera confidenciar coisas de intimidade do Zé Anjo, conversa de noite em começo, ao pé da cancela do jardim de Ana.

– Patrão, desculpe pedir um particular, com sua licença para contar coisas.

Tonho assentiu, o velho nunca lhe pedia favores ou conversava bobagem.

— Fale, Zé Brilino. Tenho tempo, Ana está ninando a cria, estamos sozinhos.

— Nada meu, patrão. Varamos mundos e terra juntos, de nada preciso para mim. Encostado por aqui vou bem vivendo enquanto não vem a morte.

Tonho não cortou assunto nem variou prosa.

— Não sei dizer com certeza, patrão, mas acho que o menino Zé Anjo está num ponto de fazer besteira. Trato ele como filho, esta tarde dei pra ele a minha traia de tropeiro de burro, um adianto da herança magra que tenho e não tenho quem mereça mais que ele.

Tonho escutando, só grilos e primeiros sapos em assistência da conversa.

— Esse menino é muito bom, patrão. É cria nossa, se puder vou ajudar ele a ser feliz.

— Eu também, Zé Brilino. Desembuche!

— E isso, patrão. O Zé Anjo anda de ideia virada pra mode aquela menina da patroa Ana, essa Lina. Anda bestando com ela pelo quintal, homão daquele panhando flor pra enfeite de casa, a conversa despercebida e sem tenência, não quero ofender, parece o patrão uns tempos atrás!

Tonho fechou a cara. O crioulo tinha razão, mas não podia dar-lhe liberdades.

— Conto isso pelo que pode acontecer em futuro. O menino é muito bom, é burro treinado pra andar na guia e cabeceira, mas mulher na estrada é igual cobra na macega: mesmo sem ofender é capaz de destrilhar no susto o ponteiro e botar o gado no mato.

— Zé Brilino, você ponderou bem. Eu e Ana já conversamos o mesmo assunto. Ela acha essa Lina uma mulata danada, e o namoro dos dois vai esquentando feito coivara de roça em calor de agosto. Uma faísca de binga e o incêndio está formado. E a sua ideia?

— Patrão, coivara seca de roça de mato é coisa séria, pega fogo até por relâmpago, já entendemos nisto. Minha ideia é organizar tudo e os dois antes da queimada fora de hora, que pode sair mal e estragar a plantação...

— É certo, Zé. Aí?

— Aí o patrão é quem decide. Acho bom conversar com o Zé Anjo, ele nem sabe direito o perigo em que anda. Desculpe meu opinar, é pelo bem de todos e felicidade do menino. Acho que é pensar no casório. Mais que isso, no aproveito do casal que queremos bem.

Tonho conhecia o velho, sabia que não era só isso a sua conversa.

– E que mais, seu Zé Brilino, agora virando santo casamenteiro, coisa que sempre arrenegou?

– Mais pouco, patrão. O senhor herdou fazenda de dote, está formando, precisa lá um gerente de confiança. A casinha já ficou pronta no pé da água vermelha, uma beleza a furna e brejo logo atrás, lugar de caça e pesca, passarinho e flor que faz casal novo feliz. É lugar para o Zé Anjo, meu senhor!

– Mas e você, ô preto velho? Vai ficar sem o afilhado, o companheiro das tardes, a prosa da noite, a sua ajuda nos seus cuidados e na lida, você fica sem ninguém aqui pela sede?

– Patrão, a minha estrada tá chegando nos finalmentes. A do Zé Anjo, no principiando. Andamos um trecho junto, o menino me deu muita alegria. Agora é minha vez de ceder caminho, ele tem que cuidar da sua vida e do seu futuro. O pouco que aprendi e fiz, dei a ele, nem filho tive para repasse – mas Deus foi bom comigo. Posso abrir mão do moço, é bom fazer agora e de coração. Um dia ele ia sair mesmo, até os bichos deixam a casa na vez e hora de criação. É bom sair logo, que o meu coração ainda guenta e tem serviço e distração!

Tonho ficou emocionado. Sabia que Zé Anjo era como filho do Zé Brilino, que sem ele o velho ia secar e morrer, igual capim jaraguá no cair da semente. Mas admirava o despojamento e a sabedoria do velho papeiro, que reconhecia a hora de sua doação e preferia fazê-la por generosidade em vez de aceitá-la pelas fatalidades da vida.

– Pois seja, Zé Brilino. Respeito sua opinião. Vamos caminhar por aí, Zé Anjo já estava em meu pensamento igual no seu. Tudo vai dar certo. Nós dois ficamos por aqui, você ainda tem muita saúde e serviço pra dar. Não vai virar velho rabugento e inútil. A casa de sal e pólvora fica sempre consigo. Fique tranquilo, que na sua falta vou cuidar do Zé Anjo na nova morada. Ele vem lhe ver sempre, verá.

Zé Brilino recolocou na cabeça o chapéu mateiro, tinha cumprido a missão. Ia de volta aos paióis e currais. A noite já ia escura, não dava para ver as lágrimas em seus olhos, mas as mãos buscavam evitar o seu escorrer pelo rosto.

Tonho, mais que viu, sentiu. Mão no ombro derreado do velho companheiro, tocou-o em despedida. Sua vista também estava embaçada, não iam mais conversar. Eram homens, afinal...

Em São Paulo a noite era pesada e fria, uma garoa de inverno umedecia a cara de Manuel Crispim no seu caminhar contra o vento e o destino.

O velho Almeida estava muito doente, disseram-lhe os emissários, e pedia naquela mesma noite a sua visita em sua casa.

Manuel Crispim tinha pela primeira vez o seu endereço. Todos os seus encontros anteriores foram na firma ou em segredo. Ir em sua casa era fato novo e provavelmente sério, ainda mais a essa hora e tempo.

Batendo na aldraba, abriu-lhe a porta uma velha governanta, os passos inseguros mas a roupa impecável, do avental à touca e sapatos brancos.

– Por aqui, senhor. O dr. Almeida já me pôs à sua espera, tem urgência em lhe falar. Peço que seja breve, o seu coração está mal. Os médicos dizem que agora vai entrar em fase final.

Por átrio e sala Manuel Crispim foi levado à escadaria e ao piso superior, daí ao próprio quarto do sr. Almeida, coisa que nunca esperara.

Em vasto leito, uma lâmpada a gás mostrava, abatido e velho, o senhor de tantas venturas e destinos.

Manuel Crispim não pôde deixar de sentir a emoção de vê-lo derrotado pelos anos e pela doença. O olhar cansado prenunciava a sua última luta, ninguém resistia ao tempo. A vida era aquela chama de gás que ia ser em breve apagada, seu Almeida seria apenas lembrança e cinzas.

Ao vê-lo, o olhar do velho teve um brilho.

Com a mão, dispensou a governanta, que saiu e fechou a pesada porta de carvalho.

Um gesto de aproxime-se, e Manuel Crispim estava ao lado do seu protetor, a quem permanecia grato e devedor.

A voz era ainda firme, mas entrecortada, puxava fôlego e pausava entre as frases.

– Sr. Manuel Crispim, precisava vê-lo hoje, não sei até se pela última vez. Soube de sua chegada ontem.

– Estou sempre às suas ordens, senhor.

– Desculpe-me pela pressa, há alguma notícia?

– Nada definitivo, senhor. Apenas um novo tipo de trabalho que vou desenvolvendo. Vi que era impossível repassar todas as minhas visitas e contatos, mas descobri uma fórmula melhor de buscar e rebuscar. Hoje, o senhor sabe, sou por todos os fins um viajante comercial. Nessa função fiz muitos amigos e conhecidos, que correm mundo como eu. Aqui e ali vou perguntando e peço informes. Essa gente sempre se encontra nas pensões, bares e bordéis de fim de noite. Uma bebida amável faz confidências, na realidade tenho hoje uma rede enorme e privada de informações. O nosso homem deve estar vivo, e se estiver eu vou encontrá-lo. Uma hora ele vai bater asas nesta rede, e eu vou ficar sabendo. Uma pista leve, um almisco, e parto em caçada. Não perco a esperança, sr. Almeida. Devo-lhe muito pela minha filha e neta.

O velho entreabriu os olhos cansados.

– Sr. Manuel Crispim, sei da sua dedicação e trabalho, não sei da sua conclusão. Agora, do jeito que estou, quero dizer-lhe palavras finais.

Um descanso, um novo fôlego.

– Nem raiva tenho mais. A chegada da morte e o passar dos anos amortecem tudo. Nem sei se fiz bem em encomendar-lhe tanto trabalho, a ausência de sua família e outras oportunidades.

O velho parecia dormir, travesseiro alto, as veias do pescoço inchadas, um bater descompassado.

– O que quero dizer-lhe é que, se quiser, tem liberdade de deixar a caçada. Está com minha governanta um envelope com um ano de pagamento em avanço, uma gratificação pelo seu esforço. Quero ir-me em paz, já não me interesso pelo passado. Talvez não me veja mais, nem precisa procurar-me. Desejo-lhe sorte, e saúde à sua filha e sua neta. Agora, passe aquela porta, esqueça depois o meu endereço. Estou muito cansado para ouvir de lutas e guerra. Vá em paz!

E foi tudo que o velho falou.

Manuel Crispim, de volta à garoa e noite, caminhava as ruas úmidas.

A incômoda despedida do velho lhe denunciava um fracasso que não queria admitir.

Almeida estava morrendo, sabia.

Ele mesmo, de certa forma, já morrera em seu passado, apenas a sua caçada o mantinha vivo e a sua parca família.

Apalpou no bolso do sobretudo o último envelope do seu patrocinador. Enquanto vivo, Manuel Crispim não ia desistir.

Estava em caçada, em última homenagem.

O cocho-salgadeira era uma peça única de ipê-roxo, comprimento de dezoito metros. Na cabeça tinha separada a cava de botar água, que por um furo baixo se comunicava com o corpo do cocho, para onde se deslocava o sal tão necessário à engorda e saúde dos bois.

Zé Anjo tinha espalhado mais algum sal cocho afora, quebrado as pedras maiores. Tonho Pólvora na cabeceira entornava a água que ia servir salgada aos seus bois.

Boi salitrado fica manso, de longe sente o cheiro do sal, aprende até o dia de visita e salga do seu peão. Assim vinham chegando desde logo, cheirando a água, o berro solto de convite aos distantes. Bastava o aboiado do Zé Anjo pra toda a boiada sair do cerrado, da furna, do campo e os retardatários do malhador, e em quase trote cercarem cocho e peões para a sua festa.

Zé Brilino, a experiência antiga das comitivas, sentenciava.

– Comprar boi no sertão é ciência. Fazendeiro caprichoso dá sal ao gado, ele acostuma reunido, um boi até lambe e conhece o companheiro pelo cheiro e suor. Em viagem, caminha tudo junto, igual família de pobre, fica fácil pro condutor. Boi criado na solta, sem sal e serviço de gente, vira bicho sem amor ou união. Sai junto do curral, e logo na estrada cada um busca destino. Desguarita da manada, esconde nos matos, amua e deita de pirraça, é um trabalho sem fim de condução e canseira. Se for conduzir um gado desses, menino, não bota logo na estrada. Em antes, dê um sal aguado no cocho do curral, solte no piquete uns três dias, toque berrante e leve pro curral outra vez, mais sal, conversa e andar de burro no meio deles. Precisam acostumar com peões, com a tropa, até uns com os outros. Numa semana o gado vira gente, panha entendimento e companhia, aí dá pra pôr na estrada. O sal ajuda e faz amizade!

– Zé Anjo via a boiada chegando no cocho, mansa, cheirando, mastigando saliva, e ria por dentro da sabedoria do velho.

Terminada a salga, contada e certa a boiada, Tonho e Zé Anjo voltavam pra sede da Alvorada, os dois burros companheiros batendo orelhas em marcha macia, o campeio de bois sempre faziam nos burros a que a boiada já estava acostumada. Cavalos eram reservados para viagens curtas e ligeiras, para serviços rápidos. No campo, só quando o serviço era bravo e de pega de gado baguá e corredor. Pra visitar os companheiros o patrão só ia a cavalo, exibido no Brasão a capricho, escovado, a crina penteada, a sela engraxada, precisava mostrar pose e posição. Já o Zé Anjo gostava de presepadas, ia no burro Alemão todo enfeitado, dava um nó abacaxi no rabo, um peitoral de vinte argolas douradas, cabeçada com estrela na testa, arreio cotiano com um pelego inteiriço de grossa lã vermelha de carneiro macho, na cinta a guaiaca abufalada presente do patrão, uma bota sanfonada e duas esporas douradas tipo roda-gigante – esse Zé Anjo nos domingos mais parecia dono de circo que peão de boiadeiro, e ficava feliz.

A conversa no retorno conferiu rápido o romaneio feito no gado, tudo andava em ordem.

Tonho Pólvora vinha sem pressa, nem relava a espora no burro. Deixava na marchinha lenta e estradeira, como quem tem sobra de tempo ou falta do que fazer.

Na realidade, Tonho queria era encaminhar com o Zé Anjo a conversa de antes com o Zé Brilino, e só nas estradas e lombo de burro ficavam sozinhos e no companheirismo do à toa.

– Zé Anjo, você vai virando homem feito, tem pensado na vida?

O mulato firmou na sela, aquilo era prosa nova. O patrão nunca dera confiança de mostrar interesse na sua vida.

– Pensado o quê, patrão?

– Bem, pensado no geral da vida, o que você pensa pro futuro. O trabalho, a moradia, a responsabilidade, até a família que precisa projetar.

– Penso pouco. Vivo bem com o que tenho na Alvorada, sem despesa de nada. Divirto com boa caça e pesca, os companheiros, até as viagens de comitiva são alegria para mim. Não sinto falta de nada, patrão.

Tonho tinha que ser mais direto, senão acabava a viagem e não o assunto.

– Outro dia conversamos eu e Zé Brilino. Você sabe que o velho tá meio encostado, venceu o tempo dele em serviço pesado e maior. Fica só por conta do depósito e sobra tempo pra pensar em coisas que até nós não pensamos.

Zé Anjo consertou o passo do burro numa passagem de trilho fundo, raspou a espora só pra mostrar autoridade, era jeito de esperar continuação.

– O Zé Brilino, não sei se de imaginação, observação ou caduquice, falou que você tá bem criado e sadio, e num particular tem relado as mãos e prosa com a Lina da Ana.

Zé Anjo envermelhou por dentro o que a pele não mostrava por fora.

– Aquele velho é bem safado, e na desocupação fica vigiando e imaginando coisa. O assunto de mulher então é pior. Ele nunca aceitou casamento, dizendo que só burro frouxo aceita freio e espora.

– Sei disso, não leve pra esse lado a preocupação do Zé Brilino. Você sabe e sente que ele lhe quer bem. Foi por aí que falou: tá na hora de pensar no Zé Anjo, quem sabe no casar com essa mulatinha bonita, montar casa e tomar conta da fazenda dote de Ana?

Agora Zé Anjo roxeou de aparecer na bochecha, teve que virar a cara pro lado como espantando mutuca da orelha do burro.

– Preste atenção, Zé Anjo. Deixa de lado o disfarçado. Eu quero é dizer que o Zé Brilino tem razão como sempre. O velho sabe de tudo e a hora de tudo. Eu podia passar despercebido, pelos trabalhos outros. Ele não: enxergou a tempo que você tem decisões a tomar, e eu lhe participo. Se for do seu gosto e aceite, vou falar com a Ana, e ela com a Lina. Arranjamos o casório. Você vira homem de fato e de responsabilidade, passa as comitivas e viagens pro Zé Carneiro, e vai morar e gerenciar na fazenda nova, fazer lá família e vida!

Zé Anjo sopitou de surpresa. Tudo de uma vez, numa salga de boi, era susto que não esperava.

Tonho tinha terminado, estavam perto de casa. Era passar a lagoa e chegar.

No meio da passagem deram água aos burros, que enfiaram a cara entre as taboas do brejo e mataram sem pressa a sede e o calor.

Enquanto esperavam, Tonho olhou Zé Anjo, que na situação só pôde escorar o seu falar e afirmação.

– Ouvi tudo com atenção, patrão. Agradeço. A bem dizer, tudo isso já estava aqui por dentro, só abafado na casca de não saber sair. Agora, o patrão quebrou a casca. Vou pensar, e se deixar vou assuntar a Lina. Ela é despachada, mulher parece que maneja isso melhor que homem. Sou macho o bastante pra montar burro chucro em pelo, mas sozinho não sou suficiente pra decidir isso. Se o patrão deixar, vou consultar com ela. Depois dou resposta.

– Certo. Vou esperar.

E Tonho foi adiante, como apressado pra chegar em casa.

Zé Anjo deixou o burro relaxar, até pegar um capim no brejo, soltar água boca abaixo, espantar mosquito com o rabo. A sua ideia estava longe, nos quintais e horta da dona Ana, no passo macio e ondulante da Lina, que agora lhe parecia tão perto e possível. Era só quererem os dois.

Zé Anjo acordou, quebrou o chapéu na testa e rosetou duro o burrão que arrancou de galope assustado espalhando estrelas de água e sonhos no caminho de casa.

Zé Anjo ia explodindo de alegria!

Quirineu estufava o peito de importância, era agora agente fiscal da República, cargo que José Albério lhe conseguira pela adesão de seu Quirino às suas ideias e política.

O salário era pouco, e Quirineu menos fazia para merecê-lo. O que queria mesmo era parecer importante, ter trânsito e entrada pelas fazendas e comércio. A função fiscal sempre era tratada com respeito e temor pelos contribuintes. De quebra ganhava bons almoços e jantares que só lhe cresciam as banhas, sofrimento do burro Antares que era sua montaria de vilegiatura fiscal. Ficou conhecedor e conhecido das redondezas do Desemboque. Sua predileção pelo assalto às negras lhe valeu o cognome de Navio Negreiro, dado pelos mulatos e desafetos, estes sempre em número crescente porque Quirineu sabia por excelência como ser antipático e prepotente.

José Albério já estava farto dos desmandos e tolices do protegido, mas ia tolerando a situação até consolidar em definitivo a sua liderança política, que não podia desagradar o farmacêutico Quirino nem as suas garrafadas e poções.

Joaquim Teodoro acompanhava Quirineu, apanhando sobras de seus aproveitamentos, de dinheiro, de gentes e até das negrinhas que marcavam sua passagem pelo sertão. Na realidade, tinha recebido de José Albério a função de vigiar e coibir os exageros desse Quirineu, evitando no que possível o desgaste político decorrente de suas ações.

Quirineu, porém, estava no céu, julgava-se o mais importante agente fiscal da República. Todos iam respeitá-lo e temê-lo, e dar-lhe as comidas que tanto amava.

Numa tarde setembrina José Albério esbarrou com Tonho Pólvora na pracinha do Desemboque, este recém-apeado do cavalo na farmácia do seu Quirino.

– Você por aqui, Tonho, e não me visitando? Penso até que lhe fiz algum mal, a Mariita vai estranhar se você vier ao Desemboque e não for nos visitar. O coronel está enfurnado na roça, essa coisa de República ainda não digeriu, isso se entende e desculpa. Mas você, amigo, precisa aparecer. Lembre-se, temos uma longa vida e futuro pela frente!

– Vim ligeiro, Zé Albério, de passagem quase. E pegar aqui no seu Quirino uns xaropes e lombrigueiros e voltar pra Alvorada. Ana me espera. Um dia voltamos em visita...

– Certo, espero esse dia, mas agora não tem perdão: você vai comigo lá em casa, tomar um café e dedo de prosa, a Mariita está doida pra ter notícias de Ana e suas.

E foi puxando e rebocando Tonho Pólvora que José Albério o meteu na sua sala de visitas, a casa melhorada e luxuosa no fundo da Comercial do Desemboque.

Mariita, solicitada, apareceu lá de dentro, sempre penteada e perfumada, o olhar vivo, o riso fácil, os trejeitos de fala e cara.

– Que bom que veio o meu cunhado visitar-nos, já estava sentindo sua falta. Parece que com Ana vão virar índios de tapera e mato!

Tonho Pólvora via e sentia o coquetear permanente da paixão antiga, e ficou surpreso de não sentir mais nenhuma comichão ou calor dos que no passado lhe faziam prazer e sofrer. Mariita era apenas a cunhada, a irmã de Ana, uma boneca linda e vazia, o seu amor agora era outro e definitivo, sólido, permanente.

Tomou seu café com rosca e bolinhos, deu as notícias curtas da roça, aumentou as de Ana e do filho, um jeito talvez de fazer inveja e vingança.

Agora, se lhe desculpassem, era hora de voltar pra casa, disse.

Mariita embrulhou uns doces pra Ana e seu afilhado, iam se encontrar domingo no coronel. Beijos para todos, você está muito bem, apareça sempre, e até mais...

José Albério saiu pela frente com o Tonho Pólvora, um ar sério e comercial no falar.

– Tonho, estou esperando até hoje a sua decisão sobre o negócio de sal e pólvora, a sociedade que lhe propus. Tudo aconteceu conforme falei. Estou hoje em posição política superior, tenho contatos e relações que podem multiplicar o seu negócio ligado à Comercial. Sei que você é bom negociante, vai entender e aceitar, é só a gente se assentar e discutir as bases da sociedade, em dois ou três anos isso se multiplica por dois.

Tonho, apertado para resposta e solução, decidiu clarear o assunto.

– José Albério, agradeço as palavras e a atenção, mas não vou fazer sociedade do meu negócio de sal e pólvora, coisa pequena se comparada com a Comercial. Não tenho ambição nem conhecimento maior, pra mim já está bom demais o que tenho e fiz, prefiro ficar como estou.

José Albério fez cara de espanto e incompreensão, não era possível Tonho perder aquela oportunidade, dizia.

– Tonho, você tem que repensar o caso, nunca vai ter ocasião igual na vida. É pegar e crescer imediato, multiplicar, ficar logo rico, Tonho!

– Agradeço, José Albério. Não quero esticar prosa nem ofender, mas desconfio que essa história de sociedade consigo tem passado e experiência, e não deu certo. Não quero mais levar susto e decepção, vou ficando velho. Em lugar de cair sentado, posso cair deitado definitivo... E em definitivo, não conte comigo. Cuide de seus negócios, respeite o meu, vamos ficar separados, e passe muito bem. Vamos nos encontrar no velho sogro, ele confia muito em você!

E Tonho montou o Brasão, que deu um rapado nos dois pés e se mandou pra Alvorada.

Na rua e passeio, José Albério mascou o freio da decepção.

O cunhado era um idiota, pensou. Pelo menos devia mostrar inteligência e compreensão. Preferiu logo o estopim curto da ruptura.

Mas ele ia ver. O negócio de sal e pólvora ia ser seu, por bem ou por mal. Já não era questão do dinheiro ou da vantagem, era questão de vaidade comercial, de sucesso, de Fortuna e Poder – e José Albério era guia e ponteiro nesses rumos.

Tinha que pensar um pouco.

Se possível, por bem.

Se não, por mal.

⬥

Zé Anjo e Lina andavam juntos pelo quintal, as mãos agarradas em suor e febre, os pés passeavam sem sentir a terra.

Zé Anjo tinha contado a prosa do patrão, o convite para mudança e gerência, e, em tremura de voz, a ideia do casamento com Lina.

A mulatinha estufava o peito, os seios cresciam de rebentar a roupa. A ideia de casamento já a fazia mulher, um desconhecido suor de hormônios lhe vinha às axilas e virilhas, um cheiro novo de fêmea em cio, descarga elétrica que Zé Anjo recebia sem saber ou conhecer.

– Zé Anjo, um convite do patrão não pode desprezar. É seu futuro, melhorar de vida, mandar, ter coisa sua, alguma rês no pasto, a casa própria...

– Lina, tudo isso é bom, mas só aceito se você sair comigo, for lá a minha mulher e companheira. Se não, prefiro ficar beiradeando a Alvorada, ao menos fico perto de você!

– Zé, se for do seu bem e gosto, peça a dona Ana. Se ela der permissão, aí nos casamos e vamos lá viver a nossa vida nova.

– Lina, é do meu gosto fazer você feliz. Sinto até uma gastura quando viajo e lhe deixo por aqui. Fico maneiro de ideia, só assento a cabeça no chegar de volta e lhe ver. Case comigo, então. Vou lhe fazer feliz, você vai ver.

E assim passaram a girar de mãos, ideias e destinos juntos. Na frente só viam alegria e felicidade, o passeio no quintal era prenúncio de nova vida.

Pelos lados do poente, onde não viam, um barrado escuro de nuvens prenunciava grande tempestade. Se fosse noite, teriam visto os relâmpagos distantes – mas era dia, e feliz!

Naquela noite José Albério recebia em seu escritório o novo comandante do destacamento de polícia do Desemboque.

Não queria vê-lo em sua casa. Mariita não devia saber dos seus poderes e influências, era a filha do coronel despojado.

Nos moldes da nova política, o comandante era um tenente jovem, investido das funções de manter a ordem e, sobretudo, evitar o levantamento e oposição das cabeças remanescentes da época do Império. Fora apresentar-se a José Albério com a função específica de nele ter o seu orientador e responsável local pela política e trabalho das novas forças da República.

– Tenente, agradeço-lhe a apresentação e a sua disponibilidade a serviço do nosso governo. Temos uma situação calma até agora, a Revolução não sofreu ainda nenhum protesto ou hostilidade neste sertão. Vamos fazer o possível para que isso continue, e que tudo corra sem incidentes. Entretanto, devemos ficar em alerta, é possível que algum desafio ou contestação ao nosso comando venha acontecer aí pela frente. Se isso ocorrer, não podemos deixar em branco, qualquer protesto pode prosperar e levantar resistências ao nosso futuro. Se eu notar coisa nesse sentido, lhe aviso. Faremos uma repressão enérgica e exemplar, que mostre de uma vez por todas quem manda e comanda!

O jovem tenente assentiu; agradava ao seu espírito guerreiro a perspectiva de mostrar força e comando. A vida sem guerra era uma chatice, e o Desemboque já lhe parecia o lugar mais parado e pacífico do mundo – o mais chato, portanto.

―

Em meio à tempestade noturna o coronel Macedo revisava na sala de visitas os remanescentes do seu exército político imperial.

Da cidade, faltavam quase todos. Notícias de que o Zé Oliveira havia debandado com o seu Quirino, o sacristão Eurípides, o diretor e professor da escola, até o delegado amarrado ao cargo, Arquimedes do Bar Central, Alceu da Pensão-Hotel, até o Jacinto que lhe devia o emprego de guarda do cemitério.

Ficavam-lhe companheiros da roça e do campo, os fiéis aliados e amigos do passado, uma aproximação governista mais difícil pela distância e pelas ocupações permanentes.

Ainda assim, a voz do coronel era de comando.

– Companheiros, esta é nossa primeira reunião dentro do novo regime. Como veem, há lugares vagos nesta sala, que antes recebia gente em pé para nos ouvir. Alguns não vieram até por medo de aparecer, outros por já estarem bandeados para o outro lado. Aos primeiros nós devemos convencer que estamos vivos e fortes, voltarão a estar conosco. Aos vira-casacas, aos bandidos e covardes aderentes a essa República devemos responder com o desprezo. Quero dizer-lhes que a hora é de reflexão. Devemos sobretudo permanecer vivos e companheiros, deixar a poeira assentar, passar por cima das provocações e desaforos. Eles mesmos vão se dividir na briga pelo poder, pelos cargos, pelos despojos da caçada. Depois, vamos estudar os rumos. O que não podemos é aceitar a derrota sem remédio, sem luta e sem honra, nem permitir que nos pisem, a nós que construímos aqui neste sertão esta fortaleza de progresso e crescimento que é o nosso Desemboque. De tempos em tempos pretendo convidá-los para um café político, um estudo da situação, a nossa posição relativa às eleições prometidas, o caminho para reassumirmos o comando e a importância que a história nos deu. Estarão comigo?

Os companheiros concordaram, era sempre assim o comando do

coronel Macedo. Não sabiam na verdade o que iam fazer: davam procuração em branco para o Velho Chefe decidir.

―

Devagar e manso, José Albério ia trocando no Desemboque todas as influências e comandos. As poucas resistências vencia com astúcia: em público, ostensivo ao comando do tenente Oscavo; nas resistências de bastidor, a pressão sempre convincente do Joaquim Teodoro.

Em seis meses tinha na mão o seu distrito, as eleições asseguradas. Era o homem importante, no salão de fundos da Comercial decidia a política local e já invadia vizinhanças de poder na direção de Araxá, de Uberaba, já era falado pela audiência que recebia na metrópole e seu governo.

Para sua decepção, o poder político ainda não lhe trouxera a Fortuna pela qual ansiava. Ao contrário, tinha prejuízos com os gastos financeiros de montar seu esquema e ainda por não dar a atenção devida aos seus negócios. Em sua desconfiança, não admitia segundo homem na empresa, o espectro de uma traição lhe rondava a mente. Crescia em Poder, estacionava em Fortuna – e isso não lhe agradava, decididamente.

Em seu projeto introduziu mudanças: ia usar seus métodos para impedir, atrasar ou desmontar concorrentes. Afinal ele fora o pioneiro comercial do Desemboque, não podia permitir que outros lhe tomassem o lugar enquanto militava exercício do poder.

Assim, por via fiscal, por impedimentos legais, por burocracia, até por pressões, José Albério ia afugentando gente que poderia trazer mais crescimento, mais vida e até mais dinheiro ao Desemboque, que estacionou, os novos bandeirantes indo a caminho de terras mais receptivas e hospitaleiras. Um erro político, na verdade historicamente repetido em todo tempo e lugar.

Duas coisas obcecavam José Albério em sua marcha: para o Poder, seria necessário afastar em definitivo o coronel; para a Fortuna, não aceitava o progresso solitário de Tonho Pólvora, que nenhuma participação ou confiança lhe dava, aparecendo como possível sombra e resistência.

Mente inteligente e doentia, José Albério arquitetava soluções e aguardava oportunidades.

Desfazer-se do coronel.
Desfazer-se de Tonho Pólvora.
José Albério queria ser absoluto no Desemboque.

—

Coube ao coronel Macedo o primeiro passo aberto ao projeto do genro.
Isolado na fazenda, o coronel aparecia pouco na cidade. Evitava expor-se com sua imagem desgastada e orgulhosa do poder passado. Vinha à festa da padroeira, a um casamento de afilhado, ao enterro de velho companheiro, a algum dever importante e necessário.

Um dia veio com Tilico, guarda-livros, pagar imposto e atualizar contabilidade.

Em visita a Mariita, o genro ausente em viagem de serviço, recebeu o retorno humilhado do Tilico.

– Sr. coronel, não querem aceitar o nosso imposto e livros. Dizem que é preciso mudar tudo, são formulários novos, não temos certidão nem cadastro de exatoria. As leis mudaram, o agente fiscal é outro e ameaçou multa pelo atraso. Dizem que eu não resolvo nada, é preciso o coronel ir lá, entrar na fila, assinar petições e documentos, solicitar audiência fiscal, uma complicação.

O coronel Macedo ficou vermelho, em seu tempo tudo se aplainava e ajeitava à sua presença e chegada.

– Irei lá, Tilico. Devemos obedecer às leis, o exemplo deve vir de cima.

E foi ainda vermelho que o coronel Macedo entrou na repartição exatora, para pagar e atualizar seus impostos e livros.

Gente nova, funcionários novos e jovens, pouca importância dedicaram ao velho, convidado a sentar-se no banco comum dos contribuintes e a aguardar o sr. Quirineu, que ia levá-lo ao chefe para instruções e orientações.

Quirineu chegou em meia hora, sem pressa, banha e suor pela cara, um susto ao encontrar sentado o coronel.

– Sr. coronel, desculpe a demora, não me avisaram de sua presença. Vou anunciá-lo ao nosso agente de imediato, coronel.

O agente, vindo de longe, era superior do Quirineu e desconhecia totalmente quem era esse coronel Macedo. Demorou quinze minutos aparando unhas, até mandá-lo entrar em sua sala. Foi ainda lixando um canto de dedos que o recebeu, um boa-tarde apenas, nem convite para assentar-se.

– Pois não, sr. Macedo, a que devo a sua presença?

O coronel estava em ponto de fervura, pela primeira vez na vida perdia no tratamento o título de sua patente.

– Devo dizer-lhe de início que aqui todos me conhecem como coronel Macedo, título e patente que ganhei da Guarda Nacional ao tempo do Império, pela colaboração cívica e financeira emprestada ao meu país. Em seguida, mas de menos importância, devo dizer-lhe que esperei quase uma hora para ser atendido em sua repartição, sendo que não havia outros contribuintes ou pessoas a serem atendidas. Isso não aconteceria em outros tempos, quando os funcionários tinham mais educação e atenção com os contribuintes. Por fim, venho atender solicitação burocrática que meu guarda-livros Tilico diz ser necessária para quitar meus impostos e acertar livros, e pelo menos nisto espero receber atenção.

A atitude do coronel surpreendeu o novo agente; devia ser alguém importante o velho imponente e orgulhoso.

– Bem, sendo assim, coronel Macedo, vamos procurar atendê-lo. Devo dizer como desculpa que não lhe conhecia, e que as ordens do governo republicano dizem que em nosso trabalho a democracia deve ser a primeira preocupação. Todos sendo tratados igualmente, veio a necessidade da fila, para organização interna. No seu caso, porém, e em atenção à idade e respeito, ponho-lhe à disposição o agente Quirineu para acompanhar e solucionar com esse sr. Tilico as questões apresentadas.

O coronel engoliu a custo democracia, idade e respeito. Não era lugar ou tempo para a luta.

– Agradeço-lhe. Deixo Tilico e Quirineu encarregados. Uma boa-tarde.

O velho comandante deixou a sala e repartição, altivo, ereto, buscando pisar firme e ostentar indiferença ao tratamento antes recebido. Um ferimento leve, pensava. Uma escaramuça. Valia como advertência.

Quirineu, em companhia de Tilico, buscou forma de atender à burocracia e atualização da documentação solicitada. Não podia dizer ao chefe que pouco entendia do assunto, afinal recebera designação para solucionar o caso.

O resultado foi perderem duas horas de enche e rasga papel, o Tilico desesperado pela demora e imaginando raivas mascadas pelo coronel Macedo à espera.

Repartição em horário de fechar, Quirineu desistiu.

– Tilico, deixe o assunto comigo. Tenho que cumprir determinações do chefe. Vou organizar todo o papelório. Vá-se embora e diga ao coronel que não se preocupe: no domingo levo o que for necessário à sua fazenda, lá ele assina e deixamos tudo regularizado.

Tilico coçou a cabeça. Era a primeira vez que assistia a uma mudança de governo, e por aí à mudança de todo um comando, estrutura e procedimento burocrático. No seu pensar simples de guarda-livros, se tudo antes caminhava bem e certo, por que trocar o nome de todas as repartições, de todos os chefes, de todos os papéis e títulos e livros, jogar tudo no lixo e começar de novo do zero? Devia ser coisa dessa República que o coronel odiava. Como consolo, pensou: bom, a democracia republicana deve ter estudado muito para fazer as mudanças, e essas devem ser últimas e definitivas. De agora em diante, concluiu, tudo está estabelecido, não mais mudanças para desorientar guarda-livros e contabilidade, as regras do jogo são finais e permanentes. Diria isso ao patrão, o coronel amansava e todos ficariam felizes.

Todos estavam enganados.

Domingo, na fazenda, Quirineu levou uma papelada grossa para estudo e entendimento do moço Tilico. Chegara cedo, montado no cansado Antares, a certeza do convite do coronel para o almoço farto da família e de eventuais amigos e visitantes. As regras da hospitalidade sertaneja exigiam esse convite, era uso e arte comum visitas chegarem pela hora do almoço e seus aproveitos.

Na guerra de entendes e não entendes com o Tilico verificou-se que Quirineu mais uma vez demonstrava sua incompetência e despreparo, aprontando a maior confusão e terminando por desorganizar tudo o que seu chefe tinha ensinado e preparado para evitar novo confronto com o coronel.

Ofegante, suado, sedento e faminto, Quirineu capitulou ali pelas dez horas.

– Tilico, não sei o que aconteceu para esta confusão toda. Vou ter que organizar tudo outra vez, lá no Desemboque. Não moleste o coronel. Na terça-feira de manhã vá para a repartição, deixo tudo em ordem. Lá é mais fácil acertar, tem os companheiros para ajudar. Vai chegando a hora do almoço, o coronel não pode ser aborrecido no dia em que recebe a família. Certo?

Tilico achou certo, mesmo porque, do jeito que estava, nunca iam acertar nada. Depois, uma ida ao Desemboque sempre era uma distração, agora com a desculpa do trabalho.

Quirineu se encarregou de explicar ao coronel, na varanda sombreada, o novo acerto.

– Sr. coronel, eu e Tilico colocamos os papéis em ordem hoje, nesta manhã, mas faltam coisas que ficaram na repartição. O senhor sabe que na hora de modernizar papéis é preciso muito cuidado. Por isso, concordamos em terminar o nosso serviço na terça-feira cedo, amanhã repasso o que for necessário. O senhor dá licença ao Tilico para ir ao Desemboque verificar e acertar os finalmentes deste trabalho, pois não?

O coronel não achava nada certo. Parecia-lhe uma invenção diabólica essa revolução de papéis, de siglas e de nomes, tudo preparado para desorientar seu guarda-livros e aumentar sua raiva e despesas com a burocracia estatal.

– Sr. Quirineu, pois seja. Envio-lhe o Tilico na terça-feira, mas que seja finalmente de verdade. Fica mal para o seu governo gastar tanto tempo em assunto que dizem foi criado para modernizar e simplificar, onde não sei.

– Obrigado, coronel. Já vai ficando tarde, devo ir-me para ver se pego o almoço com meu pai...

– Não se preocupe, Quirineu. Você fica para almoçar conosco, já tem seu lugar à mesa. Somos desorganizados de papel, mas ainda conservamos alguma coisa boa do antigamente, a cortesia e hospitalidade pelo menos. Seu pai foi por anos meu amigo e correligionário, hoje está em outro lado, mas um dia podemos nos reencontrar. Fique para o almoço, vou mandar servir-lhe uma limonada para refrescar. O dia está quente, você trabalhou muito, por isso está suado e cansado. Tome uma rede e sombra ali pelo canto da varanda. Lina, você traz uma limonada para o moço Quirineu!

E foi ali e assim que Quirineu pela primeira vez viu a Lina, vinda lá de dentro. Era domingo, vestia branco e avental bordado, cheirava a rosas recém-colhidas, os olhos brilhavam, as carnes sadias e firmes, lá dentro Zé Anjo a esperava para o namoro do pós-almoço.

Quirineu nunca tinha visto mulata tão linda. O coronel devia ter parte na sua fabricação, pensou. Enxugou o rosto com o lenço já meio sebento. No receber o copo buscou roçar dedos com a Lina, era uma carga elétrica que lhe descia pelo corpo abaixo, um tesão de urgência e surpresa.

Lina nem enxergou Quirineu. Voltou rápido para os dentros de casa e seu serviço. Em seu rastro, porém e sem querer, deixava uma paixão doentia e fatal, fixada em suas ancas de bamboleio, nas curvas das pernas, no cangote esguio, potranca em ponto de amanso e monta, Quirineu pensava e endoidava.

O almoço foi tranquilo e fidalgo, da família apenas Tonho e Ana, Mariita estava na cidade aguardando a volta de José Albério. Para tristeza de Quirineu, Lina ficou pela cozinha, outra mucama em serviço de copa e mesa.

A hora de ir embora era triste para o Quirineu, privado de sua visão, e para o Antares, que carregava no lombo mais peso que na vinda.

Um pouco de paciência, Quirineu!

―

Na terça-feira pela manhã, o coronel Macedo despachou Tilico para os acertos burocráticos no Desemboque. Como todo fidalgo das fazendas, detestava cuidar de papéis, de funcionalismo público, de normas, de editais, de portarias e regulamentos. A natureza vivia sem isso e criava maravilhas, pensava. O homem entrava ali só para atrapalhar, e o caso atual já o irritava em demasia.

– Tilico, vá cumprir o pedido ou ordem desse Quirineu gordo, sei lá.

Mas vá para acertar tudo, não quero mais pendência restante. Se lhe destratarem, lembre-se que você agora é meu representante e que lá estarei para cobrar qualquer desaforo. Essa gente nova pensa que veio mandar no mundo do Desemboque, porque julgam morto e enterrado o passado e este coronel Macedo. Enganam-se. Represente-me sem medo e com valor, cobre a solução que o caso está exigindo.

Tilico encheu-se de ares e importância. Afinal e por primeira vez o coronel lhe dava valor e poder de representação. A gente do governo que tivesse cuidado, Tilico ia grandote no cavalo castanho, chapéu quebrado na testa, pasta de documentos, a fala superior fortalecida pela credencial de representar seu senhor de terras e gados.

No Desemboque, porém, Tilico era só Tilico. Deram-lhe um chá de três horas de cadeira, o agente-chefe não aparecia, Quirineu chegou atrasado como sempre, e como sempre incompetente de analisar papéis e solucionar seu caso.

Sua estada foi entrando pela tarde, pensava em voltar sem as respostas e a solução para o coronel. Tilico ia suando pelo colarinho, até paletó pusera em homenagem à posição do dia.

Lá pelas tantas, um contínuo veio dizer-lhe que o senhor agente-chefe não viria naquele dia, que o sr. Quirineu tinha saído em diligência, que a solução era o seu retorno na manhã seguinte. Chegando cedo para ser o primeiro da fila!

Tilico ferveu a máquina, afinal o coronel lhe dissera que ele era Ele...

– Meu jovem, sei que o senhor agente-chefe está aí na sua sala, eu o vi entrar depois do almoço. Só se saiu pela janela. É o terceiro encontro que tenho para resolver este caso. Moro na fazenda, avise que o Quirineu vai resolver nada porque entende de nada, e que o senhor agente deve me receber e solucionar.

O contínuo temia o chefe. Discutir com o Tilico parecia mais simples e fácil, ele não sabia que Tilico vestia roupa de coronel.

– Moço, transmiti a ordem e recado. Vamos fechar em dez minutos, não tem mais ninguém para atender. É pra voltar amanhã e pronto.

– Não é assim que a República disse que ia tratar o contribuinte. O povo espera o cumprimento das promessas... – e Tilico parecia assumir até discurso do coronel.

— Deixa de pose, seu Tilico. Não vou incomodar o chefe por sua causa.

— Não é por minha causa. A causa é do coronel Macedo, que tenho a honra de representar... — e a voz de Tilico ia ganhando mais pose e altura.

— Pode ser de quem for, não vou considerar...

As vozes iam crescendo em irritação.

Em sua sala, o senhor agente-chefe ouviu a querela se alastrando e resolveu pôr ordem na casa. Abrindo a porta, verberou:

— Senhores, estão incomodando o meu estudo de casos fiscais de superior importância. O que se passa?

O jovem contínuo quis explicar, Tilico achou de adiantar.

— Senhor agente-chefe, pela terceira vez busco solução para um assunto de impostos e atualização contábil, e não consigo ser atendido. Este funcionário disse que o senhor estava ausente, que era para voltar amanhã, moro longe e em fazenda. Pedi a sua presença, vejo que ela aí está...

O senhor agente via e sentia sobre si os olhos de seus três funcionários, a repartição era sua, tinha que disciplinar e ordenar. Além disso, não reconheceu Tilico nem o que poderia representar.

— Moço, estou presente porém muito ocupado. Não posso e agora nem quero recebê-lo hoje. Esta repartição obedece horário e ordem, nosso tempo está esgotado. Volte amanhã, ou quando lhe aprouver!

Tilico insistiu:

— Mas eu não posso voltar de mãos abanando, o meu patrão disse pra levar solução. É pouco o tempo que preciso...

— Moço, já fechei o expediente e lhe comuniquei. Não me interessa quem é o seu patrão, aqui é meu domínio e comando. Não tolerarei desacato às minhas ordens, que exerço em provisão e favor do governo republicano de nosso glorioso marechal Deodoro da Fonseca! — e a voz do senhor agente tomava importância de discurso, um possível treinamento para sua futura aspiração.

Nesse momento, azar fatal, entrava na repartição o tenente Oscavo, que vinha buscar o amigo agente para uma cerveja e um jogo de damas no Bar Central.

Tilico não viu o tenente às suas costas e este não o conhecia, daí ter continuado.

– O poder da República precisa corresponder às suas promessas, e a primeira é em favor da democracia, dos direitos do povo, do respeito às partes, já que dizem ter acabado com o despotismo do Império!

O agente viu o amigo tenente, era hora de completar sua eloquência administrativa.

– Pois saiba que nós conhecemos nosso dever e obrigação com nossos superiores. Não vou admitir desordem e baderna em meu serviço, fora do expediente inclusive. O senhor se retire imediatamente, ou peço sua ordem de prisão!

Tilico tinha ido muito longe, queria retirada honrosa.

– Cumpri apenas o meu dever de contribuinte, sem ofensa. Contarei ao patrão o ocorrido. Não fui eu o destratado, já que o represento apenas. O senhor me ameaça de prisão, mas não teria essa arrogância frente ao meu chefe.

O tenente estava sem brilho ou guerra, tinha que aparecer.

– Moço, vejo o seu atrevimento aqui com o senhor agente-chefe. Ademais, a sua referência à República é desonrosa e suficiente para a sua prisão, até que se esclareça o desacato. Acompanhe-me até a delegacia!

E foi assim que um triste e desolado Tilico entrou na cadeia do Desemboque, representando, agora cabisbaixo, o distante e ignorado coronel Macedo. Seu cavalo castanho foi desarreado no pátio da prisão, a identificação e o inquérito policial ficavam para o dia seguinte. A noite ia ser longa, o que pensaria de tudo o seu tão mal-representado? Tilico tremia em corpo e mente.

Maristela era a dona da pensão que levava aos presos seu jantar. Tenente Oscavo sem guerra nessa terça-feira, somente desolado Tilico na cadeia. Sábados e domingos eram melhores, pensava Maristela. A guerra noturna do tenente reunia bêbados e brigas, a renda em comida, em recados e auxílios era compensadora. Hoje seria ruim, sofria Maristela.

Tilico nem quis comer, a fome substituída pela vergonha e pelo medo. Queria mesmo era sumir, sumir da cadeia, do tenente, do fiscal, e sobretudo do mal-representado coronel.

Maristela, de ajuda, perguntou se queria algum recado. Aquele tenente tinha mania de prender sem aviso, a família podia estar preocupada.

– Dona, muito obrigado. Meu patrão é o coronel Macedo, vai virar bicho quando me souber preso. Amanhã me soltam, se Deus quiser. Só pra ciência, me faz um favor: comunique dona Mariita, mulher do seu José Albério, da minha situação. Ele estava de chegada hoje, pode ajudar. Mas peça pra não contarem nada para o coronel, pelo amor de Deus!

Maristela levou o recado, alguma gorjeta receberia. O caso era de gente graúda, quem sabe salvava aquela terça-feira magra.

Mariita contou ao marido o caso Tilico. Precisavam libertar o rapaz, o pai ia ficar revoltado, poderia até parecer perseguição política.

José Albério pensou e ponderou. Tinha tido o seu jantar pós-viagem, um charuto cubano trazido de São Paulo, agora seus hábitos eram mais sofisticados.

A prisão de Tilico não era de sua responsabilidade, de nada fora informado ou sabia.

O agente-chefe era um imbecil emproado, vivia contrariando José Albério com falso proceder de trabalho e honestidade, recusando pequenos favores que poderiam ser-lhe de uso político.

O tenente Oscavo era um milico frustrado. Viera para o Desemboque em busca de guerra e glória. Topara uma vila calma e simples. Sua única ferida de luta fora uma cadeirada na testa, que Margô bêbada lhe aplicara no cabaré.

Tilico era um ingênuo inocente.

A cadeia não era tão ruim, dava para passar a noite.

E o coronel?

Bem, o coronel Macedo ia virar fera. Bulir com a sua gente, o seu gado ou a sua terra era desaforo inaceitável. José Albério recordava o pinguço transformado em galinha na praça.

O coronel ia virar fera, o tenente Oscavo queria uma guerra, o agente queria posição, o Tilico mijava pernas abaixo, o que é que ele tinha a ganhar ou a perder nesse entrevero?

Decidiu-se a ficar de fora, espectador cômodo e não responsável. O coronel saberia de tudo pela manhã. Ia aparecer, ia acontecer.

Soltando baforadas cubanas, José Albério antegozava.

O dia amanheceu quente, abafado, carregado de nuvens como acontece pelo início do verão. À tarde, por certo, viria aquela chuva violenta de raios e trovões, o desabafo da natureza pela opressão sofrida de manhã.

Assim estavam as pessoas. Gente é invadida pelo tempo e clima, dias claros e temperatura amena trazem alegria e bom humor, são propícios e estimulantes à convivência, ao amor, aos bons negócios, à humanidade toda e em tudo.

Naquela manhã pesada, o clima era de opressão total. Desde cedo suor nos colarinhos masculinos, corpetes femininos em desabotoo, lenços, leques, abanos e toda forma de buscar alívio eram usados em toda parte. A natureza estava fechada, não era um bom dia para negócios ou entendimentos.

José Albério, colarinho e gravata desabotoada, discutia na delegacia a estratégia de enfrentamento do coronel.

– Tenente Oscavo, esteja seguro da chegada breve de meu sogro. O coronel Macedo é um homem do tempo antigo e passado. Ainda tem na cabeça ideias e comportamentos imperiais e ditatoriais. Não aceitou a República nem os seus representantes nos novos tempos. Ademais, é um homem de temperamento violento, acostumado a dar as ordens e comandos por todo o distrito do Desemboque, de que se julga dono e autor. Como genro, não posso enfrentá-lo sem criar problemas sérios de convivência familiar. Entretanto, como chefe político do Partido Republicano não posso aceitar que o seu comportamento signifique derrota de nosso regime e de nosso procedimento junto à opinião pública. Portanto, deve caber-lhe, como suprema autoridade militar, administrar a presença e o comportamento do coronel enquanto estiver entre nós.

– Entendido, sr. José Albério. É provável que ele vá direto à cadeia, no sentido de liberar esse Tilico, um infeliz que causou todo o problema com o nosso agente e me obrigou à sua prisão por desacato.

José Albério tinha dúvidas sobre a responsabilidade do Tilico, realmente um infeliz que devia estar com mais medo que todo mundo do Desemboque. Sua prisão lhe parecia mais uma idiotice de vaidade e orgulho dos dois amigos, tenente e agente da nova República na cidade desconhecida. Entretanto, em seus planos servia a situação como forma de reduzir de público a importância e a tradição do seu coronel Macedo junto à vila e sua gente e eleitores. Dali podia sair a informação atual sobre quem manda e quem não mais manda no Desemboque – o seu plano final de domínio.

– Tenente, não lhe peço para hostilizar o coronel, um homem de respeito em toda a região. Sou de opinião que esse Tilico deva ter a sua prisão relaxada, porém sem transparecer que isso acontece por peso e pressão do meu sogro. Será bom que aconteça pelos trâmites legais, com a sua autoridade e comportamento preservados. No final, o coronel e a cidade devem sair com o conhecimento firmado de quem manda por aqui. A sua patente e missão devem ser respeitadas também, sob risco de perderem autoridade em caso de afrouxamento ou hesitação.

– Entendi bem, José Albério. Deixe comigo, tenho instruções militares de comportamento na guerra e na paz. Vou dispor o meu povo para a guerra. Nossa instrução diz que por aí é que se garante a paz!

E lá se foi o tenente para a cadeia, na espera da visita do coronel, preparar suas armas, gente e estratégia. Eram oito praças em serviço, uns mosquetões velhos, nenhum treinamento de luta ou exercício de tiro. Na vila pacata tudo se resolvia pela presença simples da farda e da lei, coisas que o tenente não sabia serem desprezadas pelo coronel Macedo.

Se o coronel viesse em espírito de luta e guerra, o tenente Oscavo não teria chance em sua primeira e provavelmente última batalha: sua pobre milícia seria esmagada pelo número, pontaria, armas, treinamento e dedicação guerreira do exército do coronel.

Em sua Comercial, José Albério sabia desse risco. Ficava conferindo livros e passando o tempo, uma certa nervosia na expectativa de como iria aparecer e se comportar o sogro. Queria aplicar-lhe a lição ensinada ao tenente, mas temia o risco de uma violência que poderia resultar em sua derrota qualquer que fosse o desfecho.

Não dava para fumar charutos cubanos, nessa hora.

O dia era quente demais, opressivo, um mau humor geral, uma angústia, uma expectativa: todo mundo aguardando a chegada imperial do coronel Macedo, janelas e portas perto da delegaria e da cadeia apenas entreabertas e em espreita, nenhum curioso na rua.

O coronel saíra cedo da fazenda, sem exército, sem jagunços, sem armas especiais, apenas seu arreeiro Laurindo por companhia. Montava ajaezado seu baio Brilhante, um marchador imponente, Laurindo na mula Briosa, enfeitada para festa, o patrão recomendava as selas e o trato dos animais.

Pela noite, fumando seu pito de palha, o coronel Macedo ponderara bastante para tomar a decisão matinal. Fora avisado no final da tarde, por via de gente de Mariita, da desdita de seu Tilico.

Podia, como já fizera, entrar na vila à frente do seu exército particular, trinta homens preparados para tudo, se necessário mortandade e carnificina. Arrebentava a cadeia e sua gente, montava Tilico em cavalo branco, desfilava pela praça, voltava para casa em glória e vitória.

Mas – e depois? Os tempos eram outros, o coronel não era mais governo. Tropas seriam enviadas, a guerra seria aberta, muita gente com culpa ou sem culpa iria morrer.

Depois, também, o coronel estava cansado, já lutara todas as lutas da vida. O que queria era a sua varanda em sombra, seu fumo goiano, sua família, seus netos futuros, escutar chororós e nhambus no final da tarde, aspirar o perfume do lírio-do-brejo no anoitecer, a brisa trazendo o cheiro do capim-gordura, berro de vaca em busca da cria, o corujão piando no paiol, adormecer em paz.

Sem saber ou sentir, o coronel estava velho.

Em caminho, o peito abafado, o coração lhe batia no pescoço. O céu nublado e úmido, uma canseira no fôlego, o coronel pensava se estava certo.

Decidira ir em paz, reclamar posse e liberdade do cativo Tilico, acertar as posições fiscais, os impostos devidos, a maldita burocracia republicana. Faria tudo de cabeça em pé, é claro. Humilhações e desaforos não foram nascidos nem imaginados por este coronel Macedo.

Depois almoçaria com Mariita, o finório do José Albério ia ficar por fora, como sempre, não se comprometeria com o desfecho político da visita. Pela tarde estaria de volta a casa, gado, terras e sua gente. Ia chover muito, amanhã tudo amanheceria limpo e claro.

Foi de cabeça erguida no seu Brilhante que o coronel atravessou estrada e praça, o chapéu de feltro lustroso e de copa alta; atrás, como escudeiro de nobre espanhol, o seu fiel Laurindo.

A marcha batida e cadenciada do Brilhante ressoava pela rua, ecoava nas paredes, anunciava longe a chegada esperada.

Na pequena cadeia havia uma sala pequena, de trato das partes e acertos entre a lei e os prisioneiros. Nela se assentava agora um nervoso tenente Oscavo, um suor na testa e nas mãos. Pela primeira vez sentia real desafio à sua responsabilidade e missão. De fora, no passeio, deixara em guarda quatro praças de armas embaladas. Nos fundos, dois; em sua sala, outros dois e o carcereiro, todos eles avisados e suando pela chegada do coronel.

Viria o seu exército? A fama o precedia. Uma urinação nervosa tomava revezamento entre os praças, combater e guerrear não faziam parte da sua pretensão nem do seu minguado salário policial.

Vazando a praça, o toque-toque cadenciado do Brilhante entrou pela rua da cadeia; nem parecia guiado pela rédea leve e mão suave do coronel, imóvel em estátua cavaleira.

Chegado, o coronel apeou. Igualmente fez Laurindo, logo tomando as rédeas e cuidado dos animais.

Os praças olharam aliviados a rua deserta: o exército estava ausente, pelo menos de momento a guerra estava ausente.

Sem cumprimentar a milícia, antes o coronel dela esperava receber saudação, o velho Macedo abriu a porta e entrou na sala onde já o esperava o tenente Oscavo, igualmente aliviado pela visão da janela informando a ausência imediata da tropa jagunçada. Seria mais fácil discutir e manter posição sabendo que a retórica estava livre da pressão dos trabucos.

– Bom dia, oficial. Venho em missão de esclarecer a prisão de meu serviçal Tilico. Somos todos pessoas ocupadas, quero lhe abreviar o tempo para outras utilidades.

O tenente se levantou da cadeira, era um mínimo de deferência à posição do velho.

– Bom dia, coronel. Já lhe esperava. Por isso vim aguardá-lo aqui em seu desembarque. Abreviando, como é do seu desejo, informo que o moço Tilico cometeu ontem à tarde ofensa e grave desrespeito à autoridade fiscal do Desemboque, motivo pelo qual foi detido e passou a noite em prisão.

– A ofensa e desrespeito conversarei com o próprio ofendido, se for o caso pedindo desculpas. Se não, cobrando o agravo, de vez que Tilico veio chamado e em poder de me representar. No momento, desejo que a sua prisão seja relaxada. Por aqui não temos advogado, mas sei que ofensa verbal sem agressão física não justifica a sua detenção maior, a menos que por excesso de zelo policial.

O tenente convidou o coronel a sentar-se frente à sua mesa. O velho lhe parecia vermelho, cansado, talvez por emoção. Quem sabe até um certo respeito ou medo de sua autoridade?

– Coronel Macedo, na minha autoridade de representante militar sou obrigado ao zelo policial, tenho que manter o respeito às leis e à ordem...

O coronel estava mesmo era cansado, oprimido. A salinha quente da cadeia, a janela pequena e fechada para evitar curiosos, o seu desejo era acabar logo a discussão inútil e sair para o ar livre do seu campo e casa.

– Tenente, durante muitos anos lidei com a política, com a polícia, com as leis, com o respeito e com a ordem. O senhor sabe que esse fato é de menos importância. Não justifica prender ou humilhar mais esse moço, inocente do que fazia e cioso de bem me representar. Peço-lhe a sua liberdade imediata, eu me responsabilizo por qualquer outra satisfação que fique devendo.

O coronel queria uma coisa fácil demais, pensou o tenente. Ia sair assim como entrou. Parecia um combate falso, que não houve, nem de tiros nem de boca.

– Coronel, em minha função cumpro missão, e ela me obriga a proceder inquérito e processo, neste caso. Identificar corretamente o prisioneiro, ouvir depoimentos das partes, para depois decidir meu proceder.

– Tenente, venho em missão de paz, já lhe avisei, a resgatar sua pobre e humilhada presa. O Tilico pode responder inquérito e o que quiser em liberdade. Quero eu mesmo ouvir o seu agente-chefe, tudo vai se apurar para o seu proceder. No momento, porém, eu quero que liberte o meu rapaz.

– Lamento, coronel, mas tenho que cumprir as regras, que só deixam soltar o preso depois de concluído o inquérito.

Um cansaço novo chegava ao coronel, que já se lamentava interiormente da atitude pacifista e conformada. O velho guerreiro ia renascendo.

– Tenente, pessoas velhas como eu têm pouco tempo para vida e paciência. Peço-lhe reconsiderar. Na cidade, qualquer delegado sabe que um inquérito pode ser feito com a pessoa em liberdade, de vez que conhecida e responsável, coisa que eu assumo. Ademais, espero alguma consideração pelo meu passado, pela minha patente de coronel, que me obriga a ter atitudes honrosas e dignas.

O tenente achou ruim ser comparado a "qualquer delegado", e mais ainda ao confronto de uma patente honorífica com a sua patente militar.

– Coronel, chamo-lhe assim pela sua tradição na região. O senhor sabe que a sua patente foi concedida pelo governo, em condições especiais, com validade não militar. A minha, porém, foi concedida através de estudos, exercícios, trabalhos militares e preparo especial reconhecido pelo governo para essas finalidades. Dela não abro mão!

– O tenente está muito enfeitado pelo começo da carreira, isso é normal com a juventude. Verá com o tempo que o mundo precisa mais de bom senso e paz do que de militares e guerra. A minha patente é realmente de pacífica honraria, por isso não me acanho de usá-la. A sua, tenente, ainda está em veremos. Tome tento e juízo, e ela poderá brilhar um dia. Hoje, ela está num dia confuso e ruim.

O tenente Oscavo ia ficando mal nessa conversa frente a seus subordinados. Era preciso lecionar ao coronel o seu lugar.

– Coronel, não posso admitir o tratamento que me está dando. Encurtando, sou aqui a autoridade maior, e digo que esse Tilico ficará preso até deliberação final minha. Não cedo nem admito a sua pressão. Não tenho medo de sua patente, nem do seu passado, nem do seu nome, nem dos seus jagunços tão afamados aqui pelo Desemboque!

O coronel sopitou, aquilo era burrice, e demais.

– Tenente, a sua ousadia está passando dos limites de tolerância. Se a minha intenção fosse de guerra, já tinha arrasado esta sua tropa miúda e despreparada, rebentado esta cadeia e delegacia. O tenente estaria amarrado em vergonha naquele esteio da praça pública...

O rosto do coronel Macedo ia ficando violáceo, os vasos do pescoço batiam desesperadamente, as mãos começavam a tremer, a voz ia se alterando, ele se levantava da cadeira em busca de ar.

Mordido em seu espírito guerreiro, o tenente não reparou na situação, apenas contra-atacou.

– Coronel, o que o senhor está dizendo é uma ofensa e desrespeito que não aceito, a mim e à minha milícia. Recolha sua língua, ou sou obrigado a recolhê-lo à prisão e companhia do seu Tilico.

– Prisão? Prisão? Escute, seu tenentinho de merda, ainda não nasceu o homem que com ou sem patente me leve à prisão...

O coronel, de pé, caminhava o contorno da mesa em direção ao tenente Oscavo. Este levantou-se, a atitude agora era de guerra efetiva.

– ... e depois, seu tenentinho, esta sua gentinha não vai lhe garantir em nada, vão mijar pelas pernas abaixo, correr da raia. Vão deixá-lo sozinho, mijado e cagado aqui na sua sala!

– Está preso, coronel! Está preso em nome da polícia do Desemboque!

– E eu vou lhe dar a lição que está precisando, seu burro de patente!

O coronel chegou em frente ao tenente Oscavo, sua cabeça estalava de dor, já não tinha controle. A vista ia escurecendo, apenas a energia vital antiga lhe comandou a ordem ao braço direito, que levantou o velho rebenque de verga de boi.

O tenente, jovem e forte, segurou seu braço, fez impossível o castigo pretendido pelo coronel. Vagarosamente, foi dobrando o velho, primeiro o braço, depois a coluna, as pernas, até deixá-lo quase de joelhos. Num esforço final, o coronel repuxou-se todo, livrou o braço, repôs-se de pé uma última vez. Não via nada, não sentia nada, só a dor de cabeça, uma dormência invadindo braço e perna direita. Queria falar e não podia, uma baba rósea lhe saía da boca. O coronel estremeceu uma vez mais e caiu no chão sem mais movimento.

Na cadeia, o rebuliço foi imediato. O carcereiro gritava socorro, de dentro Tilico gritava socorro, os dois praças saíam gritando socorro, era todo mundo pedindo e não recebendo socorro. O coronel no chão, inerte, só um ronco fundo mostrando vida.

De pé, mas também inerte e sem ação, ficou o tenente Oscavo. A sua guerra tomava um rumo não ensinado no quartel.

Seu Quirino, buscado e trazido às carreiras pelo Laurindo, entrou esbaforido, lá fora a notícia corria ruas e casas feito rastilho de pólvora.

– Um derrame cerebral – sentenciou o velho farmacêutico. – Lado direito e fala paralisados, inconsciente, o coração desorganizado. A pressão deve ter subido demais. Grave, grave, pouca coisa a fazer.

O coronel Macedo saiu carregado da cadeia, levado a braço para a casa de Mariita, José Albério mostrando a dedicação pública e filial de ajudar o socorro e trato ao sogro.

Em meio ao susto, tristeza, angústia e opressão, a tarde chegava com os primeiros trovões da tempestade.

– Se escapar, fica paralítico e mudo – sentenciou Quirino.

O coronel Macedo nunca foi de ficar paralítico nem mudo.

Morreu no décimo dia, sem acordar.

UM HOMEM VIOLENTO

A morte do coronel Macedo ecoou pelos sertões da Farinha Podre, era advento e resultante dos novos tempos, e com o coronel se enterravam por ali os restos do Império, o seu prestígio e a sua fama.

Incidentes e acidentes diversos marcaram essa transição, alguns conhecidos, muitos misteriosos e ignorados pela simplicidade popular.

A agonia do coronel convocou visitas de velhos amigos e companheiros, presentes até o seu desenlace. Embora chamada fatalidade, essa ocorrência não deixou de ser razão de dúvidas, de discussões e questionamentos sobre os comportamentos da nova República e sua gente.

Afinal, o coronel morrera ainda poderoso.

José Albério, que pretendera e trabalhara a sua queda, viu-se preocupado pela forma dramática do acontecimento, que não estava nos seus planos iniciais e que devia agora reformular.

Não podia admitir seu envolvimento como ponto de partida. A saída do coronel tinha que ser reconhecida como um desastroso acidente, nunca um projeto político.

Para isso, desde o início, José Albério assumiu atitudes de solidariedade familiar e cívica.

Em sua casa o sogro viveu seus últimos dias de agonia, com a presença familiar e assistência até de médico vindo de Franca. A recepção e palavra amiga a todos os visitantes, a simpatia e o sofrimento em seu rosto que assumia expressões quase filiais em relação ao moribundo.

Fechou e carregou ao cemitério o caixão. Depositou-o com flores em cova funda, uma lápide sobre o túmulo e lágrimas.

José Albério sentiu que representava bem, até novas amizades e conhecimentos advindo desse final.

No intervalo de agonia o agente fiscal desapareceu em rumos da metrópole, com receios do acontecido e juras de nunca mais voltar ao Desemboque.

Ponto para José Albério, que podia agora substituí-lo por pessoa mais maleável e sensível à sua influência.

A família, traumatizada, deixava a seu cargo as providências de trato e doença, o que lhe contava mais positivos para a opinião pública.

Difícil, apenas e pelo momento, era resolver a situação do altivo e guerreiro tenente Oscavo, indigitado e principal culpado pela única vítima de sua única guerra.

Com paciência e jeito, José Albério buscou um entendimento pessoal como saída honrosa e simples.

Fim de noite, a sós em audiência na delegacia, José Albério lhe ponderou:

– Tenente, ficamos numa posição difícil, com a morte em trânsito do meu sogro. A relação familiar me impede de assumir a sua defesa e o desfecho do caso põe o senhor numa situação crítica na opinião pública...

– Sr. José Albério, não admito culpa minha e pessoal nesse caso. Agi de acordo com a lei, o coronel e sua prepotência tentavam levar-me a uma humilhação que não posso admitir!

– Pois seja, tenente. Acontece que o povo não vê por esse lado. A autoridade em política é sempre vista como prepotente, não os seus investigados. O senhor deve sentir-se isolado, vigiado pelas ruas, conversas às suas costas. Até a sua atividade é malvista, o senhor é que lhes parece violento e agressor.

– Não me interessa a opinião do povo, são todos uns frouxos e covardes. Ninguém vai dizer nada na minha frente, eu comando o meu distrito e o meu pessoal!

– Certo, tenente, mas é preciso negociar quando se trata dos tempos atuais. Nós representamos a República, o poder novo, os novos métodos. O senhor de certa forma é responsável pela ideia que o povo faz do governo e até pela ideia que os seus superiores fazem!

O tenente ia ficando nervoso. Não sabia aonde queria ir ou chegar o José Albério, mas sentia que entre ele e o povo esse José Albério ficaria com a sua política obscura e nojenta, deixando-o sozinho e às feras.

– E que negócio o senhor me propõe?

– Tenente, é mesmo um negócio que vamos fazer e que venho lhe propor.

"É inviável a sua sustentação no Desemboque. Vão se passar anos até mudar a sua imagem. O fato acontecido será contado e recontado, nós todos saímos perdendo. O que lhe proponho é simples. O senhor é militar de carreira, vai entender logo: renuncia ao seu comando local, pede transferência, eu lhe consigo isso e com promoção, tudo fica resolvido, todos saímos felizes."

O tenente Oscavo não ficou feliz com a proposta e achou de esclarecer.

– Todos não, José Albério! Eu saio no prejuízo. O povinho falador e covarde vai dizer que eu fui culpado, tanto assim que saí fugido, etc. e tal. Pense outra coisa!

– Já pensei e repensei, não vejo outra saída. Ficar por aqui não vai lhe engrandecer em nada. Melhor é buscar novos rumos, onde possa exercer sua autoridade sem essa marca do passado.

– Mas e se eu não tenho culpa? Meus superiores vão pensar que esse pedido é uma confirmação do falatório, ou, pior ainda, que é uma covardia – e aí então é que vou ficar mal de fato.

– Com seus superiores eu falo e explico, tudo se ajeita. Quanto ao povo – ora, o povo...

O tenente Oscavo já não via um aliado à sua frente. Duvidava de qualquer interferência a seu favor, via até a possibilidade de José Albério buscar execrá-lo para ficar bem e superior no seu reino do Desemboque.

– Sr. José Albério, devo dizer-lhe que não concordo em nada com o seu pensamento ou proceder. Devo lembrar-lhe que tivemos conversa anterior em que o senhor armava planos para desestabilizar e desmontar o reinado desse senhor seu sogro, e que até pedia e contava com a minha ajuda nesse sentido. Essa é a verdade verdadeira, que o povo desconhece mas pode vir a saber se eu for responsabilizado e humilhado nessa situação...

José Albério era rápido em sentir e ver o perigo. Esse tenente era jovem, impetuoso e bastante imbecil para contar ao mundo o seu comportamento de bastidor, que podia custar-lhe a imagem tão dificilmente conseguida.

Era uma nova pedra no seu caminho da Fortuna e do Poder, esse tenente. Mas era uma pedra dura, teimosa, que não podia ser quebrada com marreta ou em público sem risco de ferimentos pelos seus pedaços.

Precisava de um tempo, uma arte, uma trama, uma habilidade a mais para pensar e urdir.

– Certo, tenente, vou respeitar seu ponto de vista, embora discorde da solução final. Isso não é sangria desatada, voltamos a conversar mais adiante...

E foi nessa estratégia que José Albério bateu em retirada, dando ao tenente tempo e impressão de que estava ganhando outra pequena guerra, que na realidade ia perder.

—

Tarde da noite, no escuro e silêncio de seu escritório, José Albério conversava em breve e baixa voz com Joaquim Teodoro. Já tinha ideia formada desse tenente, sabia que ele não cederia terreno nem opinião. Se fosse apertado, se recebesse ordem superior de transferência ou repreensão, botaria a boca no trombone, os podres na rua. O desastre seria total e irreparável.

– Joaquim Teodoro, esse moço virou inimigo e perigo. Teve a coragem de me ameaçar, entrincheirado na farda e patente militar. Tenho que achar uma saída para o seu caso!

Joaquim Teodoro detestava o mundo e a sua gente, e, mais que a gente comum, detestava a gente militar.

– Deixe comigo, patrão. O moço vai sumir de ninguém mais saber dele, farda ou patente.

– Uma coisa importante, Joaquim Teodoro: ninguém pode saber disso que conversamos e que você pretende fazer. Aqui no Desemboque, nada pode ser feito, alguém pode sentir ou ver. Faça tudo que quiser, mas longe e sozinho!

– Certo, de acordo. O tenente pode receber um pedido ou ordem de patrulha fora daqui. No garimpo do Quebra-anzol acontecem desordens. Ele pode receber uma queixa e dar um chego por lá. É longe, tem muita pinga, escuridão e ladrão. Deixe comigo.

Não falaram mais.

Dia seguinte, Joaquim Teodoro estava a caminho do garimpo, lugar de violenta fama e vida. Arranchou-se entre garimpeiros, a barba grande e a fala curta, só queria batear algum ouro, nem conhecer nem negociar.

No primeiro sábado desembarcou sua ignorância no puteiro local, ponto obrigatório de encontro dos garimpeiros, onde bebida e mulher se pagavam com ouro ou pedras que todos traziam de suas jornadas.

Bebeu, comeu, e na hora de pagar gritou a denúncia.

– Fui roubado! Minha bolsa tinha dez pepitas, uma grande e pesada. Deixei aqui no canto, sumiu tudo!

Garimpeiros fazem trapaça e roubo, mas na zona são cavalheiros: ninguém deixa de pagar a bebida, a comida ou a mulher. Nesse serviço de lazer são especialmente honestos. É comum a sua volta ao garimpo na segunda-feira sem vintém e sem recurso a não ser recomeçar a semana e a esperança do bamburro e de outros sábados.

Foi feito silêncio no salão.

Azeviche, um enorme preto, era segurança e zelador da casa. Não admitia desordem ou desonestidades que seu patrão abominava.

– O moço diz que foi roubado. Isso nunca aconteceu por aqui. O moço é desconhecido, não estará fazendo um falso? – e analisava com a mão o seu porrete disciplinador.

Joaquim Teodoro se levantou, e todos viram que a seu lado o Azeviche ficava pequeno e fraco.

– Crioulo, não lhe arrebento porque não quero ficar com a mão fedida. Chame o branco seu patrão ou a cafetina da casa. Qualquer coisa é melhor que você.

Azeviche tinha coragem e um porrete de pau de bálsamo – e não gostava de ser chamado de preto, muito menos de fedido.

Num relâmpago, desfechou terrível porretada, que Joaquim Teodoro sabia acontecer, e saiu de lado.

O negro se adiantou, no embalo da cacetada, não teve tempo de recuperação.

A mão direita fechada e dura do Teodoro explodiu em sua cara, meio de lado, e Azeviche passou por cima de duas mesas, caindo escornado junto ao bar. Nenhuma condição de consciência ou luta pela próxima hora.

—◆—

Tudo foi rápido, mas o moço do bar foi mais: correu à porta e mandou a boca no apito de socorro, ali dentro não tinha homem pra enfrentar o touro enraivecido.

O garimpo só tinha um praça, que dormia o dia todo e pela noite bebia e passeava pelos quatro botecos, num arremedo de fiscalizar e garantir a ordem.

Escutado o apito, esse Zé Coitado buscou a origem, e logo estava na sala e ao lado do Joaquim Teodoro e do inconsciente Azeviche.

Zé conhecia Azeviche, seu porrete e sua força, e iria estranhar o acontecido não fosse a enormidade do homem à sua frente. De vantagem e experiência, sabia respeitar bêbados e força bruta. Afinal, era fraquinho de má comida e bebida, só a velha farda o escudava.

– O moço é de fora, desconhecido. Não vou lhe prender, quero sua explicação do sucedido!

Joaquim Teodoro já tinha armado a briga que queria, o resto era maneirar.

– Nada importante. Fui roubado, sumiu tudo que tinha e até minha bolsa. Não tenho como pagar, denunciei isto alto pra todo mundo. Veio esse preto ignorante me ofender e ameaçar de porrete, me defendi. Pergunte à gente se é verdade!

O praça correu olho pelo bar e salão. Ninguém discordou do estranho, tão grande e bruto.

Azeviche começava a gemer. Tinha cabeça dura, tudo ia voltar ao devido lugar.

– Se ninguém lhe desmente, dou o caso por encerrado...

– Encerrado, não, praça. Fui roubado, quero minhas coisas e minhas pepitas de volta. É obrigado a investigar e descobrir. É seu trabalho. Se não, vou ao Desemboque fazer denúncia da sua incompetência e desmazelo.

Zé estava numa noite infeliz. O seu tenente do Desemboque já lhe fizera visita de surpresa, descobrindo-o bêbado e achacador. Já lhe dera prisão por uma semana, uma denúncia nova ia ser desastre em sua vida.

– Moço, sou sozinho e sem recurso por aqui. Não dá pra esquecer? Eu lhe pago a despesa...

– Não dá. Se está sozinho, mande pedido pro seu comandante vir em sua ajuda. Ele vai até achar bom sair uns dias do Desemboque, conta ponto pra promoção, refresca a ideia. Avise do acontecido. Pinta isso com a cor do crioulo aí no chão, o comandante vai achar que você é mesmo ordeiro e interessado no seu serviço...

Tinha cabimento, pensou Zé. Em verdade, nunca mandara uma notícia ou relatório, fora por isso que o tal tenente o visitara e punira. Agora, pedindo visita e assistência, adiantava expediente e interesse – e ficava livre daquele barbudo forçudo e ignorante.

– Vou fazer isso. Amanhã cedo tem estafeta pro Desemboque. Mando notícia dessa e de outras desordens. Em três dias o tenente chega, põe ordem nas coisas, atende seu pedido e investigação.

– Agradecido, então. Volto amanhã pro meu garimpo, aguardo aviso da chegada do tenente. Obrigado por pagar a minha despesa. Se der sorte, lhe pago no próximo sábado!

E Joaquim Teodoro saiu para a escuridão da noite. Não queria deixar guardada a sua imagem, era homem de sombra e mistério.

Ia esperar o tenente, mas não no garimpo. Ninguém mais ia vê-lo por ali.

─

O tenente Oscavo analisou o bilhete de seu subordinado do garimpo do Quebra-anzol.

O relatório era pouco inteligível, na letra e no vocabulário do praça Zé. Dava pra saber que sua visita era requisitada por motivos supostamente graves, roubos, desordens, agressões. Nada disso era novidade em garimpos, e em condições normais o tenente teria despachado um alferes e dois praças para resolver as pendências acusadas.

Entretanto, nas condições atuais, o Desemboque lhe era hostil. Havia um vulcão em pré-erupção, um nervoso oculto que lhe fazia mal. Como se coisa ruim lhe fosse acontecer. Nenhuma briga, nem desordem, nem cachaçada de cabaré, as noites passavam sem incidentes, nem sequer movimento. Aquilo era um leite em ponto de fervura, sem mostrar a hora e vez.

O tenente Oscavo decidiu dar um passeio ao garimpo do Quebra-anzol, em viagem de descontração e treinamento para a verdadeira guerra que supunha iria acontecer no Desemboque. Estava tão tranquilo que na viagem só levou seu ordenança Alfinete, mulatinho espigado e ativo, fardado recente, inexperiente de qualquer guerra mas bem-mandado e serviçal. Viajariam três dias a cavalo, levando duas mulas de reserva. Havia caça e pesca pelo caminho, ar livre, nenhum olhar espreitando por porta entreaberta. Os dois pousos programados davam comida, conversa e até conforto. O primeiro na Fazenda Lentilha, o de chegada na venda de Zé Brogó, pontos de comitivas e gentes que demandavam o sertão dos Araxás para Estrela e Paranaíba. Boa e fácil viagem, no pensar do tenente Oscavo, que a fazia pela segunda e última vez.

—

Joaquim Teodoro chegara cedo ao pouso do Zé Brogó, saído de véspera do garimpo do Quebra-anzol, agora vestido de peão de boiadeiro, berrante e laço na garupa da mula, a barba cortada, chapelão de couro, bota estradeira, animal manso e toada sossegada.

Em chegando, deu volta larga pelo pouso, onde apareceu como quem vinha do lado oposto, a mula apontando orelhas rumo norte.

Matou a sede da montaria na pileta boiadeira, passou uma água na nuca, bateu a poeira da roupa, como quem de muito longe vinha. Não lhe deram atenção, era outro peão de estrada e rumo.

Dentro do bar, que à noite era pensão, tomou uma pinga, comeu paçoca com rapadura, sem tirar o chapelão nem mostrar a cara. Espertamente, reconhecia e arquivava o ambiente.

– O moço, mal lhe pergunte, tem algum quarto para pouso, se eu ficar pela noite?

Zé Brogó não gostava de dar pouso nos únicos três quartos que tinha, escolhia quem lá ficar. Ainda mais peão de boiadeiro, suado, sujo, decerto tomador de pinga arruaceiro pela noite.

– Hoje não tem, moço. Se quiser, pode dormir no paiol. Mais gente de comitiva bota lá sua rede e pouso, fica até mais animado...

– E lugar de banhar e lavar esta poeira de longe?

– Nos fundos tem uma bica d'água limpa e fresca. O córrego corre ali, toda gente usa.

– Bom, obrigado. Verei meu proceder.

Assim Joaquim Teodoro ficou conhecendo os arredores e fundos do pouso, a bica d'água no barranco fundo do córrego, guardada e escondida no arvoredo da beirada. Sombreada água, devia ser escura pela noite de lua nova. Do outro lado a mata era mais fechada, não desbravada, o córrego tinha pouco mais de metro de largura, foi fácil escolher o lugar de espera para o bote final.

Voltando, passava água pela nuca, mais para refresco que para limpeza. Ia continuar, avisou. Era cedo, dava pra buscar pouso mais adiante.

Ninguém se incomodou com sua passagem, nem reparou no seu exame. Peões de estrada em geral comem sua própria comida, dormem na própria rede, não dão lucro a pouso nem pensão. Também, naquele dia, nenhuma comitiva ou gente chegou de aparecer ou chamar atenção.

Joaquim Teodoro deu outra volta campeira pelo pouso, distante e nas sombras, até entrar no matinho da bica d'água. Desapertou a barrigueira da mula, deu-lhe o bornal de milho acostumado, deixando o cabresto amarrado ali perto – não fosse ela sair pastando e aparecendo por ali. Botou sua rede no chão, para o descanso e espera. Limpou galhos e folhas no rumo da bica, queria passar silencioso pela trilha. Treinou várias vezes o caminho, limpando tudo. Na última vez passou de olhos fechados, era como queria ao breu da noite.

Depois, deitado na rede, uns trinta metros dentro do mato, revisou sua arma.

Joaquim Teodoro gostava de facas, era um matador. Foi com Zé Gustavo, açougueiro de Mariana, que aprendera a matar porco e vaca sem sangria. Esse Zé Gustavo usava uma faca resistente, cabo forte, a lâmina curta e grossa, ponta rígida, não precisava muito corte. Sua técnica matadeira era perfeita: vaca ou porco nem precisavam estar amarrados, Zé Gustavo vinha por trás, o jeito manso, passando de parelha – e de repente o relâmpago de sua mão enfiava na nuca do animal a faca misericórdia.

A lâmina entrava ali atrás do crânio, passava pela primeira vértebra e invadia medula e bulbo, era paralisia total e imediata. O animal caía e morria sem ver ou sentir ou entender o acontecido.

Joaquim Teodoro ficou apaixonado pelo método. Fez sua própria faca, treinou bastante, no final matava melhor que Zé Gustavo. Sua força e arma eram melhores, se preciso até osso estraçalhavam.

Untou de breu a faca, a roupa escura, iria pôr terra barrenta na cara, não fosse algum claro denunciar sua presença – e dormiu na rede o seu sono da tarde, tranquilo. Consciência não tinha nem lhe fazia falta.

Estava pronto na espera para o tenente.

José Albério ia contabilizando seus pontos, naquele entardecer.

A morte do coronel servia ao seu projeto. Tivera seus pontos de risco, mas já estava absorvida pela cidade, gente e família. O tenente Oscavo, que poderia arruinar o entendimento, ia ser tratado pelo Joaquim Teodoro. Na versão corrente sua imagem permaneceria intacável.

Nessa contabilidade, José Albério só via dois pontos ainda em negativo: a sua atual posição e ocupação política estavam prejudicando a Comercial, à qual julgava dever mais atenção – e outro ponto, ainda não definido, que era a situação de herança e comando na família do coronel.

Com efeito, ainda não se falava em dividir as terras e a fortuna, o quanto daí viria para Mariita e para ele. Pior ainda, havia um reconhecimento tácito da liderança familiar do Tonho Pólvora nesse assunto de terras, seus gados e lavouras. Isso punha José Albério nervoso. Em seu raciocínio, qualquer zelador de uma coisa era potencial ladrão e usurpador; doía-lhe saber que o Tonho simplório era o seu administrador de herança. Tinha que pensar numa solução, sem urgência ou pressa, mas definitiva, coisa que afastasse Tonho Pólvora de seu caminho. O moço já lhe mostrara desconfiança, recusara sociedade e negócio, não ia mudar de rumo ou conduta.

Algum tropeço ou desgosto esse cunhado precisava passar, a mode deixar de mão aquela fortuna toda sob sua gerência, e repassar a José Albério o que lhe cabia e devia.

Precisava pensar nisso, e já estava pensando em como.

~

O tenente Oscavo chegou tarde ao pouso do Zé Brogó, poeirento e encalorado. Foi logo pedindo seu quarto, banho, descanso e janta.

Alfinete cuidou dos animais, desencilhou, lavou o lombo massageando com sabugo de milho. Era perigoso assar e abrir pisadura um andar naquela distância e calor. Depois, soltou sua tropinha no piquete boiadeiro. Era fácil de pegar e arrear no dia seguinte pra chegar ao garimpo do Quebra-anzol. Lá, pensava Alfinete, esse tenente vai achar serviço e me deixar em paz, tomar umas pingas, visitar com o Zé as putas locais, quem sabe até uma dança e um jogo de cartas...

Ia escurecendo, o tenente descansava na rede da varanda. Alfinete tomou um banho na bica do córrego, logo voltou refrescado e com fome, que matou no arroz com carne de porco guardada na banha servido pelo Zé Brogó. Já estava escuro, Alfinete não dormia na casa, fora destinado ao paiol nesse dia solitário e sem passantes estradeiros.

Passou os tirantes da rede, tirou as botas, o paletó de viagem, abriu o correão das calças, folgou corpo e cabeça. De um bolso escondido no guarda-pó de viagem tirou uma garrafa com o resto de pinga que mamou dum trago só, jogou a garrafa lá fora, com as mãos mandou uma banana e careta na direção escura onde supunha estar seu superior tenente e caiu na rede.

Alfinete ia dormir, e de fato já estava dormindo.

O tenente demorou mais, as pernas doídas, não era militar estradeiro nem peão. Zé Brogó lhe serviu a janta na mesa da sala de entrada, com toalha e cerimônia. Afinal, o tenente era autoridade de passagem e respeito.

Depois conversaram na varanda. Era a fresca chegando afinal, depois do calor e viagem. O tenente fumava um charuto, a vizinhança era toda em escuro silêncio, só grilos e sapos ali pelo córrego. De luz, só o pisco de vaga-lumes.

Mornando a prosa, Zé Brogó pediu licença, ia arrumar suas coisas no bar da frente, o tenente ficava à vontade, seu quarto já arrumado, cama limpa, porta abrindo para fora, qualquer coisa era só chamar.

O tenente Oscavo devaneava suas ideias guerreiras, via-se promovido e condecorado de volta à capital. Não sabia se famoso como conquistador ou pacificador do sertão, mas famoso seria.

Terminado o charuto, apanhou no quarto seus objetos pessoais de higiene, um sabonete perfumado, uma escova dental, uma toalha, e com sua lamparina desceu o caminho da bica d'água – era um civilizado na barbárie, preservava seus hábitos de limpeza antes da cama.

A trilha era batida. Ao lado da bica havia uma banqueta de madeira para pôr suas coisas, até as roupas se fosse tomar o banho geral.

O tenente estava cansado, decidiu-se por lavar apenas tórax e cara. Afinal, não iam vê-lo nessa noite.

Esgueirando-se pela trilha, no silêncio de jiboia em caça de rato, Joaquim Teodoro fez seu caminho na direção da bica e luz que desenhava viva na escuridão a sua vítima. A água fazia seu barulho de cascata. O tenente era confiante e desapercebido, a lamparina em seus olhos lhe cegava qualquer visão do escuro – e foi fácil a chegada de Joaquim Teodoro pelo lado oposto, às suas costas, logo a dois metros de distância, somente um pulo sobre o rego-d'água, só o choque-choque do tenente se lavando na bica tão fresca e gostosa...

Uma onça rouba um cabrito do curral, em meio a tantos, na velocidade, força e violência do raio. Ninguém a vê ou sente, tudo só acontece depois do acontecido – e foi assim o assalto de Joaquim Teodoro ao desprevenido guerreiro Oscavo, logo sem vida, farda ou patente.

O salto sobre o córrego foi mudo e elástico. A faca já na mão direita, as costas e nuca da vítima desenhadas pela lamparina, uma pontaria fácil para o golpe único de fatal abate. O tenente caiu sem ver que estava morto, nenhum som ou movimento. Igual porco ou vaca no curral do Zé Gustavo.

O assassino limpou sua faca, e teve os procedimentos de onça em pós-caçada: arrastou a presa para o outro lado, até chegar à mula já preparada, e amarrou o agora fardo na garupa do seu animal. Voltou rastro atrás até a bica, atravessou o córrego na direção da casa, levando até a varanda a lamparina do Zé Brogó, a luz distante do rosto, para todos os efeitos era o tenente de volta ao pouso. Na varanda apagou a lamparina e já em silêncio e artes de onça voltou seu caminho, repulou o córrego, e aí teve os cuidados do predador, repondo folhas e galhos na trilha que preparara pela tarde, apagando qualquer sinal de sua passagem ou de sua carga. Somente ao final e satisfeito montou a mula, e a passo lento e cuidadoso abandonou o mato e cenário da última batalha do tenente Oscavo, a que não houve.

A marcha da noite durou umas quatro horas. Estava escuro e a mula ia pesada e lenta, até chegarem a uma passagem conhecida como cabeceira do Quebra-anzol, já visitada na ida pelo Joaquim Teodoro.

Ali, o rio era mais estreito e encachoeirado, o vau era mais em cima, para baixo havia uns poços fundos, de chegada difícil pelo apertado da mata e do terreno.

Joaquim Teodoro amarrou a mula no alto, desceu da garupa o fardo--tenente, e com ele às costas foi baixando uns duzentos metros, até o poço maior, mais difícil e fundo, resultante de uma pequena cachoeira. Pôs no chão a sua vítima, que como onça devia esconder em definitivo – e nisso havia pensado em antes.

A faca mestra, grande e carniceira, rasgou de golpe abdome e tórax do tenente, as vísceras foram esvaziadas e jogadas aos peixes. Em seu lugar Joaquim Teodoro colocou pedras ali abundantes, uma carga de vinte a trinta quilos, e com agulhão e barbante de costurar sacos fechou barriga e peito, as pedras agora integradas ao corpo que então lançou no poço fundo, final sepultura do finado Oscavo. Com aquela carga, não havia risco de vir à tona denúncia e protesto do jovem militar, agora calado para sempre, garantia pedida pelo patrão José Albério.

Joaquim Teodoro queimou as calças e ceroulas do tenente; jogou na água suas cinzas, lavou meticulosamente facas e mãos, e só assim revisado voltou acima e à mula, na continuação da sua viagem e destino de volta ao Desemboque. Ia viajar de noite e descansar de dia, sem ser visto ou conhecido. Parecia nem ter saído de casa, não queria confusão nem desacerto, de nada saberia ou veria.

Em confusão e desacerto total ficaram mesmo Alfinete e Zé Brogó, na manhã seguinte, verificado o sumiço absoluto da sua autoridade, seus pertences no lugar, as mulas no piquete, arreatas certas, nenhum barulho pela noite, nenhum sinal pelos arredores, parecia coisa espiritada.

Veio chuva, vento e tempo, ninguém mais ouviu falar do tenente Oscavo, que não voltava à capital para as sonhadas promoções e comendas.

Nos sertões, pessoas somem sem deixar sinal, e a crença popular diz que viram assombrações a vagar pelas noites cercadas de sombra e mistério.

Desse mistério, somente Joaquim Teodoro teria conhecimento, e não lhe interessaria esclarecê-lo – ia levá-lo para o túmulo, pensava o açougueiro.

E assim ia mesmo ser.

━

Tonho Pólvora estava emagrecido de trabalho e agitação. Vinha sozinho a cavalo, era uma tarde daquelas que tanto amava antes, e já nem podia reparar.

A toada do Brasão era aligeirada no coçar da espora. Já não era aquela marcha macia e cadenciada, tudo tinha que ser depressa e já.

A trilha era a mesma, estradinha fazendeira da Alvorada até a casa sede de Donana, agora ponto obrigatório de sua passagem e visita.

No caminho espantara perdizes e codornas, uma marreca voadeira embaixo do brejo. Não sentira o cheiro do murici, não parara pra colher o articum maduro, não escutara seriema ao longe nem jaó chamando no mato.

A morte do coronel estava infernizando a vida do Tonho, agora sobrecarregado das obrigações suas e alheias. Era um montão de coisas para ver e fazer, de gados, de lavouras, de gentes da roça e das leis da cidade, o tempo estava curto e impossível para as folganças de antes. Ana ajudava, tomava conta sozinha da Alvorada, mas tinha criança ainda nova a zelar. O povo de Donana obedecia, mas era vagaroso no atender. Nos anos finais o coronel era de pouca ordem e serviço, estranhavam a pressa do novo patrão, esperavam o futuro, tinham que ser vigiados e empurrados para dar conta dos seus serviços.

Desperdiçar uma tarde dessas, que ia dar pescaria de primeira, a água do poção pesada e quente, era pintado certo no escurecer!

E uma paca na espera da roça do Alencar, ele dissera que o trilheiro delas tava fundo da quantidade e peso do seu tropel!

E poder chegar em casa sem pensar no programa do amanhã, tudo em ordem, carinhar mulher e filho, descalço na varanda... Uma conversa de pescaria ou caçada com o Zé Brilino e Zé Anjo, o corpo amolecendo na rede, sono chegando sorrateiro na cabeça leve e vazia...

Tonho estava infeliz com a nova vida; riqueza, terras e gente só serviam pra estragar o seu jeito amado de viver. Vinha pensando e sofrendo isso pela estrada, era ver se terminava inventário, divisão e trabalheira, voltar pro seu e mais simples. Riqueza demais só trazia complicação e infelicidade. Tinha que resumir a vida.

Zé Brilino, pensava, dava conta do seu paiol de pólvora e sal. O negócio aumentado por Uberaba e agora Araxá ia ficar mais devagar, Orígenes dava conta desse recado.

Zé Anjo cuidava e treinava a gente da Alvorada, mas teria que ser deslocado para a fazendinha, tudo preparado, mas ainda sem dono. Era casá-lo com a Lina, e essa parte ficava resolvida.

Ana comandava sua gente da Alvorada. Era experiente e dura, ali não teria preocupação.

As fazendas do coronel, ia dividir. Donana ficaria com a sede e a gente melhor e mais acostumada, que já estava preparando. A parte que ia receber teria que administrar, fazer gerência e pessoal de trabalho, dar assistência uns tempos. A do José Albério ia entregar logo que possível. Sabia que o cunhado estava ciumento, mas que nada iria fazer a não ser vender a herança e aplicar no comércio o seu resultado.

Tonho Pólvora vinha emagrecido e agitado, sem cômodo no arreio, nem cavalo bom presta quando a ideia está ausente.

Tinha que assentar as coisas e sossegar. A vida escorre ligeira, olha de novo o tempo das águas passando, até um dente doendo não achava tempo de tratar...

Ana de Macedo era mulher prática, não escovava assunto quando via decisões a tomar.

– Tonho, você está se matando com essa trabalheira depois da morte do pai. No final, ninguém vai reconhecer isso. O José Albério pinta na cidade que ele é que fez e resolveu tudo, se não disser ainda que você só atrapalhou. O janota tem mesmo é ambição de dinheiro e poder. No primeiro quer a herança, no segundo quer ocupar o lugar do pai, sua importância e ordem no Desemboque. Que seja, nossa vida não precisa disso – mas também que você saia logo desse sufoco!

– Tem razão, Ana. Estou até afadigado pra chegar nesse ponto, sei que falto em casa e na Alvorada. Graças a Deus você me substituiu. Só ando mais desorganizado, não consigo terminar o começado...

– Bobagem, Tonho. Por aqui deixe comigo. Chamei a Lina esta semana, avisei que vai casar com o Zé Anjo. É preparar as coisas para três meses, casar e mudar. Ela fez de susto, agarrando o menino, fingimento bobo, ela quer mesmo é casar com esse Zé Anjo. É hora dela viver a vida e destino!

– E o Zé Anjo?

– Aquele é um bobão pamonha. Contei o caso pra ele, quis chorar, diz que é agarrado no patrão, no Zé Brilino, na Alvorada... Cortei na raiz, disse que ele é agarrado mesmo é nas coxas da Lina. Outro dia tava alisando lá na horta de couve, o safado! Saiu ligeiro e engasgado, ficou vermelho até no preto da nuca. Tá feito o noivado, você lhe compra umas roupas, um lenço novo no pescoço, uma camisa xadrezada, uma bota macia de couro de capivara. Noivo precisa andar com pé leve e ligeiro.

Tonho riu da mulher, sempre despachando na sua frente os combinados que não achava tempo ou jeito de terminar.

– Ana, você é o capeta em forma de gente, nem dá tempo pra dúvida ou pensar. Se fosse me esperar, passava um ano até juntar os dois e o destino.

– É certo, seu Tonho Pólvora, sou meio encapetada, e você anda muito por fora e alheio. Já pra dentro, tomar um banho quente com sabonete francês daquele safado do José Albério. Depois um jantar leve ao escurecer, e logo uma cama com lençol de linho e cheiro de flor de araçá. Hoje vou lhe dar um serviço em que está faltando, e acho que lhe faz falta!

E Ana de Macedo passou a mão nas partes do marido, apertou-lhe gentilmente os bagos, no convite que fez Tonho vermelho de prazer e festa, esquecer canseiras e trabalho, até poço de pintado, até espera de paca. Pelo menos ali ia ser feliz...

Zé Anjo chegou desajeitado na varanda do paiol de pólvora, buscando a maneira de conversar com Zé Brilino.

O preto velho, rengo da perna, estava como sempre assentado no tamborete quatro pernas, encostado na parede, picando um fumo de corda pra fazer o seu pito da tarde. Do lado a binga velha estradeira, o chumaço de algodão pra pegar fogo, a pedra e o fusível pra fazer a faísca. O ritual de acender um cigarro tomava tempo. Até a palha tinha que ser macia e escolhida, só servia a de dentro da espiga. Zé Brilino mesmo dizia que pitar não era pelo fumo, era pelo descanso e tempo dado à ideia e conversa. No preparo muita coisa aparecia, clareava e esclarecia, lembrança, amizade, projeto, o foguinho do pito acendia e clareava.

Zé Anjo chegou calado, sabia não interromper os apreparos do cigarro do Zé Brilino. O velho estava ficando ranzinza e não perdoava interferência no seu ritual. Por isso, sentou no balaústre da varanda, esperando e urdindo caminho para o que queria argumentar.

Zé Brilino prosseguia. Fez que nem via ou sabia da presença, não era hora daquele moleque ficar ali em tipo de à toa; se tinha coisa a fazer e não fazia era porque tinha outra coisa por ali. Era esperar e acontecer.

O cigarro enrolado, foi mais cinco minutos de bater fusível na pedra. A faísca estava ruim, o algodão não fazia brasa, demorou ter condição de acender e puxar a primeira fumaça. Depois, é mais um tempo de bater a ponta do pito com a unha, firmar o aceso. Aí vem a primeira e definitiva tragada, o prazo final para iniciar conversa ou pensar – o cigarro está no ponto de garantia.

Só aí Zé Brilino encarou e falou a Zé Anjo.

– Menino, cinco horas da tarde, já parou? Não tem mais o que fazer?

– Esperava hora de conversar. Dona Ana e o patrão põem ideia na cabeça da gente, ou ordem, não sei, vim contar.

– Se é ordem, nem conte, é cumprir. Se é ideia, já está na hora de você ter cabeça pra pensar e resolver. O patrão me pôs aqui nesse encosto de come e dorme. Decerto já acha que não sirvo pra nada, muito menos pensar...

– Não é isso, você está aí é por confiança e fé. Podia estar viajando, acertando boca de burro ou montando comitiva, tem saúde e experiência.

– Que nada, Zé Anjo. A idade chega, menino, e a gente vira boi de carro velho, não serve mais pra força e canga, atrasa a marcha, tem que pôr boi novo no lugar. Aí o boi velho não sabe mais o que fazer... Fica deitado e ruminando, levanta cheio de dor e ovas nas pernas e cadeiras, caminha um pouco, pasta com preguiça, fica assuntando o tempo, só levanta a cabeça se escuta o cantar do carro e o aboio do carreiro. É saudade e vida que vai sofrendo e perdendo. Um dia, deita e não consegue mais levantar. É o entrevado da vida, o boi velho chegou no fim da sua estrada...

– Deixa de besteira, velho. Se o patrão lhe pôs aí, é porque lhe tem confiança, e precisa disso pra cuidar assunto sério como o seu depósito. E se eu venho lhe pedir opinião, é prova que o boi velho ainda tem serventia...

Zé Brilino queria mesmo era uma terra no pé, pra de novo animar e florescer sua importância. Ficou feliz, puxou tragada nova. O menino ia lhe tomar bênção pra alguma coisa.

– Pois seja, vou fazer de conta que acredito. O que tem desacertado nessa cabeça?

– Não é desacerto, é rumo pra seguir. Dona Ana diz que o patrão quer mesmo o meu casamento com a Lina, depois a mudança pra fazenda nova. Gerenciar, daqui a três meses, falou.

– E você também quer isso, e tá tudo certo, que ideia é essa de tomar rumo? Já conversamos isso antes. É pintado em isca de minhocuçu novo. É pegar e correr, tá ferrado mesmo...

– Falei com dona Ana das minhas estimas aqui na Alvorada, a sua principal, acostumamos juntos...

– E ela lhe pôs pra correr, você e a morena estão nos pontos de trelar. Dá pra ver as esfregas pelo quintal, a Lina chega de boca seca, fala sufocada, a bicha tá sopitando, você molhando as calças... Deixa de ser besta, Zé Anjo. Nem esse velho, nem Alvorada, nem Tonho Pólvora, nem tropa de burro novo ou cavalo marchador seguram você por aqui. Case logo, homem de Deus, que vocês já estão em ponto de bobagem...

E Zé Brilino deu uma risadinha, cuspiu sarro de lado, outra pitada funda.

Zé Anjo ficou desarmado.

– Quer dizer que devo mesmo ir embora? Não precisa mais de mim, não vou lhe fazer falta? Nem pra trazer uma paca nova, nem pra pescar e pitar junto no poção do Anil?

– Falta nenhuma, menino. Você nem era nascido e eu já vivia por conta própria. Vá cuidar da sua vida, eu por aqui fico arranchado e arranjado. Vez em quando venha cá, lhe ensino mais alguma coisa de serventia pra essa cabeça dura... E agora, vá cuidar de sua obrigação. Não criei moleque pra ser vagabundo inútil. Vá à vida. Me deixe com meus reumatismos, aqui na vida boa da varanda.

Outra pitada no cigarro, e Zé Brilino despachou Zé Anjo com a mão. Tinha posto finalmência no assunto.

Zé Anjo deu meia-volta, saiu ressabiado. Esperava do velho alguma atenção ou sentimento, e nada. Era mesmo cuidar da sua vida, da Lina e do futuro.

Zé Brilino ficou pra trás, sentado no tamborete quatro pernas, o pito na boca, vendo afastar-se o seu menino. Quis puxar uma tragada, não deu. O peito estava apertado. Nos olhos tinha uma umidade esquisita, Zé Brilino não sabia o que era lágrima, mas sentia com paixão. Tirou os olhos do menino, botou longe o olhar e a ideia, era ver se escutava carro de boi ou berrante de comitiva. O boi velho estava de novo sozinho na vida...

José Albério imaginava e fazia suas contas. Já exercia o poder, mas a fortuna nunca lhe parecia completa ou satisfatória. Sua Comercial do Desemboque ia deitando raízes e brotos mais longe, já curtia fama que pulava Franca e chegava a São Paulo e porto de Santos.

A morte do velho Almeida, decorrida e conhecida há meses, lhe dera mais coragem e liberdade na frequência de sua capital em negócio e comércio. Já passava dias, reuniões e noitadas, até uma semana de férias com Mariita na praia do Gonzaga. Degustava charutos cubanos, tomava champanhe Veuve Cliquot, recebia convites para o Clube Paulistano e Jockey Club, era o *nouveau riche* do interior, ainda desconhecido mas que muitos já queriam conhecer e negociar.

A barba em cavanhaque, o bigode, as costeletas e uns fios cinzentos no cabelo lhe davam um ar de respeito e um disfarce total do morto e esquecido José Antônio de Almendra Silva.

José Albério curtia fama e fortuna, frequentava os restaurantes mais caros, dava gorjetas escandalosas, e quando Mariita ficava no Desemboque – isso era frequente, suas viagens eram "a negócio" – varava noites em companhia das francesas importadas, alegria e surpresa dos ricos e nobres paulistanos.

A vida lhe corria mansa e prazerosa, mas não no total suficiente de sua ambição e vontade.

Fama, poder e fortuna são moedas ilimitadas, a sua posse sempre mostra que falta mais a possuir, e a ambição é sua resultante. Além disso, no mesquinho pensamento, essas moedas têm que ter reconhecimento social, traduzido em admiração e inveja do seu possuidor, assim elevado acima dos vãos mortais.

José Albério estava rico dessas pobres riquezas, mas por dentro ainda insatisfeito: não era reconhecido Deus único na sua cidade, na sua gente, nem mesmo na sua família.

A velha aristocracia rural não lhe perdoava o bandear-se para a República, nem o olvido do coronel Macedo.

Era temido e respeitado na cidade e na região, mas não amado. Crescera demais e, de repente, era implacável nas cobranças, desconhecido de origem e métodos.

Na família, havia sempre a sombra do Tonho Pólvora, a quem se delegara a sucessão dos trabalhos rurais e até da representatividade econômica.

Em sua mente doentia crescia o projeto do absoluto, complemento obrigatório na caça à fama, fortuna e poder.

Na política, tinha conseguido seu objetivo. A liquidação física do sogro e o esmagamento dos frágeis adversários deixavam-no absoluto.

Apenas uma sombra perdurava em seu caminho, centralizada em Tonho Pólvora. Esse cunhado era duro, orgulhoso, inegociável, nunca lhe perdoaria o passado nem lhe daria confiança.

José Albério mastigava solução, era outra pedra no caminho, e esta com o desejado negócio de sal e pólvora. Com jeito e astúcia podia resolver os dois casos – pensava.

Tonho Pólvora fez festa no casamento do Zé Anjo, grande churrasco, toda a empregadagem das fazendas, o padre Júlio bem paramentado, nem parecia casamento de peão e filha de escrava. Ana de madrinha até beijou a mulata.

Zé Anjo tinha camisa xadrezada, lenço novo no pescoço, bota de couro macio de capivara, guaiaca de quatro bolsos e quatro argolas de enfeite, parecia cavalo de charrete de circo.

Lina era toda de branco. Ana lhe pusera um carmim nos lábios, um corpete apertado, os peitos salientes, cintura de palmo e meio, uma tentação no bamboleio do andar e na fala rouca e macia.

No churrasco apareceram alguns principais do Desemboque, o delegado, José Albério, o novo tenente, o professor Calvert, o novo juiz delegado de casamentos, que pela primeira vez ia na roça legalizar casório.

Quirineu também apareceu, suado e oleoso no seu terno escuro. Festa com rica comedoria e bebida não era de perder. De longe vigiava Lina, o seu andar, o seu corpo, o brilho do seu olhar, a tentação feita inferno e desejo. Era mulher demais para um peão de boiadeiro, um dia, quem sabe...

Ao anoitecer, festa acabada, Zé Anjo e Lina tomaram o cabriolé emprestado por dona Ana, enfeitado de flores do campo e ramos de bambuzinho, e foram para a nova e definitiva casa, duas léguas de distância, no sozinho à beira do capão de mato, cheiro de capim-gordura e mumbeca, o frescor do rego-d'água nos fundos, um grugulejo da bica de lavar roupa.

Guardadas as coisas e bens, Lina fez o jantar leve, um lampião na salinha da frente, mais sombras que luz. Os dois não sabiam o que conversar, era só gostou da nossa casinha, bem, uma beleza, bem, nós vamos viver aqui pra sempre, bem, ai como eu gosto de você, dá até dor no coração, bem... E as mãos se repassando nervosas, eletricidade nos corpos jovens e ansiosos, o olhar escorria para o quarto, iniciantes e ávidos do amor...

A noite foi de galope e fervura. A vela de cera dançava as sombras no quarto e na cama, os corpos luziam de suor, uma febre por dentro, batedeira no coração. Lina montada era égua no cio, Zé Anjo era guerreiro zumbi. A batalha varou tempo e espaço, repisada até a exaustão final, os jovens combatentes nus, nos braços um do outro. Amanhecia o dia, Lina finalmente dormia, Zé Anjo pensava ter entrado e morrido no céu. Iam viver sempre essa paixão, foi seu desejo final, antes do afinal sono. E iam ter lindos filhos... E viver felizes... Lina era finalmente sua mulher e vida... Como era bom estar casado... O Zé Brilino era mesmo um velho caduco e idiota... Agora é mesmo hora de dor... mir...

... Na vida, nem sempre se vivem e confirmam os sonhos da primeira noite.

—

– Joaquim Teodoro, ando preocupado com solucionar o caso com meu cunhado Tonho Pólvora. O moço é muito teimoso. Ficou de fazer sociedade no seu negócio de pólvora e sal, vem me enrolando. Passou mãos na administração das fazendas do coronel, vai ficando importante, daqui a pouco vai nos atropelar aqui no Desemboque. Estou imaginando jeito de reduzir esse crescimento, se ele fica por cima nós vamos perder posição e respeito com a gente do lugar...

A conversa era de noite e tarde, como fazia José Albério nos seus projetos de malefício. De dia, usava camisa branca com punhos de renda, agora era sombra escura, só uma vela de grossa cera no escritório, cortinas nas janelas, seu jagunço entrado pelos fundos, a cidade calada e ignorante.

Joaquim Teodoro só escutava. Era seu feitio nos desejos e ordens do patrão, este era a cabeça, ele só mãos e trabalho, de que aliás gostava.

– Venho pensando nisso de forma a não repetir aquela ignorância do tenente. Não gosto de violência, nem posso aparecer envolvido. Você faz tudo em silêncio, é meu homem de confiança...

Joaquim Teodoro escutava.

– Assim cheguei à conclusão: temos que dar um esbarro no crescente do moço Tonho, uma coisa de atraso na sua vida, e de jeito a parecer coisa do destino, acidente ou fatalidade...

A escuta era mais atenta agora.

– Você sabe que aquele depósito de sal e pólvora é negócio importante. Dali sai a sua distribuição para suas casas e compradores no sertão. Uma carga grande chega toda semana, sexta ou sábado, na segunda é distribuída. O armazém passa lotado fim de semana, pouca gente na sede. O Tonho vai ver a sogra, só aquele velho Zé Brilino de vigia permanente, gosta de pesca e caça no sábado, é o vazio que devemos aproveitar para o golpe.

Silêncio.

– Estive pensando, Joaquim Teodoro. Uma explosão daquele paiol seria até um aviso do descuido e incapacidade desse Tonho Pólvora... Além de um prejuízo importante na sua vida.

Chegava a hora, pensava Joaquim Teodoro.

– Pensei aproveitar uma noite de sábado mais vazia na fazenda, o povo fora em folga ou passeio. O portão do armazém tem cadeado forte e dobradiça fraca, é fácil arrombar e entrar. Um pé de cabra no escuro e silêncio, e você está lá dentro.

Joaquim Teodoro entendia de pé de cabra e de arrombamento.

– O perigo é lidar com pólvora e fogo, e explosão precisa dos dois. Estive imaginando, quero sua opinião.

José Albério se levantou, tirou de cima da estante um pires de porcelana, um toco de vela curto fixado no centro.

– Contei no relógio: este toco de vela demora meia hora pra queimar e chegar no seu fim. Aí o pavio cai, e apaga... o que não vai acontecer nesse sábado pensado. Você vai abrir um incarote de pólvora, espalhar raso no chão, depois fazer uma trilha de pólvora até este pires, que estará no canto de entrada. Depois põe um pouco de pólvora dentro do pires, sobre ela vai pôr o pavio e fogo da vela, você já teve tempo de sair e pôr a porta no lugar, não precisa fechar. O paiol nunca mais vai precisar de porta...

Joaquim Teodoro sorriu. Gostava das ideias do patrão. Ele mesmo era um grosso violento, o patrão era fino e ardiloso.

– Só umas coisas de lembrança: o sábado vai ser o próximo terceiro, é lua nova e escurece cedo. Você vai fazer tudo sozinho. Leva hoje vela, pires e um pouco de pólvora, já fiz meu teste mas você vai reverificar. Ponha primeiro vela e pires no chão, lugar definitivo, espalhe depois a pólvora e trilha, só acende na última hora, e com cuidado. Não vá entrar com vela acesa no paiol... e, por último, eu estarei em São Paulo, por coincidência. Só vou saber de tudo na minha volta. Entendido, ou tem alguma dúvida?

– Só uma, patrão. Esse Zé Brilino pode estar de vigia naquela varanda, ou pode ter saído pra caça ou pesca. Se for esse caso, ele escapa com vida, só vai ter o susto na volta e explosão. Se estiver na varanda, por fora do paiol, tem sempre um pito fogueando na boca. Vou chegar nele com meu pé de cabra, depois ele fica lá dentro em definitivo, vai pro céu com paiol e tudo...

José Albério assentiu. No fundo, sabia que o espírito do seu assassino preferia a segunda hipótese. Explosão e fogaréu lhe bastavam, mas ele gostava mesmo era de sangue e dor.

Estavam acertados.

Tonho e Zé Anjo brigavam com o garrote cara-macau, que tentavam educar para o carro de boi. Bicho-fortaleza, o boi tinha toda a promessa e corpo para o ofício, de menos a vontade. Posto na trela com o Bordado, que iria pelo resto da vida acompanhá-lo nos serviços programados para a boiada, até que ia bem e se comportava. O problema era depois, quando tentavam incorporar a nova e jovem junta ao corpo dos demais bois, no puxar o carro, até mesmo no simples caminhar de treinamento. Pintado – esse era o batismo do cara-macau – pintava mesmo era o sete. Pulava cambão, quebrava canzil, fazia de tudo, menos puxar e trabalhar. Apertado no ferrão, pior fazia: deitava e amuava, ou seja, paralisava toda a boiada em serviço. Amuado no chão, Pintado não aceitava argumento: chamado, grito, ferrão, quebra no rabo. A tudo ignorava e era alheio, só deitado e quieto permanecia na sua soberana indiferença. Atrelado ao seu lado, Bordado até tentava ajudar, mostrando sua boa índole e vontade. Pintado, nada.

Naquela tarde, em aula de treinamento, Tonho e Zé Anjo chegavam à exasperação final: na primeira arrancada o Pintado simplesmente deitou, repetindo o tudo de sempre.

Zé Anjo cuspiu de lado.

— Patrão, este boi não vai ter jeito. Agora, nem com pancada, com espora, nem com fogo de azeite vai levantar. Pior, vai deseducar o resto. Melhor desistir dele.

Tonho Pólvora coçou a cabeça. Não era de desistir, tinha escolhido o macau, todo tipo de boi de carro e de primeira.

— Zé Anjo, é possível que sim, o safado tem mais vontade que nós, e mais força. Faz uma coisa: vai lá no paiol, chama o Zé Brilino, vamos assuntar a opinião dele. O velho sabe de tudo, às vezes até dá solução na maneira de tratar o caso.

Lá veio e logo o Zé Brilino, mancando mais de idade e esperteza, mostrando que não ia servir para trabalho pesado, não conhecia a intenção do Tonho Pólvora.

— Zé Brilino, negro safado, deixa de cara de sofrimento. Eu quero só a sua opinião, depois volta pro seu paiol, chocar seus ovos e preguiça. Este boi Pintado tá matando nós de raiva, tem uns quinze dias, desde que resolvemos de pôr ele com sua trela no carro. Fica aí do jeito que você vê, deitado e amuado, nem o capeta faz ele levantar. Esquece do mundo, parece que põe a ideia longe, ignora a gente e tudo que fazemos pra ele tomar tenência. Zé Anjo já pensou em botar fogo nele, eu em meter pólvora com sal no rabo dele, é desespero final. E veja, velho, o boi tem tudo de bom e aparência – mas é sem solução. Taí pra ver se você tem uma ideia...

Zé Brilino chegou macio na boiada, a mode não espantar os companheiros. Já não era mais o carreiro e sabia que boi estranha e desrespeita os de fora.

Ao lado de Pintado, estudou o bicho. Deitado, sólido, a cabeça estava erguida e atenta. Esperava o que a gente humana pretendia. Boi amuado era animal acuado, alerta.

Zé Brilino cutucou-lhe a barriga com o pé, a anca, a cara, nada, só aquela atenção tensa.

Ignorância de pancada e maldade não ia adiantar, soube logo o velho – mas tinha jeito, sim, e ele sabia.

— Tonho, Zé Anjo, este bicho tem mais inteligência que vocês. Boi teimoso e amuado fecha o corpo, não sente nada que a gente faz, sabe que a gente acaba desistindo, tudo acaba no que era antes. Tenho dó de vocês, que nunca aprendem que bicho é igual a gente, tem que descobrir o lado de chegar.

Tonho se irritava com as sabedorias do velho.

– Zé Brilino, deixa de ser professor besta. Já fizemos de tudo, até a conversa macia, o agrado no cabelo do cangote e cupim. O boi é igual mula, não aceita argumento. Desembuche, então.

Zé Brilino sorriu aquele olhar velhaco e superior.

– Zé Anjo, menino, você vai aprender mais uma, e espero que sirva também para este patrão sabido nosso. Vai ali na casa de arreio, traz aquela lona e focinheira de aperto, um sedenho forte. Ligeiro!

Zé Anjo cumpriu as ordens, voltou imediato.

Tonho Pólvora assistia, calado, soberbo, queria parecer que conhecia o que ia também aprender.

Zé Brilino apanhou as coisas e acocorou-se ao lado do Pintado.

– Zé Anjo, aqui vai precisar uma força e respeito. Você está como carreiro, é você que este tal Pintado tem que respeitar. Venha cá.

Chegado Zé Anjo, Zé Brilino abriu-lhe o jogo.

– Bota esta lona, de leve, em cima da boca e nariz do boi. Aí, ligeiro, aperta a focinheira com o sedenho, e ferra a mão nas ventas do bicho. Não deixa ele respirar. Afoga duro e de verdade, é pro bicho ficar agoniado e sem ar, sem fôlego nenhum. Garra a outra mão na cabeça, sufoca mesmo, e veja o que acontece.

Zé Anjo cumpriu a ordem, de início fácil. O Pintado não sabia a surpresa, só sentiu quando o moço e sua força lhe tamparam de todo a respiração. Começou a bater cabeça, esbugalhar os olhos, arfando e bufando, ar não entrava nem saía. Zé Anjo via a agonia e já sentia o resultado, suas mãos já eram mais ferro e torniquete.

Durou dois minutos a luta e agonia.

Sufocado e desesperado, Pintado perdeu a consciência da teimosia: deu de rabo, pulou de pé, espavorido.

Zé Brilino gritou:

– Bambeia tudo agora, Zé Anjo. Deixa o bicho respirar e viver, ele vai merecer!

Zé Anjo tirou a traia de sufoco, o Pintado puxou o fôlego, agradecido, era a vida de volta. Do seu lado, Bordado ruminava, alheio, só curioso de saber por que desta vez o Pintado resolvera levantar-se.

Levantar-se, andar e trabalhar, foi tudo o que Pintado fez daí em diante. No primeiro pensar de deitar e amuar, lá viria Zé Anjo com aquela trapizonga de afogar e matar de sofrimento. Nunca mais, pensava o novo e humano Pintado.

Zé Brilino sentenciava.

– Meninos, igual gente, já falei. O que não der certo por um jeito tem que dar por outro. Um sofrimento de dor às vezes passa. Agora, viver numa agonia e sufoco de afogado ninguém aguenta. Passa por cima da vontade, vira boi e bicho, levanta e obedece. Um sopro de ar e vida qualquer um agradece. E o recurso final, mas vale, pensem que isto pode servir: não precisar ser afogado por teimosia, e nem deixar de afogar se necessário. Passem muito bem. Se precisarem, vou chocar meus ovos e pitar um fumo goiano lá na varanda.

– Velho ranheta e filho da puta – rosnou Tonho.

– Mas é sabido... – filosofou Zé Anjo.

Manuel Crispim cruzou o rio Paraná na balsa do Porto Quinze, entrando em Mato Grosso.

Na travessia, vinha pensando a sua ideia fixa. Onde estaria o moço sumido, em que oco de mundo estaria escondido? Como era possível passar anos sem deixar um rastro, um almisco a farejar e seguir? Na sua experiência, qualquer criminoso, ladrão ou assassino, era repetidor de ação, e na repetência ia ser descoberto – e esse danado continuava um desaparecido sem marca ou sinal.

Em São Paulo não estava, era sua convicção. Tinha batido todo o estado, três vezes. Não tinha cidade ou corruptela que não estivesse investigada de assentamento de moço arrivista rico, inteligente e ambicioso.

Agora, batia fronteiras. O moço podia estar longe, mas com os anos havia de voltar, por certo visitar sua cidade, ainda que por curiosidade ou negócios, ali onde tudo começara e tudo conhecia. Tinha que deixar uma pista, algum conhecido amigo ou inimigo, uma passagem qualquer, um fato ou incidente acontecido.

Um sentimento interior lhe dizia que o moço conservaria sua origem em coisas que aprendera na juventude. Era mais fácil e conhecido. Devia estar em atividade de comércio e negócios, nunca em fazenda ou garimpo. Insistia nos contatos e conhecimentos com viajantes comerciais agora viajando pelos estados vizinhos. Buscava alguém bem-sucedido nos últimos dez anos, os companheiros mais antigos ou observadores eram seu alvo de informações.

Almeida se fora, mas Manuel Crispim continuava farejando e buscando, a caçada prosseguia.

Lina Antonella trouxera da Itália a beleza e o gênio de sua raça, que lhe deram em São Paulo pelo menos a fama, já que fortuna não foi possível. Sua profissão lhe exigia sempre as roupas mais caras, os perfumes, os calçados, uma casa luxuosa, cortinas, criados e luxo em profusão.

Lina ia passando os anos de beleza própria, onde ganhara a vida como meretriz de alto gabarito, encanto e graça dos ricaços de São Paulo, e investira no negócio: era a cafetina de maior sucesso. Em sua casa, francesas, polacas, italianas e holandesas seguiam a festa que iniciara quando jovem. Tinha ainda seus fregueses, paixões antigas e fiéis, mas seu dinheiro era agora de outros suores e corpos, suas comidas eram via oral e engordativa. Lina relaxava o corpo mas não o espírito, sempre atento à casa e negócio.

Naquela noite, Lina acompanhava a festa promovida pelo sr. José Albério. Monte de gente importante, vinhos e queijos, música de violinos, uma comemoração não sabida de quê ou por quê, mas rendosa e gastadeira. Somente assim Lina cederia sua casa num sábado, dia de bons fregueses, hoje excluídos da festa privé tão alegre e descontraída do milionário novo e generoso.

José Albério estava mais exuberante que de costume ou de outras viagens. Parecia querer mostrar-se a todos, girava pelo salão e pelas mesas, fazia agrados às meninas, mas não bebia nem se deitou com nenhuma delas.

Como Lina, José Albério era atento ao negócio.

Um sábado de alegre festa em São Paulo, Lina feliz reinava em seu reinado da noite.

José Albério, em grande festa, confirmava ali sua presença, mais ainda a sua ausência do Desemboque.

Aquele era o terceiro e combinado sábado. Joaquim Teodoro aproveitara os dois primeiros para comprovar as informações do patrão e situar-se dentro do plano pretendido. Passara pela fazenda sozinho de primeira vez, mentalizando a localização das casas e currais. Mais distante e afastado do paiol e depósito de pólvora e sal, um ermo onde esse Zé Brilino não gostava nem queria visitas e presença.

Na segunda visita viera acompanhando o Quirineu, este declarando viagem de inspeção fiscal, na realidade farejando suas caças de gula e carne. Ficara até o escurecer e jantar, viu que realmente o sábado à tarde era vazio e livre, aproveitado para caça e pesca, visita a vizinhos, algum pagode ou festa. Ficavam só os criados da casa e lá distante o Zé Brilino – o patrão criava rotina de levar a mulher e o filho em visita e pouso na Donana e casa-sede do extinto coronel.

Neste hoje, Joaquim Teodoro chegou mais tarde, pelas cinco horas. Veio sorrateiro, fora dos caminhos, deixou a mula amarrada longe e do outro lado do brejo e córrego.

Usando roupa verde-escura, rasteiro e sinuoso em imitação de cobra, vazou o brejo e veio assentar seu ponto de observação bem nos fundos do depósito, escondido e em sombras duma gameleira baixa e copada. Não tinha pressa. Guardou-se deitado de bruços e verificando suas necessidades: o pé de cabra, o pires, o toco de vela que decidira aumentar para uma hora. Na meia hora ele ficava muito perto da pólvora e algum incidente poderia resultar em desastre. Também adotara o pires de madeira, vazado por um pequeno prego em que se fixava a sua vela, sem risco de tombar antes da hora e outro desastre. Tudo simples e fácil. A fazenda já caía em rotina, os últimos peões se retiravam para seus ranchos ou passeios. Zé Brilino já jantara e assumira seu posto na varanda externa, o pito cuidadoso e o cismar da vida.

Era esperar o escuro final e a execução, queria acabar tudo cedo, aí pelas sete horas.

O silêncio ia chegando, vacas leiteiras apartadas berravam de vez em quando, filhos lhes respondiam do curral. Um touro esfregava chifres num cupim gigante em convite e preparo de guerra, algum socó-do-brejo, saracuras, de longe uma codorna, tudo ia ficando em paz.

Quando os sapos entrassem em concerto, seriam as sete horas. Até lá, só pernilongos iam aborrecê-lo, o zum-zum, alguma picada. Joaquim Teodoro passara fumo e cinza escura nas partes descobertas, escondia-se e fugia dos mosquitos.

Estava pronto.

Zé Anjo encaminhava Lina de visita aos velhos patrões e a dona Ana. Ia encontrá-la de noite, passariam o domingo com a família do Tonho Pólvora e as amizades juvenis de sua mulher. Ele mesmo decidira diferente. Naquela tarde ia de visita ao Zé Brilino, tinha vontade de ver o velho, até calado sua companhia lhe fazia falta. Era um viver guardado lá no fundo, de vez em quando soprava a cinza e via a brasa da saudade.

Iam caçar ou pescar, não importa o quê. Iam de novo andar juntos, sentar e conversar, não importa o quê. Tudo era aquela vontade de reviver a juntidade das vidas que caminharam juntas.

Zé Anjo estreava mula nova, por nome Brasina, ele mesmo amansara desde o primeiro pulo até o acerto de boca e marcha. Ia exibir pro velho suas habilidades de peão acertador, coisa diferente do peão que só sabe segurar pulo e bater no animal. Acertador já era coisa melhor: educava o seu animal, dominava a sua vontade, ensinava a encostar, abrir porteira, andar de fasto, obedecer toque de joelho, acelerar a toada ou reduzi-la com simples mover do corpo para diante ou para trás do arreio. Bom acertador virava corpo do animal, animal virava corpo do peão, eram

Centauro em marcha e vida, um luxo que exibiam em cidade e festa. Rédeas cruzadas no pescoço, o comando era invisível, quanto menos exibido mais credenciado era.

Brasina lhe fora dada em presente de casamento pelo padrinho Tonho Pólvora. Mula briosa, sete palmos de altura, cauda fina, orelhas de jogo fácil e inteligente, marcha batida e rendosa. Difícil de firmar no começo; agora decidida e pronta.

Zé Anjo ia exibir-se e à Brasina para o Zé Brilino. O velho não ia montá-la, sabia que mula nova e caprichosa não aceitava peão desconhecido no lombo – mas ia gostar do trabalho do moço.

Zé Anjo já ria por dentro. Sabia que o velho ia pôr defeitos no seu amanso e acerto: olha o pescoço duro à esquerda, não deixe trocar o pé em marcha, toma jeito pra não estragar um animal tão lindo e mais inteligente que você, a mocidade de hoje não faz nada direito, o velho Bitico é que sabia acertar mula, vocês vivem é estragando animal...

Depois, a mula solta e escovada, ia se corrigir. O animal estava bem-cuidado, com jeito ia ficar bom, Zé Anjo até prometia como acertador...

E aí iam caçar ou pescar, a conversa em lembranças e vivências, um prazer dividido e singular dos dois.

Nesse cismar chegou à Alvorada. Fim de tarde, Zé Brilino na varanda, em pito de espera, sabia que já era tempo de vinda e visita de Zé Anjo.

Sem tocar na rédea ou no corpo de Brasina, o moço contornou a esquina do paiol. Chegou em toadão solto frente do velho. Um tremido no corpo esbarrou a mula em estaca imóvel, orelhas ponteando em frente, as quatro patas ordenadas, cavaleiro e animal tornados estátua única.

– Boa tarde, meu padrinho Zé Brilino. Passando bem, espero.

– Boa tarde, Zé Anjo. Vem nesse despotismo de exibição na sua mula, jogando terra e poeira no velho! Tome juízo, menino. Se eu quiser ver exibição, vou no circo!

– Desculpe, meu padrinho. A mula é que é mesmo exibicioneira. Quer ver se tem sua aprovação!

Zé Brilino deu uma volta em torno do animal, uma palmada na sua anca. Brasina se comportou à altura: sentiu mas não acusou em gesto ou movimento, firme nos cascos.

— Animal bonito, menino. Não vá estragar o amanso, tem jeito de ficar boa, vale caprichar...

Zé Anjo apeou simples, sem puxar o cabresto para amarrar a mula. Estava mesmo em dia de provocação, queria ver o velho de queixo caído e reconhecido.

— Vim chamar o padrinho pra uma pescaria, ando cabeça quente de trabalho. Quero um descanso e conversa. A beira do rio já vai sombreando, ainda quero levar uns mandis pra Lina preparar para Donana...

— Meio vagabundo de cedo, é o que está. Agora que o sol vai deitando, você já soltando mula e conversa...

Zé Anjo riu, o velho estava em forma.

— Vamos pescar, velho. Tá perdendo tempo com reumatismo e ranza! Arranca umas minhocas aí atrás. Vou pegar as varas e linhas, volto imediato.

Zé Brilino bem que achou bom. Já pegou o enxadão, a lata para iscas, e ali perto do brejo foi preparar suas minhocas escolhidas para a noite de diversão. O Zé Anjo tava ali, um moção criado, emprenhando a menina, ia ser quase avô, pensava...

Agachado na gameleira, uns trinta metros longe, em sombras de noite chegante, Joaquim Teodoro observava.

O velho vai pescar, pensou. Facilita o trabalho e apreparos. Escapou desta, vai ficar no susto...

Logo os dois amigos sumiram rumo do rio. É no escurecendo que peixe de couro chega em minhoca, queriam estar lá para os mandis de Donana.

Joaquim Teodoro esperou chegar o escuro todo, a noite ficar preta, só pisco de vaga-lume de quando em vez.

Quando o primeiro sapo assinalou seu ronco, foi um comando de orquestra. Rãs, pererecas, sapo-boi e cururu, toda a nação do brejo em manifestação, era tempo das águas e procriação.

Joaquim Teodoro achou fácil a porta maciça de bálsamo. Meteu-lhe nas dobradiças o seu pé de cabra, dois estalos, os parafusos arrebentados, a porta aberta presa só pelo cadeado.

Dentro, tudo escuro, Joaquim Teodoro trabalhou sem ver. Apalpando descobriu um incarote pesado, trouxe-o para a varanda, abriu-lhe a tampa, provou e verificou a pólvora.

Reentrando, foi espalhando pelo chão uma camada rala de pólvora. Era um rastilho apenas para a grande explosão. Deixou aberto o incarote, em meio dos outros, e para fora levou apenas um punhado de pólvora. Com paciência, montou sua arapuca: o toco de vela espetado no pires. Ali fora e abrigado acendeu sua chama, deixou firmar bem, protegida pelo chapéu. O ar estava parado, uma vantagem, pensou, não tinha risco de faísca.

Chegou a hora mais delicada: deitado no chão, sem carregar com a mão, Joaquim Teodoro foi rastejando e empurrando sua vela. Passou pelo portal, entrou no salão, onde pôde espiar tudo. A velinha no chão jogava luz e sombras sobre a carga de pólvora. Ia ser uma explosão sem tamanho, pensava e antegozava.

Joaquim colocou a vela perto da entrada, agasalhada do vento que podia entrar pelas frestas do barracão. Só aí, e com muito cuidado e jeito, colocou sua pólvora no chão ao lado do pires, e dentro deste um raso de meio dedo de pólvora, escorrido da mão como se de conta-gotas caísse!

Verificou tudo, a vela estava firme, a chama bem estável e em pé, o inferno estava ali abaixo.

Rastejando de pé, Joaquim Teodoro voltou à varanda. Raposa em galinheiro não ia ter pisar mais macio nem cuidadoso.

Pegou a porta pesada e recolocou-a no lugar, agora sem o cuidado das dobradiças. Isso não era mais necessário.

Mais sem cerimônia, saiu de pé. Ninguém por ali estaria naquela hora. Avaliando sua pólvora, achou que cinquenta metros eram de risco, e resolveu atravessar o brejo em retirada.

De longe, a mula já segura pelo cabresto para não se assustar, Joaquim Teodoro ficou esperando a vela baixar, a explosão chegar. Gostava de sua arte, queria assistir ao espetáculo e seu resultado.

A pescaria e conversa de Zé Anjo e Zé Brilino duraram pouco. Muito mosquito e muito mandi, logo um embornal cheio. Bastava e dava mais tempo pra ficarem em conversa de varanda.

Subiram o barranco, retornando. Zé Brilino rengo da perna mas feliz de caminhar atrás do seu moço.

— Zé Anjo, você deve de me agradecer o muito que lhe ensinei. Este poço de mandi é especialidade minha. Já fiz até assombração pra espantar gente da casa que queria pescar por aqui.

— É, mas peixe gosta mesmo é de pescador. Peguei dezesseis e o velho taí com quatro ou cinco...

— Pra peixe, quanto mais bobo melhor. É igual porco, o pior é que pega a maior espiga!

E foram arengando os jogos de sempre. O velho rejuvenescia na presença do moço, até o andar ficava leviano, a coluna se esticava, Zé Brilino crescia como em tempo de peão de boiadeiro.

Zé Anjo resolveu noticiar.

— Padrinho, vim aqui lhe ver, sabe que tenho saudade deste lugar... e de você mesmo. Aprendi muita coisa, vivemos juntos, você é meu maior amigo. Venho lhe dizer a minha maior alegria: Lina tá esperando filho, meu filho, Zé Brilino!

O velho estacou, emocionado, parecia-lhe que ia ser avô...

— Pois que coisa boa, menino! Deus lhe ajude e proteja. Casamento é uma arapuca danada, mas pra isso serve e é bom! Vou ver logo que nascido, vou zelar da sua cria, ensinar andar, montar cavalo e burro, ponteiro e guia de comitiva, vai ser uma festa, filho!

E os dois riram, e se abraçaram, pela primeira vez andando assim emparelhados pela estrada. Ô noite feliz, pensavam.

Chegando à sede, Zé Brilino comandou:

— Vá levar estes mandis lá no tanque, vamos abrir e limpar pra Donana. Ainda hoje você chega com o presente. Fala que é do Zé Brilino também, viu, seu vagabundo! Vou fechar a porteira do piquete, lhe encontro logo!

Zé Anjo foi para seu tanque, e Zé Brilino à sua sina.

O velho era minucioso, ali da porteira do piquete examinou lá longe o seu paiol de pólvora e sal, tudo no seu lugar. Já ia voltar, quando um qualquer lhe chamou a atenção.

Ali de longe, não divulgou bem, pareceu-lhe ver uma claridade pequena, um quase nada entreverado entre as frestas do tabuado de depósito. Firmou a vista, parecia que o clarãozinho ia e vinha, tremia. Seria o absurdo de alguma vela ou lamparina?

Zé Brilino decidiu clarear, vazou a porteira e trilha, foi manquitolando rumo do depósito, uns sofridos duzentos metros, a vista melhorava, tinha mesmo uma claridade de vai e vem, tinha luz dentro do seu paiol. Deus do céu que era vela, lamparina ou lampião, quem era o doido...

A cinquenta metros a claridade já era mais visível pelas frestas, até o forro tinha algum brilho. Zé Brilino viu o desastre, e gritou de dentro o mais forte de seu aboio guerreiro.

– Zé Anjo! É fogo, Zé Anjo.

Lá do tanque foi escutado, Zé Anjo viu o trote-trote do velho rumo ao paiol. Era uma angústia que lhe entrava na alma, uma coisa ruim em desconfiança, jogou a faca no chão, deu o seu grito.

– Espera, pai! Tô indo, espera, pai!

E Zé Anjo disparou carreira, eram trezentos metros. Zé Brilino já estava na varanda, ia abrindo a porta...

O pavio chegara no fim, e caiu.

Não houve fogo ou incêndio. Foi um chiado urgente e violento, e a explosão violenta, fantástica, arrebentando todo o teto e paredes, telhas, paus e pedras que voavam pra todo lado. A noite virava dia, incêndio nos capins e árvores vizinhas, o cheiro de pólvora impregnado na natureza.

Zé Anjo parou estático, pernas, braços, cabeça, ideia, tudo paralisado. Em sua frente, via o inferno, do jeito indescritível que convém aos grandes desastres.

A explosão reboava longe, ecos tardios chegavam. Da casa emergia a criadagem em assombro, todos os sapos, pássaros e bichos do mato calados em ponto de fim do mundo. Impressionante era o silêncio total que se seguia à explosão!

Passado o choque, Zé Anjo correu para o paiol, e Zé Brilino, gente, onde andaria?

Nos escombros do local só algum fogo, nada de pé. Tudo voara para longe, Zé Anjo buscava, farejava, queria visão e ouvido, um aperto por dentro, a boca seca, água escorrendo em suor e lágrimas.

Foi encontrar Zé Brilino longe, uns quarenta metros fora, ainda abraçado à porta de bálsamo que tentara abrir. Estava de costas, alguma proteção lhe dera a grossa madeira, mas o peito e as pernas estavam esmagados. Metade da cabeça era uma pasta mole e sangrenta. Pior que tudo, pensou Zé Anjo, é que Zé Brilino não ia mais arengar, nem falar, nem rir, nem chorar, nem ver neto, filho ou coisa nenhuma. Zé Brilino já era morto, viajara sem aviso ou despedida, velho idiota!

Zé Anjo abraçou-lhe o corpo, retirado dos escombros, e colocou-o em grama fresca. Chegavam todos.

Zé Anjo, abraçado ao velho, uivava gritos de atravessar terra e montes, abrir porta do céu. Nunca tivera pai, e agora era órfão.

Joaquim Teodoro estava longe. Tudo deu certo, pensava.

DESPERTAR DE ZÉ ANJO

José Albério chegara de São Paulo com ares de assombrado pelo acontecido. Em reuniões de trabalho e promoção social para sua Comercial havia recebido a notícia do desastre do cunhado. Viera conhecer e oferecer préstimos, o que poderia fazer?
Tonho não soubera o que ninguém podia fazer, naquela noite.
Viera a galope largo em seu Brasão. Só chegou a tempo de ver o apagar dos rescaldos onde não mais existia o seu depósito, terra arrasada, negra, impregnada e fedida de pólvora, tudo queimado no arredor.
Lá dentro da varanda de serviço, aquele corpo em cima da mesa de carnear porco e tirar toucinho, o corpo desfeito do Zé Brilino, posto nu pelo Zé Anjo, não fossem as roupas queimadas estragar-lhe mais a carne.
Com água morna e sabão de cheiro Zé Anjo ia lavando corpo e chagas. Uma faixa compondo o estrago da cabeça, toalha felpuda e macia para enxugar, depois o vestir-lhe o terno domingueiro que Zé Anjo levara. O negro Zé Brilino nunca tivera tanto luxo nem atenção.
Tonho ficou emocionado, sem força para ajudar, nem falar, nem ordenar, Zé Anjo comandava os preparativos de encomendação. Era tudo certo, os dois se pertenciam e queriam.
Velório e rezas choradas pela noite, chegaram Ana de Macedo, Lina e mucamas. O velho já estava até bonito de roupa nova e caixão de tábuas enfeitado de flor de primavera e lírio-do-brejo. Zé Anjo já não chorava, herdara em definitivo o ser homem do seu finado Zé Brilino.
O enterro foi na fresca da manhã. Viera o bom padre Júlio, monte de curiosos do Desemboque mais interessados no desastre do que no sepultamento. Afinal a explosão varara três léguas no silêncio da noite, seu clarão e fogo amarelou nuvens e céu.
Depois do enterro tudo foi voltando, ficando pequeno. As gentes indo

embora, o desastre e a morte viravam passado, só no recontar do futuro voltariam a ter momentânea cor e vida.

Tonho Pólvora e Zé Anjo bateram terreiro e arredores em busca de entendimento, algum porquê ou pista. Sabiam que erro do Zé Brilino era impossível.

Casa queimada, terra queimada até longe, nenhum sinal ou rastro, um mistério sem solução.

Pensaram noutra pessoa e acidente, nada foi encontrado. Sabotagem? Ninguém ia se arriscar a uma explosão dessas botando fogo na casa.

Zé Brilino saía de cena como entrou na vida, humilde, discreto, sem pedidos nem queixas, em de repente de deixar só lembrança e saudade. Devia ser assim o seu desejo. Ficar velho, caduco, paralítico ou doente eram seus medos, de dar trabalhos e preocupações – e a morte o poupou de tudo isso.

As coisas foram se acomodando.

Zé Anjo voltou ao serviço normal em sua casa e fazenda, Tonho Pólvora às correrias das suas lidas e da sogra, agora imaginando sobre como reconstruir seu primeiro e tão pensado negócio, razão de sua vinda de Oliveira e até do seu nome.

Esse José Albério, seu cunhado, de volta de São Paulo já lhe trazia pêsames e propostas para o negócio. Agora nem era sociedade: o Tonho andava ocupado demais, queria comprar-lhe os direitos, as filiais, o trânsito com os fornecedores, ser dono enfim...

Vamos pensar e esperar, dizia Tonho.

Quirineu, em suas vilegiaturas rurais, deu de passar pelas terras de Tonho Pólvora, em especial pela sede e currais que estava construindo na herança de Ana, mais em especial ainda pela casa de Zé Anjo e Lina.

Nessa passagem, escolhia sempre as horas da tarde e seu retorno ao Desemboque. Sabia que Zé Anjo estava a serviço e lida no campo, Lina estaria sozinha, valia vê-la no lavar da roupa na bica, no pendurá-la nos varais, esguia e sinuosa em sua marcha de retirada para casa toda vez que ele ali chegava.

Aquela retirada ou fuga lhe excitava mais o desejo. Quirineu já se imaginava seguindo-a casa adentro, rasgando-lhe a roupa branca úmida da água, investindo em sua boca e partes, jogando-a no chão, montando a potranca de sua tentação fatal. Os bagos até lhe doíam naquela passagem de carne e fogo.

Lina já tinha reparado na passagem do gordo, agora repetindo-se mais, a toada inconfundível do Antares era conhecida de longe. Recolhia imediato o que tinha para lavar, soltava a saia até os pés, estes ligeiros nos três degraus que lhe davam o refúgio e a garantia de sua casa.

Nojento, esse gordo, pensava.

Gostosa essa mulata, tem que ser minha um dia – era o que pensava Quirineu, a coragem estimulada pelo desejo e solidão daquele recanto, só criações, pássaros e bichos de Deus por testemunha.

Tesão crescente, um dia Quirineu parou o burro na porta recém-fechada por Lina, bateu palmas, salvou.

– Ô de casa!

Lina abriu a janela, apenas, ficou com o busto desenhado em seus marcos, cabelos amarrados em rápido e curto coque. A Quirineu parecia um quadro de santa na igreja.

– Boa tarde, moça. Vou passando com sede, você me arranja água fresca?

Lina assuntou solução, afinal não podia fazer desaforo com o gordo. Era agente fiscal, o seu Tonho podia não gostar.

– Tem água fresca correndo na bica, moço. O patrão pode apear e beber quanto quiser...

– Mas deve de haver um pote de barro aí na sombra, água mais especial e fresca, servida em copo, como sou acostumado.

Lina fez um muxoxo, era ficar logo livre do gordo.

Entrou, tirou do pote um copo grande de alumínio, bem cheio de água fresca, abriu a porta, desceu os três degraus e deu ao Quirineu o seu pedido.

O gordo bebeu de cima do burro, sem pressa, os olhos repassando ostensivos as carnes e curvas da mulata, estalidos de língua. Sobrou quase toda a água, a sede era pouca, mais que tinha mesmo era aquela fome. Derramou a sobra devagar, no pescoço do burro, esperava que Lina lhe levantasse os olhos, a mulata firme mirando a terra.

– Obrigado, moça.

Lina pegou o copo, sem olhar.

– Você é muito bonita, sabe? Tenho reparado, no passar por aqui. E muito sozinha, neste ermo...

Lina já tinha entrado e batido a porta.

Nojento, esse gordo! Nojento!

Mulata gostosa, tem que ser minha um dia.

Mulata gostosa, tem que ser minha um dia...

E lá se foi Quirineu, os bagos doendo de tesão, imaginando coisas.

– Ana, ando desorientado desde a morte de seu pai. Parece que perdi o jeito de cuidar das coisas. Agora esse assunto do Zé Brilino, do negócio de pólvora e sal, das terras e herança a cuidar e dividir. Tou que nem vaca atolada, mexo, mexo e não saio do lugar, fervo a cabeça e não produzo nada...

– Calma, Tonho, calma. Devagar e manso, meu marido. Uma coisa de cada vez. Você é agitado demais, quer resolver tudo de uma vez, não dá. Vamos pôr as coisas em ordem, e resolver pela ordem. A parte da mãe você já arrumou, veja que ela não tem mais preocupação, a sede, sua casa e criadagem. Esse vaqueiro Ardilo que você arrumou é bom capataz, a peonada já se organizou, tudo no seu lugar. Da Alvorada você descansa, está em ordem, agora posso assumir lugar e trabalho, ela fica comigo, Zé Anjo cuida o retiro. Sobra pra você o estudo e a decisão sobre o negócio sal e pólvora, aqui e nas filiais, tome o tempo necessário.

– O José Albério fez proposta de comprar todo o negócio. Você sabe da ambição dele, e fácil seria vender, já temos muito que olhar, eu ficaria mais livre e por conta das fazendas e do gado. O diabo é que esse negócio é meu querido, por aí vim e fiquei, virei gente e nome...

– Sei disso, acho que não deve resolver na fervura do acontecido, o sofrer da morte do Zé Brilino, o prejuízo de fazer tudo de novo. Tome um tempo, vá até Oliveira e acerte com os fornecedores. Desvie as entregas para Uberaba, avise que vamos reconstruir o depósito do Desemboque, qualquer coisa, mas não resolva de cabeça quente.

A conversa era de noite, na cama refrescada por um friozinho da chuva.

Noites na Alvorada sempre requeriam uma colcha de lã cardada nos pés, de madrugada o sono vinha fácil. Sob a colcha Ana sempre dispunha um lençol de puro e escorregante linho, o abraço dos dois fazia o calor necessário. Tonho sempre se admirava das artes novas e inventadas por Ana no seduzi-lo, excitá-lo nas partes, no monta e remonta que o fazia viril e jovem. Esquecidas contrariedades e preocupações, só o de bom e gostoso na vida, a conversa curta, o trabalho grande e ritmado das bacias em refrega e luta, das pernas enroladas, dos braços abraçados, das bocas e línguas se devorando, Deus do céu que isto não é mulher, é o capeta na cama, cuidado e segura, Ana, que lá vou eu com a cama e tudo, abre céu que Tonho chegou!

Aí vinha a explosão, logo a bambeza mole, o resfolego da respiração diminuindo, o batido do coração se acalmando, o peito em movimento ritmado com o de Ana, ainda abraço, ainda querer, agora suave e macio. Lá de baixo mais nada, só prazer e satisfação, aqui nas mãos o afago da cabeça e cabelos, o beijo macio na nuca. Agora era dormir e sonhar, a cabeça leve, a ideia vazia, os olhos pesados, estou dormindo antes de dormir, pensava Tonho – e concluía, agora já sem falar.

– Que mulher, esta que Deus me deu!

Que mulher, que capeta, esta Mariita! – estava pensando o professor Calvert.

E tinha razão, o jovem professor de francês, de artes e boas maneiras, de etiqueta e comportamentos, centro das atenções femininas do Desemboque, os cabelos longos e ondulados, o olhar sonhador, as ideias poéticas, o ar espiritual, até o charme do sotaque afrancesado que preservava e cultivava.

Mariita, por sua vez, continuava sua liderança nas novidades e acontecimentos da pequena sociedade do Desemboque. Sem exigências do marido, promovia chás e reuniões, saraus musicais, literários ou de pura agitação social, em que brilhava a sua estrela de jovem bela, viajada, rica e invejada. De quebra, vinham progressos importados de São Paulo, as novas e brasileiras danças, nas quais o corpo a corpo relegava minuetos e quadrilhas para o passado – e a juventude delirava, comparecia, aplaudia e praticava.

Mariita sorria cristalina, era sempre a mais liberal e atrevida, vanguardeira do liberalismo de costumes que se iniciava no governo republicano.

O que não sabiam é que Mariita exercia por ali o seu protesto do regime doméstico e matrimonial.

Mariita sabia das infidelidades do José Albério. Perfumes estranhos, marcas de carmim, noitadas fora de casa, as viagens permanentes a São Paulo, mas não era esse seu maior sofrimento. As mulheres da época estavam sujeitas a essa situação, a preservação do lar e da família obrigava à tolerância e simulada ignorância.

O que Mariita não tolerava mesmo eram a indiferença e a ausência do marido, que só prestava corte ao dinheiro e ao poder. Ambição desmedida e frenética, tudo para José Albério se resumia em negócios e ganhos.

Por dentro, Mariita pensava que seu casamento era apenas mais um negócio do marido, o dote recebido, a herança a receber, o reconhecimento e posição social, o caminho do Poder e da Fortuna.

Em verdade, José Albério lhe dava conforto, roupas, viagens, luxo, tudo que queria e ambicionava.

Mas – e aí estava a questão – o marido não lhe dava atenção. Não acompanhava seu sucesso, suas festas, seu êxito social, não lhe batia palmas nem chamava ao palco que queria e requeria.

José Albério era um chato, concluía Mariita. Um chato indispensável pelo que propiciava, mas um chato aborrecido pelo que não a cortejava.

Com o passar do tempo, iam se afastando. José Albério afundado em sua marcha, Mariita buscando realizar-se pelo sucesso pessoal e social, reverências, homenagens e aplausos do Desemboque.

Mariita descobriu no jovem Calvert caloroso adepto, ajudante e logo admirador. Juntos promoviam as reuniões e festas semanais, já ensaiavam criar um coral e até um grupo experimental de teatro, uma convivência calorosa a contornar e superar o provincianismo e comodismo da sociedade local.

Em suas hostes alistavam-se os jovens, de sexos variáveis, os desajustados sociais, os sonhadores, os inconformados, os idealistas, toda essa fervura que em todo tempo e lugar fazem a festa e vida da evolução social.

Naturalmente a jovem Mariita e o jovem Calvert se encontravam sempre, nos planejamentos e ensaios, na curtição ideológica, e aquilo ia fermentando.

José Albério aprovava a movimentação cultural de Mariita. Era mais uma liderança a lhe prestar solidariedade e reverência quando fosse preciso. Não imaginava era que corria algum risco. Não lhe podia passar pela cabeça uma desconfiança da fidelidade da filha do coronel Macedo, da mulher de José Albério da Comercial do Desemboque.

Mariita também não pensava assim, o que queria era brilhar.

Calvert também não pensava assim, era apenas o jovem idealista professor da nova ordem no Desemboque.

Naquela tarde tinham ensaiado um tal maxixe, nova dança e ritmo que Calvert aprendera e trouxera de suas férias em São Paulo.

Como sempre, Mariita era o par do ensaio, a vanguardeira. Sem ela, a nova dança não ia prosperar; com ela, o sucesso seria imediato.

O maxixe exigia o contato de braços e corpos, era agitado e quente, os movimentos de pernas e bacias tinham uma sensualidade desconhecida e encoberta.

Mariita era uma deusa do ritmo e do desafio, estava logo nos braços e gingas do professor, o rodopio, o contrapé, o calor dos corpos num suor provocante e erotizante.

Certa hora, as coxas se tocaram, os passos entraram dentro um do outro. Calvert sentiu a firmeza das carnes de uma Mariita que não recuava, sorria e entrava, entrava e sorria, divertia-se, a capeta dessa mulher.

Nesta vida, afinal, todos dançam!

Tarde da noite, José Albério fazia contas, um hábito antigo. O dia não lhe dava tempo para as avaliações que reservava para a noite e solidão, quando fazia seus planos e projetos livre das interferências e ocupações de rotina e atendimentos.

As contas financeiras da Comercial já estavam avaliadas, mostravam uma situação boa, estável, porém um crescimento agora mais lento do que a sua ambição desejava.

José Albério sabia que suas ocupações com a política e o poder lhe eram prejudiciais, tomando um tempo que antes era só da Comercial e da Fortuna. Entretanto, o Poder embriagava. Era tão ou até mais sedutor que a Fortuna, coisa que só os políticos sabem sentir e entender. Sentir-se importante, lisonjeado, bajulado, decisor de vidas e destinos, centro de atenções, o nome em atas do poder, cogitado para ser e fazer história, quem sabe em livro, praça pública, estátua cívica... Eram descobertas novas em sua vida anônima, e lhe davam um prazer até então inimaginado, pelo qual ia insensivelmente trocando suas ambições anteriores.

Para isso lhe serviam as noites de avaliação, uma volta ao pragmatismo do início e passado.

José Albério amava a Fortuna, sua primeira e desejada paixão, e não podia abandoná-la. Bem usada, pela Fortuna se chegava ao Poder, e ele bem lhe servira até então. Entretanto, era preciso manter sua continuidade e crescimento, uma exigência até da manutenção dos comandos do Poder. Político empobrecido perdia o séquito dos profissionais, que logo debandavam para novas estrelas e constelações. Os amigos podiam continuar, porém José Albério sabia que eleições custavam dinheiro, porque apenas os profissionais lhes davam a dedicação total e obrigatória. Assim, estudava o balanço prático entre o sedutor Poder, que lhe custaria dinheiro, e a necessária Fortuna, que lhe facilitaria consegui-lo. Qualquer erro nesse equilíbrio poderia ser-lhe fatal.

A avaliação noturna dos votos válidos para as futuras eleições lhe reservara alguma surpresa. Descobrira, por exemplo, que as listas eleitorais pelas quais se votava eram restritas, não havia tanta gente capacitada. Estudantes, jovens, mulheres e muita gente do comércio nem estavam alistados ou podiam votar – e eram votos com que contava.

De outro lado, verificou que amigos e liderados do coronel Macedo tinham presença e eleitores de cabresto, de tradição. Seriam um risco se uma liderança pudesse reagrupá-los como antes estavam.

Naquela noite, tomou decisões que julgava importantes e rápidas.

Tinha que mobilizar recursos e influência para novos eleitores e novas listas. Aliciar cabos eleitorais, profissionalizar o processo político até consolidar sua posição. Perder as eleições depois de receber o bastão de condutor e líder republicano seria fatal para sua carreira e futuro na arte da política.

Tinha que aumentar a área de influência regional, na própria área rural. Minar restos de influência do sogro, desestimular a concorrência e competição, comprar alguns membros falidos daquela aristocracia, usar seus títulos e posição, reforçar ali seus apoios.

Tinha que reforçar seu caixa financeiro com novas receitas. Ia gastar muito até chegar à posição que pretendia. Uma vez consolidado no Poder, recuperaria com juros os gastos obrigatórios em sua Fortuna, sabia como usar corrupção e tráfico, ia chegar lá.

Tinha que dar algum reforço de tempo à Comercial, novas fontes de recursos, e não lhe saía da cabeça o negócio explodido do Tonho Pólvora. As dificuldades do cunhado eram grandes, seu tempo era escasso, a hora era oportuna. Era um assalto de pouco risco, precisava ser encaminhado antes que o cunhado pudesse pensar e se organizar.

José Albério fechou tarde seus livros e raciocínio, a mente em ordem e apontada para o futuro. Apagou as luzes do escritório, passou-se para sua casa para pouso e descanso. Só pensava em si e em seu destino. Ver Mariita dormindo e talvez sonhando já não lhe despertava qualquer sentimento ou emoção.

Homens direcionados e determinados têm essa facilidade para obter o que pretendem.

Às vezes, porém, perdem o que não pretendem.

—

Manuel Crispim subia cansado o rio Paraná, na lenta chata que de Aparecida do Taboado demandava o pontal dos rios Grande e Paranaíba. Ali pretendia descer e margear em nova pesquisa as margens e divisas de Minas e São Paulo. A divisa com Mato Grosso estava completa, sem pistas ou sinais.

Na chata, comerciantes e seus produtos se misturavam. A viagem demorada fazia nascer relacionamentos, amizades e interesses que podiam modificar projetos e até vidas, o que Manuel Crispim ia descobrir em breve.

No navegar lento, todos se transformavam em pescadores. Era uma forma de passar o tempo, de conversar mentiras de pescador, até de fisgar um dourado de dia ou um pintado de noite, festa do peixe fresco compartilhado com pinga e mandioca cozida.

Manuel Crispim bebia pouco, travou amizade com um Zé Alves que nada bebia, porque já bebera na vida passada tudo a que tinha direito.

Esse Zé Alves era grande contador de casos e conhecedor das gentes de beira-rio. Navegador permanente que era daquelas paragens, enchia de conhecimentos e de diversão a viagem de Manuel Crispim. Seu destino não era o rio Grande, ia subir o Paranaíba, chegar a Porto Alencastro, em Santana do Paranaíba ia fazer e concluir negócios. A esse fim convidou o já amigo Manuel Crispim. Era bom um descanso na cidade, já então um entreposto comercial daquele sertão, gente de toda sorte se misturando em busca de lucros.

Manuel Crispim hesitou, achava que devia seguir seu destino. Santana do Paranaíba já era outra fronteira, fora dos limites paulistas.

Zé Alves riu, contou mais uns casos. Em Paranaíba havia um encontro anual de todos os comerciantes de beira-rio, pela festa do gado, tudo acontecendo daí a uma semana, ia se divertir muito.

– Está bem, Zé Alves. Vou em sua companhia e promessa de diversão. Falto uns dias em meu destino, acho que vale um descanso. Depois, retorno a meu rumo e projeto. O que tenho a negócios não pode esperar...

E Manuel Crispim não desceu no pontal, subiu o Paranaíba rumo a Santana, era um descanso, dizia.

Ia, sem saber, encontrar seu destino.

—

Tonho Pólvora voltara às lides de sal e pólvora, no estímulo e desejo de Ana de retomar o sucesso inicial e fugir das pressões e tentações do cunhado em comprar-lhe o negócio.

Durante algum tempo sua vida virou um pandemônio de viagens, desde São João del Rei e Oliveira até Araxá, Uberaba e Prata, conciliando fornecedores com depósitos e compradores. A destruição do seu depósito central no Desemboque criou-lhe um problema sério de estocagem, seus artigos eram temidos e proscritos no perímetro urbano. Teria que construir um novo, mais moderno e seguro, e isso ia pedir um outro Zé Brilino de confiança para morador e zelador.

Quando chegava, era a correria de ver as fazendas, gados e plantações. Acabou-se o refresco das férias, os fins de semana em caça e pesca. Até o encontro e trato com os amigos e a família iam ficando difíceis e complicados.

Seu time de retaguarda se esforçava em cobrir-lhe faltas. Ana, Zé Anjo, um novo Galileu Pires de capataz, Tilico nas contas, o paraguaio Cantero chefiando comitivas, devagar as coisas iam sendo corrigidas e postas no lugar.

A ausência do sogro, as necessidades múltiplas e até o desejo de mostrar-se suficiente e capaz em relação a José Albério lhe davam forças para sustentar em marcha toda aquela parafernália de máquinas e interesses. Tonho estava amadurecendo. Já não saía nas correrias ativistas de suposta competência. Pensava, deliberava, trocava ideias, sobretudo juntava paciência e calma até tomar qualquer decisão.

– Ana, descobri hoje uma coisa importante: se aparecer um assunto ou caso urgente pra se resolver, e a gente não tiver tempo ou ideia pra resolvê-lo, é só deixar como está, e ver como fica. Na maior parte das vezes, fica melhor do que uma decisão mal pensada. Outras vezes, o assunto abandonado vai caminhando sozinho para uma solução, ou, o que é mais interessante ainda, caminha para um ponto em que aí a gente já sabe ou é obrigada a fazer o que é realmente preciso!... E de estalo vem na cabeça a solução final.

– Pois seja, meu marido, mas agora é tirar essas calças de couro, a camisa rasgada de espinho, as botas sujas, e cair num banho morno de banheira, com água de cheiro bem esperta. Com fumaça e sabão não há maldade que fique no corpo. Depois, bem amolecido e descansado, vamos pra cama, hoje é sábado, você se esqueceu? Amanhã você acorda com ideia de passarinho, tudo leve e novidade em redor...

E lá vai Tonho Pólvora feliz, suores e sofrimentos vazando com as águas do banho. Essa Ana sabia mágicas de renovar e fazer felicidade.

Quem não gostava das ausências de Tonho Pólvora era Zé Anjo, agora desdobrando-se entre a fazendinha entregue e as ajudas a Donana e também pela Alvorada.

Não era o serviço demais, nem as canseiras. Eram a falta do patrão, as lições encerradas do Zé Brilino, agora a Lina prenhada de três meses e sem a sua presença diária. Aquele corre-corre tinha que ser organizado e se acabar.

Quantas vezes chegava em casa já escurecido, lamparina na mesa da cozinha, Lina dormindo sentada na poltrona da mesa. No fogão a comida esfriando sobre uma trempe já sem fogo embaixo. Era acordar a mulher, dar-lhe o beijo da noite, ela lhe esquentar a janta, ele pedir desculpa e agradecer, enquanto tomava o banho exausto das caminhadas ensolaradas e perdidas.

Aquilo tinha que se organizar, pensava.

Naquela trapalhada toda, Lina era a mais infeliz e preocupada, com suas razões próprias e pessoais.

Os trabalhos do patrão e do Zé Anjo, as ausências e viagens, a correria de tentar pôr tudo em ordem e ver tudo em desordem eram coisas que entendia e femininamente absorvia pensando no futuro e no melhor.

O que afligia Lina, o que realmente lhe ia agonizando por dentro, era o troteado vespertino do burro Antares, quase todo fim de dia passando pela sua porta, conhecido, escutado e odiado de longe.

Antares, não, coitado; quem o conduzia, sim.

O gordo estava ficando cada dia mais frequente, atrevido e demorado. Queria assunto, queria mãos de boa-tarde e adeus, sempre o suor escorrendo cara e peito, os olhos de porco sondando seu corpo, a língua úmida de desejo, sem posição no arreio, me dá licença de apear um pouco só, um descanso na sala e sombra, vou embora em seguida.

– Moço, Zé Anjo meu marido não está. Peço-lhe tomar logo sua água e destino, não é por mal. O senhor passa demais pela minha casa, não fica bem, me faz o favor de se despachar logo e se possível não voltar...

Quirineu sorria, gostava do difícil e provocante. Os ermos da casinha, o cantar da água no rego, dos pássaros, o barulho das criações no curral e pastos, tudo fazia um cenário centralizado na mulata viçosa, carnes jovens e duras, curvas do peito, nádegas e coxas perfeitas, e, mais tentador que tudo, o seu jeito assustado e arredio. Quirineu amava a caça medrosa e fugidia, aumentava o seu tesão, estava quase no ponto de ebulição e explosão.

— Tem perigo, não, moça. Passo aqui por admiração da sua beleza, tão abandonada e sozinha. Venho ver se nada lhe acontece de mal. Sou seu amigo, se deixar quero ser mais que isso, beijar seus pés em adoração...

Lina batia a janela com força. O gordo safado lhe dava cada vez mais nojo, mas agora um pouco de medo, ele ia ficando atrevido. Pensava contar ao Zé Anjo, não sabia se devia, como ele ia entender, era novo e inexperiente, Deus me ajude, esse burro podia derrubar esse gordo na ribanceira e ele quebrar o pescoço, e eu ter paz para sempre...

Quirineu sorria lá fora, punha o Antares na marchinha caseira, rumo de casa.

A mulata está madura, pensava. Marido trabalhando demais, chegando tarde da noite, um soturno daqueles... Ia ser festa de Quirineu, o comedor das negras do Desemboque, o tesudo filho do fraco Quirino. Mais uma vez ele ia mostrar que era superior e melhor que o pai, um idiota querido pelo serviço escravizado de sua vida. Ele Quirineu um temido pela força e coragem, tesão de bode, rebuliço de cachorro, gostosura de cachaço, estátua de coragem e virilidade naquele sertão...

Seus bagos estavam pulsando até nas têmporas.

Na mesma tardinha doíam os bagos de Calvert, em trabalho de ensinar danças às moças do Desemboque, no salão da Lira.

Aquilo não lhe acontecia. O professor era discreto e consciente de sua posição e responsabilidade, as moças da sociedade lhe eram intocáveis.

Agora a danação lhe vinha em duas tentações: maxixe e Mariita. A música, pelo ritmo quente, agitado, tão ao gosto dos jovens, na novidade do dançar agarrado, do breque, dos movimentos roçantes e excitantes. Mariita... bem, o professor ia ficando intrigado com sua preferência pelas aulas de maxixe, pela audácia do agarrar-lhe o pescoço, de esfregar coxas e peitos, sempre o sorriso provocante, o decote fundo, o perfume francês. As mãos dadas no final da dança, ela é que lhe agradecia, decididamente aquilo não era normal, o professor ia se excitando, buscando acalmar-se, os outros podiam ver ou reparar...

Mas que os bagos lhe doíam, isso doíam!

—

Antares andava em rumos de à toa, Quirineu não lhe manejava as ideias nem a marcha, em sua cabeça só andava Lina, a mulata dos sonhos, tesão de sua vida. Quanto mais tardava, mais atormentava, aquilo tinha que acabar.

Animal velho e, portanto, mais inteligente, Antares sabia dum milho ensopado que Joaquim Teodoro servia à sua tropa em fins de tarde, já pegara uma sobra. Ia aproveitando a ideia longe do patrão para em passo macio e marcha leviana ir aproximando-se do destino que queria e lhe agradava.

Assim chegou, bufou e parou na porteira da casinha que Joaquim Teodoro recebera de José Albério, um piquete para dormida e comida da tropa, uma água fresca do rego-d'água, e o cheiro do milho que fazia Antares mascar o freio e babar o gozo da fome vespertina.

Quirineu acordou de suas ideias fáunicas, surpreso de não estar em casa. Esse Antares era um mal-ensinado, precisava de um corretivo.

Pondo em ordem o pensamento, Quirineu reconheceu onde estava e a manha do burro ficou explicada. Já que estava na casa do amigo, decidiu apear para uma prosa, naturalmente deixando Antares sem freio no aproveito do que merecera. A tropa do Joaquim Teodoro já tolerava e não estranhava a sua presença.

– Ô de casa! – salvou.

– Ô de fora! – A resposta veio na voz grave e soturna do jagunço já reconhecendo a presença do Quirineu, figura gorda e pegajosa que desprezava, mas que era importante para o patrão, que lhe dava sempre uns trocados e amabilidade.

– Amigo Joaquim Teodoro, não vê que o meu burro conhece melhor da vida que eu? Minha ideia vinha banzando, o safado aproveitou-a para estar aqui na hora do milho e trato!

Joaquim Teodoro pensava nos exercícios de tempo e hora que Quirineu fazia para sempre chegar às fazendas em hora de almoço e jantar, e mais ainda quando sabia de festa de "comes e bebes", e achava que Antares saía e merecia o dono que tinha.

– Aproveite a chegada. Venha, tem aqui uma água fresca enquanto o burro aproveita a ocasião...

Quirineu vinha pensando a loucura de Lina em sua vida, deu-lhe o estalo que o calado e imponente Joaquim Teodoro lhe podia ser de valia na escuta e até no projeto que vinha urdindo.

Foi nesse pensar que se achegou à sala de entrada, janelas abertas para entrar o fresco da tarde, Joaquim Teodoro já com água da bilha e com um café saído havia pouco. Valia assentar e prosar, com cuidados de início.

– Meu amigo Joaquim, venho encalorado de distância e sol, é bondade sua este café e água, que já agradeço. O patrão José Albério e coisas, tudo sem novidade?

Com Quirineu, Joaquim Teodoro abria pouca fala e jogo.

– Tudo bem. Sem novidade.

– E a sua vida, os trabalhos, vejo a sua tropa sempre gorda e bonita, parece não ter muito serviço por agora...

– O patrão já recebeu de Franca os últimos abastecimentos, não precisa minha assistência.

– Pois é, boa coisa para o José Albério ter um homem de sua confiança e capacidade para lhe dar segurança e proteção nos negócios. Você deve ganhar bastante, pela posição que tem na Comercial...

– Nem tanto, só o suficiente para ir vivendo.

– Pois é, eu venho projetando um assunto que não sai da minha ideia. Não sei se lhe interessaria saber, e quem sabe me ajudar na solução, ganhando um dinheiro bom e extra, é claro.

Dinheiro sempre alertava e interessava Joaquim Teodoro.

– Pode ser, desde que não atrapalhe meu serviço com o patrão, e seja coisa no meu alcance.

A Quirineu não ocorreu outra saída que não o despejar sua carga. Precisava tomar rumo e decisão.

– Pois é, amigo Joaquim Teodoro, vou lhe fazer uma confidência, sabendo que isso vai ficar entre nós. Se você puder me ajudar, muito bem, ganhará por isso. Se não, ficará calado, o assunto morre entre nós.

Joaquim Teodoro ia ficando curioso. Escutava, não queria responder por enquanto.

– Você sabe, Joaquim, da minha vida. Sou um homem muito macho. Não há mulher que chegue pra mim. Meu pai sempre foi um banana, enrolado com sua farmácia, seus remédios, seus chás, uma vida atrás do balcão. Eu nunca podia aceitar essa sujeição. Saí pela vida, você viu, mulheres foram meus remédios e chás, a cama ou o chão foram meu balcão, estou tirando o atraso de vida do velho!

Um gole do café já esfriando.

– Assim tive muitas mulheres e paixões, nunca firmado com uma. Nem com essas donas de família, que só pensam em casamento, casa, filhos e engordar, pão de queijo, rosca e doce de abóbora, depois a barriga grande, as pernas grossas de tanto ficar assentada no tricô e nos fuxicos...

Joaquim Teodoro ficou por entender, vendo cara, barriga e pernas do Quirineu.

– Meu tesão é mulher nova, seu Joaquim, de preferência sem ou de pouco uso, magra de carnes duras. Não precisa ter experiência nem desejo, essa parte fica comigo, mulher tem mania de enrabichar e dominar homem, e este Quirineu aqui é quem manda e disciplina mulher!

Joaquim Teodoro imaginava.

– Ainda não encontrei fêmea que quisesse e não tivesse. Pode regatear, passar um tempo. Às vezes precisa um ardil, uma pressão, alguma ameaça, no fim até fica melhor, a tentação aumenta...

Silêncio.

– Bem, Joaquim Teodoro, tenho agora um problema, que vou lhe contar de vez e supetão. Estou apaixonado, imagine, por uma menina nova, pior ainda, casada e difícil. Venho passando pela casa dela, jogando conversa. A menina nem dá atenção, faz que nem me vê ou escuta. Não aceito mais esse silêncio. Ela tem que ser minha. Nem que tenha que vender terras do velho Quirino, vou possuir essa mulher!

A fala de vender terra e envolver dinheiro estimulou Joaquim Teodoro.

– Mulher casada pode ser problema, Quirineu. Algum marido ciumento ou de dinheiro pode fazer o desatino de lhe enfrentar...

– Qual desatino, Joaquim! A moça mora sozinha, na roça e longe.

O marido passa o dia em trabalhos lá fora, chega tarde da noite, nem vai saber de nada!

– É, mas gente de família pode ficar ofendida...

– Que gente de família nada! A moça é aquela Lina, mulatinha cria lá dos Macedo, que foi casar com o tal Zé Anjo, capataz da Alvorada do Tonho Pólvora. Hoje eles tomam conta da fazenda do retiro, e o Zé Anjo ainda dá uma mão na organização e serviço da Alvorada. A Lina vive sozinha em casinha nova e deserta, boca de mato e brejo, uma lindeza e tentação, sei que com alguma presença e pressão ela não vai resistir.

– E o seu projeto?

– Joaquim Teodoro, faz mais de mês que passo quase diário na sua porta. Ela está sempre sozinha, lavando ou estendendo roupa, um molhado de cabelos, rosto e coxas, aquela tentação. Busco conversa, ela negaceia, mas toda mulata tem fogo por dentro, o que falta é jeito de riscar e acender, não sei de sua experiência.

– Olha, se fosse gente social, eu já lhe desaconselhava fazer qualquer coisa. Não gosto do assunto mulher casada, tem tanta xoxota por aí, no fim tudo igual...

– Não é igual. Se você encontrar essa mulata... o cheiro de capim do mato, o rego-d'água correndo, o ermo da moradia, aquele olhar molhado, as curvas daquela bunda no andar de rede em balanço, só de falar me doem os tentos, Joaquim Teodoro!

– Bem, se é artigo mais simples e desimpedido, se você já fez o estudo e apresentação, o que é preciso é tomar uma decisão ou então curtir dor de caxumba...

– Já pensei nisso. Tenho que comer essa mulata ou então aceitar que Quirineu fracassou, e um dia vender chás e poções pro velho Quirino. Você pode me ajudar, em troca de pagamento, é claro?

– E que ajuda seria?

– Olha, todas as mulheres que me recusaram eu tomei à força. Foram minhas por medo, por pressão, por necessidade – uma coisa até gostosa de sentir, já lhe disse. Já penso que assim será o proceder com Lina, e para isso talvez precise a sua ajuda.

– Quirineu, o assunto de força e pressão eu entendo e aplico bem. Só quero lembrar que entrado nesse rumo não tem volta, é só seguir em frente, às vezes com muito custo... e nem sei onde entrar ou que ajuda lhe dar.

– Joaquim Teodoro, eu posso estar enganado, mas essa mulata é igual a todas. Mulheres querem fazer cu doce, de gostosas, de difíceis. No fundo é coisa de provocar mais tesão e desejo do homem. Minha ideia é tomá-la à força, feito já fiz com outras, aproveitando o fim e vazio da tarde. Soube que depois de amanhã o Tonho Pólvora faz contagem de gado. O Zé Anjo fica com ele o dia todo, volta só de noite. Foi assim que escolhi o dia de matar esta paixão, e mostrar a Lina que Quirineu é macho e homem pra ela.

– E eu?

– Você me acompanha, para o caso de algum imprevisto ou reação. Ajuda a intimidar, ela fica mais mansa, facilita o meu trabalho...

– E o que vou ganhar?

– Olha, tenho aqui vinte mil-réis, em duas notas de dez. Na zona isto compra até cabaço de menina. Vai ser tudo seu, pela demão que precisar no serviço.

– Eu não sou nem trabalho por cabaço de donzela. Cem mil-réis é o meu preço. Ajunto toda a garantia de segurança e de força, pro que for necessário. Vinte hoje e agora, o resto depois da sua festa, tem dois dias pra ajuntar...

Quirineu sentiu até dor no coração, com a pedida do Joaquim Teodoro. Nunca pagara isso por mulher ou farra nenhuma, era um despotismo de exploração.

De outro lado, pensou, Lina era jovem, forte, esguia, podia correr e fugir, seria ridículo um gordo Quirineu campeando nu pelo cerrado a donzela de seus sonhos, a dona do seu tesão... e só de pensar sentiu de novo aquela urgência, tinha tudo planejado, era liquidar a questão. Depois, ao pagar o saldo, ia negociando com Joaquim Teodoro, missão cumprida, tudo seria mais fácil.

– Certo, Joaquim. Deixo-lhe os vinte hoje. Amanhã nesta hora passo por aqui, acertamos todos os detalhes. Mas, veja, a mulata é linda e minha, por isso vale esta quantia. Não vai me falhar!

– Sem risco, Quirineu. Espero-o amanhã. A sua Lina deve ser mesmo preciosa e de valor.

Por vinte mil-réis, Lina já estava empenhada. Valeria vinte, valeria cem, para o Quirineu que nunca queria ou aceitava ser Quirino, o bom e pacífico farmacêutico do Desemboque?

─

Manuel Crispim decidiu prolongar alguns dias a sua estada por Santana do Paranaíba. Os dias de exposição e feira foram tumultuados por festas de toda espécie. Havia montões de gente vindos de todas as distâncias e sertões de Goiás e Mato Grosso, era impossível imaginar que um vilarejo tão simples se transformasse de repente em sede e centro da mais gigantesca convenção comercial daquela entrada. Por ali, e com sábia discrição, verificou mil fontes de informação, desde gente atual e atuante nos negócios até companheiros já retirados, contadores de histórias idas e passadas. O amigo Zé Alves lhe servia de apresentação, ia ficando à vontade no ambiente, e no passar da festa fazia novas amizades, ampliava conhecimentos e informações.

Sem saber por quê, Manuel Crispim tinha arrepiados os pelos dos braços e das pernas, ficava excitado ao sair para as rodadas noturnas, um aperto de batidas fortes no coração, uma urinação frequente, uma lembrança de seus tempos na ronda policial de São Paulo e sua juventude.

Alguma coisa ia acontecer, era sua premonição, certeza e angústia. Animais caçadores têm essa comunicação elétrica, extrassensorial, instintiva ou o que for, mas presente e excitante.

Os sentidos em alerta, Manuel Crispim frequentava e povoava todas as noitadas, um hábito que não tivera antes, farejando, ouvindo, vendo. A pista estava ali, era sua certeza quase dolorosa. Ia aparecer – e ele não ia mais perdê-la.

─

Pela manhã Lina cumprira suas obrigações habituais, o café com leite, o queijo fresco e a broa de milho para Zé Anjo, depois uma sacola com paçoca de farinha e carne. O marido gostava de ter aquilo no arreio, merenda certa para os dias de campeado longo e volta tardia.

Tinham feito amor. Zé Anjo lhe passara mãos carinhosas pela barriguinha de terceiro mês, ficava orgulhoso de sua fêmea conservar corpo e energias de jovem, e já ser tão mulher em sua vida.

– Lina, já te falei: o menino tá crescendo. Senti ele na minha mão, agitado, até protestou quando eu te montei. Ciumento, o bicho!

– Você é bobo mesmo, Zé Anjo. Menino mexe à toa, é pra mostrar que está vivo e aí receber atenção. Isso vai ser pela vida toda, homem!

– Cuide dele, moleca. Chego de noite, quero você cheirosa, lírio-do-brejo na sala, ramo de alecrim na orelha, uma costela assada no forno com mandioca e farinha. Depois vamos vadiar na cama. A vida é festa, menina!

Lina riu, gostava de sentir-se desejada e programada. Esse Zé Anjo era um bode de tesão, duas por noite se lhe faltava sono ou que fazer. Inexperientes os dois, iam juntos fazendo a escola da sensualidade. De início era a imitação das criações, a montada rápida e violenta do touro, a eletricidade do carneiro, depois o rebuliço do cachorro até o momento da trela e espera. Mais adiante a calma gostosa do cachaço nas porcas, manda e tira uma volta, geme e esfrega, desce e volta, amor é coisa boa de se fazer de qualquer jeito e forma, pensava, sentia e agora experimentava Lina.

Zé Anjo deu-lhe na bunda a palmada de despedida, quebrou o chapéu na testa, pulou os três degraus da escada e montou de golpe a sua Brasina, sem pegar rédea ou estribo. Zombeteiro, cumprimentou-a com dois dedos na pala do chapéu, roçou na virilha da mula a espora rosetada, e foi logo um rápido girado em dois pés de poeira e alegria. Zé Anjo partia.

Lina, da portinha, ainda lhe abanou a mão em despedida, era o seu amor que voltaria à noite. Deus bom, o do seu destino.

– Encontramos de tarde na estrada velha do Quenta-sol, ninguém passa por lá essa hora. Vamos ladeando até a mata do brejinho. Ali saímos e tomamos o retorno da Fazenda Alvorada para a casa da menina, sem perigo de encontrar gente ou vida pelo caminho. Fiz isso muitas vezes, nessa hora, tudo vai dar certo.

– Quirineu, quero lembrar que essa empreitada é sua, eu sou seu segurança e ajuda. Não vou misturar-me com gente curiosa. Terminado o assunto, faço que não nem nunca soube de nada!

– Certo, Joaquim Teodoro. Não se preocupe, o caminho estará livre e aberto. Depois tudo se ajeita, tenho experiência no ramo...

– Então, às quatro horas, lá estarei.

A metade do dia esquentou demais, o tempo ficou abafado, nuvens grossas e carregadas. Um suor colava roupas no pescoço e peito de Lina, ligeiramente engordada, que agora relaxava botões do corpete e sutiã, precisava de ar e liberdade.

A roupa já estava lavada e dependurada, o terreiro varrido, as criações cuidadas, regada a sua horta de couve. Apanhara uns lírios-do-brejo pra fazer o gosto de perfume do Zé Anjo, o alecrim na orelha, lavara todas as panelas e o chão da cozinha. Lina tinha o prazer e gosto pela água e limpeza, e também por fazer tudo certo e ter a tarde para folga e espera do seu marido. Aquele calorão abafado era sinal certo de chuva pela tarde ou noite e tudo estaria mais fresco na manhã seguinte que Lina esperava ver e gozar.

Estava no pilão, debaixo da coberta externa, em serviço de socar arroz, quando viu de longe e pela estrada os dois cavaleiros.

Antares não a enganava, vinha naquela marcha matreira, trocando orelhas e de cabeça baixa. Decerto que carregar o gordo era sina dura pra qualquer burro.

O outro cavaleiro era grande, muito grande, usava roupa toda escura, um chapéu desabado sobre os olhos. Montava uma mula de toada nervosa e passarinheira, mantida em rumo por boa rédea e espora.

Lina manteve-se de costas para os que se aproximavam, não queria mostrar notícia de sua presença ou passagem. Esperava que isso terminasse logo, tinha um abafamento e angústia que não sabia explicar.

Ainda estava assim quando o toque-toque da tropa veio ficando vagaroso na chegada da cancela do jardinzinho de frente, depois o passo a passo, depois o silêncio, Lina oprimida e assustada ali por dentro.

– Moça, não me dá mais o boa-tarde?

Vagarosa e pesada, Lina foi girando de frente para os visitantes.

– Boa tarde, sr. Quirineu e companheiro. Desculpem, estou em serviço de soca e pilão, não pus atenção na estrada...

Joaquim Teodoro permaneceu impassível. Quirineu de olhar fixo, aquele tesão subindo, sentia por dentro o medo entranhando Lina. Gozava a situação, o coração lhe batia forte e rápido. Não era homem de bulas, chás ou xaropes, era raposa em caça de lebre, paralisada de medo e sofrer...

– Moça, o meu amigo tem sede. Contei-lhe da sua água de bilha e do seu café, ele desejou a prova, aqui estamos.

– Sr. Quirineu, ainda nem fiz café, a água da bilha não refrescou, posso lhe servir da caneca aqui fora e do rego-d'água, fresquinha na sombra...

– Mas hoje estamos vindo de longe, as pernas cansadas merecem um descanso. A sua salinha parece tão fresca e sombreada, não temos pressa, esperamos passar o café.

E Quirineu se apeou, assinalando a Joaquim Teodoro que o seguisse.

Lina esfregava as mãos de aflição, confusa. Aquilo não lhe agradava.

– Preferia que não entrassem, está tudo desarrumado, sou muito desmazelada, tenho vergonha. Esperem aqui fora, por favor. Vou lá dentro, passo o café bem ligeiro, os senhores seguem viagem...

E no seu andar de corça assustada passou-lhes pela frente, entrando casa adentro. Aquilo tinha que terminar logo.

Quirineu puxou Joaquim Teodoro pela manga. A porta estava fechada por tramela de madeira, um empurrão continuado do jagunço logo forçou a entrada na sala, arrumadinha, cheirosa de lírio-do-brejo, um vaso de flores recém-colhidas, cheiro de alfazema misturado com cheiro de marcela posta a secar pra fazer travesseiro.

Voltando da cozinha, Lina se assustou com a presença dos dois em sua sala e privacidade.

– A porta ficou meio aberta, Lina, viemos gozar a sombra e espera do café.

As mãos de Lina tremiam, ao pôr na mesa as xícaras e o bule. Aquilo ia mal, seu coração batia forte demais, muito suor nas mãos, aquela tremura...

Quirineu sorveu com calma o café, a visão de Lina desarmada e inofensiva lhe enchia os olhos. A um canto apenas vigiava Joaquim Teodoro.

– Lina, já lhe falei do meu bem-querer por você, de minha vontade de lhe fazer feliz, de como lhe quero e desejo...

– Sr. Quirineu, por favor, cale a boca. Este senhor não me conhece, não sabe que sou casada e feliz com meu marido Zé Anjo, que lhe agradeço, mas que não quero nem aceito seu amor ou qualquer declaração. Por favor, termine seu café e retire-se de minha casa!

Quirineu pôs-se de pé, andando pela sala em pretensioso pra lá e pra cá, dedos no cinturão, ares de dono e possuidor.

– Lina, hoje não me retiro sem receber o que pedi e quero. Não resisto mais ao meu desejo, você tem que me satisfazer. Só vou embora quando isso acontecer.

– O senhor está louco, eu sou mulher casada e fiel, já lhe disse. O senhor que vá buscar outras mulheres ou as quengas do Desemboque. Respeite o meu lar!

E Lina fez menção de abrir-lhes a porta de saída, passando rápido por Quirineu.

O gordo estava desperto de sentidos e ação, agarrou-a pela cintura, juntou-a brutalmente ao seu corpo.

– Não tenha pressa, menina. Você agora está sozinha, desarmada e é minha presa. O amigo Joaquim Teodoro é discreto, veio só de companhia, ninguém lhe quer mal.

– O meu marido está chegando, vejam, me larguem, fujam, não façam violência que eu esqueço tudo!

Joaquim Teodoro chegou-se rápido à janela. Quirineu bambeou os braços. Ninguém lá fora ou em vinda. Lina só queria o tempo e espaço para fuga, voou para a cozinha.

Joaquim Teodoro era grande, braços enormes e rápidos. Pegou-a pelo pulso, puxou-a brutalmente de volta a Quirineu.

– Senhor desconhecido, tenha piedade. – Lina já chorava e tremia, aflição, medo e vergonha juntos. – Tenha piedade, senhor. O moço Quirineu está fazendo uma loucura, vai nos prejudicar a todos, provocar o castigo de Zé Anjo, de Nossa Senhora e Deus. Me ajude, leve embora o moço atentado...

Joaquim Teodoro não mudou face ou expressão. Apenas encheu com seu corpanzil a porta da cozinha e fuga, o resto ficava por conta de Quirineu.

Devagar, o gordo caminhava para Lina, em gestos lentos e estudados, desabotoava casaco e correão das calças, logo a braguilha. A insinuação grosseira pretendia excitar, mas na realidade aterrorizava Lina, agora com lágrimas escorrendo em cachoeira, aquilo não era verdade, era pesadelo, não podia estar acontecendo com ela, Deus do céu, por que não me ajuda...

A mão pesada de Quirineu desabou sobre corpete e sutiã de Lina, num rasgar selvagem e rude. Os peitos da moça pularam livres, esplêndidos no cheio da primeira gravidez.

Lina ajoelhou-se.

– Sr. Quirineu, senhor estranho, pelo amor de Deus, não me façam mal. Sempre fui e estou sozinha. Achei o meu amor. Não me desonrem, que não poderei mais viver. Pelas suas mães, mulheres, filhos, por tudo que mais quiserem, me deixem, me deixem agora...

E as lágrimas de Lina encharcavam o tabuado simples da sala. Sem saber, dera a Quirineu a excitação máxima.

– Menina, mãe, mulher e filha nunca tivemos, você deve nos servir em seu lugar. Tire sua roupa, uma saia de linho tão linda não merece ser estragada, como você não deve estragar a nossa tarde.

E Quirineu ergueu Lina pelos ombros, a mão logo enfiando-lhe pelas costuras e colchetes da saia. A nudez era seu desejo mais urgente e agressivo.

Lina, esgotada em emoções, partiu para a luta desigual. Com uma joelhada forte no entrepernas do gordo livrou-se do seu braço, buscou fugir, logo porém agarrada e presa, esperneando, debatendo-se, chutando e bracejando, dentes e unhas de gata acuada, esmagada mas não tombada pelo gordo desesperado e já arfante.

Devagarinho, o peso se impunha, e Quirineu ia dobrando para o chão a sua caça e presa, rasgando roupas, rompendo hematomas e distensões musculares, a estafa e canseira de Lina.

Num assopro de paixão, a boca babenta de Quirineu chupou os lábios de Lina, recebendo em troca feroz mordida de sangue e unhadas que lhe rasgaram o rosto à esquerda. Desespero e raiva revigoravam as forças da mulata, que conseguiu nova joelhada em Quirineu, lábios e rosto sangrando, moral abatida pela resistência da caça que supunha sua e morta.

– Ajude, Joaquim Teodoro! Esta onça precisa ser domada!

Joaquim Teodoro até então se divertia, excitado pela luta, curioso do seu resultado.

Convocado, resolveu ajudar Quirineu, em risco de não conseguir o desejado, e em consequência não lhe pagar o combinado.

Sua força era demais, desigualava a luta, decidia o que acontecer.

Sem chegar pela frente, Joaquim Teodoro segurou Lina pelos cabelos, deu-lhe um rápido puxão que lhe estalou a nuca e tonteou a cabeça.

– Deite-se no chão, cadela! O patrão Quirineu lhe ordenou, faça logo e vive, ou lhe mato de pancada!

De lado, Lina viu a nova ameaça e força, estava no limite de sua luta e resistência. Roupas rasgadas, sangue, machucados em toda parte, apenas a cabeça resistia a lutava. Enquanto Joaquim Teodoro a arrastava para o chão, para pô-la à mercê do gordo, Lina fez seu último esforço – a tesoura de costura, que conseguiu empunhar e enfiar nas costas da mão de Joaquim Teodoro.

O monstro não sentia dor nem emoção. Não soltou o cabelo de Lina. Com os dentes tirou a tesoura, jogou-a de lado, e aí sujeitou de forma definitiva Lina ao solo e ao desejo de Quirineu.

Quando o gordo se deitou sobre ela, quando sentiu a sua penetração através das pernas afastadas pelo corpo odiado, Lina finalmente gritou.

Gritou fundo, de toda a sua alma, fôlego e vida. Gritou de varar casa, brejos e matas, vaguear pelos campos, assustar a passarada e criações do terreiro, até o burro Antares estacou no cabresto, parecia que o mundo ia escutar e justiçar a Lina de Zé Anjo.

Quirineu nada ouvia, gemia e babava, era o sonho realizado, nenhum cuidado ou desejo mais.

Joaquim Teodoro, porém, ia ficando incomodado, gritos sempre lhe faziam mal. Lembravam um passado distante, que não mais queria escutar ou saber, um corpo à beira do rio, o desatino, a correria pelo mundo, fugindo daquele grito desesperado e final.

Assim foi que Joaquim Teodoro tapou a boca de Lina, para ela não mais gritar, enquanto Quirineu a possuía em seu resfolegado cansado e demorado.

De início, Lina ainda tentou se livrar daquela mão gigantesca, retomar o grito e a vida. Deus, Zé Anjo, meu filho, onde estão?

Depois, veio aquele escurecimento nas vistas, uma canseira no fôlego que não respirava, logo uma flutuação leve, nada mais doía nem importava. Lina estava deitada sobre rosas, Zé Anjo lhe sorria do lado, o filhinho lhe mamava o peito, estavam todos no ar fresco e macio, aquilo devia ser o céu, Lina até tentou sorrir.

Quirineu finalmente gozou e desmontou de sua presa, mais uma vez vitorioso e exausto.

Tombado de lado, passou a mão pelos peitos de Lina, agora gentilmente, em forma de carinho. Depois pelas coxas, logo pela face, esperando alguma reação ou emoção. Nada.

Meio zonzeado, Quirineu sentou-se, pondo em ordem suas ideias.

Joaquim Teodoro já estava todo de pé, acalmado porque não havia mais gritos nem lembranças. Estava de novo em seu mundo.

Fora do mundo, e em definitivo, estava Lina, constatação horrorizada de Quirineu, sempre pronto e preparado para covardias e maldades, mas nunca pensando que a morte podia fazer-lhe companhia.

Quirineu passou as mãos pelo corpo, pela cabeça de Lina, esfregou-lhe os pulsos, deitou ouvido em seu coração, como vira fazer um dia o velho Quirino.

Nada. Sem explicar ou entender, mas Lina estava morta.

Quirineu afastou-se de arrasto e rápido, de susto e nojo. Aquela desgraça não estava no seu projeto.

– Joaquim Teodoro, a moça morreu! Você matou a moça, Joaquim Teodoro.

– Eu não matei ninguém, ela morreu pela violência. Eu avisei que esta estrada não tinha volta.

Quirineu levantava-se trêmulo, escorado pela parede, um desejo de correr e sumir, de nunca ter estado por ali. Aquilo não era com ele, ele não era responsável.

– Vamos embora, ligeiro, Joaquim Teodoro, antes que anoiteça e chegue o marido. Depois nos separamos, esquecemos tudo, nada sabemos, nada aconteceu. Vou até ficar na farmácia uns tempos, estou cansado, muito cansado hoje.

Joaquim Teodoro compôs o ambiente, botou de pé as cadeiras, jogou lá fora os lírios-do-brejo, até levou pra cozinha o bule e as xícaras de café.

Na sala, o enojado e horrorizado Quirineu estava fixado no corpo nu de Lina, nas roupas rasgadas, na morte imprevista. Não conseguia sair do choque nem mexer-se nem falar.

Joaquim Teodoro, o monstro, apreciou a beleza nua e morta de Lina. Aquilo lhe acendeu um desejo de lembrança passada e não cumprida. Devagar, Joaquim Teodoro tirou as calças e baixou-se sobre Lina, estuprando na morta todas as suas lembranças, como se nela quisesse desaguar e afogar seu inferno.

Na janela, Quirineu vomitava. O horror fora suficiente para devolver-lhe a energia de fugir, de sumir daquele mundo infame que era de sua criação e autoria.

Montaram seus animais, as mulas inocentes pelo menos sabiam regressar sem perturbar o silêncio da morte e do horror que deixavam atrás.

Na sala, Lina morta ficara de olhos abertos, mirando o infinito. Se pudessem ver, veriam Lina em colchão de rosas, amamentando seu filho, Zé Anjo feliz e sorridente ali a seu lado.

Ia anoitecendo, as nuvens traziam raios e trovões, chuva grossa ia chorar a noite inteira.

Por que aconteciam essas coisas no sertão?

Zé Anjo voltava cansado, o dia fora duro, campeio longe, duas trocas de animais por causa do calor e abafo do tempo, e não dera para terminar: no dia seguinte iam completar a pega do gado que faltava.

Já era escuro, a chuva ia chegando em gotas grossas, relâmpagos e coriscos se cruzavam. Mais tarde a tempestade ia ser forte.

Havia um silêncio maior nas estradas, natural, bichos e criações têm respeito pelo ameaço de tempestade, recolhem-se até nas vozes e ruídos.

De estranho, Zé Anjo não via luzes na sua casa, que Lina sempre iluminava festiva pela sua volta. Já estava perto, e nada de claridade. Deu um aboiado grito de comitiva, às vezes gostava de assustar Lina dessa moda.

Nada.

Em aflição sem saber, Zé Anjo esporeou Brasina, que mesmo cansada obedeceu e logo o levou à cancela do seu jardim.

Silêncio total.

– Lina!

Nada.

– Lina! – gritou mais forte, um batido estranho apertando pescoço e coração.

Dava pra ver a porta entreaberta, e lá dentro só escuridão.

Num salto Zé Anjo pulou a escada e invadiu a sala, já pondo luz de sua binga na lamparina de azeite logo na entrada.

A chama tremeu, crescendo devagar. As luzes eram por alto, paredes e mesa e cadeiras, nenhum sinal de gente ou Lina, Zé Anjo se acostumando à claridade.

Foi no dar a volta pela mesa que Zé Anjo tropeçou em Lina, o corpo na sombra, precisou abaixar a lamparina para realizar tudo.

O susto foi tão grande que a lamparina lhe caiu da mão e se apagou, esparramando azeite pelo chão.

Mãos tremendo, Zé Anjo fez fogo novamente, acendeu agora a lamparina e duas candeias de grosso pavio de algodão, iluminando como pôde todo o cenário de sua dor.

Não precisou chamar gente para ver que Lina estava morta – o frio já lhe tomava o corpo, mãos, pés e fronte, o peito imóvel, sem ar ou vida.

Não precisou chamar gente para ver como morrera Lina, de que e por quê. A nudez machucada, manchas por todo o corpo, a boca mordida, a violência evidente, até o cheiro morrinhento de sexo e suor.

As mãos tremendo, o coração oprimido, Zé Anjo afagava os cabelos e o rosto de Lina, fechava-lhe os olhos amados, o beijo suave, a dor era demais para deixar escorrer o choro que viria mais tarde. Com artes e carinho de amante, como se Lina viva estivesse, Zé Anjo carregou-a para o quarto, trocou e compôs suas roupas, seu corpo. Não iriam vê-la naquele estado.

A mão direita de Lina estava fechada, dura, e ao abri-la Zé Anjo encontrou um botão dourado, de camisa ou de casaco, na luta arrancado de seus companheiros. As unhas de Lina tinham restos de pele, de carne e de sangue, marcaram sua luta e seu assassino. Zé Anjo já tinha pista e trilha para caçar.

Lá fora a chuva descia forte. Não haveria rastros do ou dos animais visitantes, mas Zé Anjo era caçador de nascença. Depois ficaria à espera de sua paca, onça ou demônio.

Foi uma noite sofrida, a volta na Brasina, o aviso ao patrão na Alvorada, a todos os companheiros, gente enviada à polícia no Desemboque. O velório triste, o corpo levado em carro de boi até a sede do coronel Macedo, irmãs e amigos em solidariedade, dor em todos os corações, a juventude, a beleza, a gravidez, o marido jovem, tudo era questão e matéria de suspiros, ais e lágrimas.

Ana de Macedo, Tonho Pólvora, Donana, Mariita vinda da cidade, todos choravam, como chorava o céu em catadupas de água.

Só não chorava Zé Anjo.

Fixado à beira do caixão, as mãos não saíam de alisar os cabelos e o rosto de Lina, resto de noite, madrugada, até a hora do enterro. Vinda a tampa e pregos do caixão, Zé Anjo saiu espontâneo, deixando ao padre Júlio a encomendação final.

Uma única coisa Zé Anjo pedira, e fora atendido: o corpo seria enterrado no cemitério do Desemboque, passando uma hora na igreja e visitas finais dos amigos, dos interessados e curiosos.

Nessa hora Zé Anjo já estava por fora, soturno, contrito, ar distante, mas terrível caçador por dentro.

Calmamente, Zé Anjo memorizou todos os visitantes do enterro. Todas as presenças foram examinadas, roupa ou sinal de qualquer violência no rosto ou no corpo – tudo arquivado para seu estudo.

O ou os assassinos não apareceram.

Estavam ausentes, mas isso já era útil e diminuía a área de caçada de Zé Anjo.

A polícia ia procurar, mas aquela caça era especialidade para Zé Anjo. Ele queria buscá-la pessoalmente, e dar-lhe o destino conveniente. Tinha quatro ou cinco dias para descobri-la, um botão e pedaços de carne e arranhões.

Para ele, isso era suficiente.

A CARGA DO BURRO ANTARES

As lavadeiras de roupa eram ainda uma instituição naquela época em que água corrente nas casas apenas se iniciava. As pensões, os hotéis, as casas familiares, os estudantes, todos tinham sua lavadeira particular, que vinha em dias acertados buscar-lhes a trouxa de roupas para lavar. Aquilo era carregado à cabeça da mulher, que a levava ao ponto público de lavação de roupa, uma volta empedrada e rasa do córrego na parte baixa da cidade. Lá se descarregavam as trouxas, eram desfeitas, as peças separadas, e cada uma cuidava do que lhe era confiado, até que tudo estivesse lavado e limpo, em ponto de secar e ser entregue na casa-dona. Aí para a passadeira, esta geralmente uma empregada permanente da casa, enquanto as lavadeiras serviam a vários senhores e fregueses.

O processo de lavar era simples, a água corrente e o sabão, qualidade delicada para roupas finas, sabão grosso de dicuada para peças grosseiras de campeiros e lavradores.

Em seu serviço, elas cantavam, fuxicavam, riam, contavam casos e novidades. Era uma manhã divertida e cheia, serviço alegre e comunitário, nem viam o tempo passar.

Catita, mulher de André, que pela semana trabalhava de carreiro na Alvorada, recebeu de Zé Anjo um botão dourado, um pedido e recomendação.

— Catita, este botão foi arrancado de blusão, casaco ou camisa, onde deixou sua falha. Aqui tudo do Desemboque se lava. Quero você o dia todo e todos os dias avisando as amigas que achou este botão, onde estará o dono da peça? Confira bem, se isso for encontrado, e aí avise-me do dono.

Catita compreendeu, abriu olhos e sentido. Passeou a informação por toda a roda, sem alarme ou intenção, queria só devolver ao dono um lindo botão dourado.

As artes da natureza são muito importantes para a formação e conhecimento de gente, se bem observadas, pensava Zé Anjo no lombo da Brasina, rumo de casa e tristeza.

Armar uma espera para caçar paca parecia coisa simples: jogar um milho no chão, lá vinha o bichinho.

Na realidade, paca é bicho sutil e desconfiado, assim sobrevivem os animais.

Jogar uma espiga no seu trilheiro, assim sem estudo ou conhecimento, era só assustar e perder a caça. Zé Anjo já tinha visto paca descer o trilheiro, pular por cima da espiga oferecida e ir longe no mato buscar a escondida, para ela em parecer sem risco ou malícia.

A morte de Lina não fora coisa acidental ou no repente. Tinha sofrido estudo, apreparos, reconhecimentos. A pessoa – ou pessoas – autora daquela maldade devia ter passado antes por ali, devia conhecer Lina, a sua casa sozinha, até saber da sua vida e da hora certa em que podia fazer a judiação. A chuva tinha apagado a passagem daquele dia, mas nas vizinhanças e no anterior essa passagem devia ter sido vista. Afinal, estradas passam por casas, fazendas, sítios, por elas passam e se encontram pessoas. Zé Anjo ia descobrir.

Também pensava na luta de Lina, o seu desespero, os dentes e unhas. Alguém devia estar bem lanhado de feridas, e igual cachorro apanhado e escondido em seu buraco.

Assim ficava Zé Anjo com duas pistas importantes, uma a presença no passado, a outra sua ausência no presente.

Era buscar e casar os fatos, pôr em cima um botão dourado, e amarrar o bandido.

E aí, chamar a polícia?

Lina mulata pobre, Zé Anjo um peão de boiadeiro. Só ia funcionar se o malvado fosse de igual qualidade, e gente de má qualidade na cadeia só ia aprender e piorar.

Se fosse de gente superior, pior ainda, tudo ia terminar por aí. Os importantes se ajudam, cadeia só mesmo pra pobre e desvalido.

Não, esse não era um caso de polícia.

Era caso de caçada, e particular caçada do caçador Zé Anjo, agora em licença pedida ao patrão Tonho Pólvora como se de luto e sofrer fosse.

―

A caçada de Zé Anjo começou em trilhas espalhadas pelas fazendas, sítios e moradores da vizinhança.

De início, procurou os conhecidos, companheiros de campo e trabalho. Logo os vendeiros das roças e os pequenos vendedores ambulantes que corriam aquela redondeza. Buscava um passante habitual, dizia, alguém que fosse visto mais vezes ou com frequência, se possível em sua estrada e caminho. Podia estar só, ou acompanhado, não sabia, mas a sua passagem devia ser sempre pela tarde, como quem vai para sua casa e destino.

Zé Anjo agia com cuidado. O procurado podia ser qualquer um daqueles informantes, despistar ou dar falso caminho. A conversa era sem um clarear de todo, olho no olho, perfurando alma e corpo. Ninguém ia lhe dar testemunho ou informação falsa.

Da cidade Zé Anjo fazia mapeamento dos ausentes ao enterro e velório. O machucado daninho ficara recolhido em casa, unhas de Lina iam marcá-lo por dias ou semanas, estaria mesmo recolhido, ausente de público e visão.

Todo dia Zé Anjo visitava Catita, em busca do casaco faltante de um botão dourado, os demais no lugar devido.

Tonho Pólvora sabia do trilhar diário do Zé Anjo, de manhã até a noite. Conhecia seu caçador, sabia que a caça não ia escapar, era só questão de tempo, e curto. Esperava a prisão do criminoso, o trabalho da polícia era vagaroso, mas na cadeia o bandido deveria estar em breve – e por mãos do Zé Anjo.

―

Antenorzinho Pereira tinha sua venda na passagem do córrego Cabaçal, um entroncamento de estradas e picadas no caminho da Alvorada e Araxá, ponto de passagem de boiadeiros e ambulantes. Conhecia toda a gente local e os habituais de passagem, e andava assustado com a insistência da visita de Zé Anjo e seu perguntar.

Todo mundo sabia do crime e acontecido, mas como todo mundo ninguém queria envolvimento maior. Denunciar era coisa séria e perigosa, melhor ficar no cego, surdo e mudo.

Antenorzinho não sabia de nada, dizia, mas o olhar penetrante de Zé Anjo o estava incomodando, e naquele começo de noite mais ainda, que estavam sós e sem nenhuma demanda para sua atenção ou fuga.

– Seu Antenorzinho, este é meu terceiro dia de busca de sua informação, ninguém anda por aqui sem sua notícia e conhecimento.

– Amigo Zé Anjo, não tenho e, portanto, não posso lhe dar informação de valia. É mesmo muita gente que passa por aqui...

– Sei disso, seu Antenor, mas seu olhar não me engana. Está fugindo enquanto fala, a sua ideia buscando assunto e desculpa, vou ficando nervoso. Até penso: quem sabe seu Antenorzinho está mais nesta questão, nem quero acreditar, mas já vou ficando nervoso...

– Que é isso, Zé Anjo, Virgem Maria?! Juro por Deus, maldade como essa de Lina é pecado. Se eu soubesse punha o dedo e apontava. O medo é mesmo de apontar errado, e na raiva o seu proceder...

Antenorzinho tinha cometido o erro.

– Não estou pedindo para apontar ninguém, não preciso disso. Eu sei o que e como proceder. Quero só os nomes de pessoas que passaram por aqui, nestes quinze ou vinte dias, com mais frequência e vezes. O resto é comigo. Sei que o amigo aí já tem pessoas para indicar, não vou lhe dar mais sossego enquanto não desembuchar. Se não falar hoje, venho visitá-lo tanto que o bandido ficará sabendo. Aí então poderá mesmo desconfiar de sua língua, e até querer vê-lo mudo em definitivo...

Antenorzinho suava, ninguém chegava para distrair ou ocupar sua atenção, nenhuma desculpa para sua fuga. Tinha que indicar alguém ou alguns, ou não ficava livre desse Zé Anjo. Por dentro, já tinha sua suspeita, e forte, mas não era certeza, melhor misturá-lo com outros passantes habituais, e encerrar a visita.

Antenorzinho, nesse estado, contou seis nomes de gente que rondara por ali, com frequência. Mas não queria complicação, misturou até dois que havia tempos não eram vistos.

Zé Anjo anotou e saiu. No lombo da incansável Brasina, foi comparando os nomes.

De gente igual a Antenorzinho recebera outros nomes, e seu trabalho agora era apenas escolher os nomes comuns em todos os informantes. Isso lhe deixava hoje apenas três nomes, um deles com certeza o grande e buscado assassino.

Zé Anjo assuntava os três escolhidos. Dois eram moradores no Desemboque, um era turco ambulante e viajante, seu conhecido antigo. Andava longe por certo, havia muito não aparecia.

Decidiu-se fácil, estava em final de caçada.

No dia seguinte, ia visitar os dois indicados. Nenhum deles aparecera no velório, nem estava visto pela cidade.

Catita tinha inveja de Elza, mulata gorda e sacudida, ali pelos vinte anos, solteira mãe de dois filhos, as pernas mais bonitas da beira daquele rio, dona de uma sexualidade sedutora que punha loucos os peões que vinham à cidade nos finais de semana, a disputar seu amor e favor.

Como a todas, Catita contara a história do botão dourado, havia quatro dias, sem notícia ou informação. De Elza não esperava atenção, a mulata era despercebida dessas coisas. Por isso mesmo ficou surpresa com a chegada bamboleante de Elza, um casaco nas mãos, um sorriso no olhar...

– Sabe, Catita, não esqueci sua conversa do botão dourado. Hoje recebi roupa nova pra lavar, nela este casaco, falta um botão, e dourado. Você tem o de comparação?

Catita tinha, e no bolso.

O botão era igual.

Catita ficou aflita, agradeceu, tinha que falar com Zé Anjo, com pressa e já.

– Moleque Tisiu, ligeiro, pega um cavalo piqueteiro e fácil, dá um pulo na fazendinha do Zé Anjo, fala que é urgente. A roupa dele apareceu, é coisa importante, que venha logo buscar!

Tisiu não era ligeiro, mas gostava de cumprir recados de fazenda. Ia andar a cavalo, levar um estilingue e matar alguma rolinha ou pomba do bando.

Não teve essa oportunidade.

Logo na primeira volta da estrada vinha Zé Anjo, e teve que lhe passar o recado.

—

– Catita, obrigado pelo seu trabalho. Agradeça também a Elza por mim. No lugar de onde veio a roupa está o assassino, acusado pela mão e sofrer de Lina. Não se incomodem, ninguém vai pedir a vocês presença e acusação. Vim à cidade porque já tenho informações de estrada, sobravam dois nomes. Tenho jeito de indicar o bandido, Lina mesmo o marcou. O resto é comigo.

Catita não respondeu. No olhar de Zé Anjo havia dor e sofrimento. Não era ódio, mas uma evidência de vingança e justiça. Um frio correu pelo corpo de Catita.

Um futuro triste esperava o assassino de Lina.

—

A farmácia de seu Quirino era em rua lateral e próxima da praça municipal, conhecida por ter sempre gente em busca de algum recurso da medicina simples, porém prestativa, do velho farmacêutico. Alguns vinham de longe, das fazendas e roças. Amarravam seu cavalo em frente, retornavam depois de atendidos.

No meio desses visitantes Zé Anjo deixou Brasina. Não precisava amarrar, a mula ficava à sua espera.

Na sala da frente estavam os clientes, à espera dos chamados de seu Quirino para atendimento.

Entre eles, meio sumido e a canto, ficou de espreita e vigia Zé Anjo.

Seu Quirino enxergava mal, óculos defasados, não tinha tempo de corrigi-los. Precisava de ajuda até para ler nomes e fórmulas de suas poções e chás.

Ajudava-o Malvina, criada antiga e treinada, que por vezes e em ausência do velho farmacêutico já ia fazendo sua clínica particular, atendendo e despachando as partes. Era a fórmula normal de sucessão e substituição dos profissionais da época, até que novas concorrências aparecessem.

O direito normal de sucessão caberia ao filho Quirineu, que dele abdicara por outros e viciosos interesses, para alegria de Malvina, nesta manhã diligente no atender e até nos curativos dos clientes.

Não havia porta na sala de curativos, do balcão externo podia-se ver quem lá estava em atendimento e cura. Era cedo, ainda, e seu Quirino ia no balcão despachando pedidos e consultas, Zé Anjo ficando para trás, em espera e espreita.

Demorou algum tempo, Malvina liberou os três ou quatro curativos à espera, arrumou sua sala e internou-se casa adentro.

Zé Anjo alertou-se, meio escondido em sombras da parede.

Um pouco mais e Malvina voltou, tinha ido buscar um curativo especial a fazer.

Quirineu vinha gordo como sempre, mas seu corpo e andar eram mais pesados ainda. No rosto uma faixa cobria a meia face esquerda, um ar sofredor ou medroso no olhar, de dor ou não sei o quê.

De longe, Zé Anjo viu Malvina retirar-lhe a faixa, lavar com água boricada três arranhões fundos que iam do cabelo na testa à bochecha e base do pescoço de Quirineu, agora gemente e recolhido à casa paterna, em fuga do mundo ou sei lá o quê.

Era o bastante.

Sem falar nada, despercebido da visão de seu Quirino e Malvina, Zé Anjo vazou pela porta afora, era cedo, havia gente chegando, não precisava ser visto nem atendido.

Era o bastante.

A caça estava identificada, faltava dar-lhe destino. Podia esperar um pouco, era pensar seu projeto.

Montou Brasina pelo estribo direito, a mula o aceitava em tudo.

Rédeas soltas, não precisou indicar. Em marcha cadenciada, mais lenta e macia, Brasina ia trocando orelhas rumo de casa. O sol começava a esquentar, cigarras cantavam, um mangango azucrinava dando voltas em vunvunvum ao redor da mula.

Zé Anjo pensava, Brasina caminhava.

―

José Albério estava preocupado.

Tinha viagem de negócios marcada para São Paulo, coisas da Comercial a resolver, em seu plano de expansão. Mariita insistia em acompanhá-lo para renovar seu guarda-roupa feminino, para se atualizar em modas e trazer para o Desemboque as novidades de tudo e sobre tudo. Agora insistia em levar o professor Calvert para ajudá-la nisso que chamava trabalho e José Albério chamava diversão.

Ia perder tempo, precioso porque do lado de cá projetava viagem política à capital. Precisava de definições que lhe garantissem a supremacia definitiva, colocar no passado a aristocracia rural do coronel Macedo e seus companheiros, começando por Tonho Pólvora.

Seu projeto local estava pronto e em execução. Agrados financeiros e cargos distribuídos aos que iriam suportá-lo, até uma eventual corrupção e alteração de ata eleitoral se fosse preciso. Não ia perder essa eleição. Afinal, era um profissional, os outros apenas idealistas e tradicionais amadores, sem chefe, sucessor, experiência ou maldade.

Apenas de gravidade e preocupação o incidente da morte dessa moça Lina, que Joaquim Teodoro lhe contara à sua moda e descarregando em Quirineu a responsabilidade. A cidade toda andava nervosa, muita gente revoltada pelas circunstâncias do crime, e o sentimento popular podia ter influência no depois político.

José Albério conhecia as fraquezas de Quirineu, toleradas em troca do apoio político do velho pai, mas temia pelo que podia acontecer se fosse descoberto. Preso e condenado, o que iria contar e usar o gordo infame?

Realmente, a situação era de preocupar e pensar, tudo em pouco tempo.

―

Calvert estava preocupado.

A senhora Mariita o havia convidado para acompanhá-la a São Paulo, todas as despesas pagas. Iam conhecer tudo que lá havia de novo e possível de trazer para o Desemboque. Afinal, eles eram os motores da sociedade local, até aí parecia bem.

O que não lhe parecia bem eram as danças cada vez mais esfregantes de Mariita, aquela mão correndo-lhe pela nuca, os dedos alisando, peitos e coxas intrometendo-se por ele adentro. E aquela conversa das sensações em São Paulo, terra mágica e distante, o dizer de como iam se divertir, longe de outros e de olhares vigilantes e conhecidos...

Aquilo decididamente não ia bem.

―

Joaquim Teodoro estava preocupado.

A morte de Lina não lhe pesava, era apenas mais uma em sua mente sem escrúpulos ou memória, já era coisa passada e finita.

Pensava em Quirineu, o gordo fraco e abjeto, que podia ser problema se apertado em remorsos ou – pior ainda – se policiado e descoberto.

Teria que fugir novamente?

―

Tonho Pólvora estava preocupado.

Tinha que ir-se a Oliveira, os acertos finais no relevantar seu negócio de pólvora e sal, o novo depósito quase pronto, a estrutura de pessoal a contratar e treinar. E agora o desastre de Zé Anjo, seu homem de confiança, hoje obstinado caçador, consequências imprevisíveis para o futuro próximo.

– Ana, devo ir-me para Oliveira, preocupa-me Zé Anjo e sua caçada. Quero acompanhar essa situação, o moço pode precisar...

– Vá, meu marido. Ficar por aqui não vai resolver nada. Deixe comigo, tudo se ajeita. Se Zé Anjo precisar, dou-lhe conselho e ajuda. Tudo vai correr bem, não se preocupe...

Palavras, pensou Tonho, em preocupações absorvido.

Manuel Crispim estava preocupado.

A sua temporada voluntária em Paranaíba ia chegando ao fim, e seus pressentimentos não se confirmavam.

Por dentro, permanecia aquele resto de instinto do velho policial. Sentia entrar-lhe pelos poros aquela eletricidade inexplicável, alguma coisa importante ia acontecer. Não sabia de onde nem como, mas era ali, em Paranaíba ou perto, não sabia, mas sentia, quase como dor.

Apenas, o seu tempo ia passando...

O delegado e seu tenente estavam preocupados.

O crime de Lina caminhava sem pista ou solução. Seus recursos de trabalho eram pequenos, o acontecido se dera na roça e fora do seu alcance.

Na cidade, tudo lhes era fácil, os pequenos roubos tinham logo identificados os pequenos ladrões. Violência nas ruas, só de zona e por bebida, uma noite na cadeia tudo curava e restabelecia.

Agora, o caso Lina era problema, todos esperavam a ação policial, e ela não acontecia.

– Tenente, veja como é a vida. Tive um convite para passar uma semana em pescaria no Quebra-anzol, recusei, podia ter estado ausente, a bomba estourou na minha cara. Em vez de diversão, chateação grossa!

– E eu, delegado? Nem sei o que estou fazendo aqui. Recebi convite para transferência ao Araxá, lugar de boas águas e gente calma. Resolvi ficar mais um pouco, taí o desastre. A gente quer ver o que vou fazer, e eu nem sei o que fazer!

A cidade andava preocupada.

Crimes aconteceram sempre no sertão, o Desemboque não era isento. Entretanto, na sua maioria eram crimes passionais ou políticos, em que ódio ou poder se envolviam.

Crime bárbaro e cruel como o de Lina, era por primeira vez.

Além da preocupação pelo acontecido, havia uma preocupação pelo a acontecer. Afinal, havia um assassino à solta, cruel, desconhecido e competente. Afinal, nem a polícia nem ninguém podia descobri-lo...

―

Mais preocupado que todo mundo andava Quirineu.

Passados os horrores iniciais pela morte de Lina e o comportamento de Joaquim Teodoro, viera-lhe o medo inevitável da descoberta, da prisão, da desmoralização pública.

Recolhido ao medo e às dores da luta, Quirineu não saía de casa, descumpria suas obrigações do trabalho fiscal. Pensava mesmo é que nunca deveria ter abandonado a farmácia do pai. Chás, poções, mezinhas e curativos eram coisa sem risco, a gente ficava agradecida pelas atenções do seu Quirino.

Velho bom e simples, suspirava Quirineu.

– O filho está machucado, que passou? Precisamos lavar isto tudo, pode infeccionar, são dias para curar de todo...

– Foi Antares, pai. Burro desgraçado. Refugou de corrida de coelho, enfiou comigo em moita de espinho unha-de-gato, fiquei rasgado, acabei caindo, estraguei até roupa e viagem...

O velho limpava as feridas, a boca com sinal de dentes, tudo com carinho. A ideia andava longe, Quirineu era seu único filho, caíra do burro e estava machucado, precisava tratá-lo...

Os dias passando, nada acontecia, as feridas cicatrizando, Quirineu ia amortecendo a preocupação.

Agora, pensava, precisava reaparecer, trabalhar, senão podiam perguntar por sua ausência ou doença. Aquela Malvina era faladeira e novidadeira.

Tinha que sair bem cedo, voltar bem tarde, não teriam tempo para vê-lo ou conversar direito. Sobretudo não lhe contar a história de Lina, que ele não queria saber nem conhecer.

Mas, por dentro, aquela preocupação continuava...

―

Em casa e à noite, Zé Anjo pensava.

Enquanto ideava, ia untando com sebo de boi seu laço de couro de veado mateiro, serviço e presente do falecido Zé Brilino.

Trançado de oito pernas, não torcido, seu laço era obra de arte que pouca gente sabia avaliar.

O couro de veado mateiro, curtido em lua nova, secado fora de sol ou calor, conservava as qualidades do animal em vida: resistência, elasticidade, mobilidade, leveza.

Seu laço era fino, grossura do dedo mindim, a trança igual do princípio ao fim, argola amarela imune à ferrugem, quinze braças de comprido. Na garupa de Brasina quase não aparecia. Na hora necessária, era só soltar a presilha, ter o laço à mão, girar no embalo a primeira volta, a argola mesma fazia o peso e tempero. Em seguida o lance desenrolando sozinhas as voltas necessárias ao alcance da presa.

Zé Anjo era bom laçador. Até dez braças, não errava lance em boi baguá, em peia de bezerro ou cavalo redomão. Era soltar e deixar na chincha para o trabalho de Brasina. Ensinada, a mula mostrava sua força, inteligência e confiança no patrão: ao sair, o laço já ia amortecendo o passo e virando de lado, posição em que melhor firmava o produto da laçada, que ia dominando de acordo com a necessidade. Se o laçado era bezerro novo, diversão de Brasina era escorá-lo de soco. O laço chegava ao final e o golpe súbito e violento jogava no ar o bezerro, que já caía esparramado e dominado, respeitoso do machucado e do tombo. Se era um touro ou cria grande, Brasina era maliciosa, escorava a meio lado, ia tirando a força do golpe, cedia e endurecia, de lado e de frente, de lado e de garupa. Cansava o laçado à moda de pescador de jaú, o bicho ia e vinha, até a exaustão e entrega, obediente final ao comando e trabalho da mula.

Aquele couro também era especial, pensava Zé Anjo. No seu laço fino já escorara baguá de vinte arrobas. O laço esticava, ficava mais fino, zunia feito corda de viola, parecia pronto pra se arrebentar. E logo mostrava sua força, o bicho tinha que se entregar.

Saudades de Zé Brilino e sua arte...

Manuel Crispim tinha saudades da pequena família, filha e neta, lá em São Paulo, tão longe e tão pouca convivência. O dinheiro nunca faltara, mas ele sempre ausente e longe. Queria ver, sentir, dizer estou de volta, agora em definitivo pra ficar, não saio mais de casa, sou quase um estranho, mas saibam, eu... eu amo vocês, sempre amei, sempre vou amar vocês...

Naquela noite, Manuel Crispim despedia-se de Santana do Paranaíba, uma reunião final com Zé Alves e os amigos, um agradecimento. Ia ficando velho, despedia-se daquela vida de viagens infindáveis e sem destino, seu Almeida morto, não lhe pagara a dívida, ele entenderia...

No fundo, mesmo, o sentimento de Manuel Crispim era de fracasso, e isso era difícil de admitir. Sabia, sentia, a pista estava ali. Naqueles dias tudo passara e repassara pela sua frente. Corpo e sentidos sofriam com aquela vibração, nunca tão forte, nem mesmo quando na polícia e nas trilhas de sua juventude.

Sentira tudo, um quase doloroso naqueles dias, mas não chegara ao sólido palpar, ao faro perdigueiro de sua juventude, que lhe impunha batedeiras no coração, suor nas axilas, aquela urgência de urinar do cão de caça...

Estava velho, pensava Manuel Crispim.

Decidira despedir-se, afinal.

Fizera o possível, era reconhecer e confessar o fracasso.

Gercino Spíndola botava camisa nova, engraxava os sapatos. O jantar era de festa de despedida, boa comida e bebida, os amigos do passado, saudades daquela vida, de tantas comemorações e em tantos lugares diferentes...

Esse companheiro novo, o tal Manuel Crispim, era um mistério, pensava.

Mulato em meia-idade, sério, conversa curta, fizera longa e anormal estada em Paranaíba, sem preocupação de vendas ou visitas comerciais. Não era um proceder normal. Gercino sentia que aquele homem era mais complicado do que Zé Alves buscava disfarçar e amenizar.

Enfim, era generoso e pagava o jantar.

Gercino, já de anos passados, não era viajante comercial. Despedido de sua firma, trabalhava agora por conta própria, pequena venda de quinquilharias em beira de saída da cidade. Sempre apertado, gozava ainda da amizade dos companheiros antigos, que o convidavam para o ritual prazeroso dos encontros festivos e amáveis. Ali estava de personagem na festa de despedida desse sr. Manuel Crispim.

Ia ser o que parecia o primeiro e último encontro dos dois. Antes, só à distância se conheciam e observavam.

Assim parecia, antes do jantar.

Joaquim Teodoro buscava naquela noite conselho e opinião do patrão e senhor.

– Seu José Albério, preocupo com esse Quirineu. Desde o acontecido anda recanteado, igual boi que apanhou. Agora veio me dizer que vai começar de novo o trabalho, e pede ajuda e acompanhamento. Não acho bom andar com ele por aí. Chama a atenção...

José Albério saía para São Paulo na manhã seguinte, verdadeira comitiva, Mariita e duas amigas, o professor Calvert, um escriturário para suas anotações e compras. Tinha suas próprias preocupações.

– Acho certo, Joaquim Teodoro. Esse Quirineu é um imbecil covarde e medroso, e isso pode ser perigoso. Pode envolvê-lo, pode até me envolver. Devemos ficar fora dessa questão e dos seus problemas. Saio de viagem, cuide que isso não aconteça, que o gordo não faça escândalo, guarde a língua e a saúde...

Joaquim Teodoro entendia tudo, e sempre à sua maneira. Não ia se expor com esse Quirineu, estava decidido.

No jantar, já tarde da noite, Zé Alves comandava a celebração e despedida do amigo Manuel Crispim, que partia de Paranaíba sem programa de volta. Ia abandonar caminhos e sertão, já sem idade e disposição para as viagens de caixeiro-viajante – dizia.

Todo mundo estava alegre, aquela era uma característica das reuniões do pessoal viajante, uma nação toda especial de gente e pessoas.

Com efeito, a obrigação do viajar fazia deles um povo diferente. A família de mulher, filhos e parentes ficava para trás, criava-se uma segunda família, os amigos, os companheiros de vida e destino. As novas amizades daí nascidas advinham dessa condição, uma solidariedade nova os unia.

Viajantes do comércio são verdadeiras aves de arribação. Chegam às cidades em voos cíclicos e periódicos, misturam-se de passagem com as criaturas do lugar, em sua atividade e negócios. Labutam aí seus dias ou semanas, marcam suas características especiais: no fim do dia, em seus bares ou hotéis, reagrupam-se ruidosos em sua verdadeira família, os companheiros de destino. Aí trocam impressões e opiniões, confidências das vidas, cimentam amizade, informam de tudo e de todos, os passados, os novos, quem precisa, quem pode ajudar. Aves da noite também, vão em grupos à zona e bordéis, mais pelo prazer da companhia, da bebida, da boêmia e de música que de mulheres fáceis e falsas. Aí choram mágoas, desfilam intimidades envergonhadas, fazem uma terapia de grupo, reforçam aquela unidade da classe, vamos em frente, encontramo-nos em Cuiabá, se Deus quiser...

E partem em seguida, igual às garças campineiras do pantanal, buscando em formação outros e longínquos pousos, onde se reencontrarão, passadas novas agruras, sofrimentos, diversões e alegria, tudo em ciclo e círculo...

Ali estavam as garças noturnas em Santana do Paranaíba, em despedida do amigo de Zé Alves, agora amigo de todos, esse Manuel Crispim de São Paulo.

De embalo, como sempre, tomavam uns esbarros de pinga, de conhaque ou vinho, bebidas de corpo mais forte e estimulantes do espírito, da alegria e da intimidade.

Lá pelas tantas, Zé Alves ergueu-se imponente, bateu palmas – a mesa e sala eram a essa altura uma exclusividade da turma – e derramou sua fala. Fez-se silêncio.

– Amigos, na qualidade de mais velho, cabe-me dizer da alegria em que sempre estamos por outra vez podermos nos reunir em grupo. Há dois anos falou-nos Tião Rainha, lembro-me bem, andava tristonho pela idade e achaques da vida, também era o mais velho, coitado, morreu pouco em seguida. Eu não sigo exemplos, faço a minha própria vida, não vou imitar Tião Rainha. O que eu quero mesmo é ser feliz, não vou morrer sem antes matar e enterrar a metade de vocês, uns meninos de pouca força e saúde. Vão deixar-me toda a bebida e mulheres do mundo. Quando Zé Alves se for, deixará aqui um monte de invejosos e vai encontrar do lado de lá um bando de pilantras felizes em me rever. Decerto que vou alegrar até o inferno em que estarão!

Vaias e assobios.

– Obrigado a todos pelo costumeiro aplauso. Hoje, para ser breve, exponho-lhes que vamos brindar a um companheiro excelente, que conheci há pouco em viagem de trabalho e diversão, só assim sei viver. Falo do meu amigo Manuel Crispim, que promete abandonar a profissão e seus vícios e virar monge beneditino em São Paulo. Boa coisa, aliás, já em vida nos deixa mais bebida e mulheres disponíveis!

Agora, realmente, aplausos.

– Conheci há pouco, lhes disse, e já o trouxe à nossa família, de que desfrutou e onde aumentou amigos e prazeres. Aviso-lhes que este Manuel Crispim é diamante por dentro da casca escura de sua pele. Aqui e em dinheiro já ajudou vários companheiros na pior. Tem firmeza e lealdade, é sério e de pouca prosa. Não é um vagabundo puto feito alguns dos bandidos desta mesa!

Vaias e assobios.

– Obrigado por aprovarem minha palavra e discurso. Manuel Crispim todos conhecem pouco, porque pouco ele é de mostrar. Hoje, porém, é sua última noite em nossa Santana do Paranaíba, e eu sinto e sei que ele vai abrir-nos em despedida sua alma e sua vida. Um pouco dele, enfim, ficará aqui entre nós guardado. Que fale então este grão-senhor, os malfeitores esperam a sua lição e ordens!

E Zé Alves assentou-se, tinha introduzido e passado a Manuel Crispim o discurso solene da noite de despedidas.

Manuel Crispim permaneceu sentado, uma confusão por dentro. Nunca fizera discurso, muito menos confidência ou revelação, era sepultura do passado e da vida. Tinha bebido algum vinho, estava meio eufórico, aquela era sua primeira experiência comunitária, não sabia o que falar ou como proceder, ficava quieto.

Os companheiros começavam a bater pés e mãos em compasso, ordem e convite ao seu discurso.

– Que fale Manuel Crispim!

– Que fale Manuel Crispim!

E o barulho crescendo, a provocação maior. Nada como o álcool noturno para romper silêncio e discrições.

Aumentada a zoeira, o jeito foi levantar-se o mulato, meio sem graça ou propósito. Era a maneira de contentar e calar a massa.

Fez-se silêncio. Havia mesmo uma curiosidade pelo que poderia dizer aquela esfinge amigável, de passagem e trânsito pelas suas vidas. Deixaria mensagem ou lembrança?

Manuel Crispim olhou em torno, sem saber o que falar. No momento de silêncio e angústia, do seu interior brotou a explosão da confidência. Ia-se para sempre, tinha fracassado, por que não?

Firmando-se no espaldar da cadeira, em busca de solidez e apoio, a voz iniciou baixa e tímida, para depois ir crescendo até a explosão final, de que todos lembrariam.

– Meus amigos e companheiros, muito obrigado por estarem aqui comigo. Nunca tive experiência igual na minha vida, sempre em fuga de gente e reunião. Só este Zé Alves me tirou do sério, e me trouxe em final de vida o calor desta amizade e dos companheiros. Sou-lhes devedor, e é como homenagem que faço aqui o primeiro discurso de minha vida.

Todos se calaram, nenhum bulício mais desde então.

– Por não saber falar, vou fazer a coisa mais simples e direta, que é deixar sair lá de dentro o que lhes posso contar, sem freio ou pensar. Verão que este Manuel Crispim tinha direito e obrigação com o silêncio e mistério.

Por dentro, vinham-lhe aquela imposição e urgência de contar, estaria em final de trilha e caçada, ou era uma mensagem de fracasso e desespero?

– Amigos, sou de São Paulo, em verdade. Juventude dura, a cor não ajuda, vocês sabem. De profissão, só consegui ser policial – e nisso fui bastante bom, tinha que ser para ser alguém. Imaginem a minha luta, só me davam o pior da noite e da vida. Ali me fiz, trabalho demais, sem amor ou família, muito tempo...

Manuel Crispim olhava longe e alto, lembranças despertavam respeito e curiosidade.

– Um dia, conheci minha mulher, a coisa mais bonita da minha vida, pensar nela dói até hoje. Fizemos projetos e sonhos, ela teve uma filha, eu fora no serviço. Assistência, canseira e sofrimento das vizinhas, eu no trabalho como sempre, cheguei tarde. Corrida até o hospital, ela morre no parto...

Manuel corre no discurso, tem que passar rápido pela emoção.

– Fica-me a filha, linda como a mãe, decidi criá-la no melhor dos mundos. Cresce nos melhores colégios, eu em meu esforço por promoção e melhoria, a menina fica sem apoio ou socorro. Um cafajeste grã-fino a namora e engravida, eu lhe faço casar à ponta de arma. Eu no trabalho, a coitadinha logo em decepção com o vigarista, em bebida, jogo e mulheres derramado. No final de sua gravidez, briga do casal, o cafajeste lhe aplica enorme surra, e some na sua noite de farra. Levo a minha moça ao hospital, a ideia lesada de tanta pancada, nasce-lhe minha linda neta. Eu busco o marido na noite triste, enfio-lhe boca adentro minha garrucha Laporte, arrebento-lhe os miolos! E assim Manuel Crispim sai de policial para assassino...

Há uma comoção na sala.

– É claro, sou preso, perco emprego e futuro, me libertam pela circunstância e passado. Devo cuidar da filha lesada e da neta linda, preto pobre e sem profissão, no dia e noite de São Paulo. O que fazer? Aí, meus amigos, surge o que me traz aqui hoje, e foi razão da minha vida e sobrevida.

Prossegue o silêncio, agora enorme e comovido.

– Um senhor de São Paulo, importante dono de empresa comercial, tinha sido roubado escandalosamente em seu negócio. Um jovem desonesto, seu contador, abusara de sua confiança, e ainda o mantinha calado sob ameaça de chantagem, denúncia e pressão. Esse senhor me conhecia, buscou-me, ofereceu-me vida afora dinheiro para tratamento de minha filha e neta, era só nisso e disso que eu precisava. O que ia pedir este mulato pobre e desonrado? Em troca, pediu-me a trilha, a descoberta, a prisão ou a vida do moço desonesto. Minha especialidade era trilhar e caçar, aceitei. E nesse pensar passei anos em viagens de busca e descoberta, nesse trabalho vocês me conhecem: tornei-me mais um caixeiro-viajante da vida. Descobri que muitos, por outras razões, a esta profissão chegaram, mas duvido que alguém por tanto sofrimento e precisão como eu...

Havia no ar a cumplicidade da classe.

– Assim, meus amigos, passei anos em minha caçada. Em meu projeto, busquei o jovem bandido pelo interior e pelas fronteiras. Ele nunca ficaria em São Paulo ou vizinhanças, pensei. Devia, por outro lado, manter uma profissão ligada à sua origem – o comércio. Devia estar em lugar onde era desconhecido e estranho. Seu aparecimento seria recente, ligado à sua saída de São Paulo. E, por último, devia aparecer com muito do dinheiro roubado, e pelo caráter continuar sua atividade de mal e perversão. Bandido não tem correção, era meu pensar. Nesse projeto gastei anos da minha vida, rodei toda São Paulo, seu interior e divisas. Aqui estou por obra da última caminhada. Meu protetor morreu, desobrigou-me do trabalho. Volto para anos finais com minha pobre filha e neta, um repouso afinal. Levo de mágoa apenas o fracasso da minha empreitada, para que busquei a informação, o conhecimento e a ajuda dos companheiros, sem solução afinal. Desculpem assim o seu novo e velho amigo, que somente nesta hora faz a sua confissão final. O que eu fazia, na verdade, tinha vergonha de lhes contar. Agora, nada mais me importa. Quero que sejam felizes, que entre vocês não haja sofrimentos como os que vivi e passei, e que me perdoem a meia escuridão da minha pele, da minha origem, da minha vida e do meu pensamento. Não pude ser melhor ou mais feliz, desejo que vocês o sejam...

E assim sentou-se um liberado e exausto Manuel Crispim, a catarse da sua vida jogada num bar de Santana do Paranaíba, por que impulsão ou motivo não sabia.

Não houve aplausos, nem assobios, nem vaia. Apenas um comovido silêncio, respeito ao retirante.

Zé Alves comandou afinal.

– Seus putos e vagabundos, o que ouviram aqui morre dentro de cada um. Esse que falou foi um dos nossos, e verdadeiro homem. Esqueçam tudo, menos de sua coragem e opinião. Já pra casa, cambada. Não quero estragar esta noite carregando pinguço ou escutando choradeira de marmanjo. Sumam daqui!

Todos saíram, a impressão derradeira do encontro com Manuel Crispim pesava lá dentro.

Gercino Spíndola, mais devagar, ia saindo também. No dia seguinte, Manuel Crispim sairia de Santana do Paranaíba e de suas vidas, nunca mais o veriam.

Gercino Spíndola decidiu que de manhã viria ao seu hotel, para uma conversa de despedida.

Era preciso e necessário.

Naquela noite Quirineu mandou que seu burro Antares fosse recolhido ao pouso no fundo da velha casa, um costume para as viagens de quem saía cedo. Davam algum milho ao animal, uma escova no pelo. Pela madrugada era arreio e trabalho vida e mundo afora.

Antares, em sua sabedoria de burro, viu que iam recomeçar suas viagens, não achou ruim. Burro boêmio, agradava-lhe o passeio pelo campo e pelas estradas, a marcha mansa e miúda. O gordo não tinha pressa nem energia de condução, eram dois funcionários públicos em vilegiatura amena e sem objetivo ou consequência.

De forma acidental, ou assim parecida, Zé Anjo entrou na cidade, passando como sem querer pelo pouso programado de Antares. Viu o burro, milho no cocho, arreata na varanda, era viagem acertada pela manhã.

Comprou nada, voltou pela sombra onde tinha entrado. Também tinha programado o dia e trabalho no amanhã.

De manhã cedo Gercino Spíndola esperava o despertar e aparecer do sr. Manuel Crispim, o senhor das revelações e surpresas da noite passada.

Gercino era atento, escutara bem a história do Manuel Crispim. Ali dentro tinha ideia e história própria pra contar. Não sabia se valia a pena, mas eram guardados a liberar.

Manuel Crispim veio em seguida, soubera da espera de alguém. Ia viajar, era despachar o assunto e pessoa, tomar malas, canastra e destino.

Encontraram-se debaixo dum ingazeiro, no tomar do café com leite e biscoito de polvilho, boa recuperação da bebida e animação da véspera.

Manuel Crispim era de novo reservado e calado, ouvinte e atento.

A Gercino cabia a iniciativa, e seu sangue napolitano não a recusou.

– Sr. Manuel Crispim, sou Gercino Spíndola, um ex-colega de profissão, por muitos anos viajante comercial, hoje fixado aqui em Paranaíba, obra e artes do destino, e de alguém mais. Estive em sua festa, acompanhei seu discurso, encorajei de lhe procurar.

Manuel Crispim era só atenção sem emoção.

– Senti, meu companheiro, uma pancada aqui dentro, no final da sua história, e disso venho lhe dar ciência e conhecimento. Tocou-me a sua busca do moço desonesto, sua servidão ao patrão e família, sua explicação do acontecido e do a acontecer. Não sei se estou errado, mas tenho ocorrência a lhe contar, pode ser interessante ao seu raciocínio e caminho.

O coração de Manuel Crispim deu alguma batida a mais, coisa involuntária. Acontecia quando o almisco de uma pista lhe passava em frente.

– Achei sua história e explicação muito importantes, a forma e o onde buscar e estar o moço me pareceram certos, e fui vivendo uma experiência que me marcou e modificou a vida. Pode ter relação com sua exposição.

A atenção de Manuel Crispim estava alerta, os pelos do braço e peito arrepiavam. O que viria a seguir?

– Viajei anos pela firma Caldeira, aqui de Paranaíba, em chefia de compras e negócios de abastecimento. Tinha vida boa, muitas viagens, era valorizado e gente, naquela época. Mas, defeito de jovem, era inexperiente, tomava umas bebidas, acreditava muito em Deus e nos homens. Foi a minha desgraça. Meu ponto de comércio aproveitava as estradas do rio Grande, os caminhos novos do Sertão da Farinha Podre, por ali buscava São Paulo e seu comércio. Em Franca do Imperador fazia meus melhores negócios, tudo em novidade, oportunidade e preço. Ali finquei ponto de apoio, fiz amigos e relações novas. Já não carecia ir a São Paulo, tudo ali estava às mãos para o lucro certo da Caldeira nesta distante Santana do Paranaíba. Tudo bem, tudo programado, descuidei-me.

Gercino Spíndola era agora recordações de dor e angústia.

– No meio de tantos companheiros, amigos, negócios, dinheiro, fartura, alegria, conheci mais gente. Franca era o centro, ali concorriam todos. Deixei-me levar pela juventude e entusiasmo. Aí, como sempre acontece, apareceu-me o vigarista fatal. Era jovem, bem apessoado, boas maneiras, educação típica do comércio de São Paulo, dinheiro fácil e corrente, sorriso e fala sedutores, a amizade declarada. Você sabe, em nosso meio somos por natureza crédulos e confiantes – e o filho da puta estava era me usando!

Gercino agora era vermelho napolitano.

– Uma noite, lhe conto em simples, aproveitou-me para passar adiante uma compra que tinha feito, artigos com defeito e perda. O preço parecia bom, a sua informação era séria e garantia grande lucro. Confiei, encampei sua compra, transferi-a para Caldeira, assumi o pagamento, assinei as promissórias. No dia seguinte, no fornecedor, comprovei o engano e burla, verifiquei que fui usado como otário, que a Caldeira iria ter enorme prejuízo em honrar a assinatura que me confiara. Claro, indignado, procurei o novo amigo, era homem rico, iria por certo desobrigar-me, salvar-me da desgraça em minha firma.

Manuel Crispim inclinava-se para ouvir o final.

– Foi de noite, no pátio do hotel, que consegui encontrar esse moço, o sr. José Albério, o maior e mais distinguido comerciante do Desemboque, um distrito mineiro logo depois do rio Grande, já então grande comprador e freguês em Franca do Imperador. Ninguém dava dele grande informação, apenas que era novo na região, jovem de idade e muito rico, tudo pagava em dinheiro e à vista. Contei-lhe a história, algum engano, disse, ele podia resolver tudo, era devolver-me as promissórias, reassumir o seu negócio. Se não o fizesse eu estaria na rua da amargura, despedido, fora do negócio, fora do comércio, cortado em definitivo para o futuro.

Gercino respirou fundo.

– Confiei em meus argumentos e força. Estava desesperado. Queria que aquilo fosse apenas um mal-entendido, tudo se resolveria entre amigos. Desastre total. Esse José Albério recebeu-me a frio, deixou-me às feras do destino, desenganou-me de qualquer solução. Eu estava fodido,

fodido e liquidado para sempre! Ah, moço, perdi a cabeça, levantei-me para a última força de argumentos que o desespero indica... e nessa hora um braço fortíssimo surgiu do escuro, abraçou-me por trás, uma faca enorme cortando-me a garganta, aqui o sinal até hoje...

E Gercino mostrou-lhe a cicatriz.

– O moço bandido falou calmo, à minha frente, o seu conselho de assumir o erro e o destino, e sair com vida – ou o apelo à violência, e aquele jagunço que nunca vi me cortaria a garganta ali naquela hora. Não tive opção, o medo foi maior, faltou-me força e reação, fala e coragem. Sentei-me apenas, eles se foram, do bandido nem lembro a cara, só lembro o tamanho, a força e a ignorância. O resto é fácil. Voltei pra casa, perdi emprego, desgracei-me para sempre, até esta noite do seu discurso. Sr. Manuel Crispim, busque no Desemboque esse sr. José Albério e acerte contas com ele! Tenho aqui dentro a certeza de que ele é o seu homem, o seu bandido, a esta altura por certo assassino, senão por suas mãos, pelas mãos que paga e usa! Mas tenha cuidado e prudência, lembre-se que ele é astuto e inteligente, deve estar bem na sociedade, bem na vida, a fantasia de honradez e o bom nome de fantasia – cuidado! E cuidado com o seu jagunço, homem das sombras, judas de traição, que vai eliminá-lo ao primeiro aviso do seu mestre. Serviço bem-feito, silencioso, boca da noite, faca, solidão, depois o desaparecimento final e absoluto!

Gercino estava cansado, suava na fresca da manhã, uma batedeira no coração. Tinha afinal vazado o mistério e confissão de sua vida, era um igual e irmão deste Manuel Crispim que se ia.

Manuel Crispim levantou-se, grave, pesado, lerdo de movimentos, elétrico de ideias. Era a sua pista, a sua trilha, afinal Deus do céu lhe mostrava um rumo e destino.

– Agradeço-lhe, amigo, tudo que me contou. Assim como pedi silêncio e respeito de minha vida, assim vou respeitá-lo em tudo que me contou. Ninguém mais saberá de nossa conversa. Sigo meu caminho de volta, passo pelo Desemboque a caminho de São Paulo. Vou com todos os cuidados que você sugeriu, apurar coisas e pessoas. Prometo-lhe fazer o possível para identificar e justiçar essas coisas e pessoas. Se ao final estiver vivo, conto-lhe o sucedido. Obrigado!

E Manuel Crispim despediu em aperto de mão ao sr. Gercino Spíndola, que voltava ao seu anonimato, sem nunca saber ou pressentir o seu papel no jogo das vidas.

Peões também jogam xadrez, e às vezes lhes cabem jogadas decisivas, até um xeque-mate.

Fosse como fosse, Gercino estava aliviado. Alguma coisa lhe dizia que tinha jogado certo e na hora oportuna o seu lance.

O resto era com Deus, dizia seu sangue napolitano.

Ou com o destino, avisava-lhe a descrença do novo mundo.

Manuel Crispim vigiou sua partida, e foi arrumar suas malas. Ia mesmo para São Paulo, viagem e destino final. Mas já tinha andado muito, não custava esticar a volta passando pelo sertão mineiro, pelo Desemboque tão falado, onde uma única vez estivera, em rápida passagem.

Agora, ia com calma, demorar um pouco mais.

Peões de comitiva acostumam-se com facilidade a uma vida de hábitos primitivos, em que o conforto passa pelo mais simples e o desconforto é coisa nunca considerada.

Zé Anjo passara a noite pertinho do Desemboque, queria estar atento ao romper do dia e provável saída do gordo Quirineu, saber seu rumo e destino. Aquele era o dia da sua justiça.

Brasina descansava solta em cabresto longo, podia pastar, mas Zé Anjo naquela noite não se arriscava a perder sua montaria.

Para comida e jantar levara farofa com carne de vaca guardada e secada na banha de porco. De sobremesa e sustância, um naco de rapadura. O café era frio e forte na garrafa de estanho. Para beber a água do córrego, uma guampa de boi; para dormir a noite, uma rede armada em duas árvores; se viesse chuva, a capa Ideal cobria. Se tivesse muito mosquito, o esfrego de fumo com álcool nas partes descobertas era seu conforto, porque luz de fogueira não carecia nem queria.

Não choveu, pouco mosquito, dormiu uma noite calma. Nem gastou ideia para o dia seguinte, já tinha tudo na cabeça.

Madrugadinha, tomou seu café com rapadura, deixou a farofa para o almoço, selou e armou Brasina como para viagem, e marchou ainda em sombras para a estradinha do Desemboque, até a ponte por onde sairia obrigatoriamente Antares. Debaixo de uma gameleira fez um pito, e guardou-se escondido em espera.

Quase uma hora passou até algum sinal de vida. Zé Anjo só sentiu pelo levantar da cabeça da mula, as orelhas viradas pra frente, em atenção e escuta. Vinha gente ou bicho, ela sabia. Zé Anjo esperava.

O andar das pessoas, como o andar de qualquer criatura ou animal, tem característica pessoal e inconfundível, se o observador é atento e conhecedor.

Numa distância de quilômetro a vista não divulga um cavalo de uma mula, um cavaleiro de outro cavaleiro. Gente desprevenida ou da cidade só por adivinhação dá palpite.

Para Zé Anjo aquilo era certeza: lá vinham Antares e seu dono Quirineu.

A marchinha do burro era típica, reduzida. A cabeça vinha baixa, orelhas moles tombadas de lado em preguiçoso balanço. O rabo lá atrás no espantar mosquito, a cabeça maneando pelas beiradas do caminho em bocadas periódicas de algum capim que lhe parecia apetitoso. Esse era Antares, burro preguiçoso e safado, aquele andar Zé Anjo conheceria de qualquer distância.

O cavaleiro enchia o arreio com seu corpo mole, em balançado cadenciado, sem comando de rédea ou toada, deixava o animal à vontade, e mais se identificava pelo chapéu pontudo e de aba reta. Coisa que nenhum vaqueiro usaria, e o sr. Quirineu ali estava.

Zé Anjo guardou seu esconderijo, deixou passar ao longe a sua caça. Por enquanto era segui-lo e ver seu destino. Guardando uns quinhentos metros atrás, Brasina andava fácil, Zé Anjo enrolado em seu poncho, chapéu desabado na testa. Difícil de conhecer se o gordo virasse a cabeça.

Meia légua adiante o gordo girou Antares pela encruzilhada da esquerda. Iam rumo oeste, fugiam dos caminhos da Alvorada, seguiam beira do Tacuru, visita de alguma venda ou fazenda da relação desse Quirineu.

Zé Anjo conhecia a região, por ali tinha levado carga para Uberaba, sabia que a única volta era pelo mesmo caminho, ou então voltar léguas pelo chapadão da Zagaia, e nem Quirineu nem Antares eram de maior esforço ou vontade.

Assim buscou seu sítio de espera, cuidados de caçador.

Dois quilômetros adiante passou um córrego, onde tomou seu almoço, bebeu água fresca, e entre árvores e sombras escondido dormiu sua sesta, o cabresto de Brasina no punho. A mula lhe avisaria qualquer movimento.

O dia esquentou. De seu lugar Zé Anjo viu passarem apenas dois cavaleiros em mulas viageiras, rumo a Uberaba. Era gente que não voltaria por hoje.

Em seu cismar de espera Zé Anjo sonhava com Lina, a beleza de sua vida, o calor de seu corpo, aquela boca molhada e morna, as mãos ansiosas em carinhos de correr o corpo todo, as ancas e entrepernas, o sorriso de provocação, o gozo final em gemido e suspiro prolongado. Depois a moleza langorosa, o beijo mordido no peito, aquele sono gostoso. Depois ia ter mais e mais...

Sem sentir ou ver, Zé Anjo se masturbara, era Lina ao seu lado. Não tê-la mais era chorar apenas o que vivia agora.

—

Pesado e lento, Quirineu voltava para o seu Desemboque. Deixara passar o calor forte para fazer viagem no mais à tarde.

Esticara sua ida até o pouso de Doramisio, um meio compadre que guardava na banha de porco as mais deliciosas almôndegas de veado-campeiro, servidas com molho de hortelã, riqueza do paladar caboclo.

Quirineu comeu bem, mas sem aquela volúpia anterior. Alguma coisa ainda lhe andava desarranjada. Assim era, porque dessa vez nenhum tesão lhe ocorreu à visão e presença de Dolita, mulata sestrosa, luzidia e emérita cozinheira de Doramisio, que a usava de forma completa – forno e fogão, cama e mesa.

Voltava agora meio em modorna, igual Antares. Burros estradeiros e erados acostumam-se na marchinha macia e vagarosa, andam robotizados. Devem estar dormindo e sonhando com pastos verdes e eternos, sem freios, arreios ou esporas, o céu da animália.

No córrego, Antares bebeu água, abocanhou uns ramos, saiu vagaroso e gemente, sabia da estrada que ainda tinha pela frente.

Quirineu já dormia, equilíbrio fácil até pelo peso das abundantes pernas e bunda.

Cem metros atrás Zé Anjo partiu com Brasina, saído das sombras, sem pressa. Queria o gosto da perseguição.

Animais são mais sensíveis que gente. Lá na frente Antares sentiu a vibração da toada da mula, começou a trocar orelhas, repicou a marcha, balançou a cabeça. A rédea incomodou e acordou Quirineu.

O gordo olhou frente e lados, sentia o burro incomodado, mas tudo era calmo e igual. Devia ser treta do animal, susto bobo com algum ratão ou coelho de estrada.

Andaram mais um pouco. Antares continuava incomodado, balançando lombo e cabeça, o pisar mais rápido e áspero.

Quirineu chegou-lhe a taca na anca.

– Burro, conserta a toada, besta velha!

Antares repicou de lado, baldoso, mordendo o freio. Patrão burro que não via nem sentia nada...

Nessa hora, espantada codorna voou de lado, Quirineu virou-se para acompanhá-la – e viu lá atrás o cavaleiro e a mula que o seguiam.

Era animal jovem, impressionante de porte e caminhar. Ia alcançá-lo logo, pensou.

O cavaleiro estava todo em escuro, o chapéu de aba larga tombado frente aos olhos. Não dava para divulgar feição, forma ou cor.

Um mal-estar deu lá dentro de Quirineu. Sem saber por quê, apressou na espora a marcha de Antares, já não queria companhia, presença ou visão do estranho.

Sem precisar de aviso de Zé Anjo, Brasina acelerou a marcha. Ia se aproximando mais e mais, piorava o estado de Quirineu, agora em franco alerta e opressão – sentia-se seguido e perseguido.

O repicar da mula se fazia ouvir bem perto quando Quirineu resolveu correr, já de pânico tomado.

Antares gemeu na espora, burros velhos detestam correr. O galopinho que assumiu foi sem vontade e efeito, o acelerado de Brasina ia chegando e chegando...

Estavam à distância de escuta quando Quirineu se voltou de novo e, apavorado, viu seu seguidor manejando a volta de um laço desprendido da garupa.

A espora forcejou o galope de Antares, um último arranco de inútil fuga. Logo veio o sibilo do laço desprendido pelo ar. A volta inicial baixou exata sobre a figura do gordo, prendeu-lhe os braços ao corpo. Logo o estacar da mula, o tranco da chincha, e Quirineu viu-se arrancado da sela enquanto Antares seguia mais um pouco, sem entender o apeado rápido e forçado do seu patrão.

Zé Anjo não deu tempo a Quirineu de bambear o laço ou levantar-se. Segurando firme a laçada, conduziu Brasina com os joelhos para fora da estrada. Entrou cerrado adentro arrastando aos trambolhões a sua presa e caça.

Mais uns cem metros e Brasina foi encaminhada a uma meia grota, escondida da estrada, onde Zé Anjo viu a árvore que queria e precisava: um pau-terra de folha larga, graúdo e forte. De passagem, Zé Anjo jogou-lhe a laçada em curva, e no caminhar da mula levou Quirineu ao seu pé.

O gordo levantou-se escoriado, dolorido, confuso, e só deu fé da situação quando viu Brasina volteando pelo pau-terra, espremendo-o contra o tronco, e logo a imobilização que a aranha leva à mosca em sua teia.

Quirineu estava amarrado e à mercê do seu caçador.

Só aí Zé Anjo apeou-se e veio ver sua presa.

Esperou um instante, o gordo precisava de um fôlego e recuperação. Precisava vê-lo e conhecê-lo, ali à sua frente, dois metros de distância.

Quirineu sacudiu a cabeça, para pôr em ordem a ideia.

Zé Anjo rebateu o chapéu para a nuca, mostrou a fronte e a cara.

Quirineu sentiu um arrepio gelado correr-lhe o corpo todo. Conhecia Zé Anjo, conheceu tudo que havia feito, começou a tremer.

Zé Anjo aproximou-se, cara a cara, nenhuma expressão no rosto, só o olhar perfurante e frio. Com a mão direita explorou a face esquerda de Quirineu, ali estavam as marcas recentes de Lina. A boca estava inchada e machucada. Não babava de gozo e espera, estava seca de angústia e medo.

– O sr. Quirineu parece perdeu a coragem, aqui só homem e sozinho... Um esforço.

– Me solte, seu bandido! Sou autoridade, levo-o à prisão, aos açoites...

– Conversa, seu moço. Aqui eu sou autoridade, prisão e açoite, o que eu quiser.

Quirineu tentou negociar.

– Afinal, a que vem esta agressão absurda? Se é roubo, aviso que não carrego dinheiro...

– O moço sabe que não é roubo, nem dinheiro é minha necessidade. O que eu preciso mesmo, o moço já me roubou, não volta mais. Lembra-se de Lina?

– Lina, Lina? O que eu tenho que ver com Lina, não sei, não conheço...

– Conhece sim, moço, conheceu bem, como me conhece agora.

Zé Anjo esfregou-lhe as cicatrizes da cara, o sangue começou a correr, Quirineu sentiu a dor anterior, só que agora vazio de tesão, só de medo cheio.

– Queria lhe perguntar só e somente: quem mais?

– Ninguém, moço, nem eu nem ninguém, que doidura é esta...

O tapa de Zé Anjo na cara de Quirineu explodiu violento, chamou sangue. A ferida sangrou mais.

– Quem mais?

– Moço, ninguém, ninguém...

Outro e mais violento tapa.

Os olhos de Quirineu, cheios de medo, estavam agora cheios de lágrimas, que escorriam ácidas pelas feridas, mais dor, mais sofrimento.

Zé Anjo chamou Brasina, sabia tudo que ia e queria fazer. Da cabeça do arreio tirou um sedenho de pura crina de rabo de boi, que usava na peia de vacas leiteiras, e quando preciso na peia e amarrio de boi baguá e brabo. Era corda a toda prova de resistência. O nó que aplicava não cedia, o movimento feito queimava a pele e couro do animal, ajudava a amansar.

Voltando a Quirineu, aplicou-lhe o sedenho na perna direita, deu a volta no tronco do pau-terra, passou a peia na perna esquerda, perto do tornozelo, e apertou o amarrio. Quirineu ficou grotesco, o corpo fixado em cima, as pernas escanchadas embaixo, sem jogo ou movimento. Era marruco no poste e à mercê do seu vaqueiro.

Zé Anjo suspendeu-lhe o queixo, o olhar de novo gelado e sem expressão.

– Agora o moço vai falar, sei que vai falar. Não quero saber, não preciso saber das maldades ideadas e feitas a Lina. Sei de tudo, li nos olhos da minha morta, seu medo, pavor, dor, sofrimento sem fim. O moço vai pagar agora. Só quero saber quem mais. Não é justo seu sofrer sozinho, e sozinho com Lina o seu gordo sujo não conseguiria nada.

Quirineu gemia, se esforçava, o laço só rangia, o sedenho encrava-lhe pelos tornozelos.

– Seu Zé Anjo, pelo amor de Deus, não me peça isso. O outro me mata, se souber. É dele a culpa de tudo, eu não fiz nada, juro, só assisti. Quis ajudar a Lina, foi quando ela ficou atropelada de medo e me rasgou a cara. Juro! Juro!

– O nome dele, então!

– Nunca, não posso dizer, me solta. Vou fugir do Desemboque para sempre, lhe deixo uma carta contando...

Zé Anjo buscou na baldrana a sua faca churrasqueira, que Lina amava em preparar-lhe o assado de pós-caçada. Chegou-a ao nariz de Quirineu, a ponta aguçada, o corte agudo.

– O moço vai contar agora, porque é um medroso e covarde, e quer viver. Escolha isso, ou vou cortá-lo bem devagar...

E fez um suave corte na asa do nariz de Quirineu.

O sangue esguichou, e com ele o restinho de coragem e protesto que pudera existir.

– Zé Anjo, me perdoa. Eu não queria, não sou culpado, só assisti. Quero dizer, sem querer ajudei...

Zé Anjo desceu a faca peito abaixo, cortando camisa, cinturão, braguilha e calças, um risco de sangue no corte superficial só de dor e intimidação.

– Foi aquele desgraçado do Joaquim Teodoro, bandido e jagunço do seu José Albério! Mate ele, Zé Anjo! Eu vou em seguida contar a verdade, acusá-lo. Salvo você da cadeia, dou-lhe dinheiro pra recomeçar a vida!

Quirineu chorava, tinha feito a sua última e perigosa opção.

– Só ele?

– Só, Zé Anjo, juro.

Zé Anjo ponderou a força e brutalidade do Joaquim Teodoro, tinha cabimento. Esse traste de Quirineu já não tinha tutano para mais mentir.

Aproximou-se no finalmente do seu projeto, a faca roçando o pescoço de Quirineu.

– Zé Anjo, você prometeu, viu? Não me mate, não me mate pelo amor de Deus!

– Não lhe prometi nada, mas não vou lhe matar. Um porco merece mais a morte que um assassino covarde e cruel igual você. O que vou fazer, Deus sabe, é só acabar com a sua maldade. A sua ruindade não vai matar outra Lina na vida.

Tinha falado tudo que queria.

Zé Anjo abaixou-se, com a faca rasgou o que sobrava de calça em Quirineu, e com a mão esquerda puxou-lhe os bagos, o que sabia fazer com perfeição quando o artigo era boi inteiro.

Apertou-lhe a base do saco, os testículos ficaram salientes, não podiam mais recuar.

Assombrado, Quirineu viu o que lhe ia acontecer e gritou, toda a sua força e desespero em urros apavorados.

– Deus do céu, Zé Anjo, me largue, não, não, não faça isso!

A faca cortou fundo, rachou o couro e os tentos, primeiro o direito, depois o esquerdo, que penderam fora da bolsa. A moda de capar boi, Zé Anjo não cortou, esgarçou os vasos. Evitava hemorragia grande. O boi não ia morrer, era só uma capação bem-feita.

Quirineu urrava, gritava, chorava, porque mexer ou reagir não conseguia. Perdeu as forças, tombou o pescoço, bambeou as carnes.

Zé Anjo soltou-lhe a peia, e devagar as voltas do laço, liberando a caça.

Quirineu ficou um instante de pé, todas as dores do mundo ajuntadas. Pelas suas pernas gordas misturava-se o fedor de sangue, fezes e urina liberados pela vingança de Zé Anjo.

Brasina, remontada, retomou caminho de casa.

Quirineu, chorando em terra, juntava forças para buscar Antares. Ia pra casa, também, esperava e queria. Não se limpou, sua vida era agora fezes, urina e sangue. Tudo o que mais prezava ficava ali. Os testículos na poeira, gavião da tarde ou raposa da noite iriam ter seu banquete.

Quirineu, esse, não ia comer mais nada.

No começo da noite Joaquim Teodoro estava nos fundos da Comercial do Desemboque, onde José Albério lhe destinara um quarto, meio de descanso, meio de vigilância quando se ausentava em viagem.

A noite estava quente, Joaquim Teodoro punha-se na varanda, sem lampião ou lamparina. Havia besouros em demasia naquela estação. Preferia a fresca, o escuro, assim queria a sua vida: ver e não ser visto.

Tudo parecia quietar-se, mas Joaquim Teodoro estava inquieto. Tinha aquela sensação "por dentro", alguma coisa ia acontecer, sabia.

No silêncio e longe veio um caminhar de cavalo ou burro, andando ao léu, a passo lento e solto, o casco anunciando, no frigir do cascalho, a sua aproximação.

Joaquim Teodoro alertou-se.

Quirineu tinha pensado, em sua sofrida marcha de regresso, o seu rumo e destino.

O seu sangue estancara, a dor diminuíra, acostumara-se à fedentina necessitada de banho e limpeza.

Pensou ir para casa, desistiu. O que contar ao pai Quirino, pior ainda, à Malvina? O mal estava feito e completo. Limpava-se em banho de córrego, depois ia dormir, a dor e exaustão eram convite ao sono. Depois se cuidava.

No momento, sua preocupação era no que ia acontecer, no confronto de Zé Anjo com Joaquim Teodoro. Cometera um erro, sabia. Na dor e angústia deixara escapar o nome fatal, aquele jagunço louco não iria perdoá-lo, se soubesse do acontecido.

Seria pior que Zé Anjo, pensou e gemeu.

Na caminhada de Antares, formulou o seu projeto que pretendia fosse sua salvação.

Pretendia. Fosse.

Joaquim Teodoro viu crescer das sombras a lentidão burra e fiel de Antares, em cima o inconfundível gordo, a chegada passo a passo, o estacar frente à varanda dos fundos.

Fedia, aquele Quirineu.

E estava fraco, não apeou, caiu pelo pescoço do burro. Cambaleava, gemia, as roupas rasgadas e sujas, algum terror lhe sucedera.

Joaquim Teodoro esperou na varanda, não se oferecia à vista ali fora.

Quirineu subiu os três degraus, sentou-se no piso da varanda, não ia além em sua força e vontade.

– Joaquim Teodoro, é você que está aí, não é certo? Vim lhe procurar, é de urgência. Precisava ir para casa, sou seu amigo, preferi passar antes por aqui.

– O que passou, homem?

– Uma loucura, Joaquim Teodoro. Aquele marido de Lina, o doido do Zé Anjo, descobriu a nossa história, não sei como, mas sabe. Cercou-me na estrada, judiou-me a facada, não tive tempo de reagir. Disse de saída que você vinha em seguida, vem lhe procurar. Vim avisá-lo, sou seu amigo, fique atento. Mate aquele bandido, defenda-se, vingue-me, estou fraco de dor e sofrer...

Joaquim Teodoro alertou-se mais. Não tinha medo, não tinha emoções como não tinha sentimento nem caráter – mas era prudente, cuidadoso. A sua vida era seu único bem, e pretendia gozá-la por muito tempo.

– Alguém já lhe viu? Contou sua história, polícia, tenente, seu Quirino, qualquer coisa?

– Ninguém. Vim de imediato à sua procura e aviso. Você é meu amigo de confiança, o único que pode saber e justiçar aquele bandido.

Joaquim Teodoro pensou rápido no aviso do patrão José Albério. Aquele gordo ali nos fundos da Comercial, aquela fraqueza, aquela língua solta, a sua covardia. Realmente, Quirineu era agora um perigo, uma vela acesa no galpão de pólvora da Comercial, do José Albério, e dele também.

Entre, compadre Quirineu. Dou-lhe um banho e curamos essas feridas, você fica novo. Depois cuidamos do moço Zé Anjo. Vai merecer esse nome, lhe garanto.

Assim Joaquim Teodoro levou Quirineu a braço pela varanda afora. Lá no fim tinha um lavatório, era além de toda visão da rua – e lá tinha na pedra da candeia uma faca curta, resistente, pontuda, ótima para matança de capados gordos.

Quirineu facilitou tudo, baixando a cabeça na torneira, tinha que limpar-se de cima a baixo.

Em suas costas, como amparando-o pelo braço esquerdo, Joaquim Teodoro empunhou a faca e mergulhou-a rápida e eficiente pela base do crânio, direta ao bulbo e medula do filho de seu Quirino.

Quirineu nem viu que estava morto. Não chegou a tocar e sujar o chão da varanda.

Joaquim Teodoro levou-o rápido para o quintal, puxou Antares, colocou em cima do arreio o pesado corpo. Para isso tinha toda a força e raiva necessária.

Uma corda simples passada pela barriga de Antares fixou-lhe a carga, que ia consigo regressar ao pátio do seu Quirino. Lá havia milho e repouso, Antares não era burro, sabia do caminho.

A palmada de Joaquim Teodoro iniciou a viagem final de Quirineu no lombo de sua montaria. Em casa e na varanda destruiu qualquer sinal de passagem do gordo, sangue, pisadas. Só a catinga ficaria algum tempo, mas o ar da noite ia renovar e limpar tudo.

No dia seguinte, Joaquim Teodoro continuaria livre e limpo, nada sabia desse Quirineu, muito menos de sua morte. Apagara a vela acesa em seu galpão.

Uma única pessoa sabia ligar os fatos, mas ela ia desaparecer. Afinal a polícia cuidaria do seu destino. Se aparecesse, Joaquim Teodoro já estava avisado e ciente. Seu bom amigo Quirineu viera avisá-lo em tempo útil.

Esse Zé Anjo estava mesmo era pronto para o céu, pensou engraçado Joaquim Teodoro.

E riu de seu espírito.

É impressionante a capacidade de memorização e aprendizado de certos animais a serviços, situações e circunstâncias de repetição a que são submetidos pela gente humana.

O injustiçado grupo dos asininos, por seus representantes principais de trabalho – jegues e burros –, ocupa aí lugar de destaque pelas virtudes, fidelidade e rápido aprendizado que assumem.

Burros são indispensáveis nas tropas de comitivas, não só pela força e resistência, mas sobretudo pela capacidade de se ajustarem a esse tipo de vida e circunstâncias.

Um burro bom de comitiva aprende rápido os caminhos e sua forma de proceder: os vaus de rio, os pontos de bom e verde pasto, os pousos com suas qualidades e defeitos, a forma e preferência de carga a conduzir.

Há burros bons para conduzir cavaleiro, maus para carga, e igualmente burros contrários ao cavaleiro e bons de carga.

Burros de montaria são mais extrovertidos, amantes da natureza, espertos, ágeis. Amam passeios e caminhadas, gostam de arreata caprichada de enfeites e ornamentos. Alguns até exigem do patrão roupas e equipamentos condizentes com a sua categoria de animal de sela.

Burros de carga são mais simples, calmos, dóceis, vagarosos, mas nem por isso menos inteligentes. Ao contrário, são cheios de manha e malícia. Com carga pesada ou mal distribuída protestam dores de barriga, deitam-se, espalham arcas e canastras, tudo tem que ser rearrumado. O burro de carga sabe que pancada na canastra repercute em sua costela, fica velhaco, passa ao longe de porteira e paus da estrada. O burro Faceiro, de Tonho Pólvora, era capaz de atravessar lotado uma roça de coivara sem levar nenhum golpe, torcia-se mais que cobra em campo de queimada...

Antares, na juventude, fora burro de montaria, mais velho virou burro de carga, no final era montaria de Quirineu. Seu tempo de força e pressa tinha acabado, agora era só mansidão e boa vida. A sabedoria era a mesma, ou mais aperfeiçoada, e por isso estranhou a carga do morto Quirineu em seu lombo. Assim mesmo, buscou o destino de casa. As coisas de gente seriam resolvidas por outra gente – e assim entrou no pátio-terreiro de seu Quirino.

Ninguém por ali àquela hora, Antares zurrou, pateou, esfregou-se nas laranjeiras, comeu sua porção de milho – ninguém veio vê-lo. Gente burra, que não entendia sua agitação e aviso!

O jeito era esperar. O gordo pesava, mas não havia como apeá-lo depois dos amarrios feitos pelo Joaquim Teodoro.

Antares dormia arreado de sua gorda carga.

De manhã Malvina chegou-se à janela de seu quarto que dava para os fundos e quintal de seu Quirino. Dormia ali havia tempo, era a melhor maneira de a qualquer momento poder socorrer ou assistir clientes fora de hora da velha farmácia.

Ainda era meio escuro da alvorada, mas seu Quirino tinha um galo músico daqueles de canto comprido, ignorante criatura que toda cinco horas da manhã acordava e achava de acordar o mundo, começando pela janela de Malvina e insistindo pelos vizinhos e Desemboque todo. Ignorava que seu antecessor terminara na panela. Uns estudantes vadios e bêbados resolveram, em galinhada de nome errado, liquidar com o incômodo despertador.

No terminar do seu segundo cantar, sempre acabado rouco, de cabeça baixa e sem fôlego, Malvina já se espreguiçava na janela, manhã fresca em seu primeiro clarear, os vultos se desenhavam apenas. Ela gostava de apreciar a definição progressiva das coisas pela claridade em seu chegar.

Nos primeiros esclarecimentos do dia Malvina estranhou uma bulha anormal nos fundos do quintal. Àquela hora tudo era geralmente calmo e quieto. Até o burro Antares quando ali pousava guardava imóvel e dormente a sua posição. Seu milho só vinha mais tarde e nesta manhã era Antares que começava cedo a agitação, pisoteando pela cerca e árvores do quintal. Não era hora de abelha nem mutuca, o que estava aperreando o burro?

Das sombras e fundo emergiu o animal. Sabia que Malvina era a primeira gente no despertar e ver, e só gente iria aliviá-lo.

Chegado ao alcance da visão, a mulher estranhou o burro e sua carga. Não sabia distinguir se era arca, canastras ou outro volume, mas era evidente o incômodo do animal, teria passado assim a noite?

Malvina decidiu ver a anormalidade. Desceu a escada da cozinha para o quintal, já vinha Antares ao seu encontro. Afinal, ia livrar-se da carga fúnebre.

Malvina era forte no trato de gente doente, de feridas e enfermidades, mas o achado de Quirineu lhe quebrou as forças. Sentou-se no tanque de bater roupa, a mão no peito de coração disparado, sem ação, tomando fôlego para qualquer decisão.

Aí, voltou a ser mulher, e gritou.

Gritou duro mesmo, agudo e longe.

– Acode, gente. Acode, gente!

Nem o galo de seu Quirino conseguiu igual efeito no despertar do Desemboque. A agonia do grito de Malvina varou muros, cercas, portas, janelas, levantou toda a gente.

Somente Antares, que já sabia de tudo, ficou quieto e firme. Eu quis avisar, pensava decerto, ninguém quis me ouvir. Agora toma!

FECHA-SE O CERCO

O achado morto de Quirineu foi a primeira e última atenção unânime que ele despertou no Desemboque.
    Ninguém gostava do gordo, mas deixavam que sua vida obscura corresse sem atenções. Já viam que nele o bom seu Quirino não teria sucessor.
    Depois, aquela brutalidade.
    Delegado, tenente, polícia, gente da família ou não, pessoas distinguidas ou do povo e simples, todo mundo se horrorizou.
    Deu trabalho desmontar e carregar o morto. O corpo já estava duro, o peso aumentado e incômodo, e o fedor e o frio da morte, tudo estava difícil.
    Esticar Quirineu na mesa de doentes do velho pai, tirar-lhe a roupa, lavar e reconhecer suas feridas e sofrimento, os exames simples e diretos da polícia, vesti-lo de roupa de enterro, tudo durou tempo e gerou comentários, que vazavam da casa do seu Quirino pelas paredes, portas e janelas, chegavam à multidão que lá fora se espremia de curiosidade ou pena. O Desemboque parou nessa manhã.
    – Morto foi, e capado antes!
    – Morreu da capadura?
    – Não, foi de dor e coração.
    – Nada, ficou sem ar, tava preto na cara!
    – Besteira, levou facada na nuca também, foi serviço perfeito de açougueiro!
    As notícias andavam, depois corriam, voavam.
    Ninguém falava aberto, mas em ponta de língua e ouvido todos iam se inteirando, compondo e contando o que seria versão hoje e fato depois na história.
    – Eu sabia que isso ia acontecer um dia. O gordo desgraçou muita moça e mulher, um dia ia conhecer a justiça!

– Eu sabia, não contei, mas o caso daquela moça Lina tinha dedo desse Quirineu!

– Eu sabia, mexer com mulher casada ia ser a desgraça do gordo. Um dia ia achar o marido capaz e suficiente...

– Eu conhecia Zé Anjo, sei que ele não ia engolir aquela desonra e brutalidade. Estava só imaginando vingança e morte.

– Capar era até bom e certo, não carecia matar o gordo, ele ia viver manso agora...

– Matar é que é certo, pra que judiar? O homem devia ser enterrado com os bagos, chegar inteiro no inferno que mostrou pra Lina!

Catita pensava naquele botão de roupa, trocava olhar com Elza. Não falavam, sabiam.

Delegado e tenente não sabiam, mas estavam informados, faziam seu juízo e conclusão, era dois mais dois. Passada aquela agitação, tinham que buscar Zé Anjo. Entendiam de vingança, mas afinal esclareciam um caso. Matar era crime, tinham que mostrar serviço e competência.

Zé Anjo tinha contado seu tempo de liberdade.

Joaquim Teodoro escutava as gentes e novidades, a versão que crescia e dominava, e sorria por dentro.

Escapara de mais uma. Não era essa vela que iria explodir o seu paiol, nem do patrão, nem do seu futuro ali no Desemboque.

Tilico estava na cidade, viu e ouviu, depois pensou.

Era amigo de Zé Anjo, mais amigo ainda e devoto do coronel Macedo e sua gente, hoje o sr. Tonho Pólvora, e este era o grande amigo de Zé Anjo.

A estrutura feudal das fazendas pressupunha essa amizade e lealdade recíproca. Os patrões eram responsáveis e protetores de seus empregados, estes lhes deviam fidelidade e serviço. O futuro ia mudar todo esse relacionamento. Alguém ia dizer que patrões eram apenas exploradores e opressores, empregados eram oprimidos e sofredores. Seria necessária uma luta política e social em que a palavra de ordem seria a dos direitos do operariado e deveres dos patrões. O contrário não seria cogitado, seria um pressuposto julgar-se que os patrões já gozavam de seus direitos e os operários eram escravos de seus deveres. No devido tempo isso seria questionado e a geração política futura ia tirar proveitos ou fracassos do seu exercício.

A República se implantara sem luta, despercebida, a rigor uma passeata militar em deposição do governo imperial, desgastado pelo tempo. O final do século execrava oligarquias e dinastias.

Na realidade, o Império se encarregou de enfraquecer-se, perdendo seus aliados tradicionais e de manutenção: os empresários e a estrutura trabalhista vigente no campo. Pela abolição da escravatura, o ventre livre, os direitos do trabalho, a liberdade de escolha patronal, perdeu estes que eram sua base de sustentação e não teve como reagir à revolução republicana.

No interior os fatos políticos se passaram de forma menos sentida, anestesiada pela distância, deficiência de informação e comunicação. Muita gente aplaudiu a República sem saber o que ela era ou significava, apenas pelo que dela diziam os novos arautos da fauna política que iria progressivamente crescer e dominar o país.

No momento e porém, tudo ficava como era e estava, e Tilico achava que era de seu dever contar ao sr. Tonho Pólvora os acontecidos naquela manhã ali pelo Desemboque.

Foi assim que demandou rápido a Fazenda Alvorada, o cavalo em galope como pediam os acontecimentos.

Tinha que chegar antes de todos, e conseguiu.

Tonho Pólvora tinha chegado recém de sua viagem a Oliveira. Punha em ordem suas coisas, quando o moço Tilico entrou esbaforido, o chapéu respeitoso na mão contra o peito, mas a ansiedade rompendo a cortesia de antes se anunciar.

– Sr. Tonho, desculpe a pressa, venho do Desemboque quase num galope só. Tenho notícias graves a passar, peço sua licença...

Tonho não era das cerimônias e exigências que tinha o velho coronel, deixou correr logo o assunto.

– Pois então bom dia, Tilico... e continue.

– Bom dia, patrão, me desculpe. Coisa grave, muito grave. Imagine o senhor que o Quirineu, aquele gordo filho de seu Quirino, foi encontrado morto esta manhã, amarrado no lombo do seu burro, que o levou até sua casa, a noite passada, toda gente pensa. O defunto já estava duro, morte de véspera com certeza!

Tonho fez sinal para maneirar a pressa na conversa. Estava agora todo atenção.

– Pois é, patrão, morto de verdade, e não só morto, judiado. O homem foi capado. Com o perdão da palavra, patrão, capado feito boi no pasto, até sinal de laço nos braços e no peito, só vendo. E depois matado feito porco, cutelada funda na nuca, dizem que por aí morreu. Toda a gente fala e comenta, a cidade é um burburinho. Seu Quirino está de cama, a polícia em agitação, deve sair logo por aí...

Tonho ia imaginando.

– Dizem que é coisa ligada à história de Lina do Zé Anjo. Vingança, parece a todos. O gordo era isso mesmo, um perdedor de moça e família, toda gente sabe. Até não sentem a sua morte, mas a polícia comenta que vem por aí. O guarda Alcides é que me falou, achei de vir ligeiro lhe contar.

– Obrigado, Tilico. Estou ciente. Solte seu animal. Vá descansar desse tropelo todo, não fale mais nada com ninguém. Se a polícia ou qualquer pessoa lhe perguntar, você não sabe nem fez nada. Certo?

Tilico fez que sim com a cabeça. Era só e suficiente. Sabia que do seu lado o chefe também ia ficar calado, ninguém saberia da existência de Tilico nessa história.

Saiu, e foi descansar – o patrão recomendava.

Tonho Pólvora arreou sozinho o seu Brasão, não queria nenhuma ajuda ou presença no que ia fazer. Apertou pouco a barrigueira, iam andar no galope. O cavaleiro era bom e equilibrado, o animal firme e forte, apertar ia reduzir o fôlego e cansar à toa o Brasão, já eletrizado pela agitação do patrão.

Tonho não dissera palavra nem a Ana, não havia tempo. Mulheres tinham mania de ficar especulando e esticando assunto, na volta resumia tudo.

Foi um estirão de quase hora de viagem da Alvorada até a casa de Zé Anjo, Brasão ensopado e espumando de suor, Tonho agoniado por dentro, medo da antecipação policial. Não era costume polícia entrar em fazenda sem antes pedir permissão ao dono – mas já eram novos tempos.

Não encontrou Zé Anjo, já esperava. O moço devia estar correndo primeiro a sua obrigação, ver a vacada de cria, se tinha vaca parida de novo, umbigo de bezerro pra curar, peito de vaca azangado ou precisando esgotar.

A vacada ficava na Nhaca, um pasto novo ali logo atrás da sede, e para lá correu Tonho Pólvora.

Zé Anjo tinha acabado de soltar o laço de um bezerro novo, curado de bicheira no umbigo, a vaca-mãe berrando ali do lado, brabeza e ciúme da cria. Zé Anjo não se importava.

Vendo o patrão chegar, e assim no galope, Zé Anjo já sentiu a que vinha. Não montava Brasina, a mula estava em descanso. Montava cavalo ainda novo e esperto, que estava educando para a lida no campo.

Mulas e burros são muito bons para campeios e serviços grandes, de dia inteiro, e indispensáveis para as longas viagens. Entretanto, para campeio rápido e curto, para a lida da vacada e pega de boi, o cavalo educado é de mais utilidade. Mais veloz, mais espirituoso, desenvolve rápido o seu serviço.

Zé Anjo recolheu o laço na garupa, já chegava Tonho Pólvora. Era escutar.

– Zé Anjo, o que foi fazer, menino? Tilico chegou do Desemboque às carreiras, com a história daquele Quirineu, a cidade fervendo, a polícia se preparando, dizem que tem que ver com o assunto Lina e você!

– Verdade, patrão, tem que ver mesmo. Descobri, e logo, que o gordo é que fez o mal à Lina. Andava rodeando minha casa havia mais de mês, a gente toda informou pelos caminhos. Na mão de Lina, arrancado em desespero, ficou um botão do seu casaco, que Catita foi lavar depois e confirmou. Na cara do gordo ficaram as marcas das unhas de Lina, o rasgão final do seu desespero, por onde marcou seu assassino. Foi fácil o resto, patrão. Tinha que castigar o homem, não vai mais fazer mal a ninguém...

– Mas, Zé, e agora? A polícia vem lhe prender, temos que resolver isso... Você sabe, ninguém gostava do Quirineu, mas matar é crime forte. Você é um mulato pobre...

Zé Anjo sentiu um estalo por dentro.

– Matar como, patrão? Não matei o homem, só fiz nele o serviço de castração. Fiz o touro gordo virar boi, para engordar mais e dar sossego à gente...

Tonho sentiu um estalo por dentro.

– Zé Anjo, Tilico viu o morto, já vestido em preparo de velório e enterro. Morreu de cutelada na nuca, disse. Não foi você?

– Não fui eu, patrão, mas já imagino. O gordo tinha sócio na sua malvadeza, apertei, ele contou o nome. Deve ter voltado pro Desemboque, procurou o sócio, contou, e por isso morreu...

Tonho Pólvora ia acompanhando o raciocínio, e via o certo da ideia do Zé Anjo.

– Bem pensado, Zé Anjo, assim deve ter acontecido. Agora, porém, não adianta esticar conversa e pensar. É ver o que fazer. Vamos voltando ligeiro pra sua casa...

– Patrão, preciso de pouco tempo. Conheço o sócio matador, hoje mesmo de noite lhe faço a última visita, termino meu assunto, Lina descansa, eu sumo no mundo...

– Zé Anjo, não há tempo. O bandido deve estar avisado e atento, a polícia vai perseguir você. Vamos cuidar dele depois, não tem jeito de convencer delegado e tenente de sua inocência, você tem que sumir é agora, e urgente. No futuro, temos mais tempo para pensar e agir...

Tinham chegado em casa, Tonho Pólvora nem consultava mais Zé Anjo, ia encerrando no curral Brasina e um burro novo por nome Andejo, sabia que ele era bom de estrada e toada.

– Pra dentro de casa, imediato, Zé Anjo. Pegue suas coisas de viagem em comitiva, vou arreando Brasina, você leva Andejo de ajuda. Ligeiro, e tudo que precisar. Tenho aqui um dinheiro pra primeira necessidade, pegue carne, sal, a espingarda de caça, sei que nada lhe faltará pelo caminho. Não discuta mais comigo por enquanto, é ordem o que lhe dou agora!

Zé Anjo foi preparando suas coisas, pensava diferente. Tinha o outro acerto a fazer, repugnava-lhe deixar pela metade, mas nunca discutira ordem do patrão, era conselho do Zé Brilino, seguia à risca e em cima.

Terminaram rápido os preparativos, nada de complicado mais a discutir. Tonho dava as ordens.

— Vão procurar você no caminho de costume, rastro atrás. Bambuí, Oliveira, seu povo e gente. Você sai ao contrário, rumo oeste, vá por Uberaba, enfie-se pelo pontal do Triângulo, vaze lá pelo tal Porto Alencastro, enfurne-se pelo Mato Grosso. Fique sumido por lá uns dois anos, se for do seu agrado até pelo sempre. Não quero vê-lo na cadeia, sei que você não resistiria à falta de liberdade, ar e rumo na vida. Avise-me por portador o seu destino e moradia. Seu nome novo será Altair Brilino, mando-lhe dinheiro, notícias, tudo o que pedir ou precisar. Tem uma família, em Campo Grande da Vacaria, muito ligada ao velho coronel Macedo, gente de toda confiança. Estou escrevendo um bilhete a eles, não sei qual o chefe, mas falo como genro do coronel, e sei que vão proteger você. Guarde o nome Correia. Eles vão ser daqui em diante os seus patrões e protetores. Não conte a sua história, ela está morta e para trás, ninguém vai lhe perguntar. Vão apenas observar seu comportamento, seu trabalho, honestidade, dedicação, lealdade. Zé Brilino conheceu essa gente e recomendou para qualquer dia ou hora. Para nós, isso basta. Tá entendido?

Zé Anjo entendeu tudo, pôs no bolso o bilhete sem destinatário fixo, verificou seus pertences, a mula bem arreada por Tonho Pólvora, Andejo com um cabresto longo e novo para reboque, feliz da caminhada antevista, carga leve de suas coisas às costas.

— E a casa, patrão? O gado, as crias, tudo...
— Deixe comigo. Tenho gente para vir para cá, tomam conta de tudo. Não se preocupe com nada. Vamos saindo!

Os animais passaram pelo curral da frente, ao lado da casa, iam tomando destino da estrada.

Zé Anjo olhou para trás, uma última visão de sua casa, do seu trabalho e serviço, as coisas todas que ele plantara e vira nascer e crescer, e sobretudo e acima a sua Lina, o filho que não ia ter, o passado duro de enterrar, o futuro duro de esperar, tudo ia ser novo e diferente. Zé Anjo era de novo órfão e sozinho na terra que Brasina ia picoteando em sua marcha. O rumo era oeste, lá se punha o sol.

Caminharam juntos uma meia hora, até a encruzilhada da Alvorada, destino de Tonho. Zé Anjo ia sumir pela esquerda.

Passaram ali um minuto, olhos nos olhos, quando mais se veriam?

Tonho queria perguntar do outro, se podia ou queria fazer alguma coisa. Sentia que Zé Anjo não queria falar. Não queria delegar missão de perigo ou sofrimento, bastava-lhe o que ele mesmo vivia.

Estenderam-se as mãos, um aperto final, nada mais.

Zé Anjo saiu pela esquerda, não olhou para trás.

Tonho Pólvora ficou olhando, longo tempo. O amigo sumia em volta do mato e caminho, saía da sua vida, acabavam-se as caçadas de paca, a pesca no poção, as viagens de comitiva. Gente, por que tudo tinha que acabar assim?

A polícia chegou ainda cedo à Alvorada, mas já era tarde demais para a pega de Zé Anjo.

Tonho fez que de nada sabia, espantou-se pelo acontecido, lamentou por seu Quirino. Iria visitá-lo. Não acreditava que Zé Anjo tinha feito essa maldade toda, podiam procurá-lo onde quisessem. Por certo estaria em seu serviço, dali nunca saía, a não ser em viagem de serviço à Oliveira, até tinha uma ordem nesse sentido, mas devia estar por ali ainda... Tudo desfilado em informação rápida, Ana acompanhava e assentia. Já tinham acertado o assunto e rumo a sustentar.

O tenente escutou tudo, não perdeu tempo em contar a versão do Desemboque. Não tocou em Quirineu nem em Lina e sua morte escabrosa. Mandou sua gente à fazendinha, ele mesmo voltou pra cidade. Ia mandar gente cortar caminho para Oliveira, as trilhas costumeiras de Zé Anjo, o moço ia ser apanhado, a história ficaria esclarecida. Afinal, pensava, era tempo de pôr em ordem os acontecimentos tristes, Desemboque tinha que ficar limpa, pacífica e tranquila como era seu costume. Tudo iria acabar bem, em breve, e talvez até lhe rendesse algum elogio ou promoção.

Mas a vida é mesmo cheia de talvezes.

Os dias em São Paulo passavam tranquilos para José Albério e sua comitiva, distantes e ignorantes dos acontecimentos em seu sertão.

José Albério estava empenhado em uma linha direta de importação de artigos estrangeiros para a Comercial. Ia suprimir intermediários e fornecedores, aumentar seus lucros, e com isso passava os dias em azáfama e correria entre São Paulo e Santos.

Mariita e Calvert ficavam por São Paulo, fazendo as compras e vendo as novidades que iriam levar para o Desemboque, circulando pelos teatros da moda, os cafés-concerto, os passeios pelo Trianon e Lanches Colúmbia. Mariita dava liberdade e instrução às duas amigas sobre onde irem e o que comprarem. Ela já conhecia tudo, dizia, não precisava acompanhá-las, teriam mais liberdade e prazer.

Na realidade, liberdade e prazer eram as coisas que Mariita queria e usufruía nas ausências do marido. Enfeitara seu Calvert com roupas novas, sapatos de verniz, cravo na lapela, palheta. O moço jovem e bonito era agora um dandy que ela gostava de exibir, e pretendia usar.

Numa manhã de terça-feira José Albério anunciou que descia novamente para Santos, ia fechar o negócio. Ficava por lá até sábado, quando voltaria a São Paulo e os preparativos para o retorno ao Desemboque.

Mariita enfiou nas companheiras convites para um chá à tarde no Trianon, e ingressos para ópera à noite, na realidade uma opereta de Strauss que iam estrear e de que ela e Calvert abriram mão.

Foram passear pela Praça da República. Mariita gostava de exibir-se com o moço, dava-lhe juventude, um fogo por dentro, um brilho no olhar. Calvert era inteligente, culto e só conversava coisas vadias e agradáveis, muito melhor companhia que aquele marido que só falava de dinheiro e negócios.

Mais tarde dançaram no Salão Paris, um ponto de encontro da juventude dourada, rica e sonhadora, em que uma orquestra tocava os ritmos mais modernos e loucos da ocasião. Coisa de jovem, e Mariita queria aproveitar para expandir-se. Estava longe dos olhos conhecidos, estava perto de Calvert.

O moço também estava animado, afinal nunca teria oportunidade de gozar aquelas delícias e luxos paulistas se não fossem a amizade e generosidade da família José Albério.

Mariita tomou três "claricôs", a bebida mais forte que se permitia às mulheres. Calvert tomou champanhe francesa, era ordem elegante de sua companhia.

A bebida era generosa, o ambiente alegre, a música uma provocação, a dança uma tentação, e naquele começo de noite Mariita estava com o diabo no corpo.

No corpo a corpo do maxixe, Mariita se esfregava em Calvert. Enfiava-lhe as coxas entre as pernas, avançava e recuava, passava-lhe a mão e os dedos pela nuca, chegava a boca ao seu rosto, sorria provocantemente, o éter embriagador do seu perfume francês. Num passo mais ousado enfiava o joelho pernas acima de Calvert, roçava-lhe os bagos, o moço gemia, pau duro, tesão desgraçado, daí a pouco todo mundo ia ver a saliência em sua roupa, sossega um pouco, Mariita, não, não sossega, não, diaba, vem e entra, eu quero é gozar dentro de ti, minha capeta...

Mais um pouco e Mariita pagou a conta, era hora. Saíram de mãos dadas, o hotel não era longe. Dispensaram o cabriolé, andavam.

Estavam no mesmo andar, Mariita em grande suíte, Calvert em quarto de fundos e distante.

Chaves nas mãos, subiram. Mariita tinha ordenado ceia e champanhe para a sua suíte. Calvert não tinha fome nem sede, ou tinha, mas era de coisas que não contava.

No alto da escada pararam. Calvert indeciso, rosto afogueado de champanhe e outras coisas. Fez menção de virar o corredor para o seu quarto, Mariita não deixou.

Com jeito gentil, porém firme, pegou Calvert pela manga do paletó novo.

– Hoje não, menino. Pedi champanhe e ceia, estou com pouca fome, e não gosto de beber sozinha. Você vai comigo, acompanhe-me.

Calvert ficou mudo. Acompanhou Mariita igual cachorrinho de madame, naquela hora o cachorrinho mais feliz do mundo.

Mariita trancou a porta e virou-se para a sua conquista, os olhos brilhantes, o sorriso tentador. Chegou-se a ele, até tocar-lhe com o busto o colete francês, até as coxas se roçarem, o rosto a centímetros de distância, os olhos grudados – e só aí lançou-lhe os braços ao pescoço, puxando Calvert a seu encontro, selvagem e dominadora.

O beijo de Mariita implodiu todas as resistências de Calvert, os seus conceitos, a ética, a moral, os costumes que buscava sustentar no colégio e na sua vida. Foi beijo de língua, invadindo privacidade e vida, boca, dentes e alma, demorado de tirar o fôlego. Ao final os dois eram só um, unidos siameses de boca e sentidos, sem nada quererem para separá-los, e tudo quererem para mais se unirem.

Depois, não mais se separavam nos apertos pela entrada e antecâmara da suíte. Eram só abraços, amassos e beijos, ai como trabalhava a língua diabólica daquela Mariita que Calvert suspeitava mas desconhecia...

– Vem, menino, vamos festar hoje, vai ser noite para não se esquecer nunca!

E Mariita puxava e guiava Calvert para o imenso quarto, a imensa cama, o imenso abismo que ele temia e desejava agora mais que tudo em sua vida.

Mariita lhe tirou o paletó, jogado pelo chão, o colete, e entre novos e audaciosos beijos começou a desabotoá-lo – primeiro a camisa engomada, depois o cinto, a braguilha, as mãos agora já eram frenéticas, os abraços fundiam corpos e desejos.

Calvert desinibia-se, beijando-lhe olhos, orelhas, logo nuca, as mãos já corriam seu corpo, os dedos já se atreviam em desatar-lhe o corpete, logo a saia comprida, as roupas de Mariita iam caindo pelo quarto no rodopiar erótico da paixão em curso. Ninguém mais ia cercar aquela tempestade, os raios e relâmpagos contidos agora explodiam, o mundo podia acabar que eles continuariam até a exaustão final.

Finalmente estavam nus e na cama, o ato final da ópera que viviam. As emoções superavam todos os prazeres conhecidos, os rostos vermelhos de fogo. Mãos quentes e molhadas se exploravam em incursões até então apenas imaginadas, os corações acelerados, adrenalina pura liberada explodia-lhes todas as glândulas, o sexo pedia urgência. Já não eram gentes, eram cão e cadela no cio pleno, até no molhado das línguas e no agito do corpo, depressa, depressa, depressa.

Amaram-se com fúria e fervor: o orgasmo de alta intensidade e curta duração era carga elétrica pura e represada, exigindo aquela primeira e decisiva descarga.

Exaustos, ficaram lado a lado, as mãos dadas. Precisavam recuperar fôlego, pulmão, coração e emoção.

Tocaram a campainha, Calvert pulou em sobressalto.

– Calma, meu menino, é a ceia que pedi. Espere aqui, temos champanhe gelada e a melhor comida para a nossa comemoração. Espere!

Assim Mariita levantou-se, o corpo esplêndido e brilhante do suor recíproco. Pôs um peignoir e foi atender à porta, guiando o garçom para colocar na mesa os seus pedidos.

Escondido pela porta do quarto, Calvert se recompunha e admirava. Tivera coragem, afinal. Matara seu desejo, afinal. Era o que queria e pressentia, desde o início era tudo o que queria – e agora estava consumado. Por dentro, porém, havia um remorso, um sentimento não sabia de quê, mas que lhe doía pela traição ao protetor José Albério, de quem se julgava devedor, e agora não mais sabia como enfrentar ou proceder.

Mariita, a fêmea predadora e superior, veio abolir e sublimar seus pensamentos, puxando-o para a mesa.

Champanhe, torradas com caviar, camarões ao molho de coco, arroz à grega com passas e nozes – qual, não há remorso nem sofrimento que resistam às tentações da culinária enfeitada por uma linda mulher...

Depois, uma chuveirada de descanso, e cama novamente.

Agora e dessa vez, o amor foi calmo, estudado, os passeios pelos corpos já descansados e sem aquele frenesi de loucura, Mariita guiava e ensinava. Calvert saía de professor para aluno, aluno encantado e obediente. Estava em novo mundo e vida.

Tornaram-se amantes nessa noite, juravam que pela vida toda. Acima de tudo e de todos, sociedade, freios, religião... e de José Albério também.

Não sabiam nem queriam adivinhar como nem quando, mas eram e seriam amantes para sempre.

Mariita adormecera logo e em seus braços.

Calvert pensava, e de vez em quando o corpo estremecia em calafrios de origem desconhecida. De madrugada desistiu de dormir, beijou e deixou sua sonolenta e feliz Mariita. Voltou para seu quarto.

Não era bom que soubessem do acontecido, nem do a acontecer.

Calvert começava a sua sina sofredora e querida de amante.

Manuel Crispim estava cansado, já sentia a idade e anos de viagens e desconforto pelos sertões, aquela caçada infernal e sem fim.

Agora, julgava, ia para o ato final, e precisava reunir forças, energia, vontade e inteligência.

Se Gercino Spíndola estivesse errado, no tal Desemboque encerraria a sua busca e luta, voltaria para São Paulo, a filha, a neta. Aposentar-se-ia. Ficaria um gosto de fracasso, mas nada mais a fazer – ele estava em final de carreira.

Se Gercino Spíndola estivesse certo, também no tal Desemboque encerraria a sua busca e luta, com uma diferença fundamental: teria finalmente conseguido sucesso e êxito em sua missão.

Nessa hipótese, Manuel Crispim não se enganava. Sentia e sabia dos perigos a enfrentar, o risco que ia correr. Sua presença indagadora ia despertar suspeitas, mas assim devia ser, tinha que ser.

Não poderia condenar nem justiçar sem a certeza da investigação e comprovação. E isso ia transparecer, não tinha como evitar.

Varando os sertões do Triângulo, em demanda da Farinha Podre e do Desemboque, Manuel Crispim tomara sua decisão.

Ia ser prudente, mas tinha que correr o risco da provocação. Em sua estratégia, essa seria a maneira mais rápida de receber resposta e confirmação, caso Gercino estivesse certo.

Tinha que estar preparado, não só nos seus sentidos, mas também nas circunstâncias físicas que iriam rodear a sua presença no Desemboque.

Levava uma pequena vantagem inicial: sabia o que queria e o que fazer, podia preparar-se em planos e arranjos, o adversário devia ser colhido rápido e na maior surpresa possível, era a sua única chance.

O moço não lhe ocupava o primeiro pensamento. Não ia expor-se se tinha a serviço o jagunço tão terrivelmente anunciado por Gercino. Esta era então a sua preocupação inicial, a temer e prevenir.

Pensava nisso pelo caminho.

Afinal, não tinha muito tempo.

Naquela manhã José Albério ia assinar com a Importadora Cardoso Alves o seu contrato com direito e acesso à importação direta das mercadorias com que pretendia expandir a sua Comercial.

No quarto do hotel, revia e conferia os sucessos de sua negociação, um projeto antigo que agora chegava à realidade.

Naqueles anos todos fizera sua grande fornecedora a firma Machado e Biagi, de Franca, buscando ganhar-lhe confiança e informação sobre os negócios de importação.

Com lábia e presentes, cativara guarda-livros e pessoal. Soubera da exclusividade que tinham na Cardoso Alves, os preços e condições especiais em que ali se abasteciam, e do contrato físico e ético que mantinham para deixar essa exclusividade livre de concorrências.

José Albério conservou a ética nos anos que lhe interessaram, quando ir a São Paulo ou Santos podia trazer-lhe os problemas do passado.

Agora, livre de fantasmas, armara o golpe de livrar-se das comissões e preços da Machado e Biagi, de burlar aquela exclusividade e em negócio direto com a Cardoso Alves aumentar seus lucros.

Na ida para São Paulo passara por Franca, fazendo um pedido pequeno de artigos para a Comercial. Era gente de casa, podia ser recebido e estar com a gerência, guarda-livros, secretária, lá negociava e assinava diretamente o que queria. Não lhe foi difícil surrupiar discretamente duas folhas timbradas da firma Machado e Biagi, e guardá-las em seu sobretudo.

O passo seguinte foi um pouco mais difícil e elaborado. José Albério, frente ao austero seu Alfredo, o antigo e confiável guarda-livros da firma, solicitou-lhe duas folhas para rascunhar uma carta-oferta que pretendia levar consigo para o Desemboque, e estudar lá o que e quando comprar. De próprio punho escreveu então as duas páginas. A primeira contendo uma descrição e oferta da mercadoria, a ele endereçada, e a segunda, por falta proposital de espaço na primeira página, que continha apenas o fechamento tradicional da correspondência comercial, agradecendo a atenção prestada, a data, a cidade e o nome de quem firmaria: o velho amigo Machado.

Em seguida, José Albério passou a seu Alfredo as duas páginas, para que com sua própria letra as copiasse e levasse ao chefe para a assinatura. Mentalidade burocrática e simples, seu Alfredo copiou exato como José Albério havia feito, no papel próprio da sua empresa, respeitando o conteúdo de cada página. Apresentou o resultado a José Albério, que achou conforme e apenas pediu-lhe para colher a assinatura e carimbo do sr.

Machado na segunda página. É claro que nesse intervalo José Albério empalmou e guardou o seu manuscrito copiado pelo seu Alfredo.

Entre dois cafezinhos José Albério recebeu a carta devidamente assinada e com validade pelo sr. Machado, contendo o que era uma oferta comercial de vários artigos e seus preços em Franca – tudo em envelope timbrado e correto, que igualmente tomou destino do bolsão de seu sobretudo.

Agora, na manhã de Santos, José Albério examinava o resultado de sua química.

Havia queimado juntas as suas páginas manuscritas e copiadas, e a primeira página da carta do sr. Machado. Com calma, paciência e habilidade que já demonstrara em jovem, redigiu e escreveu uma nova primeira página, não mais uma oferta de mercadorias à Comercial do Desemboque. Guarda-livros escreviam todos a bico de pena, a caligrafia era quase sempre idêntica, e José Albério fora guarda-livros, sua letra copiava fácil a de seu Alfredo. O que não copiou foi o texto dessa página, que fez à sua maneira. Ali estava, à sua frente, uma primeira página endereçada à firma Cardoso Alves, importadora em Santos, informando-lhe ter estabelecido com o sr. José Albério, da Comercial do Desemboque Limitada, no Estado de Minas Gerais, uma sociedade de interesses comerciais, em virtude do que solicitava ao seu fornecedor o obséquio de dar-lhe igual atenção e preferências de fornecimentos e importação, sem passagem ou conhecimento necessário da Machado e Biagi. Com essa sociedade, informava, diminuiria impostos, repasses financeiros e ampliaria para Minas o seu campo de trabalho. Entretanto, solicitava que esse negócio e sociedade fossem mantidos em segredo, por razões fiscais, e eticamente conservados como foram todas as suas relações anteriores.

É claro que a segunda página, contendo o final burocrático, o agradecimento, a assinatura e carimbo do sr. Machado, foi conservada no original.

Ali tinha José Albério tudo que negociara e precisara para estabelecer um canal comercial importador e direto com a Cardoso Alves e os mercados europeus, alijando de seu caminho a agora ultrapassada e onerosa passagem pela Machado e Biagi de Franca.

Seu contrato estava pronto, e já naquele final de semana tudo estava assinado. Uma primeira e vantajosa compra feita, preços menores, prazos maiores, José Albério feliz, entrava na roda dos grandes.

A ética, é claro, presidia todo o acordo. Em hora nenhuma ou com outras pessoas se conversou o assunto, tanto no lado Cardoso Alves como no lado Comercial do Desemboque.

Naquele sábado seguinte, pela manhã, José Albério voltava para São Paulo, rumo de casa, feliz de mais um sucesso de sua astúcia e habilidade. Em sua esperteza incluiu apenas queimar a folha sobressalente retirada da Machado e Biagi – não precisava mais dela, nem do eventual contratempo e testemunho de sua presença entre os seus papéis.

Agora era pegar Mariita, o janota Calvert e suas companhias, e voltar à conquista decisiva do Desemboque.

Estava chegando ao seu último, desejado e planejado sucesso.

Estava perto do seu grande final, todos iam se admirar.

E iam mesmo.

Manuel Crispim, vindo de Mato Grosso, ancorava aquela noite por Franca, onde decidira iniciar sua pesquisa e comprovação. De passagem por Uberaba vira uma filial da Comercial do Desemboque, mas não quis explorar a conexão. Era cedo. Sabia que Franca ainda era o entreposto abastecedor daquele sertão. Por lá devia começar. Haviam de conhecer o moço José Albério.

No dia seguinte, ainda cedo, começou a bater a praça, em visita de reconhecimento aos negociantes e empresas que se dedicavam ao abastecimento do interior, com vista especial aos que negociavam com Minas, e em particular buscando quem fornecia o Triângulo Mineiro.

Conhecendo o trabalho, foi-lhe fácil descobrir que o principal fornecedor do Desemboque era a Machado e Biagi, com tradição de muitos anos nesse comércio, por sua vez uma importadora direta de Santos e São Paulo.

Não foi ao chefe, apresentou-se antes ao sr. Alfredo Luca, seu guarda-livros e por consequência pessoa que obrigatoriamente conhecia todos os negócios da empresa.

Na sala do seu Alfredo, tomando o obrigatório café comercial servido aos viajantes, iniciou sua investigação.

– Sr. Alfredo, venho de São Paulo. Há anos trabalho como representante comercial viajando por conta de vários ramos e empresas comerciais lá sediados. No momento trabalho para Almeida, Pereira e Cia. e passo por aqui em visita e reconhecimento. Busco informações, naturalmente não secretas, e gostaria que o senhor me ajudasse.

O seu Alfredo era conhecido pela amabilidade, o recebedor oficial de visitas do sr. Machado.

– Verei o que posso fazer. O seu nome, por favor, e o que deseja?

– Chamo-me Manuel Crispim, aqui tem o meu cartão. Estou buscando informações sobre clientes antigos, de quem perdemos contato. Um deles foi-nos indicado que está hoje no Desemboque, aqui em Minas Gerais, e que é seu cliente. Esclareço que não pretendemos retomar contato comercial direto com o cliente. Se partirmos para algum entendimento usaremos a sua empresa para isso acontecer. Por isso uso desta franqueza. Eu poderia ir direto ao Desemboque procurá-lo. Prefiro no caso usar a sua firma como intermediária e consequentemente lucradora se restabelecermos negócio. Nosso cliente, hoje seu, chamava-se sr. José Albério.

Seu Alfredo sabia do agrado do sr. Machado cada vez que negócios com empresas novas lhe apareciam, e gostava de agradar o patrão.

– Pois não, sr. Manuel Crispim. Conheço bem o sr. José Albério. É dono da Comercial do Desemboque, a melhor casa de comércio do Desemboque, e é com efeito nosso cliente de muitos anos...

– O senhor pode dizer-me quantos anos, como tem operado e se comportado em seus compromissos?

– Em geral não damos informações nesse sentido, o senhor sabe como varia o comportamento comercial aqui no interior...

– Concordo, a ideia é apenas no sentido positivo, se pode ser considerado cliente sólido, como era nossa informação, ou se surgiram fatos novos por aqui...

– O que posso lhe dizer, apenas, é que o sr. José Albério iniciou suas compras quando ainda montava a sua casa comercial, e que fez a dinheiro e à vista todo o seu abastecimento. Isso aconteceu há muitos anos, uns dez talvez, eu ainda não chefiava a nossa contabilidade. Agora, sobre negócios, somente o sr. Machado pode lhe informar.

– E ele não informou por que deixou São Paulo, ou os seus negócios por lá, conosco inclusive...

– Aqui no sertão quem paga à vista uma grande compra é pouco perguntado e investigado, sr. Manuel Crispim. A bem da verdade, o sr. José Albério sempre foi muito discreto do seu passado. Eu mesmo nunca soube que veio de São Paulo, e ele evitava intimidades com seus pagamentos adiantados e a dinheiro. No mais, se quiser, apresento-o ao sr. Machado, ele deve estar chegando. Gosta de conversar sobre negócios e talvez possa lhe adiantar alguma informação.

Manuel Crispim já sabia coisa importante, o início e forma de atividade financeira do seu moço. Não queria arriscar-se mais.

– Obrigado, sr. Alfredo. Apareço outra hora, tenho que fazer duas outras visitas. O senhor foi muito amável. Espero conhecer depois o sr. Machado, gostei muito de suas instalações...

E Manuel Crispim despediu-se rápido, sua função era perguntar. O tal sr. Machado talvez fosse lhe perguntar coisas também, isso não seria bom.

Com efeito, a informação do seu Alfredo sobre a visita desse Manuel Crispim não agradou ao patrão, ao contrário do que esperava seu fiel guarda-livros.

– Seu Alfredo, o senhor falou demais para uma pessoa que desconhecemos, em troca de uma promessa e na visão de um cartão de visita que ele nem deixou consigo. Cuide de sua língua, faça seu trabalho, já lhe disse. O resto, deixe comigo!

O seu Alfredo recolheu entusiasmo e alegria. O patrão sempre tinha razão, era o seu lema. Ainda bem que ele não cometera deslizes ou distração maior, pensava.

O sr. Machado ficou preocupado, não era comum nem explicável uma visita daquelas. Precisava contar o caso ao José Albério, em sua volta de São Paulo. Era questão de amizade e de ética, que seu cliente merecia e teria.

—

Na volta de São Paulo, José Albério passou rápido e direto por Franca. Não visitou o sr. Machado ou sua empresa. Vinha com pressa e em comitiva, informou no hotel, saindo de viagem.

Assim, o intrigado sr. Machado não pôde contar-lhe nada da estranha visita do Manuel Crispim. Ficaria para outra vez, pensou.

Assim José Albério ficou sem saber o que se passara, sem a preocupação do que aquilo podia significar, sem pensar em providências a tomar.

Assim Manuel Crispim pôde chegar incógnito e insuspeito ao Desemboque, prosseguindo sua investigação, ganhando precioso tempo e espaço para o seu trabalho.

Assim se faz a história. Nem sempre dos fatos queridos e planejados, muitas vezes da sorte ou acaso, ou do que árabes e fatalistas chamam de destino.

Teodomiro Classet era um homem de nome e maneiras incomuns.

Ninguém sabia explicar como um nome tão caipira e provinciano fora nele associar-se a um sobrenome francês. O próprio Teodomiro não sabia, órfão de infância, criado pela avó em Mariana, jovem ainda enviado ao seminário do Caraça, onde podia ter estudos gratuitos pela esperança e possibilidade de algum dia pagá-los sendo padre da Santa Igreja.

Teodomiro foi mau pagador.

Aos dezoito anos, em conclusão dos seus estudos básicos, dedicou-se à matéria não disciplinada da anatomia, que passou a estudar nas intimidades de Maribela, esta uma mulata que fazia jus ao nome e que por isso fazia uma devastação particular nas vocações sacerdotais do Caraça, onde ia buscar roupas para lavar, coser, reparar.

Teodomiro fugiu do Caraça, em busca do que supunha vida mais bela.

Durou algum tempo, apenas. Essa Maribela era de seduzir, não de conservar. Devia estar possuída ou era o próprio Capeta, pelo prazer que sentia em trazer aos infernos de sua sexualidade os desprevenidos seminaristas, que vinham sem nenhuma luta ou resistência queimar suas asas angelicais na lamparina de sua cama.

O Caraça fez assim duas elites intelectuais, na gestão Maribela.

Uma, dos inexpugnáveis, intramuros, que ia dirigir a intelectualidade mineira.

Outra, dos derrotados, que lá fora se organizavam em segunda elite e passavam a serviço ou trabalho em comum com seus colegas mais sérios e acreditados.

Teodomiro ficou matriculado e efetivo dessa segunda turma, conservando na primeira as amizades, o relacionamento e a confiança – talvez até a inveja.

Com isso, o ex-seminarista passou a servir em cargos de confiança de seus amigos no poder, confiável que era pela origem, pela discrição e pela capacidade de desempenhar as missões políticas tão importantes como eram essas do assentamento do regime republicano.

Ali estava Teodomiro Classet a caminho do Triângulo Mineiro, delegado e em função de escolher os líderes políticos e os poderosos a comandar naquela região os interesses republicanos e do governo.

Muito esperto e observador, Teodomiro descobriu logo que a República tinha se implantado por via militar e metropolitana. O povo e as lideranças do interior nem se aperceberam do seu advento e significado.

O resultado final era uma mistura difícil de entender e separar.

No sertão, os grandes chefes estavam por origem ligados ao Império, embora contra ele pela política de omissão ou desastre dos seus representantes na metrópole e no governo.

De outro lado surgiam as eminências novas, que aproveitavam a entrada do regime para igualmente ter seu acesso e penetração na política, oferecendo-se como opção aos comandantes em exercício. Nesse grupo havia de tudo: os protestantes por vício e vocação, os oportunistas, os idealistas ingênuos, e até genuínos e aproveitáveis líderes em ascensão e conceito.

Difícil era separar tudo, sabia esse Teodomiro Classet, e levar de volta as escolhas certas e convenientes.

Adotou como norma os fatores que iriam diminuir seu risco de erro, já que acertar seria coisa de observação no futuro.

Em cada cidade, povoado e visita, o sr. Classet se credenciava pela documentação e poder de representação, e logo convocava indistintamente para uma reunião todas as eminências políticas e importantes do lugar. Explicava a que vinha, o desejo governamental de servir, a democracia que a República representava e esperava demonstrar, isso comprovável pelo ecumenismo da sua reunião, onde todos teriam direito à palavra, à discussão e ao voto.

Isso posto, calava-se e escutava. A fervura da reunião era sempre oportuna para suas observações. Seu olho clínico diagnosticava com facilidade os quem e com quem se entender.

Quando necessário, e na hora certa, pedia indicações da sociedade reunida, acelerava o debate e as intenções, e por votação definia o rumo final da indicação a ser transferida ao governo central.

Pouco risco de erro, já que todos deviam igualmente participar e se responsabilizar pelo eleito e pela representação – e isso era bom para os novos governantes, ainda em fase de construir suas bases e destino político.

Se alguma manipulação eleitoral houvesse, Teodomiro não se incomodava: não era de sua responsabilidade ou inspiração, podia até servir como mais um demonstrativo da realidade política do local e da capacidade de seus condutores.

Em seu plano geral, vinha acertando.

Agora, enfrentaria o Triângulo Mineiro, uma gente que sabia diferente dos mineiros do centro, mais atrevida, espontânea e independente.

De passagem por Araxá, já havia tomado contato com o espírito desse povo, apreciara até a franqueza e abertura de sua forma de se expressar.

Apreciara também certas heranças locais de costumes femininos mais liberais, parece que advindos da existência de uma dona Beja, que revolucionara a região.

Maribela, suspirava, devia ter nascido por ali.

E foi suspirando e gemendo que Teodomiro Classet tomou o destino do Desemboque.

Já na mesma noite da chegada, Manuel Crispim fazia o inventário das suas investigações.

Com sua credencial e experiência de caixeiro-viajante havia visitado a Comercial do Desemboque, ainda pela manhã, em seu primeiro reconhecimento.

O prédio era grande, avaliou, pelo tamanho da cidade, e sofrera acréscimos por certo em função do sucesso dos negócios. Ocupava uma esquina principal e crescia meio quarteirão ao longo da rua, terminando pela casa residencial do proprietário, um costume da época, quando presença, assistência e eventuais negócios fora de hora podiam ser necessários. De lado, e já na outra rua, terminava por uma casa e instalação menor, avarandada nos fundos e dando para um grande pátio e quintal. Por ali entravam as mercadorias de abastecimento e saíam as cargas maiores, devia ter vigilante ou guarda dia e noite.

Dentro da Comercial o espetáculo era o de todas as casas daquele ramo, vale dizer, uma confusão e profusão de gêneros e artigos, desde os mais grosseiros necessários às artes rurais, à construção, roupas e artigos masculinos e femininos, caminhando por área mais delicada em gêneros de toucador feminino até os sabões e perfumes franceses, esta separada da "babel" atacadista por uma divisória e – coisa revolucionária na época – atendida por duas moças, bonitas e comunicativas, por certo grandes vendedoras dessas novidades para as roças e sertões.

Atrás e ao canto havia uma sala privativa, devia ser o escritório do patrão. Teria porta para os fundos e comunicação com a residência, concluiu. Por uma ampla janela de vidro permitia ao dono manter vigilância da casa e dos negócios em seu grande salão. Essa janela tinha internamente uma cortina pesada e impenetrável, fechada no momento de sua visita, garantindo discrição e segurança no escritório quando isso fosse desejado.

Para entrar secretamente e fora de hora na Comercial, Manuel Crispim entendeu que seria possível unicamente pela casa ou pelo quintal dos fundos. Pela frente, impossível, portas rente à rua e movimento. Por sua residência devia ser complicado, gente e empregados noite e dia.

O quintal e pátio, a varanda e casa dos fundos, por ali seria o caminho. Devia saber que espécie de vigilância e ocupação teriam. Ficaria para outra avaliação.

À tarde, Manuel Crispim buscou assunto com as duas vendedoras, apareceu simpático comprador de caixa de sabões franceses. Elogiou a casa e seus artigos, também era vendedor, estava de passagem, gostaria de conhecer o dono, não conhecia naquele interior casa de comércio tão grande, importante e equipada como a Comercial, nem duas moças tão bonitas e eficientes como elas em sua função.

As moças ficaram felizes e tagarelas, qualquer pessoa compradora e de fora era importante, dizia o sr. José Albério. O patrão estava fora, em São Paulo, e por chegar nesses dois ou três dias. Estava no Desemboque havia muitos anos, sempre fora o único dono da Comercial, era casado com dona Mariita Macedo, filha do velho coronel Macedo, gente importante na região, aumentara sua riqueza e projeção. Não, não tinham medo de assalto, a casa era central e sempre cheia. Naqueles anos nunca tinha havido roubo, nem entrado gente pelos fundos, lá morava mesmo um vigia ou segurança, de dia muito movimento de carga e descarga. A cidade era tranquila e inocente de ladrões ou outras pragas da cidade grande.

Casualmente, Manuel Crispim passou mão e logo olhos em notas de venda com o timbre da Comercial do Desemboque. Ali constava o nome do proprietário, esse sr. José Albério, e a data – importante! – de sua abertura e fundação. Dez anos atrás. Uma coincidência interessante com a evasão de São Paulo do sr. José Antônio.

Caminhara bastante nesse dia, pensou.

Tonho Pólvora voltava para a sede da Alvorada, havia terminado a substituição de Zé Anjo na fazendinha. Dino Louro ia fazer as vezes do companheiro que nunca mais voltaria, seu desaparecimento era como se tivesse assumido o crime.

Tonho ajeitara os apartes e repartes da herança do coronel, em gados e terras. Estava pronto para acertos com José Albério logo de sua chegada.

O novo depósito de sal e pólvora estava em ponto de terminação. Em um mês recomeçava o negócio pelo Desemboque e suas filiais, felizmente não tinha perdido a confiança dos seus fornecedores.

Tudo ia cair em seu devido lugar, ia pensando.

Brasão marchava de rédea solta, macio, sem repiques, atento à estrada. Cavalo inteligente evitava trilha funda ou acidentes que podiam obrigá-lo a mudar a toada e gerar desconforto ao seu cavaleiro. Estavam juntos havia tanto tempo que caminhavam unidos e incorporados, entendiam-se como se tivessem uma única cabeça e corpo.

Tonho recapitulava passagens da sua vida, desde a ambição primeira em deixar sua terra, pais e irmãos. Em abrir fazenda e negócios, canseiras nas estradas, nas madrugadas, na ideia preocupada com suas contas, coisas e gentes, a família, as criações, depois os acontecimentos e sofrimentos.

Estranha punição, essa, que acorrentava o enriquecer ao sofrer, o ganhar ao preocupar, uma roda que nunca encontrava parada ou repouso. Estava ali a luta entre o já chega e o quero mais.

Os machucados da Fortuna doíam em Tonho Pólvora. A marcha do cavalo pela tarde fresca relembrava caminhadas com Zé Brilino, com o menino Zé Anjo, até o prazer dos cheiros do campo, suas flores, seus frutos, seu mato verde, o capim-gordura na borracha. Tudo ia passando despercebido, já não eram as ilusões e cores dos seus sonhos em jovem.

Vida sem ilusão não presta, dizia Zé Brilino a Zé Anjo.

Poucas ilusões tivera o velho manco, mas bebera todas com avidez, até o morrer julgando completar felicidade ao seu Zé Anjo sucessor.

E ele, Tonho Pólvora, quando iria sentar-se na varanda, finais de tarde com Ana e os filhos que viriam, seu desejo, vontade e prazer só ali, não inventar mais coisas, trabalhos, ocupações, desilusões?

Tinha chegado, sem ver ou sentir, até o gosto e sentidos tinham adormecido.

Apeou-se do Brasão. Um menino pixaim já esperava o patrão.

— Moleque, desarreie e guarde tudo com cuidado. Dê um banho no lombo do Brasão. Não água fria, use aquela que mornou no tanque ensolarado, passe a escova, dê-lhe milho, trabalhou muito hoje.

— Nhô patrão, pode deixar. Dona Ana pede o senhor passar logo na varanda, tem gente.

Gente pra quê?, subiu pensando Tonho. Amolação, na certa, ia ver.

Na varanda, Ana tinha servido refresco, balas, biscoitos, roscas, pão de queijo e café às visitas. Deviam estar fazia tempo à sua espera.

Eram Zé Carneiro, Camilo Antunes, Antero Silva, Badico Oliveira e Giusepe Crema, todos vizinhos e amigos antigos do coronel Macedo. O velho Crema liderava uma colônia de imigrantes italianos na lavoura, os outros trabalhavam suas terras e gados.

— Boa tarde, senhores, desculpem chegar tarde. Não sabia desta visita, estava longe...

Zé Carneiro conduzia o grupo.

— Não se preocupe, amigo Tonho. Viemos de surpresa mesmo, assunto de decidir ligeiro. Ana está nos tratando tão bem que perdemos a pressa. Vamos ficando por aqui...

– É meu prazer, fiquem à vontade.

E Tonho bebeu de uma vez o copo de refresco de mangaba que Ana lhe oferecia, os olhos sorrindo, sempre feliz pela volta do seu homem.

– Bem, sede apagada, o que vamos tratar?

Os companheiros deram uma remexida. Zé Carneiro era o porta-voz, esse Tonho era de despachar logo. O velho coronel teria antes enrolado um pito de fumo goiano, sabido das famílias, das coisas, do tempo em chuva ou seca. Esse Tonho era direto e logo.

– Amigo Tonho Pólvora, viemos representando o grupo dos amigos e da política do nosso velho e querido chefe, o coronel Macedo. Explicando imediato, digo que vai chegar amanhã pelo Desemboque o emissário do governo central, vindo de Araxá. É gente que não conhecemos, e traz poder de representação dos homens da República. Avisa que quer uma reunião de todos, sem importar se republicanos ou imperialistas, que sua missão é de paz, de concórdia, de tudo fazer pelo bem da nossa cidade e região. Segundo Tardela, que veio de Araxá em sua frente, o homem quer é saber quem é quem por aqui, as lideranças, e daí escolher e levar o nome daquele que vamos eleger nosso representante do Desemboque junto ao governo. Já viu, né, é coisa importante, viemos lhe ouvir.

Tonho Pólvora não era forte em política. A posição que ocupava era apenas por direito de herança do sogro, o grande líder do passado.

– Bem, e o que pretendem fazer?

– Pretendemos, diga assim, Tonho. Por muitos anos governamos e fizemos o Desemboque, o coronel sabia e decidia tudo, sempre acertado e para nosso bem. Agora, você sabe, a política mudou, outros vão aparecer e suceder, e a oportunidade oferecida é importante. Pode dar-nos lugar e voz no que vem pela frente. Se o coronel estivesse vivo, seria com ele. Na sua falta, temos que decidir o que fazer, que rumo vamos seguir, quem vamos apoiar...

– E quem de nós já está em projeto ou trabalho de representação?

– Aí é que está o problema, Tonho. A única pessoa do Desemboque que vem trabalhando nisso, há muito tempo e sem descanso, é seu concunhado José Albério. É ativo, inteligente, tem dinheiro e ambição. Vai aceitar correndo, se for indicado. Acontece...

E Zé Carneiro ficou pesado, meio sem jeito, o olhar em Ana de Macedo, irmã de Mariita, cunhada...

– Zé Carneiro, não se preocupe com minha mulher. Ela fica e participa onde estou. Escuta tudo, e às vezes julga melhor do que eu. Desembuche!

– Bem, Tonho, o que passa é que nosso pessoal não confia no José Albério. O homem é ambicioso demais, quer tomar conta de tudo, comprar tudo e todos, ser dono do Desemboque, do Triângulo, de Minas, do mundo se for possível. Também, não sabemos, mas tem um jeito de trabalhar que nos desagrada, aperta muito e a todos. Não tem dó nem consciência, pensa só em si e no seu projeto de vida. Atropela o que aparecer na frente.

– Certo, mas quer e aceita, é competente. O que vocês querem fazer?

– Para isso viemos. A proposta do moço de Ouro Preto é boa, uma discussão de nomes, das nossas precisões e vontades, vamos participar. A ideia é assuntar o que vai apresentar esse José Albério, mostrar que temos mais coisas e gentes por aqui. Não deixar a decisão sair na hora da fervura e da paixão, dar um tempo, depois e com vagar mandamos nossa escolha e proposta, em nome de todos. O Desemboque unido terá mais oportunidade e valor, não acha?

Tonho achava, e concordava fácil.

– Pois bem, companheiros, e contem comigo na reunião. Sou de pouco falar com gente importante, mas acho que essa é a ideia certa e boa. Conversaram isso com o José Albério?

– O José Albério está por chegar, amanhã ou depois. Sabemos que vai à reunião, é claro, e para isso viemos aqui hoje. Queremos que você fale com ele, como nosso representante, e exponha a nossa ideia, claro que sem falar na nossa restrição, apenas pedir um tempo de avaliação e certeza para quem vamos escolher. Você aceita?

Tonho coçou a cabeça.

Não lhe agradava participar de coisas que não conhecia nem pretendia, como a política, que poderia ser outro sofrimento na roda da sua vida.

Não lhe agradava conversar com José Albério. Nunca mais teria confiança nele e não queria acidente familiar desagradável e talvez público.

– Vocês podiam ir em grupo. Eu como parente fica difícil...

– Nada, Tonho. Por ser parente é que é importante. Você tem Ana, a sogra, a herança de fortuna e de política do nosso coronel Macedo. Ele será obrigado a lhe escutar, e com seriedade. Conosco, pode nem dar atenção, ele já tem seus amigos e suas bases, pode até achar bom a gente aparecer como desorganizados, sem chefe ou líder. O homem do governo perde qualquer simpatia ou boa vontade. Tem que ser você, Tonho, se o coronel estivesse vivo lhe ordenava!

Os companheiros assentiam, tinha que ser assim, e ser ele.

– Gente, eu não tenho jeito, nem quero mexer com política...

Protestos gerais, falou Camilo Antunes.

– Tonho, não nos deixe. Não vai haver briga nem desgaste, é só disputar a representação. Evitar a decisão rápida que pode não ser a melhor. Hoje você é homem do Desemboque, e nosso. Não nos deixe!

Tonho olhava Ana angustiado.

– Meu marido, papai sempre caminhou com os amigos, a sua gente, o seu sertão. Esses continuam, meu pai morreu. Você deve representá-lo, pelo menos no hoje e agora, até as coisas se definirem, em futuro, e que seja pelo melhor.

Tonho estava desamparado, ou amparado demais, se faltasse aos amigos estaria perdendo mais que a amizade, perderia o seu respeito, até seu espaço e lugar que por herança havia recebido.

Decidiu que tinha que honrar o velho Macedo.

– Pois bem, que seja, mas por tempo curto e grosso. Procuro José Albério, assim que chegar, exponho a nossa posição, acerto o comportamento na reunião. Vamos ver esse homem do governo. Mas, tudo acertado e pronto, me retiro, tenho coisas demais a ver e cuidar. Concordam?

Todos concordaram. Afinal era o que servia e podiam conseguir no momento.

Saíram logo depois.

Tonho estava na rede, era ver o que ia acontecer.

À noite, uma sombra caminhava escondida pelos fundos do quintal e pátio da Comercial. Misturada às outras sombras, ninguém poderia vê-la nem suspeitá-la. Estudava no mais absoluto silêncio a varanda e casa dos fundos, por ali devia ser a entrada boa e oportuna, a descobrir e usar na hora certa. Como caçador, sabia da importância de esperar, paciência era ao longo dos anos sua virtude. Agora, perto da presa, não tinha pressa.

—

No dia seguinte, Manuel Crispim levantou-se tarde, descansava o corpo das viagens sem fim, e gostava de dormir com seus problemas. Muitas vezes, o que lhe parecia difícil ou impossível era solucionado pelo sono. Manuel Crispim ignorava o esforço e a capacidade de trabalho do subconsciente, mas admirava-se e usava essa força toda vez que armava seus planos e projetos.

Estava intrigado com uma coisa: ainda não vira nem tivera notícia do guarda-costas de José Albério, a figura terrível e perigosa que Gercino Spíndola desenhara como essencial para preservar-se e ter sucesso na empreitada.

Resolveu arriscar-se mais na investigação. Sua presença e notícia podiam chegar ao homem, aí ele apareceria.

Foi assim que retornou à Comercial, dessa vez zanzando pela seção de atacado, não sem antes cumprimentar as moças dos perfumes, deviam ver que ele retornava.

Foi de intenção formada que esticou conversa com o encarregado das vendas em atacado.

– Moço, estou esperando a chegada do sr. José Albério, por ora vejo as coisas. O negócio mesmo será com ele. Parece que chega amanhã?

– Assim é, se não for hoje pela noite. Podemos atendê-lo, em sua ausência...

– Obrigado, mas venho de São Paulo com recomendação antiga e expressa de procurar e encontrar o sr. José Albério. Amigos antigos, que ele deixou, querem notícias. Nem sabiam que ele estava estabelecido por aqui. Estou muito impressionado como nosso amigo cresceu e progrediu, vou informar meus patrões. Vão gostar de restabelecer contato e negócios, explicarei ao seu patrão...

Assim Manuel Crispim foi plantando sementes de sua visita, misteriosa e não explicada. Sabia que era coisa arriscada, mas seu tempo era curto. Uma demora grande poderia permitir estudo maior de sua pessoa, que hoje era desconhecida surpresa.

No fim da tarde, tinha certeza de que os homens já sabiam ou iam saber da presença desse senhor tão curioso e expectante do sr. José Albério.

Aí, as coisas iam acontecer.

José Albério chegou naquela tarde ao Desemboque, cheio de planos e projetos. O acerto de importados em Santos e a dedicação que destinara à Comercial iam dar-lhe condições de crescimento financeiro e de espaço em outras cidades e regiões. Era mais um passo importante na sua busca da Fortuna.

Agora, em complemento, podia dar atenção ao próximo passo, rumo ao Poder. Sabia da visita do agente do governo, e do que resultaria, e de como precisava transformar essa visita em afirmação definitiva de sua liderança.

Soube de imediato que chegaria, no dia seguinte ou no outro, o sr. Teodomiro Classet, que já acertara a posição de Araxá e convocava as lideranças do Desemboque para um encontro similar e de decisões.

Tinha que se preparar rápido, e naquela mesma noite convocou ao seu escritório seus correligionários definidos, comboiados pelo professor Calvert, que nem ao cansado e triste seu Quirino permitiu ausência ou desculpa.

A exposição de José Albério foi curta e impositiva. Não podia nem queria descer a detalhes de sua operação ou permitir debate e maior conhecimento aos correligionários.

– Companheiros, chego de viagem com a responsabilidade de conduzir nosso grupo na reunião com o sr. Classet, delegado especial do governo estadual e da República para definir o comando local e regional da política no Desemboque. Estou informado que essa reunião é muito importante, pelo que espero o comparecimento de todos, assim que definirmos local, data e hora. Peço que ninguém se ausente nestes dois dias. Peço que apoiem totalmente e de forma incondicional o que eu fizer ou propuser nessa reunião, certos de que tudo farei para termos em nossas mãos o controle político que nos garantirá o comando, os cargos e a condução do Desemboque. Necessitarei de vocês um apoio unânime. Nossos adversários certamente tentarão ser ouvidos ou ter participação, mas é minha convicção que não será possível compor neste momento. A hora é de demonstrar força e não fraqueza. Repito: confiem em mim, todos sabem o que já fiz e até onde chegamos. Deixem a conclusão a meu cargo. Não se preocupem com os adversários, deles cuidarei pessoalmente. Algum comentário?

As ordens e palavras tinham sido incisivas, não havia comentários. Os companheiros estavam felizes por ter um comandante tão decidido, que certamente lhes distribuiria depois os favores, cargos e sinecuras governamentais, para isso servia a política.

Retiraram-se cedo. José Albério segurou pela manga Calvert e Zequinha Oliveira, tinha missões para eles.

– Calvert, Zequinha, preciso conversar com algumas pessoas antes da reunião. Os outros não precisam saber, e vocês vão apenas fazer-lhes o convite para que venham ver-me amanhã bem cedo, na ordem e horário que escrevi nestes papéis, cada um respeitando bem esta hora. Digam apenas que o assunto é do interesse pessoal de cada um deles, do maior interesse. Que podem ter muita coisa a ganhar, e mais ainda a perder se não atenderem ao meu convite. Pressionem, se for preciso. Digam que a entrevista comigo é pessoal e sigilosa, ninguém mais saberá do nosso encontro, nem vocês que são apenas agentes do convite. Alguns moram na roça ou fazendas, estão com Zequinha, faça uma madrugada amanhã. Os da cidade estão com Calvert, comece hoje a visita e convite, são os que devem vir pela manhã ao meu escritório. Entendido?

Estava entendido.

Calvert pegou sua lista e saiu para sua missão. Assustou-se com os seus quatro convidados. Eram todos radicais adversários e companheiros políticos do velho coronel Macedo.

Zequinha Oliveira pegou a sua lista, para preparar a sua visita em madrugada e manhã. Assustou-se com os seus convidados. Eram todos radicais adversários e companheiros políticos do velho coronel Macedo.

Naquele final de tarde Manuel Crispim não saiu do hotel. A pretexto de fazer anotações e buscar um lugar mais fresco, levou para o quintal uma pequena mesa, uma cadeira e sua pasta de documentos, pondo tudo debaixo de uma mangueira grande e de boa sombra. Devia ficar escuro por ali à noite.

Se seus planos estivessem certos, Manuel Crispim deveria receber visita, seria à noite, e não podia estar despreparado para a recepção.

Enquanto fingia escrever, fazia o inventário do terreno e fundos do hotel, que supunha sua base estratégica.

Cheio de árvores e sombras, aquele sítio era próprio para transitar e esconder quem quisesse. Ninguém do hotel teria visão ou ciência de um visitante interessado em entrar pelo quintal aberto, sobretudo à noite.

Ainda agora, de dia, a paisagem ali era de um pomar descuidado e sujo. Nenhuma presença humana. Galinhas-angolas e alguns patos eram seus únicos interessados e habitantes.

O terreno do quintal descaía em declive até um pequeno córrego nos fundos – sem muros ou cercas, ninguém carecia disso àquela época.

De construção, apenas o pequeno e sujo galinheiro, mais pelo fundo, e uma casinha de despejo próxima à cozinha.

Manuel Crispim esquadrinhou a área, reconhecimento de policial, de militar, de caçador. Tinha que ver e saber tudo, aquele era o terreno da sua próxima batalha.

Andando daqui para ali, terminou tropeçando no que supunha ser a boca de uma cisterna abandonada, perto da sua mangueira e uma trepadeira montada numa amoreira, um retiro escondido no quintal. E ali o terreno caía cada vez mais.

Assuntando, Manuel Crispim verificou que na realidade aquilo não era uma cisterna e sim a fossa sanitária do hotel, ali escondida. Não havia esgoto no Desemboque, e as fossas eram o recurso para desembaraçar os dejetos de fezes, urinas e das águas de serviço. Aquela, em especial, e por servir ao hotel, era grande, uns quatro metros de diâmetro, saliente do chão uns quarenta centímetros, e selada por uma cobertura resistente de madeira de aroeira e bálsamo. Uma camada superior de argila para impedir ar e cheiro, furada por um pequeno cano que devia ser suspiro das emanações gasosas da fossa.

Manuel Crispim foi examinando e ideando, aquele era um lugar propício ao estilo afirmado por Gercino Spíndola para o seu visitante, discreto, retirado, distante dos olhos de empregados ou hóspedes, mais à noite.

A tampa da fossa tinha uma solução de continuidade, uma verdadeira janela ou porta de visitação, assentada e ocupante de uma área que media aí um metro por metro e meio de largura. Devia servir para eventual inspeção ou limpeza, alguns retiravam o conteúdo curtido para usar como adubo, outros simplesmente inspecionavam para selar definitivamente a fossa quando estivesse cheia e inútil.

Aquela janela era ampla, de reforçadas tábuas de ipê-roxo, e curiosamente fechada no meio por uma fechadura de ferro fundido, resistente, disfarçada na argila de cobertura – providência talvez em função de evitar crianças ou curiosos operando a sua abertura. As dobradiças de sustentação eram assim na beirada da fossa, presas a um coiceiro de bálsamo, em chapa de ferro fundido, resistência a toda prova.

Manuel Crispim escovou um pouco a argila central com o canivete, liberando mais o trinco da fechadura.

Com cuidado, abriu-o ali de lado, não fosse aquela janela desabar no buraco cisternal.

Nada aconteceu, e Manuel Crispim puxou a pesada porta-janela, verificando que seu apoio eram apenas dois tarugos de madeira, encaixados lateralmente no portal que a continha.

De dentro veio aquele cheiro fermentado, abissal, característico das fermentações humanas. O resto era só silêncio e escuridão.

Manuel Crispim deixou a sua fossa e foi perto do córrego. Cortou e trouxe uma vara de bambu fina e longa, uns oito metros ou mais. Com ela, explorou a cavidade, mergulhando-a pela abertura. Era funda. A vara entrou quase toda, era suficiente. Retirada, mostrou que tinha água e conteúdo a partir de três ou quatro metros, era suficiente.

Manuel Crispim já tinha seu projeto, e era suficiente para a sua visita.

Primeiro, buscou uma cordinha do varal de roupas, amarrando-a bem ao trinco da porta-janela. Segundo, com o alçapão aberto, retirou a canivete os dois tarugos de sustentação, com o que a porta ficaria fechada apenas pelo ferrolho da fechadura.

Fechou seu alçapão, untando o trinco com o azeite de uma candeia ali do lavador de roupa.

Com cuidado e paciência, colocou sobre a porta umas pedras tapiocanga, um conjunto que supunha pesar trinta a quarenta quilos. O trinco resistiu bem ao peso, o janelão estava firme.

Um novo pedaço de corda foi amarrado ao trinco, desta vez na sua maçaneta, de forma que, ao ser puxada, o ferrolho se abriria.

Estudou seu arranjo.

Com mais cuidado, pisou seu peso sobre a porta fechada, primeiro um pé, depois o outro, o ferrolho suportou bem.

Mudando de lado, na parte sólida da tampa, Manuel Crispim fez o teste final: puxou de arranco a corda da maçaneta.

A porta, agora sem seus calços, desabou para o escuro, as pedras rolaram; o barulho surdo sobre o conteúdo da cisterna mostrou a eficiência do seu raciocínio e o viável de sua armadilha.

Saindo da tampa, Manuel Crispim olhou pelo alçapão, uma vez mais. Lugar ruim, fétido. Nem rato, nem barata, bicho nenhum queria aquela escuridão sinistra.

Manuel Crispim puxou a tampa pela cordinha do trinco, fechou-a pelo ferrolho.

Três vezes repetiu a manobra, com sucesso.

O alçapão estava pronto.

Faltava a caça.

Naquela noite a sombra voltou ao exame e investigação da casa dos fundos, do pátio e quintal da Comercial do Desemboque. O patrão havia chegado, seu jagunço tinha que aparecer.

Não falhou seu raciocínio.

Escondido entre bananeiras na bica d'água, viu chegar seu homem enorme, chapéu desabado sobre a testa, uma camisa de lã cardada, botas sujas de garimpeiro, o andar cuidadoso e silencioso de quem aprecia o despercebido e misterioso.

Esperou na varanda, até que uma porta dos fundos se abriu. Uma luz recortada mostrou-lhe o convite e chamado de seu dono, sem dúvida ao seu escritório e presença.

O homem grande entrou, e sumiu do escuro da noite, que ficou mais vazia, oportuna para a sombra que já conhecia e sabia o que queria.

A caçada começava.

Dentro do escritório e a sós, Joaquim Teodoro prestava contas dos acontecimentos na ausência do patrão.

José Albério já sabia de Quirineu e seu destino, não fora difícil entender sua morte. O gordo seria realmente um desastre se permanecesse vivo, e esse Joaquim Teodoro tinha feito o que lhe parecia a única solução. Para todos os fins, esse Zé Anjo assumira o crime e seria perseguido até o fim do mundo. Salvavam-se os que ficassem pelo Desemboque, inocentados e livres.

– Joaquim Teodoro, amanhã tenho reuniões importantes, alguns que pretendo influir para nosso destino político. Fique por aí, não aparente, mas pronto se eu precisar usar seus argumentos. Alguma dúvida?

– Certo, patrão. Quero contar uma coisa, somente.

– Se for do passado Quirineu, esqueça. Não falaremos mais desse assunto. Tá encerrado.

– Não, patrão, é coisa nova. Diferente. Nem sei se tem valor ou vai lhe incomodar, mas preciso contar.

– Fale.

– É um sujeito aparecido de novo por aqui, hospedado no hotel. Vem assuntando nossa gente e povo da cidade. Diz que veio de São Paulo, falou no seu nome, diz que é gente conhecida sua e de antigamente, fuxicando muito, muito curioso. Fiquei sabendo e desconfiado...

José Albério pensava. Esquisito, hora ruim que esse tipo aparecia. Ele, com tanto problema sério, grave e urgente, não podia dar atenção pessoal ao caso.

– Joaquim Teodoro, pode ser coisa à toa e simples. Estarei ocupado, só daqui a dois ou três dias terei tempo para clarear esse caso. Enquanto isso, você acompanha o homem, quem visita, com quem fala, o que fala ou faz. Informe-se no hotel. Se for preciso, chegue-se a ele para um esclarecimento, mas com cuidado. No que for possível, deixe amadurecer a solução para quando eu estiver preparado. Mas também, se for preciso não deixe passar a hora de alguma providência necessária. Com cuidado, lembre-se, com cuidado.

Joaquim Teodoro não precisava desse aviso, tudo fazia com cuidado e pensar, primitivo, é verdade, mas por isso mesmo mais objetivo, natural e espontâneo.

Ia proteger seu patrão e antes de tudo ia proteger-se. Esse era seu maior interesse, e para isso não precisava de aviso de cuidado ou prudência.

—

Mariita aproveitou o escuro e deserto da rua para deixar a casa de Calvert.

Tinham se amado com fúria, Mariita reparando e sentindo a ausência do marido, mais e mais obcecado em negócios e personalismos. Era mulher, jovem, atraente. Nunca aceitara o plano secundário na vida, era estrela antes, seria durante e depois de José Albério – e no momento o apaixonado Calvert era seu palco, teatro e público.

Para efeitos fiscais, estava visitando amigas e contando as novidades e peripécias de São Paulo. Também não se preocupava muito. José Albério não era de indagações ou ciúmes. A única preocupação dela era o moço Calvert, curtindo paixão intensa e crescente, este, sim, com indagações e ciúmes. Não era de ver que ele agora pedia provas de amor, fantasiava romances de folhetim? Ela abandonava o marido, os dois sumiam no mundo, iam ser felizes em barracos de pescadores à beira-mar, ele dando aulas, ela linda no barco de pesca ou na rede florida, o amor total e eterno...

Menino bobo, esse Calvert, ainda ia se dar mal.

Mas bom de cama...

Calvert assistia à partida de Mariita, e suspirava.

Tinha voltado rápido para casa, a missão confiada por José Albério no bolso, quente ainda. Sua empregada já despachada mais cedo, e Mariita já à sua espera.

E como tinham se amado, pensava!

Na juventude escolar Calvert fora quase descambado para a homossexualidade; o seu gosto artístico, as maneiras educadas quase femininas, o aspecto meditativo, romântico, o desligamento dos esportes, das lutas, das artes marciais e bélicas dos companheiros.

Mariita consertara tudo, com a sua agressividade e exuberância.

Invadindo seu corpo e domínio, Mariita despertara nele o capeta sexual, um fauno era Calvert no quarto e leito com sua paixão.

Dizem que homossexuais, quando se dedicam ao amor, o fazem com arte e perfeição. Grécia e Roma já o ensinavam e curtiam. Talvez daí a explosividade do comportamento de Calvert, as explorações múltiplas, elucubradas, sofisticadas, a arte de dar prazer e extasiar Mariita, o desejo de se superar e nunca acabar...

Mas, por dentro e agora, aquele sofrimento, aquela angústia.

Não estava sendo justo nem agradecido a José Albério.

Aquele moço o tinha trazido para o Desemboque, promovido, ajudado até financeiramente, tinha lhe dado confiança e intimidade.

Calvert admirava José Albério, sua determinação, seu poder de decisão, seu sucesso nos negócios e na vida. Era tudo o que ele mesmo não conseguira ser.

Agora, era um traidor.

Pior ainda, um traidor que amava a sua traição, estava perdidamente enamorado da sua traição, ia e pretendia continuar a traição.

Não, não era certo, pensava.

Aquilo tinha que acabar, ele tinha que ser gente, decidir e proceder.

Logo, e depressa.

Os românticos são assim.

Tonho Pólvora dormia tranquilo nos braços de Ana de Macedo, prenhada de meses. Queria agora filha mulher, a barriga era diferente, os enjoos eram outros, buscava sinais, coisas que as mulheres fazem com arte e devoção quando querem presidir ou adivinhar o destino.

Ele soubera da chegada de José Albério. Ia visitá-lo no dia seguinte, era o compromisso com os companheiros da política. Não acreditava em nada do seu concunhado, mas tinha assumido que iria, assim iria.

A noite era fresca e calma, nada previa tempestades no sertão, muito menos ali pelo Desemboque, onde todos agora dormiam em paz.

Ou quase todos. Havia sombras que se agitavam, prenúncio do que não sabiam que iria acontecer, mas onde queriam e estariam presentes.

Pela manhã Manuel Crispim estava animado, achava bem encaminhada a sua investigação e até a solução que parecia próxima. Era como em jovem se sentia ao antever o final de um dos seus casos policiais.

Andou pelas ruas, sentou-se na praça, cortou o cabelo, conversou o que pôde para ser visto e notado. Era o senhor de São Paulo, representante comercial de antigos amigos do sr. José Albério, com quem queria estar e conversar.

Passou pela Comercial, informaram que o sr. José Albério tinha o dia cheio, só no dia seguinte para recebê-lo. Disse que não tinha importância, dispunha de todo o tempo do mundo, voltaria depois, ia passear pela cidade.

Deixando pistas e conversas, é claro.

Às sete da manhã José Albério já havia recebido sua primeira visita e convidado de Calvert.

João Parreira era o alfaiate-mor da cidade, família grande de oito filhos homens, companheiro antigo e fiel do velho coronel Macedo.

Não se faziam tantas roupas com o velho João, filhos criados continuavam pesando em seu bolso. José Albério era agora seu maior freguês, pagava tudo adiantado e sem discutir – João Parreira teve pressa em cumprir horário e atender ao seu convite.

– Sr. João Parreira, obrigado pela visita, desculpe ser tão cedo, mas devo ter um dia cheio.

– Por nada, sr. José Albério, é um prazer atendê-lo a qualquer tempo e hora, sou vítima da precisão. Me alegro cada vez que me chama, espero que agora encomende aqueles ternos modernos de fim de ano, com calça em vira francesa, colete sete botões e tudo...

– Isso será logo depois, espero, sr. João. Agora, e de momento, eu que passo precisão, e de sua ajuda.

João Parreira se assustou. Precisar dele, homem rico e importante feito esse sr. José Albério?

– Pois conte comigo, senhor. Devo-lhe favores, até um dinheiro emprestado, que espero pagar depois...

– Pois assim é. O caso é que chega hoje na cidade o sr. Teodomiro Classet, agente do governo, que vem conosco definir os rumos das lideranças e da política no Desemboque. A reunião convocará todos os importantes como eleitores e líderes, a sua presença é necessária. Sei de sua ligação por amizade histórica ao Império e ao meu extinto sogro e amigo. Ambos – o Império e o coronel – estão agora no passado. O Desemboque continua, e precisa de novo líder e condutor político, o que se discutirá na reunião. Não lhe escondo, por dever de amizade, que sou candidato a essa posição. Meu passado recente se fez no Desemboque, aqui está meu futuro e minha vida. Quero dar a esta terra e a esta gente um pouco do que me deram, e com todos prosseguir no caminho do progresso de que precisamos. Sr. João Parreira, não sei se haverá votação nessa reunião, mas se houver venho pedir-lhe o seu voto, não como republicano e homem já ligado e ouvido pelo governo, mas sim como cidadão do Desemboque.

João Parreira ficou impressionado pelo civismo de José Albério, e assustado pelo pedido. Um homem do Império, discípulo do coronel, votar por um republicano? O que pensariam os seus companheiros?

– Sr. José Albério, fico honrado com o seu pedido, que estudarei em família. Sabe, nós sempre seguimos o coronel e companheiros...

– Sei, sr. João Parreira. Mas sei que me deve dinheiro, favores e encomendas que lhe fiz e nunca cobrei, e de que vai continuar a precisar. Não peço estudo em sua família, todos seguirão o senhor. Peço a sua resposta, já tenho votos mais que suficientes, o senhor sabe como o poder e o governo mandam e decidem. Só quero é saber se estará comigo agora, para continuarmos amigos depois, ou se terminamos aqui a nossa amizade e relação!

João Parreira suava pela cobrança incisiva e dura, e pelas necessidades sofridas e a continuar. Convenceu-se, e à sua consciência, de que a vitória de José Albério era inevitável, e que só ganharia se estivesse no barco vencedor, ou afogado se na causa virada. Entregou-se.

– Sr. José Albério, pode contar comigo, se for preciso. Meus filhos me seguirão. Só peço que não me deixe envergonhado com meus amigos.

– Não se preocupe. Você vai ver que muitos deles estarão comigo, comigo pelo Desemboque e pelo nosso futuro!

João Parreira saiu, um gosto amargo na boca. Pensava em como estaria sendo visto lá de cima pelo velho companheiro e amigo.

– Desculpe, coronel... – disse em oração.

Tonho Pólvora chegou ao escritório de José Albério às oito horas.

Foi recebido em clima festivo, café quente, pão de queijo, rosca saída do forno. José Albério era todo atenção e amabilidades.

Aí tem coisa, pensava Tonho.

Entretanto, tinha missão contratada. Terminados os rodeios, atirou logo na mosca do assunto.

– José Albério, venho a convite de companheiros, você sabe, uma herança política do nosso sogro. Gente boa e amiga, sabem e estão convidados para a reunião do agente do governo que está por chegar. Pediram-me que os representasse. Não querem nem pretendem luta, apenas participar das decisões, dos projetos, das indicações do novo governo da República. Não gosto do assunto, minha política é de mato, pasto e gado, mas não posso recusar-lhes o favor que pedem como homenagem ao velho líder e chefe. Aqui estou, portanto, para ouvi-lo como principal líder republicano no Desemboque, e ver como será conduzida a reunião.

José Albério estudava a situação. Esse Tonho Pólvora era um sujeito simpático, ajeitado, querido por toda a aristocracia rural, a prova era que o designaram seu representante. Prevenido ou provocado, seria um adversário importante, na hora em que os republicanos buscavam mais que tudo uma pacificação e bases para sua política. Tinha que evitar incidentes, alertas e desconfianças, seu golpe tinha que ser perfeito. Aquele Teodomiro Classet precisava sair do Desemboque definido e consciente sobre quem lá mandaria.

– Tonho amigo, somos quase parentes. Meu desejo é continuarmos juntos o trabalho do coronel, tendo unido o povo do Desemboque, o que nos dará mais força e representação no governo. O sr. Classet vem com essa missão, vai ouvir todos e levará depois as informações que julgar importantes.

– Os companheiros estão preocupados. São muitos, perguntam se devem estar todos para a reunião. Soube que será amanhã de manhã, que pode haver votação para indicações, e querem se representar...

– Não se preocupe, Tonho. Podem vir todos até, serão bem-vindos, mas não há necessidade. A reunião cuidará de assuntos gerais do nosso interesse no Desemboque, programas de governo, reivindicações etc. Não haverá nenhuma votação, os assuntos serão apresentados por consenso da nossa sociedade. As decisões virão lá de cima, por isso devemos estar unidos. Espero com prazer a sua presença e dos seus amigos. A conversa está programada para nove horas da manhã, no Salão Imperial, um nome sugestivo até para a nossa pacificação. – E José Albério sorriu o seu melhor sorriso, simpático e espirituoso.

Aí tem coisa, pensou Tonho.

Mas qual, já estava a serviço e na luta. Não tinha medo de barulho na folha, ia pagar para ver – era o que devia ao velho coronel e seus amigos.

– Virei, José Albério. E obrigado pelo café da manhã. Passo depois para ver Mariita, dar notícias de Ana e levar notícias de sua viagem.

Tonho saiu, cruzando na entrada com dois companheiros do velho Macedo, gente mais simples e humilde, Zé Brogó (das botinas) e Juca Seleiro. Estavam com ar preocupado, disfarçando compras de mercadorias que Tonho sabia não precisarem.

Aí tem coisa, pensou.

Mas, agora, era pagar para ver.

―

– Meus amigos, devem ter visto a saída do Tonho Pólvora do meu escritório. Estamos acertando a grande reunião de amanhã, com o representante especial do governo, na qual vamos escolher quem representará na República a política do Desemboque. Tonho concorda que devemos fazer um bloco unido em torno da liderança escolhida. É a fórmula de fortalecer nossa cidade. Vamos conversar sobre política no geral, mas devo dizer que o importante será a votação que vai eleger o nosso representante. Por ser homem do governo, líder republicano, estou indicado para concorrer a essa eleição – e venho pedir-lhes nesta visita os seus votos.

Zé Brogó olhou para Juca, Juca olhou para Zé Brogó, estavam por entender. Falou Zé Brogó.

– Sr. José Albério, não sabemos do assunto, sabemos de sua importância na cidade, mas como companheiros antigos do coronel, na hora de votar...

– Na hora de votar, pensem bem, e votem comigo. Sou o único comprador grande de suas botinas, selas e arreatas. Se não votam comigo, compro tudo fora do Desemboque. Pior, tenho aqueles adiantamentos a dinheiro. Se não me pagam, cobro na justiça, perdem crédito e trabalho. Tenho a eleição ganha, apenas quero saber antes quem está comigo, para ser agradecido depois. Ou o contrário...

Contra a força não há argumento, pensaram os dois, um acordo tácito no olhar.

– Conte conosco então, sr. José Albério. Mas, por favor, não conte a ninguém, menos ainda aos nossos amigos...

Vergonha abaixa as cabeças mais do que o medo, porque vergonha é virada pra dentro, e o medo é coisa de fora.

Zé Brogó e Juca saíram da Comercial de cabeça muito baixa. Não dava para ver quem ia entrar ou sair, nem ver um ao outro.

Separaram-se sem despedida.

Até a hora do almoço José Albério tinha contabilizado as visitas do convite Calvert, gente da cidade, mais humilde e sujeita à sua pressão. De todos tinha extorquido o comparecimento e voto – é claro que todos pedindo o segredo da rendição.

Quanto aos seus, não havia problema, estavam todos prevenidos. Já tinha contabilizado votos para ganhar, mas queria mais e além, votos para desmoralizar e liquidar com seus possíveis oponentes.

De tarde, receberia visitas mais difíceis, os aristocratas que vinham de suas fazendas, pessoal de muito orgulho e força, tinha que se empenhar mais e a fundo. Havia escolhido com critério e conhecimento as suas vítimas. Sabia ser impossível atingir todos pessoalmente – mas para essas vítimas tinha armas especiais e esperava do seu comportamento a solução final e desmoralizadora dos imperialistas.

José Albério esfregou as mãos, ao sair para o almoço. Estava gostando da tal política. Era impressionante ver o que o Poder e a Fortuna podiam conseguir, como se reduzia à subserviência e serviço os derrotados, e como poderia elevar-se depois a Dono do Desemboque.

―

Joaquim Teodoro rastreava as andanças do Manuel Crispim pelas ruas e comércio do Desemboque. Pelo andar e gestos já conhecia o seu homem, era capaz de segui-lo e conhecê-lo a distância. Ainda não chegara ao contato visual, achava melhor não ser visto nem conhecido por enquanto.

Uma coisa intrigava Joaquim Teodoro, animal primitivo e desconfiado por natureza: o método aberto, a maneira direta com que aquele mulato já meio erado vinha conduzindo a investigação sobre o sr. José Albério, seu passado, sua vida, seus amigos, tudo. Ou aquilo era mesmo uma investigação solicitada por amigos de antigamente e de São Paulo, que aproveitavam a passagem do seu caixeiro-viajante, ou era uma provocação.

No primeiro caso, tudo bem, no encontro dos dois tudo ficaria esclarecido.

Mas – e a provocação? Por que, com que intenção, se havia outras razões de investigação, por que arriscar-se? Seria tão burro e incapaz o moreno encarregado do serviço?

A inteligência de Joaquim Teodoro não ia além dessa suspeita e indagação. Tinha que continuar rastreando, investigando, conhecendo, até mesmo se preparando para alguma ação que o patrão julgasse conveniente.

Sem se conhecerem ou contatarem, os dois caça e caçador, cada um achando que era caçador e o outro era a caça – iam navegando comércio, bares, bancos de jardim, rodas de conversa, Manuel Crispim adiante, Joaquim Teodoro atrás.

O de adiante soltava conversa.

O de atrás recolhia.

Os dois com a mesma intenção.

Após o almoço, pela uma da tarde, chegou Camilo Antunes.

Pessoa de mais idade, tinha sido amigo e fiel correligionário do coronel, com quem convivera desde os primeiros tempos de aberturas de sertão e fazenda. Depois, a família crescera, dez filhos entre machos e fêmeas, uns genros descabeçados, que só casaram com o dote e prometida herança, e Camilo Antunes vinha empobrecendo através dos anos.

Curioso o comportamento humano perante a pobreza.

Pobres de origem e condição de vida são pobres mesmo, sem ilusões ou ambições. Rolam a sua existência contentados com esse pouco, nada pensam ajuntar ou guardar. Qualquer sobra, gastam numa festa de aniversário, de casamento, de Natal ou de Reis.

Pobres que ficam ricos, pelo trabalho ou oportunidades, envergonham-se frequentemente de ter sido pobres, deles querem distância. Alguns até os destratam. Outros só olham, buscam e procuram conviver com os ricos.

Mas problemas de comportamento surgem mesmo é com a pobreza adquirida, isto é, a que não existia e vem a acontecer.

Ricos, quando ficam pobres, sofrem mais que os pobres de verdade – por não aceitarem a pobreza, pela perda de status, por orgulho, por mil coisas que vão acontecendo, humilhando e derrotando os que baixam pelos degraus da vida.

Dos ricos empobrecidos somente se salvam os humildes, que reconhecem a nova posição, e os competentes, que vão à luta pela ascendência e recuperação. Os orgulhosos e incompetentes, porém, sofrem muito.

Camilo Antunes era da aristocracia rural orgulhosa. Pelo trabalho tinha construído muito. Pela incompetência e má gerência familiar vinha perdendo muito, e já lhe era difícil manter o que possuía, diminuindo gado, vendendo terras, empobrecendo – mas querendo ocultar essas verdades.

José Albério conhecia bem Camilo, sua família e suas verdades e mentiras.

Por isso, foi mais direto em sua conversa.

Terminada a exposição da reunião e seus objetivos, atacou.

– Nesta situação, seu Camilo, venho pedir-lhe que vote em mim para representante e líder político do Desemboque. Não será nenhum favor, já represento a República, tenho maioria garantida de votos, apenas quero o fortalecimento por votos de amigos do meu sogro, do regime imperial, mostrando que o Desemboque caminhará unido.

– E, naturalmente, mostrar que o outro bloco está frágil, dividido, incapaz... O que mais fortalece a sua posição, é claro...

O velho sabia ver as coisas.

– Também, seu Camilo. Na minha luta, tenho que ser objetivo, explorar todos os lados e situações. Porém, saiba que sei ser amigo também. Agora, e por exemplo, tenho aqui estas três notas promissórias, uma de seu filho Gustavo, uma de seu genro Alberto, outra de seu genro Almir. Estão vencidas há meses, venho reformando e atrasando seu pagamento, que representaria a venda de gado e, pior ainda, a notícia pública dessa situação.

O velho Camilo envermelhou.

– O senhor não está me ameaçando, está?

– Estou, sim, seu Camilo, estou. Não de executar as dívidas e trazer mais problema financeiro, mas de dizer ao Desemboque que seu filho e seus dois genros estão lhe roubando gado há tempos, matando escondido para açougue, para pagar outras dívidas, reformar estas promissórias e pagar farras de cabaré por aqui e por Uberaba, onde negociam – e mal! – as suas bandalheiras!

Seu Camilo agora estava pálido.

– Mas, seu Camilo, só nós dois vamos saber dessas verdades, que o senhor com certeza vai corrigir depois, em sua casa e família. Minha boca estará selada, porque o senhor vai votar em mim. Não será traição, o senhor verá que vai ficar em grande e boa companhia. Afinal, na vida das gentes e cidades só sobrevivem os que têm sucesso. Eu sou sucesso, quero sucesso para o Desemboque, que servirá a nós todos e até ao senhor para recuperar o seu sucesso...

Camilo Antunes estava baqueado, sentia-se mal, suava frio naquele calor, queria ar, ar da fazenda, da liberdade, dos tempos passados e perdidos.

– E então?

– Venho amanhã, e verei meu proceder. Suas razões são muito fortes para mim. Não estou bem, preciso de um remédio, coisa da pressão, acredito. Vou passar no compadre Quirino, me desculpe.

– Passe por lá, seu Camilo. Converse com seu Quirino, ele já escolheu lado, poderá lhe ser útil. Amanhã nos encontramos, sei que estará melhor, e bem.

Com Zé Carneiro, José Albério conversou diferente.

Estudioso das pessoas, conhecedor de suas vítimas, José Albério sabia que o ponto fraco de Zé Carneiro era a sua ambição política. Toda a sua amizade e devoção ao velho coronel era pelo desejo de participar do poder, e de quem sabe um dia ser o seu sucessor na condução do partido. Ainda agora levantava os companheiros para se reagruparem em torno de Tonho Pólvora, não pela difícil possibilidade de sucesso naquele dia, mas na realidade pela incerteza do resultado, que, se negativo, queimaria Tonho Pólvora, e, se positivo, iria contar-lhe pontos preciosos: ele fora o levantador das forças imperiais!

– Então, amigo Zé Carneiro, temos amanhã a nossa reunião, a mais importante já havida no Desemboque, a primeira que se faz na República e a primeira em que real e democraticamente vamos discutir e eleger nossa representação. É claro que o amigo estará presente, afinal representa a melhor tradição dos amigos do coronel Macedo, meu estimado e falecido sogro...

Zé Carneiro escutava, queria saber por que aquela entrevista, o que queria esse José Albério.

— Virei, sim, José Albério. Nós todos queremos saber e participar do que se decidirá politicamente pelo Desemboque. É nosso dever, nossa obrigação, acima e além dos amigos e dos partidos.

— Muito bem, Zé Carneiro, acima e além dos partidos e amigos. Sou muito aberto e franco, talvez por isso venha a ser mau político. Precisarei alguém mais velho e experimentado para ajudar-me, e de preferência alguém como você, que, sendo de outra corrente e partido, estará isento de suspeita. Digo-lhe que serei candidato à liderança que se vai discutir, coisa que ainda hoje à noite direi ao sr. Teodomiro Classet, embaixador do governo e do meu partido republicano. Não sei se terei as qualidades todas, mas os direitos, sim; afinal e antes da revolução, eu era o líder republicano na região.

Zé Carneiro escutava. Reconhecia.

— Em votos contados, não me será difícil a maioria. Até lhe digo e adianto uma surpresa: vários companheiros seus, de seu partido, já estiveram aqui e comprometeram-se a votar comigo. Entretanto, não quero apenas ganhar, quero mostrar ao sr. Classet que nesta terra estaremos todos unidos, o que nos dará especial força de reivindicar. Meu cunhado Tonho não espera esse resultado, a política não é sua motivação, nunca será um outro coronel Macedo. O que eu preciso como representante aliado é de um político competente, capaz, até ambicioso, que venha ajudar-me e possa suceder-me. Estou de passagem pela política, meus negócios vão crescendo, cederei o posto rápido a esse companheiro — e venho pedir-lhe que aceite o meu convite!

Zé Carneiro estava surpreso. Conhecia bastante de política, em raciocínio frio teria visto as entranhas e malícias de José Albério. Agora, porém, era o quente da decisão. Ele estava lisonjeado, promovido, José Albério abria-lhe a porta nunca antes entrevista pelo velho coronel Macedo...

— José Albério, fico agradecido por tudo que falou, acredito que vai ser mesmo um sucesso ter o Desemboque unido e falado no programa do novo governo. Não quero lhe prometer nada, estarei na reunião, apresento-lhe solidariedade às ideias e programa, o resto decido na hora, pelo clima geral, pela votação. Até a seu favor, espero depois que a nosso favor, é bom que eu apareça como um dos líderes da oposição. Na hora do acordo isso valoriza mais a reunião. Entre nós, asseguro essa posição. Vou lhe ajudar no possível, espero a retribuição no futuro.

– Claro, Zé Carneiro. Não esqueço os amigos, assim como nunca esquecerei os inimigos – é a minha fórmula de viver e explicação do sucesso que tive até hoje. Ficamos acertados. Você não se arrependerá!

Zé Carneiro saiu em seguida, por dentro uma alegria de ver que continuaria na berlinda e ciranda política, o seu grande sonho.

Não se arrependeria, havia dito José Albério.

Seria verdade?

—

Giusepe Crema, italiano já naturalizado brasileiro, era um dos pioneiros e lutadores pela abertura de terras novas para agricultura nas margens do rio Grande. Arroz, café e música napolitana eram suas paixões.

Arroz e café iniciou plantando no agora seu Brasil, e estava feliz com os resultados.

Música napolitana tinha que importar, e para isso importou sua gente italiana. Vieram pais, irmãos, cunhados, tios, depois os amigos – uma verdadeira colônia da nova Itália que iria povoar, colonizar e desenvolver as terras de massapé roxa e forte, riqueza futura daquela beirada.

Giusepe não queria nada com a política. Fora matriculado imperialista por mãos da gente do coronel. O que queria mesmo era não ser incomodado, nem que o governo incomodasse sua gente, *tutti buona gente*, dizia sempre.

José Albério conhecia bem Giusepe, era o fornecedor principal da sua colônia, foi fácil o contato.

– Giusepe, *domani* é a reunião política mais importante do Desemboque. Você está marcado para votar pelo Império, que já morreu, *capisce*? Agora, manda a República, e eu sou o *capo* maior do governo por aqui. Vou ser eleito representante do Desemboque e quero o seu voto. Você vai ver que antes vão votar comigo seus amigos, assim você ficará bem à vontade para decidir e votar. E será bom, porque meu desejo inicial é documentar e regularizar os papéis da sua gente e família. Quem estiver comigo vai ficar livre de aborrecimentos no novo governo.

Era a corda sensível do italiano.

– José, é o que *noi* mais precisamo. A gente fica com medo tempo todo, *senza documenti*, sabe, *deportacione, tuto perduto*. Fais isso pra nóis. Se meus amigos vota *in te, io* voto.

À sua saída, os dois estavam felizes. José Albério sabia que o italiano era de palavra. Ia acompanhar Zé Carneiro, que ia acompanhar o resto, a casa era sua.

—

Antero Silva e Badico Oliveira eram ainda sitiantes em crescimento, sem recursos. Deviam a José Albério todo o material que usavam em suas aberturas, desde material de construção de casas até o arame para cercas, botinas, calças de couro, remédio, simpatia para mordida de cobra, vidraria para guardar doces e mel de abelha, arreios e freios, roda de charrete e óleo pra candeia e lamparina.

Deviam quase tudo, escriturado e assinado na caderneta da Comercial do Desemboque.

Não foi difícil José Albério convencê-los do voto e apoio. Seus argumentos de pressão e convicção funcionaram mais uma vez: votariam sim, se os companheiros precedentes o fizessem.

No final da tarde, José Albério já tinha contabilizado um número importante de votos imperiais, o bastante para enfraquecer e desmoralizar as hostes de Tonho Pólvora. Havia, é claro, os independentes, importantes, inacessíveis, fiéis e tradicionais. Com eles José Albério nem buscou contato ou conversa, não queria dar notícia do seu trabalho prévio no bastidor da reunião.

Era bom, pensava, haver discordância e votos contrários. Consolidava o aspecto democrático da reunião, definia quem era maioria e mandava, quem era minoria e teria que obedecer.

Teodomiro Classet chegaria mais tarde, era seu convidado para jantar, as despesas de hotel por sua conta. De lá ia levá-lo a uma festa noturna. Investigador de gente, José Albério sabia das preferências extrapolíticas do companheiro. Tinha especial mulata contratada para apaixonar-se por ele lá no cabaré da Margô. O ex-seminarista ia recordar e esquecer Maribela. Tinha chegado no céu, sem ser padre ou santo.

Foi nessa hora de gozo e prazer pela vitória assegurada que José Albério recebeu visita e informações de Joaquim Teodoro.

– Patrão, andei dia todo no piso do homem. Coisa estranha, em todo lugar e com toda gente o assunto dele é da Comercial e do sr. José Albério, só isso e tudo.

José Albério escutava, a ideia estava meio longe, rio amanhã de sua política.

– Patrão, de duas, uma: ou o homem quer mesmo é seu conhecimento e informação para amigos de São Paulo, ou se tem outra intenção é muito burro e descuidado, contando por aí sua presença e investigação. Não sei decidir, trago para seu conhecimento.

Se José Albério estivesse a pleno interesse do assunto, teria prestado mais atenção e descartado a hipótese primeira: não deixara em São Paulo amigos ou conhecidos interessados em seu futuro.

Cabeça cheia, recomendou apenas.

– Pois cuidado então, Joaquim Teodoro. Continue no pé do homem, tome conta dele, aproxime, investigue, apure mais. Me dê notícias amanhã, depois da minha reunião. Mas não faça nada destemperado hoje nem amanhã, não posso atrapalhar meu projeto em fase final. No pé dele, apenas, e quente. Amanhã reconversamos.

E José Albério entrou para a sua casa, merecia um banho, um descanso para a noitada.

Joaquim Teodoro ficou só com suas ideias e preocupações.

Não, aquele mulato andava muito natural pra ser burro inocente.

Em seu pensar, teria levado o homem para o mato, a ponta de faca explorava o que queria e vinha fazer por ali, despachava-o vivo ou morto ainda naquela noite.

Mas o patrão recomendara esperar, ele ia esperar.

De noite, porém, ia fiscalizar o pouso, jeito e maneiras de achar o mulato.

De tarde, Manuel Crispim reviu seu plano de espera, conversa e convicção.

Por dentro, tinha já certeza de que esse José Albério era o seu José Antônio buscado e procurado por tantos anos, lutas e canseiras. Pensava no seu Almeida, o quanto ficaria feliz ao ver afinal o sucesso da busca. Imaginava o que ordenaria nessa hora, se ódio e vingança iriam prevalecer, se bastava uma desmoralização pública.

O espírito policial de Manuel Crispim retomava às origens, via próxima a sua presa, imaginava o seu destino.

Pelo que descobrira, esse José Albério era um terrível ambicioso e vaidoso, sem escrúpulos ou clemência, estava no ponto de conseguir a vitória máxima de sua vida. Sua punição seria desmascará-lo, desmoralizá-lo, levá-lo à prisão, coisa que para ele seria pior que a morte. Estava decidido a isso, achava que seu velho comandante concordaria, e sua convicção de policial e investigador estaria satisfeita.

Mas e os rumos do finalmente?

Pela manhã e tarde, no seu rodar de aparente desatenção, descobrira o seu seguidor, o indicado por Gercino Spíndola. Ainda de longe, o seu tamanho impressionava. Era um sozinho, ninguém o acompanhava ou cumprimentava, quando podiam desviavam-se do seu rumo e conversa.

Era um inimigo ponderável, podia influenciar os rumos programados. Tinha que ser afastado.

No quintal do hotel, Manuel Crispim visitou seus arranjos na tampa da fossa gigante. Estava tudo como havia deixado, as cordinhas no lugar, experimentou novamente puxar o trinco, o alçapão desabou fácil. Era arriscado, mas tinha que ser assim.

Para prender ou soltar, matar ou morrer, o tenente Manuel Crispim tinha que ter certeza, e certeza às vezes envolve risco.

À noite assentaria no terreiro a sua barraca de ideia e sonho, seria o grande ensaio final.

Ensaio? Ou seria já o grande espetáculo?

Tinha que estar pronto e estaria.

O aviso da chegada do sr. Teodomiro Classet foi levado em primeira mão ao José Albério por Netinho, um moleque espevitado que ajudava na recepção do hotel.

– Sr. José Albério, o moço esperado chegou, bagagem grande de viagem, pesada, deu trabalho para carregar, está no apartamento de banheiro e melhor, como o senhor pediu e recomendou. Falei do seu aviso e convite para o jantar, vai tomar banho e estará lhe esperando pela noite.

José Albério chamou Mariita.

– Meu bem, chegou afinal esse Classet, o homem capaz e responsável para indicar-me ao governo como o chefe e líder do Desemboque. Amanhã cedo presidirá a reunião, aí pelas nove horas estará toda a gente de importância e representação. Saio à noite para levá-lo a jantar, estarei fora até tarde. Não me espere, tenho muito a conversar e preparar para meu sucesso na reunião.

Mariita assentiu, mulheres não votavam, não discutiam, não participavam, nem eram consideradas nas rodas de política, negócios ou decisões.

Mas se vingavam.

Por Fulô, sua pretinha de cozinha, mandou um bilhete para o professor Calvert.

Tinha a noite livre. Ia encontrá-lo em casa, logo após o escurecer, que a esperasse.

E foi banhar-se, sais e perfume francês, o cabelo encaracolado. A rainha seduzia e obcecava de paixão seu jovem súdito, e era serpente sedutora do inocente e encantado pássaro, paralisado à sua mercê...

Manuel Crispim assistira à chegada de Teodomiro Classet ao hotel. Estava em permanente vigilância de todo e qualquer fato novo ou fora da rotina ali em seus arredores. Qualquer situação poderia criar a oportunidade para aquele Joaquim Teodoro – esse já era o nome conhecido de seu seguidor da tarde e vida.

Já conhecia toda a gente do hotel, e Netinho o avisara sobre quem era e o que queria seu novo hóspede, que seria visitado, levado a um jantar fora por aquele sr. José Albério, que no dia seguinte haveria reunião importante e decisiva para a política local.

Se tudo corresse bem, o sr. Teodomiro viajaria em seguida. Se não, ficaria mais algum tempo.

Manuel Crispim pensou que a José Albério não interessaria fato comprometedor daquela visita, e concluiu que aquela não seria a grande e esperada noite.

Mesmo assim, não queria correr maior risco. Estaria melhor preparado se o seu ensaio fosse a termo e se repetisse depois em realidade e sucesso.

Assim, jantou no hotel, conversou com o pessoal subalterno, coisa leve e trivial, e terminou pedindo a Netinho.

– Companheiro, estou terminando minha visita ao Desemboque, preciso escrever o relatório de viagem. Há muita gente e calor aqui no salão. Você podia me arranjar um lampião, cadeira e aquela mesinha da copa? Vou escrever lá fora no quintal, não incomodo ninguém. Volto e trago comigo o que levo, certo?

Netinho gostava de agradar hóspedes que avisavam estar de saída próxima, era a hora da gorjeta. A última lembrança é que ficava e avaliava seu trabalho e dedicação.

– Pode deixar, sr. Manuel Crispim. Levo a mesa, a cadeira, o lampião, fique à vontade. Onde ponho as coisas? A noite está mesmo mais fresca, aconselho ficar aqui mais perto da casa, o tempo pode mudar.

– Obrigado, boa lembrança. Vou então ao meu quarto, trago as minhas coisas de trabalho e escrita. Você põe a mesinha e cadeira ali em cima da cisterna, o lampião sobre a mesa, não preciso de luz forte.

Quando baixou para o quintal, Manuel Crispim trazia sua valise de couro sanfonada e um bloco grande de anotações, e foi direto para a tampa plana da fossa.

Com aspecto descuidado, moveu a mesinha para a posição que lhe parecia melhor, a cadeira atrás dela. O lampião em meia-luz, a valise momentânea e voluntariamente esquecida sobre a tampa do alçapão. Abaixando-se para abrir a valise, puxou para baixo da mesa a cordinha que acionava a maçaneta, deixando-a ao pé da cadeira – gesto despercebido, a valise ocupava o centro de toda atenção.

Depois, deu a volta na mesa, assentou-se na cadeira, abriu seu caderno de anotações, um lápis grosso de apontamentos, e passou a escrever sua viagem e estada no Desemboque – o que queria, naturalmente.

De vez em quando Manuel Crispim parava, punha a chama do lampião a seu gosto, iluminava apenas a mesa e o caderno, arredores escuros. Usava uma viseira de guarda-livros. Aparentava evitar luz direta nos olhos, mas na realidade servia mesmo para esconder os olhares com que varava a noite e fundos do pátio e quintal, onde nada conseguia distinguir. Às vezes se levantava da mesa, contornava, ia até a valise, abria e buscava alguma folha nova para anotação. Certa vez, de forma involuntária, puxou junto com a folha um maço de notas de dinheiro, que caiu no chão e que devolveu rápido à valise, com um olhar preocupado, a ver se não havia gente percebendo a sua manobra. Nada apurado, voltou ao seu lugar e escrita. Menos luz no lampião, cada vez enxergava menos e tinha bocejos de cansaço e sono.

Nada acontecia nem aconteceu.

Manuel Crispim estava certo, nada era para acontecer naquela noite, véspera do grande acontecimento.

Fechou o caderno, suas coisas, guardou tudo na valise, ia para dentro e deitar-se, estava cansado e velho, era o seu andar e jeito.

Para dentro levou a mesa, logo a cadeira, depois o lampião e sua valise, com o cuidado de deixar no lugar a cordinha do alçapão.

Estava completado o ensaio.

Manuel Crispim deu as costas para a noite e entrou.

Lá fora, apenas as sombras ficaram testemunhas da sua presença e trabalho. Passado um instante, uma sombra grande se moveu, saindo de trás da mangueira e trepadeira, e em silêncio cuidadoso se retirou do cenário. Joaquim Teodoro tinha visto tudo que queria e bastava.

Agora, era ver o que escrevia o mulato e o que tinha naquela valise. Dinheiro, já sabia, o homem tinha cometido um descuido. Documentos de interesse do patrão, por certo, e ia verificar. Se fosse o que pensava, o mulato estava perdido.

O jantar de José Albério com Teodomiro Classet foi um sucesso.

Classet já estava informado do seu correligionário, de como deveria confirmar seu prestígio para depois oficializá-lo, e até de sua generosidade em pagar-lhe a hospedagem e agora esse magnífico jantar no cabaré de sua amiga Margô.

Os aperitivos de Porto português, as entradas de bolinhos de bacalhau e lascas fritas de piracanjuba, depois um filé dourado de surubim com creme de leite e purê de batatas, vinho branco alemão, um final de filé de novilho novo, batido com alho e cebola, um molho de hortelã, uma pimenta-de-bode, um vinho tinto do Dão, e Classet estava íntimo, destravado de língua e convenções, auditivo e permeável ao projeto político que o já amigo José Albério ia apresentar e defender amanhã.

No champanhe Dom Pérignon e no charuto cubano Classet entregou os pontos, confessou.

– Amigo José Albério, venho recebendo o melhor em tratamento e hospitalidade, viagem afora. Esta noite, porém, será inesquecível. Não podendo dizer imperial, este foi um jantar de rei, que me mostra a sua educação e finura de trato, necessidade própria para grandes líderes e governantes, onde sei que estará em breve!

Estavam juntos havia três ou quatro horas, Teodomiro quis ir ao banheiro. Afinal, era um jantar real.

Na sua ausência, José Albério comandou Margô, que já esperava seu sinal.

Quando Teodomiro voltou e tomou assento à mesa, ar beatífico, saboreando em espirais o seu cubano, sentiu um toque sutil nas costas e na base da nuca.

Voltando-se, ainda em miragem etílica, viu Maribela, sua paixão, um vestido verde colante, seios explodindo o corpete, a cor de bronze, os olhos sorridentes, lábios em carmim, mãos longas, ágeis e atrevidas, era ela, ela...

Não, não era Maribela, era a sua imagem e semelhança, vinte anos mais nova, em flor, em perfume, em sorriso intrigante, em promessas no olhar...

Teodomiro ficou estático, em adoração.

José Albério tomou a iniciativa.

— Amigo Classet, apresento-lhe Estela, a mais linda morena desde os Gerais até Campo Grande, Paraguai e o Pacífico. Onde chega, a sua beleza vara e trespassa os corações. Moça e difícil. Estela vem nos machucando em sua passagem pelo Desemboque, Margô não consegue desencantá-la, ninguém consegue lhe pôr a mão. Feliz você, que lhe mereceu um sorriso! Sente-se, Estela!

A mulata passou suas cadeiras roçando ombro e braço de Classet, uma curva sinuosa, o sorriso permanente, os olhos em brilho fatal.

— Por favor, sr. José Albério, queria a minha cadeira aqui ao lado do moço. O champanhe, o charuto, as roupas e maneiras... desculpem, tenho um fraco por homens deste tipo...

Teodomiro Classet estava hipnotizado, nunca soubera na vida qual era o seu tipo. Saber agora que era o tipo daquela morena lhe trazia irremediável desordem mental e física.

José Albério levantou-se.

Se me permitir, sigo o rumo do sr. Teodomiro, quero passar pelo banheiro, ver se por lá existe alguma poção ou lavado mágico de sedução por ele utilizado...

Saiu de leve, não sem perceber a fixação mútua dos olhares de Estela e Teodomiro, corrente elétrica estabelecida, as mãos de Estela afrouxando seu colarinho ou apertando outras partes, a voz engrossada de ânsia e suspiros.

— Moço, você me despertou uma coisa antiga, perdida no tempo, nem sei o que é... Não vai me judiar?

Teodomiro fez que não com a cabeça. Não tinha voz, não tinha ação nem querer, só sabia que aquela não era mulher pra judiar, era para amar, deitar, rolar, sofrer, até morrer se fosse preciso.

Estava em transe.

José Albério sorriu. Esse Classet era passarinho na mão de menino, ia ver.

— Margô, vamos?

Margô foi lá para dentro, braço no braço de José Albério, celebravam sempre recordações e sucessos, e o dessa noite ia render-lhe muito, tinha certeza.

Na cama de Calvert, Mariita gemia e vivia as experiências do novo e seduzido amor.

Nudez completa e atrevida, punha louco o pobre amante, em beijos de língua, chupões pelo corpo, as mãos em constante provocação, as variações induzidas, o tesão que não permitia explodir nem consumar. Era gata no cio brincando com seu prisioneiro rato, nem fugir nem morrer, nem liberdade nem esperança, apenas servir à fome, ao desejo, e ser puxado e repuxado à agonia, ao desejo de terminar, de morrer, em pó de estrela transformar-se, coroa do firmamento nos cabelos encaracolados de Mariita, peste, capeta, delírio, felicidade absoluta, nirvana dos deuses, fatalidade do destino, dono escravo, era chão, mártir, pó pisado, tudo queria ser, se de Mariita fosse.

Ao final, exausta, feliz, o xale preto na cabeça, Mariita partiu, levava de novo o tudo de Calvert.

Vazio, o professor pensava, a cabeça ainda em giro, cansado da fraqueza e gozo.

Não, não era certo aquilo.

Tinha que ser decidido.

Amavam-se demais, e José Albério de nada sabia.

Era traição, sobretudo o não saber.

Dormiu pensando: o amigo, o protetor, o sucesso que invejava e queria, traído e inocente...

Não estava certo.

Ia clarear aquela situação. Por certo que ia!

Aquela noite correu tranquila no Desemboque.

Todos repousavam de seus trabalhos, agitações e projetos do dia seguinte, um dia onde muita coisa ia acontecer, um sábado histórico.

Mariita dormia seu sono de prazer e sonhos, era estrela feliz, escravo e paixão aos pés.

José Albério, chegado mais tarde, gozava a certeza da vitória do dia seguinte, o moço do governo já era seu conquistado servidor e aliado.

Teodomiro Classet, coitado, desmaiava exausto nos braços de Estela, a mulata lhe exaurira forças e vontade. Já tinha convite apaixonado para seguirem juntos, até conversa de casamento. A xoxota da mulata era a tumba decisiva e final do homem do Caraça.

Calvert dormia agitado, em sustos, via-se descoberto em traição, execrado, deportado, a separação definitiva e intolerável do seu amor.

Manuel Crispim dormia seu sono de guerra, atitude que sempre tinha quando na polícia enfrentava vésperas de combate – um sono ordenado, preparatório, não sabia quando ou se voltaria a dormir.

Joaquim Teodoro, esse dormia pouco, não conseguira livrar-se das preocupações do escasso conhecimento de seu adversário. Não conseguia ver-lhe decisiva culpa, tinha que ter certeza. Não que o incomodasse eliminar um inocente, matar até lhe dava prazer e excitação quase sexual. Nesse caso, porém, o patrão recomendava cuidado, vivia dias decisivos, não queria ser perturbado.

Tonho Pólvora e Ana estavam na Alvorada, iriam de manhã para a cidade. Ana, pesada do segundo filho, dormia com profundidade que Tonho invejava e não conseguia. De vez em quando vinha-lhe a reunião projetada. Não estava gostando, tinha pressentimentos, e sua inquietação nunca havia se mostrado sem razão ao longo da vida.

Alguma sombra noturna vagava pelas ruas, terrenos vazios, um luar em quarto crescente, mais sombras nas cabeças imperiais intimadas por José Albério, mais sonhos e ambições em outros.

O Desemboque pequeno era réplica miniatura do mundo grande – tudo igual.

Um cachorro vadio latiu, um galo assustado cantou naquele silêncio fora de hora.

Era esperar para ver.

DUELOS

6H30, SÁBADO

Tonho Pólvora sai com Ana de Macedo para a cidade, charrete macia, puxada por Horizonte, velho e educado animal, sem arrancos, sem sustos, sem mudanças ou atropelos da marcha. Ana e seu conforto eram a razão do cuidado de Tonho e do abandono momentâneo da marcha rápida e decisiva de seu Brasão.

Esse Horizonte tinha histórica demonstração de como animais se assemelham a gente, sobretudo nas diferenças. Quando jovem, dera brutal trabalho para amansar, animal grande, forçudo, genioso. Muito peão deixou espalhado e roto pelo chão e pó. Não aceitava peso no lombo nem golpe de rédea e barbicacho. Pescoço duro, a taboa rígida não cedia a golpe de braço. Virava mesmo era quando e para onde queria, desespero para o acertador Bitico, que um dia desanimou.

– Patrão, este cavalo não tem jeito. Com muita luta a gente monta nele, se bestar tá logo no chão, é ter atenção o tempo todo. No depois é que vem o pior, é o bicho de boca e ideia mais renitente que tive na vida. Não quebra, anda por onde e como quer. Encostar pra abrir porteira, nunca vai fazer. Fastar, nem pensar. Depois, uma força imonstra; olha meus braços hoje, vou pôr na salmoura.

E concluiu.

– Patrão, põe tenência no que digo: este cavalo não tem jeito. Nasceu burro e teimoso, nunca vai aprender nem obedecer. Um dia mata um peão, de tombo ou de raiva. Não quero que seja eu. Desisto – lhe devolvo o macho. Não me paga amanso nem nada. Põe ele na lavoura. Carregando saco de sal. Puxando carpideira. Qualquer coisa, menos gente. Ou vende, que é melhor. Tem estampa, tamanho, altura, impressiona. Sai daqui, e vai fazer raiva noutro, lá longe...

E Bitico saiu, batendo poeira da roupa e tombo, calça rasgada em arame de cerca, pela primeira vez na vida derrotado e desmoralizado por animal.

Tonho riu por dentro, peões têm muita sensibilidade para essas derrotas. Bitico era bom e necessário no serviço de doma e acerto, era importante conservá-lo.

Chamou Zé Brilino, contou a história e fracasso de Bitico. O velho ainda era o seu conselheiro, o maior conhecedor de burro e cavalo que vira na vida.

Lembrava-se até hoje da ponderação de Zé Brilino.

– Patrão, o Bitico está é com raiva, despicando no Horizonte. É peão de primeira, dessa vez não deu certo. Cavalo, burro e todo bicho é gente, tem ideia e serventia, é descobrir pra que e o quê. Deixa. Vou estudar esse cavalo.

Foi assim que Zé Brilino saiu puxando Horizonte pelo cabresto, vagaroso, mancando da perna, o animal desconfiando da mudança de seu peão. Se esse velho montasse nele ia acabar mal!

Zé Brilino não montou Horizonte, nem amarrou no esteio, nem bateu, nem judiou nada. Pelo contrário, escova no pelo, a mão em carinho pelo pescoço e cernelha, criando calma e intimidade. Ia estudar sua nova criação.

Com três dias de à toa e bom trato, Horizonte já era amigo de Zé Brilino, que o apresentou a Zé Anjo, dizendo de sua intenção.

– Menino, veja este cavalão, quebrou o orgulho do Bitico, um peão bom e de nome. Aprenda: trataram o animal de contramão, às vezes pancada e mau-trato só azangam. É cavalo brioso, mostrou não se entregando. Vamos descobrir o que ele quer e pode fazer, não na nossa vontade e obrigação. Igual gente, alembra? Agora já tem confiança comigo, vai ajudar, e na hora certa.

Assim Zé Brilino passou a outra semana em experiências, nada de montar ou forçar seu Horizonte.

Canastra no lombo não queria – fora das comitivas, portanto. Nem sacos, nem ferramentas de lavoura, nem serviço de olaria, nem parelha de carroção-transporte.

Zé Brilino pensava, imaginava.

A característica principal de Horizonte era sua personalidade: andava por onde queria, na forma que lhe agradava. Dessa maneira era manso, dócil. O que serviria a esse cavalo? A que serviria ele?

Um final de tarde, Zé Brilino puxava Horizonte para seu milho e banho, passou pela charrete de Tonho e Ana. Estavam limpando, lavando, enfeitando, o dia seguinte era domingo, iam visitar o coronel Macedo. A charrete luzia e brilhava ao sol da tarde.

O cavalão assuntou com a cabeça e batendo orelhas.

Por que não?, pensou.

Esperou o arranjo da charrete, seus brilhos e enfeites, coisa de festa, andando ao redor com Horizonte. Aí, com toda a calma, como se fosse coisa de todo dia, pôs a coalheira no pescoço do cavalo, os varais, a arreata enfeitada, uma cabeçada de argolas amarelas, era como se fossem para a festa.

Puxou o cabresto, uma voltinha no gramado da frente, Horizonte nada estranhou.

Mandou abrir a porteira da frente, tudo liberado, montou na charrete, o povo assustado ao redor.

Horizonte arrancou macio, marcha contínua, cadenciada. Passou pelo meio da porteira, sem precisar condução. A ideia sabia que ali era seu caminho, as rodas da charrete é que precisavam da beirada da estrada.

Zé Brilino deixava aquele caminhar, nem precisava de rédea, sabia e sentia o prazer do animal em decidir sozinho como andar, olhar o campo, árvores, pássaros, aspirar pela venta aberta os perfumes da vida...

Um puxar discreto da rédea e Horizonte estacou, não de golpe, mas suavizando a parada. Toque na rédea esquerda, e seu cavalo girou macio, o que nunca fizera em mão de Bitico. Meia-volta. Um estalo de língua de Zé Brilino e Horizonte retomou rumo de casa. Sabia que seu passeio havia terminado.

Zé Brilino e Horizonte haviam encontrado seu lugar na vida.

O resto, desde então, fora fácil. Horizonte passou a condutor oficial da charrete, esticou passeios e mundos, resistência, suavidade, força, inteligência... tudo mostrado em serviço, como na noite de dona Ana enferma, febre alta, chuva de tempestade e raios, estrada alagada em atoleiros, e ele numa arrancada só levando-a ao Desemboque e trato de seu Quirino...

Lá ia agora mais velho e experiente esse Horizonte, sempre aspirando ruidoso os ares e perfumes do caminho, Tonho e Ana de rédea solta e descuidada, estavam em boas mãos... ou pés.

Iam chegar cedo, sabiam o animal rompedor que os levava. Café com Mariita, um tempo para Tonho rever amigos e companheiros antes da reunião. Afinal, era como um dia de festa.

Não reparavam uma coisa: Horizonte estava serviçal, mas não mostrava aquela felicidade estabanada de compartilhar festas e encontros.

Animais sentem coisas além da gente, diria Zé Brilino.

Talvez não fosse o dia de festa que esperavam.

7H30

Manuel Crispim tinha tomado o seu café da manhã, café com leite, broa de milho, pão de queijo, até um pouco de angu com carne que o hotel reservava para os viajantes que partiam mais cedo e para longe.

Esticou prosa com Netinho e a copeira Alzira, era dia das definições finais.

– Hoje devo partir, deixar o hotel, converso com o sr. José Albério pela tarde. Seja o que for, estou de viagem marcada, pouso no Eleutério em Sacramento, sigo depois para Uberaba. Veja minha conta, Netinho, terá sua groja, fui bem-tratado, agradeço.

– Sr. Manuel Crispim, é cedo, deu-nos prazer a sua visita. A conversa com o sr. José Albério pode atrasar, ele tem hoje o dia cheio de política. Fica para amanhã, mais tempo e aproveito...

– Não, Netinho. O que tenho a conversar agora é curto e grosso, já tomei o que queria de informação para meus patrões, é só complementar.

Levantou-se algo solene, ia dar o seu passeio matinal. Sabia que tinha deixado recado completo pela língua solta do Netinho. A sombra viria recolhê-lo em seguida, a provocação estava lançada e era bem clara.

Andando pela rua, cumprimentando novos conhecidos, a parada obrigatória no banco da praça, junto aos desocupados mais madrugadores e faladores, ia soltando sua conversa final.

Aquilo ia fermentar durante o dia.

Manuel Crispim tinha sentimento e certeza de que naquela noite recolheria o resultado – era um tudo ou nada. Ele sentia que era um tudo.

7H45

Teodomiro Classet, pela primeira vez na vida, tomava banho de mulher.

A casa de Margô, onde passara a noite ancorado em Estela, tinha uma enorme sala de banho e uma gigantesca banheira de louça inglesa, Twyford, usada para recuperar guerreiros exaustos e ressacas solenes.

Teodomiro estava exausto, e sua ressaca era mais que solene.

Estela sabia das coisas, preparara a banheira com água quente e sais aromáticos, um café quente sem açúcar, e no momento esfregava o judiado corpo de Teodomiro com bucha macia e sabão oleoso da França. Suas mãos sábias e experientes trafegavam corpo e intimidades do paladino governamental, traziam-lhe à vida peças mortas e esgotadas, ativavam-lhe o sangue, os sentidos e o cérebro. Afinal o moço tinha que estar preparado e em forma daí a uma hora.

Daí a pouco o sangue, os sentidos e o cérebro de Teodomiro iam subindo, melhorando, arribando do naufrágio noturno, não exatamente na direção da reunião, mais no rumo de Estela, os seios saltando da camisola, as nádegas protuberando pelo tecido fino e escorregadio, coxas desenhadas no girar pela banheira...

– Calma, moço bonito. Tem tempo pra tudo, por agora é tomar um bom café, biscoito de polvilho, rosca, um bom pedaço de mamão e laranja, são digestivos, depois a sua reunião. O sr. José Albério recomendou cuidá-lo, tem que chegar lá em bom e confiável estado!

Teodomiro gemeu, nem tinha pensado ou lembrado de reunião alguma.

– Que pena, menina bonita! Por mim, ficava aqui lhe fazendo festa. Diga que me espera, volto logo, vamos correr mundo...

– Moço, sou de gostar não, mas senti ontem coisa diferente. Você me tratou bem, me carinhou, preciso disso, se lhe agrado, lhe espero...

No falando Estela ia esfregando, bucha mole com sabão e água quente, o cabelo, a nuca, o peito, as costas... Mulata sabida, era de levantar defunto no sétimo dia.

Teodomiro Classet levantou-se novo, toalha felpuda e especial da Margô. O céu estava por ali mesmo. Ia apressar e liquidar aquela reunião, o sr. José Albério era realmente o líder merecido do Desemboque!

8H

José Albério recebeu na porta da frente Ana e Tonho Pólvora, desembarcando de sua viagem da Alvorada.

– Chegaram cedo, que bom. Podemos tomar o café da manhã juntos, conversar. Mariita está morta de saudade e inveja, Ana! Vamos entrando logo...

Aparecido, o caseiro de José Albério, já carinhava o pescoço suado de Horizonte, ia levá-lo ao pátio e terreno dos fundos, desarrear e desatrelar a charrete. Um banho, milho, uma escova, o preto entendia de cavalos e seu tratamento, Tonho achava-o ali desperdiçado. Quem sabe um dia ia pra Alvorada...

José Albério, diferente, achava um desperdício aquele cavalo enorme em mãos e serviço de Tonho, vida na roça. Era animal de puxar carruagem da cidade, cabriolé enfeitado, fazer vista e promoção do patrão. Um dia comprava-o de Tonho, ia exibir-se de verdade...

Lá dentro Mariita e Ana se abraçavam, beijavam. As irmãs se conheciam e se amavam como eram, não cobravam nem pediam. Negócios, maridos, política, posições, dinheiro, nada disso era coisa de importância ou distância. A alegria de seus encontros era genuína, pura, volta ao colégio, à infância. Eram as duas e o resto era só mundo, cada uma cuidava do seu como gostava e queria, e isso ia ser para sempre.

No café, apesar das declarações, José Albério conversou pouco, só banalidades. Da reunião e de política, nenhuma palavra.

Tonho não se incomodou. Conversa ou não conversa, o que diria José Albério seria sempre discutível, e quase nunca verdadeiro.

Era ver depois o que diria na reunião.

8H30

Joaquim Teodoro passava e repassava sua faca-misericórdia na pedra de afiar. Estava convencido de que o mulato era perigoso e atrevido, que não era à toa que andava por aqui e ali mostrando sua vontade e pretensão. Esperava encontrar o patrão, quem sabe com que intenção, e ele era o único a saber e desconfiar de outras coisas nesse encontro.

Mais uma vez, pensava, era sua sorte que o visitante não o conhecesse, não esperasse sua vigilância, não soubesse que estava sendo seguido e observado o tempo todo. Podia esperar e estar prevenido do patrão, ocupar-se com ele. Tudo era bom, porque assim o seu trabalho seria mais uma vez desconhecido e de surpresa.

Se o chefe sinalasse, o mulato era homem morto, naquela noite mesmo. Ia ter uma surpresa, pensava, no passar o dedo pelo fio da faca.

Ia ter uma surpresa muito ruim.

9H

A sala estava cheia, o Desemboque nunca tivera reunião tão importante ou igual.

Na mesa da frente, Calvert colocara um vaso de flores, caderno e folhas de apontamento, um livro de capa preta para a ata que iria redigir sacramentando a assembleia.

Os chegados se distribuíam em grupos pela amizade, pela idade, pelo relacionamento, mas sobretudo pela cor política que antes vestiam.

Partidários do Império discretos, sóbrios, meio desconfiados, ficavam à direita.

Republicanos jovens, ruidosos, assumindo com alegria o que lhes parecia advento sagrado e final da democracia no seu país do Desemboque, ficavam à esquerda.

Teodomiro Classet entrou no salão por mãos de José Albério. Do outro lado, um Tonho Pólvora meio sem graça do convite recebido em representar seus amigos.

Foi recebido de pé, palmas, afinal era o governo chegando ao sertão.

Todos assentados, Calvert anunciou.

– Distinto povo do Desemboque, com muita honra recebemos a visita do dr. Teodomiro Classet, enviado especial pelo governo democrático da República para conosco discutir e avaliar a realidade política e os projetos para nossa cidade e região. Preciso salientar a importância de sua presença e deste ato. Histórico dia para nós, que pela primeira vez descobrimos o valor de participar de um governo democrático, com respeito e palavra a todo o nosso povo e seus representantes. Peço, nesta hora, uma homenagem de palmas calorosas a este novo tempo e às virtudes que o dr. Classet nos vai apresentar!

Foram muitas palmas, é verdade, mas, calorosas mesmo, só à esquerda republicana.

Teodomiro Classet se levantou. Depois da noitada com vinhos e Estela, sua cabeça era mais para bobagem que para virtudes. Não ia perder tempo.

– Meus senhores, posso dizer meus amigos do Desemboque, muito obrigado pela presença nesta reunião, que afirma desde já o alto espírito democrático, republicano, liberal e politizado desta gente. Confirmo a nossa decisão e motivo desta viagem, que é discutir e definir as lideranças locais em que o governo vai se basear para seu programa e atos nesta região. Estou credenciado a levar daqui a indicação e nomes que usaremos a este fim, em escolha livre e participada por todos. Não quero, nem é intenção do governo, dirigir de cima para baixo esta reunião, por isso deixo desde já a palavra livre aos que quiserem usá-la e dizer os rumos que devemos seguir.

Assentou-se, aspecto sério e grave. O que tinha mesmo era uma enxaqueca, uma ressaca com saudade de mais e tudo.

Houve um burburinho inicial, esperava-se a coragem do primeiro orador. Tonho Pólvora olhou para José Albério, num gesto declinou-lhe a vez. José Albério levantou-se, foi à mesa, de frente para o auditório.

– Meus amigos do Desemboque, o que tenho a dizer de início é que estou muito feliz com a presença entre nós do sr. Teodomiro Classet, e da missão grata e importante que nos traz. Todos sabem que desde o primeiro momento participei aqui dos ideais republicanos, por isso estou feliz em ver que o nosso governo cumpre o que propôs e vai fazer: implantar no Brasil a República democrática, o governo participado, honesto, transparente, capaz, que vai dar-nos definitiva estrutura, paz e justiça social, banir a corrupção, o nepotismo e o clientelismo, coibir a ganância e exploração do pobre pelo rico, acabar com a violência e os maus costumes, cuidar da saúde, da educação e do bem-estar do nosso cidadão, que hoje entra por aspiração e por direito no rol das nações desenvolvidas dos novos tempos! É neste nível elevado que vamos conduzir os nossos trabalhos!

Um silêncio.

A oratória de José Albério impressionava, ninguém dali sabia que aquele discurso inaugurara também o Império pós-reinado, e que iria repetir-se na próxima Presidência, e na outra, e na outra... Tudo certo, afinal, o Brasil entrava mesmo no regime democrático.

– Peço a Tonho Pólvora, meu cunhado e amigo, dizer as palavras dos amigos e companheiros do regime imperial.

Assentou-se. Não tinha ressaca nenhuma, aquilo lhe excitava cérebro e ideias, lançava a sua marcha rumo ao Poder.

Tonho levantou-se, ressabiado, não tinha preparado discurso nem era disso.

– Companheiros e amigos do Desemboque, desculpem se não falo com a mesma experiência de José Albério. Política nunca foi meu forte, sou igual a muitos daqui, homem da roça e do trabalho. É por eles que falo, sem palavreado de importância, mas com ideia firme de querer e ajudar a nossa terra. Sr. Classet, receba assim nossa presença, não com selo de política passada, Império ou o que for, mas com vontade e fé no futuro.

Algumas palmas, tinha gente gostando daquele jeito simples no falar do Tonho Pólvora.

Classet entreverou-se.

– Muito bem, o que disseram os senhores. Muito bem, de efeito e aproveito. Dito que todos querem participar e ajudar, exponho que a assembleia deva indicar quem julga capaz de representá-la...

Seu Quirino, com dificuldade pela idade, achaques e sofrimento, falou o que lhe havia pedido e instruído de véspera o José Albério.

– Meus amigos, somos pessoas do trabalho e de ocupação, Tonho Pólvora falou bem. Meu extinto e velho amigo, o coronel Macedo, era da mesma forma, e nunca cozinhou reunião ou conversa desnecessária. Por isso, falo pelo grupo que represento, mais pela idade e amizade. Indico nosso representante, junto ao governo, o sr. José Albério. Para encurtar, proponho que se faça logo a votação, e se outros candidatos aparecerem, que falem para se encerrar a discussão e partir para a decisão.

O remexido nas cadeiras aumentou.

Tonho Pólvora achou de falar.

– Seu Quirino, companheiros. Venho aqui a convite e pressão de amigos antigos do meu sogro. Fui chamado para discutir um projeto e participação no governo. Aqui estão Zé Carneiro, Camilo Antunes, Crema, tantos outros. A nossa ideia não era de que ia haver votação e decisão hoje. Isso seria depois, expostas as ideias e os programas, conhecidos e discutidos os candidatos. Nada de supetão e surpresa como vai saindo...

José Albério apresentou-se.

– Certa a ideia de Tonho, há mesmo coisas a projetar e discutir, mas há uma decisão mais importante, que é escolher quem vai conduzir e compor a direção política do Desemboque. Tenho que agradecer a indicação do meu querido e importante companheiro, seu Quirino, e dizer-lhe que não posso decepcionar os amigos dizendo que não quero nem aceito a minha indicação. Não sou homem de falsidade ou temor, minha vida é um exemplo de coragem, honestidade e dedicação a esta terra que elegi minha, e na qual quero viver e morrer. Quero fazer melhor o Desemboque, o Triângulo, nossa Minas Gerais e o Brasil. Aceito a indicação, seu Quirino, e se quiserem me submeto à votação desta assembleia.

Palmas fortes, no lado republicano.

Tonho replicou.

– Considero novamente que nós não estávamos avisados nem preparados para uma votação. Quero ouvir aqui a opinião de companheiros, e o nosso proceder. Zé Carneiro, o que pensa?

Zé Carneiro levantou-se, ressabiado, olhos inquietos, a vigilância atenta de José Albério.

– Tonho, companheiros, vejo tudo com visão prática, é saber o que podemos ganhar com esta reunião. Nunca tivemos aqui um homem do governo, não sei se vamos ter de novo. Sou a favor de aproveitar a hora, levar uma composição política definitiva, talvez melhor votar e escolher agora mesmo...

Camilo Antunes aproveitou para salvar-se com José Albério.

– Tenho tradição e amizade com o coronel Macedo, não acabada pela morte. Mas estou com Zé Carneiro, outra oportunidade pode não haver. Se quiserem, não posso ser contra a votação.

Tonho, de pé, corria os olhos pelo salão. Contabilizava, pelos olhares que fugiam aos seus, os amigos desertores, reconhecia a astúcia e trabalho de José Albério. Não tinha chances, o que podia era marcar posição, mostrar a espinha que herdara do sogro e amigo, quebrar sem envergar.

– Vejo que a reunião foi bem preparada e encomendada, parece que assim devem ser as coisas em política e governo. Meu sogro gostaria de estar aqui na frente, reconhecendo seus amigos. Quero estar com eles. Reconheço o que vai acontecer, e como homenagem ao meu sogro, que nesta terra foi meu pai, aceito também candidatar-me. Afinal, aqui estão para me escolher os amigos que foram buscar-me na Alvorada, sei que não me trariam para uma traição aos nossos ideais e nosso passado...

Mais alguns olhos para baixo, a contabilidade ia se afirmando.

Classet estava no ponto de curar a enxaqueca. Ia apressar o final, para depois adoecer de amor. Um diabo, aquela Estela.

– Meus senhores, então estamos prontos para votar. Projetos, composição de diretoria, representação, tudo será coordenado depois, pelo eleito, ao qual o governo delegará os poderes competentes. Entendo que há dois candidatos, o sr. José Albério e o sr. Tonho Pólvora. Distribuirei estas cédulas em branco, os senhores escreverão o nome de sua preferência. O voto é secreto. Depositem aqui nesta urna os seus votos. A apuração será feita logo ao final, à frente dos candidatos. O sr. Calvert me assessorará.

Assim foi dito, assim foi feito.

Tonho Pólvora teve dezoito votos.

José Albério teve trinta e dois.

Palmas, vivas, saudações aos novos tempos.

Tonho esticou a mão ao vencedor.

– Seja feliz, José Albério. Você sempre soube buscar, achar e ganhar o que procura. Tomara que lhe dure muito, e que seja bom também para o Desemboque...

José Albério, envolvido por abraços, não pôde responder-lhe, nem se interessou por isso. Tonho Pólvora estava morto e enterrado, José Albério era rei na República.

10H30

Tonho voltou rápido à busca de Ana.

Na entrada da casa, ordenou a Aparecido:

– Não ficamos para o almoço, volto com Ana para a Alvorada. Prepare Horizonte e charrete.

– O animal veio ligeiro, descansou pouco, patrão...

– Conheço de animais, Aparecido. Esse Horizonte é melhor que muitos aqui do Desemboque, leal, fiel, resistente, e feito eu: no campo está em casa. Apronte-o!

Aparecido não discutiu. Entendia de ordens e cavalos. Sabia que Horizonte ia voar com o patrão e a patroa, era o sentimento e a comunicação.

Lá dentro, Tonho Pólvora comunicava a Ana e Mariita.

– Reunião bonita, muita gente, boa e de representação. Fizeram uma eleição para quem vai representar o Desemboque na política. José Albério ganhou fácil, 32 votos, até gente nossa votou nele.

Ana sentiu o sofrimento.

– Mas você falou que era só de estudo, de programação, ninguém falou em votação...

– Mas foi, e pronto, acabado. Não fiquei triste, tirei segundo lugar, dezoito votos...

E num arremedo de sorriso:

– Foi bom, até. É verdade, mas tinha só dois candidatos... Agora, mulher, estamos livres pra voar e destinar a vida. Voltamos para a Alvorada, já e ligeiro!

Mariita tentou.

– Mas e o almoço? Frango ao molho pardo, angu do munho, pernil de porco com farofa, feijão-tropeiro, tudo que você gosta, Tonho... Fique, nem aproveitei de Ana...

– Outra hora, Mariita. Agradeço, mas dispenso. E agradeça a José Albério, estou sempre aprendendo com ele, mas hoje a aula foi pesada demais, preciso pensar, digerir, descansar.

Quando José Albério voltou, daí a meia hora, já estavam longe.

Mariita tinha lágrimas nos olhos, que José Albério não viu nem sentiu. Seus olhos e sentidos estavam muito mais altos, longe, longe...

12H

Zé Carneiro esperou o sossego do almoço, as gentes em casa, ninguém na rua para vê-lo de imediato entrando na casa de José Albério.

Não foi recebido em visita, nem convidado a entrar, assentar, conversar, almoçar.

Ficou mesmo de pé e no alpendre, um José Albério irritado à sua frente.

– Zé Carneiro, é hora do meu almoço e descanso. Não podia aparecer noutra hora?

– José Albério, achei melhor agora, no calor da sua vitória. Trazer-lhe parabéns, solidariedade. Saber se ficou feliz do nosso comportamento. Tonho, coitado, é carta fora do baralho. Com uma ajuda pequena, que posso dar, a maioria dos companheiros vai aderir, você será o nosso grande chefe...

José Albério não se emocionou.

– Sei que vão aderir, não precisa nem a sua ajuda. Estou aprendendo de política. Ninguém quer ficar com o perdedor, só vale o vencedor – e esse sou eu.

– Assim foi, o que a gente combinou e esperava. E por falar no combinado, você vai me lembrar quando acertar a direção do partido e seus cargos?

– Zé Carneiro, no meu aprendizado vou descobrindo coisas. Não sei de tudo ainda, mas das coisas que sei aprendi que não se pode confiar em traidor. Melhor que um traidor é uma puta, que pelo menos declara profissão e interesse, o amigo fica prevenido e ciente. Traidor, esse fica escondido e safado, só aparece depois do crime e sucesso. E, se lhe interessar, vai trair outra e outra vez. Olha, não gosto do Tonho, mas prefiro demais ele que você e seus amigos. É mais fácil pôr um Tonho Pólvora ao meu lado que uns putos traidores iguais a você. Suma da minha casa, nem conte o que se passou. Para mim, Tonho está liquidado na política, mas você está mesmo é morto!

José Albério entrou batendo a porta.

Lá fora, pálido, suando, angustiado, ficou Zé Carneiro. Na parede externa, o pintor desenhara um arremedo de afresco, uma pintura que representava a Última Ceia.

Sem querer, o olhar de Zé Carneiro não saía da figura de Judas.

Cabisbaixo, agachado, vencido, saiu para sempre.

14H

Teodomiro Classet e José Albério acertavam no hotel a ata, resoluções e definições sobre a política do Desemboque, no pós-reunião da manhã.

Teodomiro estava sem pressa, o Desemboque era agora fonte de prazer e festa. Era detalhista e preciso nos papéis que devia levar.

José Albério, ao contrário, tinha pressa. Sua vitória tinha sido importante, perfeita no preparo, devia completar-se nos arremates. Não podia esperar contestação. Já tinha pronta a ata, as suas indicações, era enfiar tudo nos baús de Teodomiro e enviá-lo na continuidade de sua programação.

– Amigo Teodomiro, aqui temos tudo definido, escrito, assinado. O Desemboque está fechado comigo, eu com meus amigos e o governo republicano. Seria um prazer hospedá-lo mais tempo, embora sem necessidade. Acontece que Margô mandou-me um aviso que pode lhe interessar. A moça Estela está apaixonada pela sua partida, não aceita a situação. Resolveu, assim, partir esta tarde ainda para Uberaba, em visita de parentes.

Teodomiro engoliu em seco sua ansiedade.

– Sabendo disso, ofereci a Margô o pouso e descanso para Estela, um rancho que tenho na margem do rio Grande, perto de Sacramento, lugar ideal para repouso e curar feridas de amor. A moça aceitou, sai agora à tarde. A casinha lá é modesta, simples, um pescador cuida de tudo, pensei quem sabe você gostaria de fazer uma surpresa à moça Estela, passar com ela os dias que ficaria por aqui perdendo tempo...

Teodomiro já não engolia em seco, o peito é que lhe batia forte. Um presente, esse José Albério!

– Gostaria muito, José Albério. Sou doido por uma pescaria, ouvi falar muito do rio Grande. A moça não me incomoda, e não ligo a luxos de hotel ou hospedagem. Só penso é que saio sem conhecer bem todo o nosso pessoal, sem terminar meus escritos...

– Bobagem, Teodomiro. Aqui está e vai tudo escrito, você por lá transforma isto em fato e lei.

O sr. Classet estava vencido, a argumentação de José Albério lhe parecia forte e perfeita.

– Pensando bem, acho que tem razão. Preciso mesmo um descanso. À beira do rio poderei ordenar meus papéis e minha cabeça. Ando tumultuado dessas viagens, o desgaste psicológico é grande, a minha responsabilidade política vem me preocupando muito, esta ocasião aparecida por acaso é coisa da Providência. Agradeço portanto, e aceito a viagem e estada. Quase nada tenho a preparar, estou desde já pronto e de saída...

José Albério sorriu, mandou Aparecido sair em busca da carruagem, bagagem e coisas de Estela, tudo preparado pela Providência Divina, por certo agradecida pelos estudos e dedicação religiosa de seu quase padre.

Saíram às três horas, Estela em roupa vaporosa de verão, Teodomiro conspícuo e grave em terno de colete, gravata e palheta, por dentro um calorão maior que o ambiental.

Chegariam ao pouso e rancho tarde da noite. José Albério lhes deu um adeus e uma caixa do vinho francês que tanto havia agradado ao amigo e agora serviçal Classet.

Não se preocupou com coisas ou roupas, iam precisar pouco.

16H30

José Albério recebera visitas solicitadas por Calvert, gente sua e não sua, todos aderentes nas homenagens pelo resultado da assembleia e no desejo de ser conhecidos e reconhecidos desde o primeiro dia pelo novo chefe político do Desemboque.

Calvert era de improviso o seu secretário particular ou chefe de gabinete e relações políticas. Cabia-lhe selecionar e graduar as visitas a receber e afastar as inconvenientes ou desnecessárias. Estava entusiasmado com sua função, nomeado ainda ao final da reunião, no auge da euforia e admiração pelo sucesso e habilidade com que José Albério se saíra na assembleia. Sabia e sentia que coisas haviam se passado nos bastidores, longe do seu conhecimento e participação. Não era possível que correligionários tão antigos e fiéis do coronel Macedo abandonassem Tonho Pólvora sem uma explicação qualquer. Entretanto, como eminência política que passava a ser, não lhe cabia aprofundar-se ou descobrir o acontecido.

É curioso observar como as pessoas se comportam quando sobem os degraus da vida. Os vitoriosos superam os desgastes e sofrimento da luta, agigantam-se. Lá em cima estão em permanente alerta e defesa do território e posição alcançada. Não podem descuidar-se porque outros jovens ascendentes e ambiciosos já estão a postos em cobiça, desejo e luta pelo que alcançaram – é a extenuante luta pelo ter e ser mais e além.

Como as grandes baleias e tubarões, as eminências importantes são seguidas e cortejadas por peixes menores, que vivem das sobras de seus bocados e lutas. Delas se alimentam, vivem, crescem, até chegam à independência adulta, quando não à disputa da supremacia e poder do velho chefe e mantenedor.

Assim são na política os secretários, assessores, chefes de cerimonial e gabinete, sempre em aprendizado e desfrute do seu líder e condutor. Um dia este vai sair de cena, e será a sua vez.

No momento, Calvert estava entusiasmado pela sua função e oportunidade. De simples e modesto professor, estava se sentindo um segundo em poder, obsequiado e procurado por todos. Os importantes e antes superiores lhe faziam mesuras e agrados, protestavam a amizade e admiração antigas, pediam-lhe favores, apresentação, o simples agendar de um horário ou encontro...

Realmente, o exercício da política é inebriante, e desde o primeiro trago essa bebida já perturbava e avassalava espírito e comportamento.

Calvert era essa figura inebriada de sucesso e admiração pelo amo, e como tantos de antes e depois preferia ignorar-lhe defeitos ou qualidades. Bastava-lhe estar e ser próximo, importante, um segundo em sua linha.

Seria, como tantos de antes e depois dos Josés Albérios, um seu adorador, pelo menos até quando lhe viesse alguma grande decepção – ou maior ambição.

Naquele momento mesmo, fechados no escritório do chefe, conduzidos por seu Quirino, seus companheiros republicanos alteavam vozes em comentários ao sucesso da assembleia, à vitória do mestre, já entreverando sugestões e consultas sobre quem ou quais seriam os felizardos em compartilhar com ele o poder e mando.

Na maioria eram jovens e inexperientes. Aquela era a sua primeira libação política, era natural o exagero nas vozes e manifestações.

José Albério não se incomodava. Seu escritório era hermeticamente fechado, praticamente não se ouviam lá fora os sons ali emitidos, coisa antes do seu interesse comercial, agora de sua obrigação política.

Seu Quirino também não se manifestava, esperava ocasião para ser portador dos companheiros, de suas vozes e reivindicações. Para si queria apenas paz e sossego.

A certa altura terminaram as loas e vazamentos verbais, os jovens se calaram. Queriam agora a palavra do Chefe.

Olhavam para seu Quirino, o delegado final de seus objetivos.

O velho farmacêutico dirigiu-se a José Albério.

– Meu chefe e companheiro, aí está a nossa rapaziada, os nossos amigos. Falaram sobre quase tudo, reservaram para eu dizer-lhe o finalmente, que é saber seus projetos, como vai constituir nossa diretoria política, nomeação de cargos, empregos, serviços e atuações, agora que somos realmente os donos do Desemboque...

José Albério escutou, rosto grave e fechado, era agora uma figura diferente da pré-assembleia, o vitorioso dono da decisão e da voz.

– Amigo Quirino, agradeço a manifestação de todos e cumprimento pela vitória agora decisiva, e final. Foi com muito trabalho e dedicação que cheguei aonde estou. Vindo de longe e de fora, passei estes anos todos pensando neste momento. Nem todos, e alguns até estão aqui, acreditavam ou queriam que isto acontecesse. Tinham outras preferências, não importa com que razão. Acontece que ao vencedor cabem todas as decisões, e no momento estou pensando nelas. Aviso que não vou atender pedidos por simpatia, muito menos por pressão de pessoa ou grupo, nem mesmo por amizade. Minha escolha vai ser pessoal, alguns vão se decepcionar, não me importo. A República veio para sempre, e eu, ainda que passageiro, quero nela exercer o poder e a liderança que hoje me confiaram. Saibam que se tiver que magoar alguém ou alguns, vai ser feito de imediato e de uma vez. E os que pretenderam algum bem ou benefício, preparem-se para recebê-lo de pouco em pouco. Quando quiser, chamo-os de um em um, ou o partido todo se achar necessário. Muito obrigado, repito. Calvert leva-os à saída.

Os companheiros se levantaram, confundidos. Aquele era outro José Albério, que desconheciam.

Calvert também estava surpreso. Em seu aprendizado inicial já descobria como a vitória e o poder podem cobrir ou descobrir coisas da personalidade e da gente. E era só o começo, pensava...

17H

José Albério estava sozinho em seu escritório. Dispensara Calvert, pedindo-lhe que passasse por dentro da casa e avisasse Mariita para não interrompê-lo na próxima hora. Queria estar sozinho de verdade.

Não era bem assim.

Na realidade, era aquela a hora em que devia receber as informações de Joaquim Teodoro sobre esse sr. Manuel Crispim.

Foi assim que abriu a sua porta dos fundos, que comunicava com a varanda e domínios de seu jagunço e segurança.

Na rede, Joaquim Teodoro aguardava sua chamada. Levantou-se, sem palavras, e entraram juntos no escritório.

José Albério sentou-se em sua mesa e indicou a Joaquim Teodoro a cadeira em sua frente.

— Então, Joaquim Teodoro? O que verificou?

— Patrão, o mulato sabe coisas que não conta de todo. Ou é doido, ou faz de conta. Andou hoje pra todo canto, dizendo que no final do dia estaria lhe visitando, que tinha assuntos velhos de velhos conhecidos de São Paulo, coisas sérias e por resolver. O quê, não disse. Avisou no hotel que está de partida, terminado o que veio fazer por aqui.

— A que horas ficou de aparecer?

— Falou cinco horas, já passou, deve estar chegando. Não sei, mas sinto uma coisa ruim com esse mulato. Se fosse por mim, já era morto e enterrado, sem especular mais nada.

— Deixe comigo, você é sempre pronto para uma solução de matar e acabar. Vou receber e conversar com o homem, assuntar o que sabe, depois decido e lhe aviso. Mais alguma coisa chamou sua atenção?

— Uma coisa estranha. Ontem de noite o homem saiu pelos fundos do hotel, não queria que ninguém vigiasse, parece. Pegou uma mesinha, um lampião a gás, garrou escrever um parece caderno de notas, bom tempo lá fora, perto da mangueira e trepadeira, quase cheguei pra ver o que era. E tinha uma valise, dentro mais papel e anotação, parece até que dinheiro também. Misterioso, no final guardou tudo na valise, voltou pro quarto e hotel, amanheceu nesse disparate de contar coisa e coisa. Esquisito, esse homem, repito.

José Albério estava pensando, era mesmo esquisito o procedimento desse sr. Manuel Crispim.

— Certo, Joaquim Teodoro, vou verificar. Dentro da valise deve guardar a explicação de tudo, depois veremos. Por enquanto, aguarde o resultado do que vou conversar com ele. Aguarde lá pelos fundos, preparado para tudo. Se precisar, lhe chamo. Afinal, qualquer coisa necessária, só pela noite. Este é um sábado de festa e agitação, muita gente comigo ou me observando, não podemos estar juntos.

Joaquim Teodoro voltou aos seus domínios. Numa coisa o patrão estava certo, agradava-lhe o trabalhar noturno. Era homem da sombra e do escuro, coisa do seu pensamento, da sua alma, do seu viver.

17H30

Arturino, jovem vigia da Comercial do Desemboque, bateu à porta do escritório de José Albério. Aquele senhor mulato parecia estar apressado, autoritário em dizer que tinha hora e encontro marcado com o patrão.

José Albério abriu a porta.

– Patrão, desculpe, um senhor...

– Já sei. Mande entrar.

Foi por aí e assim rápido que Manuel Crispim foi introduzido à presença do que supunha sua caça e presa, busca de tantos anos e trabalho. Quase não acreditava que era final e sucesso.

Seu espírito policial, frio e determinado, lhe valia controlar bem a emoção.

– Boa tarde, sr. José Albério, desculpe os minutos de atraso...

– Não tem importância, senhor. Também estive muito ocupado o dia todo. Estou um pouco cansado, agradeço se for rápido e definido ao ponto que lhe interessa deste nosso encontro.

Já conduzido e assentado na cadeira em frente à mesa do jovem, Manuel Crispim corria os olhos pelo ambiente, em reconhecimento. Talvez ali voltasse em diferente circunstância.

Não via armas nem ameaças. A mesa era simples, lisa, nada em cima. Se algum revólver existisse, estaria nas gavetas, gastaria tempo abrir e sacar.

José Albério esperava, uma certa expectativa pelo que se seguiria. O mulato já não era jovem, cabelos pintavam um branco, uma curvatura nos ombros, parecia algum cansaço no andar. Só era alarme a sua aparente tranquilidade e o olhar vigilante no conhecer e percorrer seus domínios. Não, o Joaquim Teodoro tinha razão: o homem era esquisito, merecia atenção especial.

Por seu lado, Manuel Crispim verificava o moço, mais do que esperava. Empertigado, algo solene e importante, era o jovem senhor, acostumado ao sucesso, disfarçando seu interesse no encontro e no assunto. Merecia atenção especial, pensava.

– Então?

– Sr. José Albério, venho de longe, de muito longe, em busca deste nosso encontro, longe de distância e tempo, venho lhe procurando...

A entrada dura e misteriosa era intencional, buscava verificar reação ou emoção.

Nada, o rosto do moço era de pedra, merecia atenção especial.

Era continuar e afundar.

– Fui, durante algum tempo e juventude, um investigador policial em São Paulo. Lá, por obra do destino, fiz conhecimento e amizade com um sr. Almeida, sócio e chefe de uma empresa comercial grande, importadora, hoje em extinção pela morte dos donos. Ouviu falar ou conheceu o sr. Almeida?

José Albério, rosto de pedra, negou com um gesto, mandou prosseguir.

– Esse sr. Almeida, o senhor não sabe, portanto, teve há muitos anos um funcionário jovem, chefe de sua contabilidade, por nome José Antônio. Um moço muito competente e ambicioso, que por essas razões lhe montou um esquema para roubar, com cheques e artifícios de contabilidade. Para roubar muito, digo, até que um dia deu o grande golpe e desapareceu. O sr. Almeida ficou chocado, encomendou-me investigar, procurar e descobrir o moço desonesto e fujão. Aí está, de forma curta e simples, o que venho fazendo nestes anos todos, mesmo depois da morte do meu patrão. Não lhe parece estranho?

José Albério não mudou. O gesto de prosseguir.

– Pois é, corri São Paulo inteiro, todas as cidades, todas as fronteiras, afinal, em busca do jovem rico e ambicioso, chegado pela época daquele acidente, conhecedor do ramo comercial e suas patifarias. Fui ficando velho, quase desanimado, as forças e vontade diminuindo...

Uma pausa, como recordando.

– Há dias, em Franca, consultei um sr. Machado, seu conhecedor e fornecedor antigo, homem sério e de ética, nada adiantou do senhor. Apenas informou que lhe conhecia, o desde quando, as suas habilidades, o seu ponto de negócio, a Comercial por coincidência tem uma data de abertura de negócios que casava com a minha história... Resolvi conhecê-lo.

A José Albério já não agradava ouvir de Franca ou Machado, tinha sobrepassado recém essa fase, azar o acontecido sem sua previsão ou conhecimento. O mulato requeria mesmo atenção especial.

– Aqui chegado, fui me informando sobre a sua pessoa, sua vinda ao Desemboque, seu proceder, o caminho para a fama e fortuna, os atropelos acontecidos, uma história de inteligência, de vontade e de ambição. Aliás, e engraçado: o senhor notou que José Albério e José Antônio têm as mesmas iniciais? Tem gente que acha isso importante, quando vai dando certo nos negócios e na vida...

Um pequeno remexido de José Albério, a cadeira lhe parecia desconfortável.

– Reuni todas essas informações, respeitoso do seu sucesso, nada contei que pudesse ofender sua reputação atual. O senhor até parece que ganhou hoje o reconhecimento e a liderança política do Desemboque, certo? Engraçado, também, parece que os ambiciosos sempre fazem ao final uma associação entre Fortuna e Poder. Não pensa assim?

– Não penso nada, senhor. Escuto apenas, até o seu final.

– Pois é assim, sr. José Albério, que venho escrevendo minhas notas sobre a sua pessoa, hoje completo as últimas, deste nosso encontro. Retorno a São Paulo, encerrando minha investigação. Se quer saber, acho que o senhor é mesmo José Antônio de Almendra e Silva, o jovem escroque desonesto que roubou meu velho patrão. Levo à polícia de São Paulo essa denúncia, não tenho outro poder, caberá a ela e à lei investigá-lo em definitivo. Posso estar enganado, não nego, mas será pela primeira vez na vida. O que pensa de tudo isso?

José Albério levantou-se, novamente empertigado e solene, tinha ouvido tudo.

– Penso, sr. Manuel Crispim, que essa é a história mais louca e fantasiosa que já escutei na minha vida. Não penso em fazer nada. Não tenho tempo para doidos ou delirantes, coisa em que gente na sua idade costuma mergulhar. Cuide-se, procure um médico, isso pode piorar e fazer-lhe mal. E retire-se, confesso que me divertiu do dia e das ocupações que tive, mas chega. Espero não vê-lo mais nunca.

Mais nunca, foi só o que captou Manuel Crispim. É, o moço merecia atenção especial. Era frio, era duro, mas dava para perceber um trincado na sua estrutura. Aquilo ia vazar e quebrar, era seu pressentimento e quase certeza.

Retirou-se com um movimento de cabeça, os ombros mais curvados, o andar mais lento, mais velho por fora. Por dentro, era adrenalina pura. Tinha jogado todas as suas cartas. Agora, o jogo ia ser realmente mostrado e jogado.

18H

José Albério abriu a porta dos fundos. Era um fim de tarde, as sombras deitadas prenunciavam a noite.

Entrou calado Joaquim Teodoro.

– Joaquim Teodoro, você tem razão. O mulato é perigoso e ameaçador. Dê-lhe o destino combinado, e hoje mesmo à noite, no silêncio e mistério que você sempre usa. Só uma coisa: quero aquela maleta, lá dentro pode haver documento que me interesse, não deve ficar para outro ler ou estudar. Traga-a para mim. Dinheiro, se lá dentro existir – e é capaz –, não quero, fica para você. Lembre-se: igual àquele tenente, foi perfeito. Fora daqui, dos olhos, do conhecimento, relâmpago e raio junto, nem falar nem sentir com ele, só finalizar e chega.

Joaquim Teodoro assentiu. Estava pronto.

Saiu para as sombras, elas estavam mais escuras.

18H15

Calvert saía da casa de José Albério, perturbado, confuso. Mariita fora encontrá-lo na sala de visitas, ao tempo em que o chefe pedira para estar a sós.

Mariita chorava, e choro de mulher faz efeito devastador nos jovens românticos e apaixonados, uma especialidade dos professores e mais ainda desse Calvert.

– Amor, não aguento mais José Albério, preciso de você. Meu marido nunca me amou, apenas me usou enquanto servia a seus interesses e objetivos. Hoje, chegou aonde queria, nem veio me contar. Cada vez mais ficará distante. Veja como tratou Tonho, como ficou machucada minha irmã Ana... Não, amor, quero sair, fugir, buscar meu destino! Se você me ama, vamos juntos. Não vou viver e servir a um ditador ambicioso e cruel, que só pensa em si, capaz de tudo, de tudo mesmo, acredite, para alcançar o que deseja!

Calvert se perturbou, Mariita lhe expunha com clareza uma faceta que adivinhava, mas ainda não revelada ou clara na vida do seu chefe.

– Mariita, meu amor e bem, fique calma, vamos pensar um pouco. A vida vai mudar, chegamos lá em cima, posso assumir mais responsabilidade, com calma, querida...

– Pode não, amor. Não se iluda, José Albério vai usá-lo também, e muito. No dia em que não mais precisar ou no dia em que você aparecer e crescer, ele lhe corta a cabeça e joga no lixo.

Mariita aumentou o choro, agora agarrada ao pescoço do amante, beijos molhados e afogueados. Choro com beijo misturado é coisa explosiva e de efeito rápido.

– Sossegue, querida, não lhe deixo nunca, só quero um tempo. Uma coragem talvez de falar com José Albério. Não sou um traidor, conto-lhe tudo e depois partimos...

– Nunca, amor. Nunca lhe conte sobre nós, será o seu fim. Conheço meu marido, você não. Acredite em mim. Tonho e Ana nos protegerão e esconderão, sei disso, e José Albério os respeitará. Nós dois, juntos, nada valemos nem pesamos. Será loucura enfrentá-lo.

Calvert estava confuso. Sua cartilha de vida era um curso primário de experiência. Sem querer e sem preparo chegava agora ao curso superior.

Mariita sentiu-lhe o sofrer decisivo. Colou-lhe coxas, peitos e lábios, cartas que definiam partidas impossíveis, soluçou.

Calvert se entregava.

– Certo, meu bem, farei como quiser. Ainda hoje à noite volto a ver você, vamos decidir futuro e que fazer. Fique calma, não chore, não sofra...

Mariita, por dentro, estava mais calma e menos sofredora do que parecia, agora que seu romance e fantasia se consolidavam. Chorou, chorou um pouco mais. Era bom Calvert sair molhado de lágrimas. Desde a sua infância o velho coronel Macedo, Donana e Ana amoleciam com as águas daqueles olhos claros e bonitos – e daquelas águas sempre recebera boa e farta colheita de seus pedidos.

Calvert saiu bem molhado, não sabia se bem decidido. Ia ver, voltava à noite.

Os jovens amam assumir responsabilidade, sentem-se adultos, superiores, valorizados, massageados em seu ego, gente enfim.

Muitas vezes falham e se decepcionam.

Mas, no momento, ficam felizes. São gente, enfim!

19H

Manuel Crispim revisava suas coisas, seus projetos, um costume vindo das delegacias, das diligências e rondas da noite, quando a diferença entre morrer ou sobreviver dependia desses cuidados e preparos.

Sua maleta estava em ordem, o dinheiro em notas pequenas e soltas ia aparecer fácil e esvoaçante, os papéis, o caderno de anotações. No fundo, por prudência, a velha garrucha de dois canos, lubrificada, testada, dois cartuchos novos, um recurso extremo – em caso de falha ou luta podia significar oportunidade e esperança.

A mesinha que pedira a Netinho estava colocada no ponto certo, em cima da tampa da cisternona. No carregá-la para lá ele mesmo verificara as cordinhas finas e resistentes colocadas em ordem, o ferrolho da fechadura untado e não mexido ou verificado por estranho.

O tempo estava bom, a lua crescente já iluminava alguma coisa nessa sua jornada final, mais tarde estaria mais escuro. Seria difícil explicar um escrevinhador solitário em cima de uma mesa em caso de chuva, relâmpagos ou suas ameaças. Naquela calma, nem mesmo aleluia ou bruxas da noite eram figurantes.

Manuel Crispim jantou pouco, por cuidado e pela excitação interior – hábitos também das rondas, tudo lhe servindo para potenciar aquela energia interior que sentia e de que precisava.

Avisou Netinho, ao terminar.

– Amigo, vou ao meu quarto buscar minhas coisas de anotação, pelas oito ou nove horas quero escrever minhas últimas notas, igual a ontem, fugindo do calor e da perturbação aqui de dentro de casa. Você me deixa pronto o lampião, lá fora, não precisa acender agora para não juntar algum bichinho da noite. Eu mesmo acendo, quando for para lá. E não precisa me esperar, como ontem recolho meus trens, deixo o lampião aqui na mesa do restaurante, a mesinha encosto na varanda. Tome esta propina, você me foi de muita valia, obrigado.

Netinho apanhou a nota, gorda gorjeta. Não esperava tanto do senhor velho, ficou arrependido de não tê-lo paparicado mais nos dias passados – moços de hotel acham que viajantes comerciais são todos uns miseráveis e pobres, dinheiro só pra cerveja e mulheres.

Em seguida Manuel Crispim deu uma volta pela frente do hotel, buscava verificar a presença do seu caçador assassino ou gente estranha que lhe pudesse oferecer surpresa.

Nada encontrou, no reforço de sua suposição. O ataque viria pelos fundos e sombras, provavelmente solitário. Esses tipos não gostam de companhia ou testemunhas de seus atos.

Reentrando, Manuel Crispim apanhou sua maleta e coisas. Era hora, pensou.

O risco do enfrentamento era grande, sabia, e sem o aviso e conhecimento da história de Gercino Spíndola não teria a mínima chance. Avisado, sua posição melhorava muito, embora sem garantias. O fator surpresa, agora, era contra seu caçador.

Em seu pensamento, Manuel Crispim já tinha certeza de ser José Albério o seu homem, corria um risco atual desnecessário. Entretanto, devia ao velho e morto Almeida uma certeza absoluta, e somente os fatos seguintes poderiam dá-la – tinha que correr esse risco.

Às oito e meia terminou toda a movimentação do hotel. Quem tinha que sair já estava na rua, os restantes já iam para seus quartos, cama e sono.

Com sua maleta, Manuel Crispim desceu para o pátio e quintal, em busca de sua mesa de escrita.

Com cuidado e precisão acendeu seu lampião, a luz era amarela, pálida, mal abrangia a mesa, ali fora perduravam escuridão e sombras.

Abriu a maleta, retirou dela sua caderneta de anotações, colocou-a sobre a mesa, fechou a valise, estudando onde colocá-la.

Concluiu que na mesinha o espaço era insuficiente e decidiu colocá-la no chão, no lado oposto da mesa, ao alcance de sua vista – e "naturalmente" no centro do alçapão.

Assentou-se, como se pronto para escrever. Puxou um pouco a cadeira, ajeitando-a. A mão abaixou-se para pegar um lápis caído – e apertou a cordinha deixada no chão, trazendo-a para os joelhos.

Estava pronto, e escrevia.

A valise, entreaberta, mostrava o segundo caderno, e em cima um pacote de notas; dava para ver tudo de sua mesinha, ou detrás dela.

Paciência e alerta.

Seus sentidos percebiam que nas sombras estava a ameaça, o coração trabalhava rápido, era a curiosidade da espera e da surpresa.

Paciente e alerta, Manuel Crispim escreveu uns quinze minutos, apenas um besouro bateu no seu lampião; o resto era silêncio, trevas, sombras.

Manuel Crispim não via as sombras, estava ofuscado e absorvido em sua luz e escrita.

Pouco depois, uma leve aragem, uma sombra se moveu mais que as outras, cautelosa, entre laranjeiras e a mangueira grande, um contorno pela trepadeira, um posicionamento estratégico nas costas de Manuel Crispim.

O mulato não via nada, não escutava nada, era caça morta, pensava a sombra grande, que se chegava mais e mais, até ter um metro apenas de separação, a faca grande na mão, de desarme ou de degola.

Joaquim Teodoro não gostava de conversa nem demora, mas o patrão pedira a maleta, e o crime seria longe e secreto – tinha que assaltar o mulato.

Um gato não feria melhor com um rato.

Até Manuel Crispim se surpreendeu pela velocidade e silêncio do ataque: na mesma hora em que estava livre e escrevendo, tinha uma faca cortante em seu pomo de Adão, um grito, um movimento brusco, e estaria degolado em silêncio e fim.

Ficou estático, mudo, as mãos sobre a mesa, o lápis caído inútil.

A pressão da faca sobre o pescoço obrigava-o a colar as costas no espaldar da cadeira, um fiozinho de sangue escorria onde o fio cortante lhe apertava, oprimia e subjugava.

A outra mão da sombra lhe apalpava o corpo, o tórax, as axilas, a cintura, o rego das costas, logo as entrecoxas, até verificar pernas, meias, sapatos. A corda, deixada presa à beira da gaveta da mesa, permaneceu desconhecida.

Convencido do desarmamento total de sua vítima, Joaquim Teodoro bambeou a pressão da faca no pescoço, a outra mão segurava pelo colarinho, era hora de conversar.

– Mulato, fique quieto feito morto, se não quiser ser de verdade um morto quieto. Tá me ouvindo?

Manuel Crispim fez que sim com a cabeça, um jeito de quem perdeu a fala de medo e susto.

– Precisa falar comigo agora, mulato. Falar pouco, e só a verdade. Toda vez que falar mentira, eu vou saber e dou um cortinho neste pescoço velho. E não me aborreça ou conte mentira, o corte pode ser grande e último. Tá me entendendo?

A mão da sombra fez um pequeno movimento, o fio de sangue cresceu no pescoço de Manuel Crispim. A cabeça moveu-se mais afobada, estava entendendo, sim.

– Estou pombeando sua passagem pelo Desemboque, a sua curiosidade, fiquei curioso também. Me conte a sua intenção, o que veio ver e fazer por aqui...

Um novo e discreto aperto da faca, a outra mão sugigando a nuca contra a cadeira.

Manuel Crispim estertorou.

– Moço, não lhe conheço, mas se não bambear essa faca não vou conseguir falar nada. Conto tudo, tem nada a ver com o Desemboque ou sua gente, é coisa particular...

Joaquim Teodoro bambeou um pouco, o mulato precisava de fôlego, coragem e movimento de goela.

– Fale!

– Moço, sou de São Paulo, agente de companhia de seguro, trabalho com esclarecer roubos, assaltos, sabe, dinheiro que desaparece.

– Desembuche!

– Pois é, há anos houve um roubo muito grande na minha companhia, eu fui destacado para esclarecer, varei mundos e tempo até chegar aqui. Hoje sei quem fez o roubo, é pessoa muito importante no Desemboque, onde veio se açoitar desde o acontecido malfeito. Estou descrevendo o caso, levo anotações para São Paulo, não dou nenhuma decisão, o caso é com a lei e os outros. Sabe, eu vivo disso, recebo adiantado meus pagamentos, todo mundo reconhece o perigo corrido. Agora, neste caso particular, sei que o moço tem nada a ver, o meu homem nem é daqui...

E, mais assustado:

– Ou será que o moço é um assaltante, em busca de dinheiro? Se for, tome tudo que é meu, está ali na valise, veja o monte de dinheiro, mas me deixe vivo e em paz, não lhe vi, nunca vou lhe reconhecer...

– E o seu procurado? Quem é? O que pensa fazer com ele?

– Moço, não me cabe pensar nem fazer nada com o procurado, eu ganho só pra achar. O resto é com a companhia, a polícia, o juiz – tá tudo indicado ali nas minhas anotações, mostro tudo, pode ler e comprovar... E, veja, neste caso o importante vai ser a recompensa final, porque o procurado é rico, vai pagar tudo de volta à companhia, já viu, e eu vou ganhar uma fortuna, dinheiro pro resto da minha vida...

– E quem é?

– Moço, não vai acreditar, ninguém vai acreditar aqui no Desemboque. O ladrão fino e fugido é esse moço chamado José Albério. Tá tudo comprovado, os papéis estão prontos, terminados, falta só levar a São Paulo, entregar na companhia e esperar para breve a fortuna que virá com certeza... quem sabe até podemos dividir...

Joaquim Teodoro ficou impressionado com a revelação. Sabia que o mulato estava trabalhando coisa contra o patrão, mas essa de roubo, de cadeia, de devolver e perder tudo... Era coisa demais, estava justificada a ordem do anoitecer.

Durante anos Joaquim Teodoro andara escravo de José Albério, o conhecedor do seu passado, capaz de enviá-lo à prisão, ou pior, à morte nas mãos do pessoal Gouveia ou outros. Agora, a revelação do mulato o libertava, estava igualado, parelho ao patrão. O sr. José Albério não era mais o seu senhor absoluto. Sua mente era curta, mas prática, e Joaquim Teodoro quis mais negócio com esse acidente libertador.

– Mulato, esse sr. José Albério é poderoso, manda procurar e matar nós dois, como escapar?

– Aí está, moço, como escapar.

E Manuel Crispim apontou a valise ali em frente.

– Ali dentro tem as duas coisas que me garantem, e se quiser vão nos garantir em sociedade. A primeira é o meu relatório: sempre faço em duas vias, uma vai para a companhia, a outra fica comigo, e disso aviso o perseguido: se me ofende ou mata, o meu relatório tem um endereço certo, que é a polícia, e tudo mais que o perseguido não quer. A outra coisa é o dinheiro, moço, o dinheiro que compra tudo, viagem e casa para longe, conforto, posição. O que tenho ali é pouco, relativo ao que vou ganhar, mas já me garante sumir com segurança e viver como um rico uns dois ou três anos, quando apareço para receber o resto e a fortuna...

Soprou um vento da noite, providencial, a valise aberta deixou escapar algumas notas. Manuel Crispim nem se moveu, as mãos de Joaquim Teodoro estavam agitadas.

– Não vai pegar o seu dinheiro, voando aí pelo quintal?

– Não vale a pena, é pouco comparado com o que está lá dentro. Sou seu prisioneiro, não posso me mexer. Mas pense, moço, se quiser poupar minha vida, vai ser meu sócio no maior negócio que já fez ou pensou...

Joaquim Teodoro estava pensando, sempre curto e pragmático.

O mulato já lhe contara o principal.

Além do dinheiro, aquela valise tinha a sua carta de alforria. Com os documentos do caso José Albério era afinal um homem livre, talvez até um homem rico, já pensava.

Depois, aquela história de sociedade na fortuna de São Paulo, burrice do mulato. Não ia entrar nessa, aparecer complicado e lá no meio dos seus amigos...

Sua decisão foi simples: pegava a valise e o dinheiro já era seu, pegava os documentos, dava ao patrão uma cópia, a outra ficava definitivo em seu poder.

O mulato? Bem, era ter um pouco de cuidado, tirá-lo ali de perto, um lugar mais ermo e escuro, a cutelada na nuca, o resto estava arranjado...

– Mulato, vou estudar a sua proposta. Vejo aquela valise e seus documentos. Se achar conforme, ficamos sócios e ricos, espero. Mas nada de truques comigo. Sei que está desarmado, mas não lhe conheço. Vou passar do outro lado da mesa e pegar a valise. Você fica assentadinho aqui, põe as duas mãos em cima da mesa, nenhum movimento, se levantar lhe sangro em definitivo. Entendido?

Manuel Crispim fez que sim.

As pressões no pescoço e na nuca aliviaram, e ele pôs as mãos em cima da mesa. A luz do lampião era pouca, não deu para Joaquim Teodoro ver que a mão direita de Manuel Crispim tinha empalmado a cordinha do ferrolho do alçapão, que agora ficava espremida contra a madeira, pronta para seu uso.

Cuidadosamente, o olhar fixo em Manuel Crispim, Joaquim Teodoro contornou a mesa e deu o passo para alcançar sua valise, costas para o escuro, frente vigilante para o mulato.

Ao abaixar e pegar a valise, Joaquim Teodoro achou de contar sua vantagem final. O mulato estava mesmo condenado.

– Sócio meu é o diabo, companheiro. Você vai sair comigo, mas saiba que meu patrão de verdade é esse sr. José Albério, e nesta noite ele o condenou. Eu sabia que era por coisa grave, outros já matei por sua ordem, mas desta vez ela foi mais forte, curta e grossa. Só mesmo essa sua história de São Paulo pra ele ficar alterado do jeito que foi. É pena, mas você não vai usar essa história nem ganhar aquela fortuna. Me fez um favor, igualou-me com o patrão. Ele vai me respeitar mais agora.

Joaquim Teodoro já estava plenamente de pé, valise na mão esquerda, a direita com a faca em riste e ameaça. Manuel Crispim parecia hipnotizado e fixado pelas mãos à sua mesinha.

– Levante-se, mulato. Se quer viver mais um pouco, faça tudo ligeiro e obediente.

Manuel Crispim parecia tremer o corpo todo, ao se levantar. As mãos tinham um movimento espasmódico, delícia para o sadismo de Joaquim Teodoro, a quem o sofrer da vítima induzia um sentimento de quase orgasmo.

De curvado e súbito, Manuel Crispim se endireitou, e puxou os braços para trás, com violência e decisão.

Joaquim Teodoro viu de relance a mudança da cara do mulato, de covardia para a decisão consciente e preparada, um alarme soou em seu cérebro, um choque quis sair-lhe da medula e comandar nervos e ação.

Quis, apenas, não teve tempo.

Sem entender ou saber, o chão desabou aos seus pés.

Valise e faca nas mãos, Joaquim Teodoro despencou pela escuridão da fossa, o alçapão aberto a pleno, a queda livre e desamparada.

Quatro metros abaixo o seu corpo mergulhou na lama fétida do conteúdo da fossa, matéria meio líquida, meio sólida, seus pés não tocaram o fundo. Largou a valise, bateu braços, impossível nadar, tudo escorregava e puxava para o fundo. A custo, uma facada na parede barrenta lhe deu um precário apoio e sustento, apenas a ponto de olhar para cima, sem entender ou saber.

O mulato estava puxando a tampa do alçapão para fora, pondo seus calços no lugar, e – desespero horrível! – estava retornando a tampa ao seu lugar. Sepultava na fossa seu caçador. A faca já escapava da parede, um novo golpe, aquilo não ia durar, os pés não tinham apoio, o braço esquerdo nadava em lama grossa, tudo fedia, gosmento e sujo, e escuro e escuro.

Passou um instante.

Num último olhar para cima, Joaquim Teodoro viu que a tampa se abria, e uma sombra sustentava o alçapão. Quem sabe, pensou em desespero, o mulato voltava atrás, lhe jogava uma corda. Não, aquilo não era jeito de morrer, por pior que fosse e quisesse ser...

Não entendia por que a sombra estava parada, um gesto entre as pernas, será que desabotoava a braguilha?

A faca ia soltando a parede pela última vez, Joaquim Teodoro pela última vez via o claro do céu em luar. Olhando para cima, viu e entendeu seu algoz, ao sentir o jato de urina que lhe destinava, molhando-lhe a cara, suprema humilhação e desprezo.

A tampa do alçapão se fechou de novo, e para não mais se abrir.

Em pleno escuro afundava agora para a escuridão final. Não conseguiu falar, nem gritar pôde.

Em águas de lavagem, em fezes e urinas afogava-se Joaquim Teodoro.

NOITE TRÁGICA

21H30

Movimento e vida no Desemboque, só na Rua da Alegria, cabaré da Margô e casas da putaria. Início da noite dos boêmios, dos filósofos, dos solitários, dos visitantes e viajantes que nessa passagem esticavam seu dia como se pudessem ali realmente viver ou viver mais.

O resto era silêncio, sombras da noite. Algum cachorro vadio em andança buscava companhia, o piado de um curiango em caçada de insetos, um corujão raspava asa no sino da torre da igreja.

Na sala de visitas de José Albério, o moço Calvert aguardava o chamado do patrão ao escritório, tinham combinado acertar os papéis da reunião, atas, a definição dos nomes escolhidos pelo líder, o futuro político do Desemboque.

Mariita tinha acabado de se retirar para a parte interna da casa, ia dormir. Tinham tido a sua conversa particular, mais choro e lágrimas, mais uma esfrega pelas partes eletrizadas. Calvert ficara excitado em ponto de descarga, ela não deixara, a danada sabia que aquilo era bom para forçar decisões heroicas e difíceis.

Assim estava Calvert, em ponto de decisão, em profunda indecisão.

Sua lealdade lhe dizia que não podia ser o segundo homem de José Albério, na escalada assumida pelo poder, e ao mesmo tempo fornicar-lhe a mulher e a vida íntima.

Por outro lado, sentira o gosto e prazer da vitória política, de ser importante e alguém na vida, de não ser mais e apenas o professorzinho de letras, boas maneiras e danças.

Enquanto esperava, Calvert alternava em pensamento atitudes heroicas de amor glorioso com covardias vitoriosas em busca do seu lugar ao sol.

Ia conversar com José Albério, queria ver-lhe os olhos, escutá-lo frente a frente, ver que enigmas de esfinge ocultava aquele homem vitorioso que era ao mesmo tempo seu líder e ideal, seu rival e inimigo.

Estava se armando de coragem para entrar na arena.

22H

Manuel Crispim entrou pelos fundos e pátio da Comercial até a varanda onde deveria estar o vigilante Joaquim Teodoro.

Sabia que José Albério estaria à espera das notícias de seu assassino. Quereria dormir em paz com o silêncio definitivo do seu caçador, haveria de estar no escritório.

Manuel Crispim aproximou-se com os cuidados metódicos que eram a sua segunda natureza.

Inspecionou quintal, sombras do pátio, laterais da varanda, depósito de lenha, tudo que pudesse esconder vigia ou perigo, mesmo sabendo que apenas Joaquim Teodoro vivia e cuidava da segurança daquela área.

Seu revólver estava no coldre, novo, engraxado, seis balas. Era um Colt 38, arma recém-chegada, nunca usara antes nem com gente, mas era agora sua força e proteção.

No caminho vinha pensando.

Estava definido o criminoso. Palavras e comportamento do jagunço confirmavam seu acerto.

Faltava juiz, e Manuel Crispim tinha que lhe assumir nessa noite o lugar.

Faltava sentença, e nela pensava agora.

Anos atrás, a ordem do velho Almeida era de execução sumária e simples, sem demoras ou investigações ou detalhes.

Na hora da morte, o velho era outro. Abandonado ou cansado pelos anos, já não era matador, era um morredor, e nessa posição a visão humana se amplia, vê à frente vastidões que não imaginava, e sempre por isso, às vezes por medo também, assume generosidades.

O velho Almeida deixara às suas mãos a sentença.

Teria que assumi-la.

Num último olhar às sombras e silêncio, Manuel Crispim tomou fôlego e bateu de leve à porta dos fundos do escritório do sr. José Albério.

22H10

José Albério levantou-se de sua mesa ao ouvir as batidas – estava esperando por elas.

O seu dia fora de vitórias, mas esse final estava lhe custando um desgaste inesperado. Não podia aceitar nem admitir que esse mulato do passado viesse lhe perturbar o presente. Os anos lhe deram a convicção de ter enterrado aquele começo de vida, tudo esquecido, nada de lembranças, testemunhas, presenças... E vinha o fantasma do passado reavivar e reviver tudo!

Não havia de ser nada, o seu Joaquim Teodoro já devia tê-lo reduzido a fantasma de verdade, nunca mais na vida do chefe José Albério!

Vinha lhe comunicar isso, sucesso mais uma vez.

Por dentro, agora, uma única preocupação: Joaquim Teodoro, o homem que tirava e enterrava as preocupações, estava sabendo muito da sua vida, agora até do seu passado. Tinha que pensar nisso, e já estava.

Afastou sua cadeira, e em poucos passos estava abrindo a porta dos fundos, passagem ao reduto e domínio do seu jagunço.

A luz interna era mortiça, estava mais sobre a sua mesa. Foi por isso que a sombra de Manuel Crispim se esgueirou fácil e inesperada pela porta aberta. Só quando seu rosto se iluminou, e seu porte diminuído foi reconhecido, é que José Albério se surpreendeu e assustou.

– O senhor por aqui? A esta hora? Com que direito?

Manuel Crispim bateu a porta, não tinha preocupação em trancá-la.

– O senhor tem razão de estar aborrecido. Esqueci de marcar audiência. Acontece que tive um encontro com aquele bandido que lhe serve de segurança, e ele me convenceu que hoje e esta hora são certos para o nosso encontro.

José Albério procurava se controlar. Alguma coisa tinha corrido errado naquele encontro que o mulato lhe revelava.

– O que pretende? Hoje à tarde já gastou meu tempo e paciência com invencionices. Conte o que quer e seja breve...

– Conto-lhe que agora estou tranquilo e sem pressa. Aquele bandido assassino não estará aqui para nos interromper, o buraco em que se meteu não tem saída. Melhor me convidar para entrar, assentar, conversar direito e bem. Coisa de gente civilizada, de chefe político novo e em caminho de assentamento...

Alguma coisa séria tinha acontecido com Joaquim Teodoro, o mulato estava muito tranquilo. Merecia respeito, atenção, cuidado.

– Pois entre, assente-se em frente à minha mesa, fale o que quer.

Manuel Crispim contornou a mesa, observando-lhe o que estava em cima e nas vizinhanças. Não havia armas. As gavetas cerradas tinham fechaduras que o patrão não deixaria abertas. Nenhum perigo à vista, puxou a cadeira, observou-a, sentiu sua firmeza, até por reflexo verificou tapete e chão. Tudo em ordem. Sentou-se, aparência calma e tranquila.

Em frente, do outro lado, sentou-se também José Albério. Estudavam-se.

Manuel Crispim suspirou, passados os primeiros instantes.

– Uma pena, uma pena mesmo, sr. José Albério.

– O quê, de que ter pena?

– De tudo, do que passou antigo e do que passou recente e hoje. Desde os tempos do seu grande roubo, sr. José Albério. Do seu passado de fingimento e mentiras, até hoje. Imagino, pelo pouco que sei, o muito que não sei das suas ruindades...

– Se quiser falar sério e comprovado, vou lhe escutar. Se for invenção ou mentira, abro-lhe a porta por onde entrou. Suma da minha vida!

– Não tenha pressa. O que lhe falei de tarde foi tudo provado esta noite, quando o seu assassino veio me buscar. Sabe, sr. José Albério, eu fui homem da polícia, vou lhe contar uma verdade: todo crime tem falha, um erro, na hora, no depois e futuro. Às vezes até pelo acaso, tudo se esclarece. O senhor fez um erro, com um moço por nome Gercino Spíndola, um pobre-diabo de vendedor ambulante lá pelas bandas de Santana do Paranaíba. Tomou-lhe dinheiro, desgraçou-lhe a carreira – mas deixou-o vivo. O seu bandido achou que o susto era suficiente, o moço Spíndola estava liquidado, nunca mais o veriam...

José Albério buscava lembrar desse Gercino, ideia vaga de coisa antiga já em esquecimento.

– Pois é. Assim é. Foi o moço Gercino que me contou a sua história, quando pelos acasos ou sortes da vida fui contar e conhecer a minha própria história e vida, lá em sua terra. O desenho que fiz da pessoa que buscava casou com a pessoa que o tinha lesado em definitivo, e ele me contou tudo. Mais e ainda: avisou do seu jagunço assassino, da sua arte em chegar sorrateiro, traiçoeiro, por trás, pelas costas, pela sombra, pela noite... Olha, sem esse aviso e conhecimento eu já era agora homem morto.

José Albério já se lembrava.

– Sabedor disso, preparei para o seu homem o destino que ele mereceu, ajudado pelo que ele sempre gostou, sombra, escuro, noite, armadilha e traição. Antes, ele me contou o que eu precisava e queria saber, ou seja, a verdade: o sr. José Albério é a mesma pessoa do sr. José Antônio de Almendra e Silva, minha caça encomendada, a última e derradeira, encerro minha carreira...

– Como, se Joaquim Teodoro nunca soube de minha vida?

– Não foi ele, por boca e conhecimento, foi ele por ação e intenção. O que lhe revelei esta tarde, e que o senhor negou, eu realmente não podia provar, nem esse Joaquim Teodoro soube ou sabia. Uma única pessoa conhecia que aquilo era verdade, e daquilo tinha medo. Essa pessoa não podia aceitar ou correr risco de ver isso feito verdade de fato, tinha que liquidar o assunto.

Uma pausa.

– Foi por isso que o senhor mandou esse Joaquim Teodoro à minha procura, de minha valise, do meu relatório, acusação ou provas, afinal da minha vida, condenada à morte. Isso, sr. José Albério, é a minha prova, que lhe ponho em mesa e acusação. Pode não servir para um delegado, para um juiz ou júri – mas serve para mim, e chega!

22H20

Calvert não se aguentava mais, José Albério demorava, tinha que ser naquela noite.

Armou-se de coragem, afinal era seu segundo. Decidiu-se a encontrá-lo em seu domínio particular, precisava clarear seu assunto e vida.

Da sala de visitas passou pelo corredor. No fundo era a porta de comunicação com o escritório, por dentro era escondida por grossa cortina aveludada, tudo era segredo e silêncio para o chefe.

Mão na fechadura, hesitou um instante... Mas girou-a devagar, abriu timidamente a porta, sem barulho ou anúncio, não queria susto ou irritação para o chefe. Passou um meio corpo pela porta, ainda em escuro e invisível.

Assustou-se em realidade Calvert. Ouvia vozes do outro lado da cortina, o patrão não estava sozinho, por onde entrara a sua visita?

Não queria ser indiscreto, sairia de imediato.

Mas era também jovem, curioso, e justificou fácil a sua infração: quem sabe José Albério estaria precisando dele, ou alguma ou qualquer coisa?

Assim foi que afastou mais a cortina, ali no seu canto escuro, assuntando o que se passava.

O patrão estava assentado, de cá da mesa, em frente um senhor de fora, o mulato que andava de ronda e giro pela cidade. Conversavam. No silêncio, suas vozes chegavam a seus ouvidos. Não tinha culpa, desculpava-se a si mesmo.

Falava o mulato.

– Assim sendo, sr. José Albério, ou sr. José Antônio de Almendra e Silva, se preferir, sou hoje seu delegado, juiz e sentença. Não vai ser fácil provar a sua culpa, nem sei se pretendo isso. Em caminho, vinha pensando no meu velho e falecido patrão. O que diria hoje e agora o sr. Almeida, sabendo-o descoberto e à minha mercê?

Manuel Crispim pensava, pausava a conversa, estudava.

José Albério escutava, apenas.

– Pois é, o velho sofreu muito, em fundo por dentro, em comprido no tempo. O desaforo, o prejuízo do roubo, e acho até um medo do que o senhor sabia e ameaçava. Falo a verdade, ordenou a sua morte. Eu tinha que obedecer, sua morte era a vida da minha filha e neta. Foi com raiva que lhe persegui e busquei, anos, anos, até o velho Almeida ficar doente, acabrunhado. Acabou-lhe o espírito, a raiva e o medo. Desobrigou-me de matá-lo, até da sua busca e caçada. Eu continuei por orgulho. Aqui estou, pensando no destino... No seu destino!

Calvert escutava tudo, nada entendia.

José Albério meditava, enquanto Manuel Crispim discorria. Pelo visto, o mulato sabia de tudo, mas tinha prova de nada. Era apurar a verdade.

– Pois então, seu Manuel Crispim, toda a sua fala fica na conversa, ninguém iria acreditar nela. Não há um fato, um documento, uma testemunha, nada que me ligue a esse passado que o senhor desenhou...

– Não é bem assim. Há fatos e coisas. Afinal a polícia, acionada, vai verificar a sua vida, ver o seu passado. Imagine perguntarem onde o senhor arranjou aquele dinheiro vivo e grosso com que começou aqui a sua nova vida? E o casamento das datas, das idades, das maneiras do conhecimento, até da caligrafia? E se trouxerem pessoas que conheceram o senhor? Há gente ainda viva e jovem, podem lembrar-se, sabe? É demorado, difícil, mas eles sempre chegam lá, quando o problema é de identificação em denúncia bem sólida. E, perto do fim, vejo-o fugindo, confessando assim o afirmado. Para mim, já lhe disse, não preciso de nada. Mandar-me o seu assassino logo depois de nossa conversa, coisa que nem ele nem ninguém sabia, basta, foi sua confissão. Minha investigação termina por aqui. Não preciso mais nada, não lhe trago dor nem novidade. Investigação dolorida e custosa será a da polícia, rodeando e apertando, quando eu decidir contar tudo o que sei.

José Albério começava a re-remexer na cadeira.

– Na verdade, de delegado e juiz passei a pensar na sentença e castigo. Matá-lo era ordem antiga e deixada à minha vontade. Penso até que o moço tem coragem, lutaria. De qualquer forma, tudo seria violento e rápido, um sofrer grande, mas passageiro. Já matei antes, não é bom. Pensei, estudei seu caso, o moço é hoje grande, importante, vitorioso, tem uma capa externa protetora e respeitada. Tem projetos, na certa vai lesar mais gente, abusar, roubar, conspirar, alugar outro matador... Não, sr. José Albério, tenho que dar fim na sua carreira. Não se mexa, não se preocupe, não vou matá-lo de verdade, nem hoje nem amanhã. Você vai morrer devagar, vou desmascará-lo. A polícia de São Paulo virá lhe procurar, inquirir, apertar, levá-lo preso em investigação. O Desemboque vai conhecer e saber de tudo, o sr. José Albério será ao final José Antônio de Almendra e Silva, ladrão, achacador, desonesto, assassino...

José Albério levantou-se, Calvert sentiu a sua fervura interior, pique de explosão.

Manuel Crispim levantou-se também, frente a frente, havia ameaça agora nos olhos do seu moço.

– O mulato está muito pretensioso, não sabe avaliar como nem onde está. Não tem nem terá condição de me fazer mal, o contrário é que vai lhe suceder. Sou um homem prevenido. A sua entrada aqui foi forçada, é um ladrão em meu escritório. Posso matá-lo, todos me darão razão, acaba-se a sua história e caso...

Alguma coisa estava errada, sentia Manuel Crispim, olhos varando os escuros da grande sala, ninguém se anunciava.

– Acho que o moço está arrotando coragem, dando-me por velho e frouxo. Vou sair por onde entrei, aviso-lhe que fique quieto e firme, as mãos na mesa. Neste bolso tenho uma arma convincente, não quero ser obrigado a usá-la. Afinal isso poderia me colocar na sua desejada posição, o assaltado contra o ladrão...

Manuel Crispim puxou do coldre o seu revólver.

– É verdade, teria que fugir depois, mas aprendi isso com muita gente. Não me pegariam aqui nem nunca. Por isso, não se mexa, saio em paz e lhe deixo com vida, a sua morte não será física...

Manuel Crispim ia devolver o revólver ao coldre, quando a mão esquerda de José Albério se moveu discretamente, um meio palmo apenas, pousando no capitel da mesa, seu canto interno.

Um alarme soou na cabeça de Manuel Crispim.

Tarde demais.

Num ronco surdo e violento, uma coisa dura e pesada lhe pegou o braço e o lado direito, pancada que o jogou no chão. Uma dor lancinante pela mão, pelo braço, pelo pescoço, uma tonteira na cabeça...

Quando se assentou, ainda no chão, Manuel Crispim estava confuso, via seu revólver ao lado, mas braço e mão pendiam inertes, não lhe obedeciam.

A dor era demais, sua mão esquerda pesquisou o braço direito, pendido e sem ação, a fratura era acima do cotovelo, estava desarmado.

De pé, à sua frente, José Albério segurava uma pistola Deringer, dois canos curtos e grossos. Conhecia aquela arma, naquela distância era sem erro e fatal. Veio-lhe um enjoo no estômago, suor de dor, decepção, falhara ao final.

– Sente-se, mulato, vamos ter uma última conversa. Apresento-lhe minha armadilha, eu também sei estar prevenido.

Enquanto falava, José Albério desarmava um braço de barra em ferro fundido, recolhia-o a um estojo próprio na parede ao lado, onde figurava um alisar do quadro acima pendurado.

– Esta barra, meu companheiro, foi preparada com carinho. De um lado fica presa na dobradiça, o braço longo é ligado a uma violenta mola espiral, contida por este pino – que eu aciono quando quiser, ali do capitel e enfeite da mesa. É só girar e a mola dispara a barra com velocidade e força de um tiro, você viu e sentiu. Na realidade, isso foi preparado para algum enfrentamento que tivesse com o Joaquim Teodoro. Acostumei-o a sentar-se na sua cadeira, a barra disparava rumo da sua cabeça, certinha, e era uma vez. Agora, e pelo momento, cumpriu sua função, deixo-a para armar de outra vez. Este Deringer é suficiente, afinal o ladrão desonesto foi apanhado. Vai reagir e morrer. Tudo volta a ser paz e sossego no Desemboque...

Manuel Crispim estava assentado, desanimado, suava de dor, sabia que as cartas lhe eram contrárias, não tinha o que fazer.

– Agora, mulato, quero lhe cumprimentar. Seu raciocínio e seu trabalho foram perfeitos, livrar-se do Joaquim Teodoro é coisa que nunca achei possível, vai me explicar. Fosse outro o seu caráter, de bandido ou assassino, e eu lhe proporia assumir aquele lugar. Tenho que ter um cachorro pra me defender e atacar os cachorros dos outros. Mas você não serve, está morto. Conte-me como se livrou do Joaquim Teodoro...

A dor melhorava um pouco, Manuel Crispim já conseguia entender e raciocinar.

– Contei-lhe que estava avisado. Gercino Spíndola, lhe falei. Montei minha armadilha em cima do alçapão da fossa do hotel. Escuro, noite, eu sentado na mesa, escrevendo, minha valise no alçapão. Conversamos, o tal Joaquim Teodoro foi buscar a valise, puxei o fecho do alçapão, ele desceu para o fundo. Fácil, nem um braço quebrou...

José Albério sorriu.

– Tem coragem, mulato. Uma pena ter que morrer. Sabe demais, de qualquer forma iria me prejudicar. Tenho mais projetos, você falou, eles estão além do Desemboque. Gente atrasada, vou usá-los na boa-fé e inocência. Monto aqui minha central de corrupção, o poder facilita as coisas. Tomo conta de tudo e de todos, logo do Triângulo Mineiro, chego a Minas Gerais. Pena que você não vai ver. Fortuna e Poder, o meu casamento. O resto, para mim, é resto. Passei e passarei por cima de todos. A arte é ter sempre um idealista imbecil para atender e aparecer ao meu lado. Dá uma aparência de honestidade, de seriedade, como esse Calvert, que depois vai para o lixo, perdida a sua utilidade.

Calvert, na cortina, estava horrorizado e hipnotizado. As revelações destruíam o seu líder, revelavam um monstro insuspeitado. Tinha que salvar-se, salvar Mariita, salvar o Desemboque, o Triângulo, Minas Gerais, o Brasil, esse José Albério era o capeta encarnado. Tentou recuar para a porta, estava no escuro, sua mão bateu na chave interna, ela caiu no chão, foi barulho forte naquele silêncio total.

Todos escutaram, sombras, Manuel Crispim, José Albério.

Com dois passos rápidos José Albério estava no cortinado, que abriu na revelação do apavorado Calvert.

– O que está fazendo aqui? Quem lhe deu ordem de entrar? O que escutou?

Um safanão no braço, e Calvert ficou exposto à luz mortiça, sem ação, sem fala, sem coragem.

Manuel Crispim entendia das coisas, teve dó do moço infeliz.

José Albério, esse só tinha mesmo era raiva. Imbecil, esse Calvert, que tinha de ficar escutando por ali? Era uma complicação a mais, tinha que pensar rápido.

– Aproxime-se, Calvert. Veja este mulato, um bandido contratado para me matar, uma porção de mentiras na boca...

Calvert chegou-se em passos hesitantes, tímidos. O mulato que via sentado e sofredor não lhe parecia mais terrível, nem mais mentiroso nem mais assassino que o seu José Albério, ali ostentando poder e decisão, a arma na mão, um olhar frio, decidido. Dava arrepios na sua coluna.

– Então, amigo Calvert, o que acha que devo fazer com este bandido?

Calvert não achava nada. Só lamentava ter deixado suas aulas, seu salão de danças, seus saraus literários e musicais. Aquilo ali era carga demais para seus conhecimentos, nervos e coragem.

– Em política e na vida, Calvert, é preciso ter coragem e decisão. As mentiras deste mulato não provam nada, mas podem estragar o nosso futuro. Por outro lado, veio para me matar, você viu, assistiu. Eu podia tê-lo morto de imediato, legítima defesa, invasão de casa, roubo, latrocínio, tudo justificado. Com essa gente não se pode ter misericórdia, sob pena de pagar caro e com a vida. Tem que ser ele, ou nós...

Calvert escutava a fala mansa e distorcida, Manuel Crispim acompanhava a sua emoção.

– Por isso, Calvert, e por esta única vez, você tem que me ajudar, tem que nos ajudar, melhor falando. Vai pôr este mulato de pé, pegue-o pelo braço quebrado, dói mais, ele fica mole e fraco. Leve-o até a janela lateral, vou abri-la depois, vai parecer mesmo um assalto ou roubo, e não uma entrada macia e consentida. O resto, deixe comigo.

Calvert caminhou em torno da mesa, seu passo ainda era mole-mole, muita carga e emoção em cima. Queria reagir, a força era pouca.

Manuel Crispim intentou.

– Moço, tenho dó de você. Vim aqui por escolha e firme propósito, o que me acontecer é de meu livre proceder. O moço veio fazer não sei o quê, ficou enredado. Seu risco é pagar com a vida, tenho pena. Não acredite neste sr. José Albério. Se bem escutou, sabe com quem está tratando.

José Albério interrompeu.

– Calvert, não dê atenção. Vamos fazer o que é preciso e devido.

Emoções sempre perturbam o raciocínio, mais ainda das pessoas tímidas, jovens e sensíveis, o que era todo o Calvert daquele momento. Não sabia como ou o que fazer, ia como autômato às ordens de José Albério. Pegava pelo braço quebrado o Manuel Crispim, levantava-o da cadeira, gemente e cambaleante, iam caminhar para a morte.

José Albério assistia, tinha sua decisão tomada. O Deringer tinha duas balas, o revólver de Manuel Crispim estava no chão. Metia a primeira bala no mulato, era o único capaz de ter ação. A segunda em Calvert, os dois caíam perto da janela. Era o assalto descoberto e evitado pelo heroico secretário, que pagava com a vida sua lealdade, dando tempo ao seu líder de tomar sua arma e se defender... E, é claro, disparava um tiro do revólver de Manuel Crispim, seria dito como o fatal para Calvert. Só depois abriria a janela para o silêncio e escândalo do Desemboque. Um final de ópera dramática, ficava bem à sua figura de líder corajoso e guerreiro.

– Vamos em frente agora, Calvert!

– Moço, você caminha para a morte!

Com três passos andados, Calvert voltou-se, tinha cores no rosto.

– Sr. José Albério, não pense que desconheço o que pretende. Não conheço este senhor, como não lhe conhecia até hoje, mas ouvi toda a conversa. Tenho vergonha do seu passado, de como enganou a nós todos, até de como eu lhe servi cegamente, por ambição e vontade de subir e crescer na vida. Não acredito que possa enganar a toda a gente. Alguém vai desconfiar ou ver o que aconteceu e vai acontecer, o senhor há de pagar. O senhor aqui já falou, até tudo que passou deixa sinal, tudo vai aparecer um dia...

José Albério girava a arma, o risco agora deslocava-se para Calvert primeiro, precisava estar atento.

– Nem tudo é assim, Calvert. Não lhe contei nem ensinei tudo da minha vida, e nem ela mesmo é só o que ouviu do mulato. Não foi para terminar aqui neste buraco que roubei meu patrão, falsifiquei papéis, fiz trapaça com fornecedores e compradores, comprei amigos e votos, subi até onde estou. Joaquim Teodoro sabia mais, e morreu sem contar. O meu casamento, o trato com meu sogro, os negócios e dinheiros, tudo ficou escondido e só em mim. Tinha que subir. O Tonho Pólvora pagou por isso, hoje e antes. Lembra-se daquele armazém de pólvora que explodiu? Coisa que ninguém sabe, foi arte de Joaquim Teodoro, a meu pedido. Os votos que pressionei e ganhei de ontem para hoje, o amolecimento desse sr. Classet pela Estela, tudo enterrado e ignorado, como estará breve enterrada e ignorada esta noite de sábado. Os vitoriosos não podem ter misericórdia, Calvert, guarde esta última lição!

Abaixando-se, José Albério empunhou o revólver de Manuel Crispim, decidira que dali ia sair o primeiro tiro, Calvert era o alvo lógico na sequência estudada.

– Agora, meus amigos, vou lhes dar a demonstração de que tenho coragem e decisão própria. Nenhum chefe é digno desse nome se não tiver este proceder. Virem-se de costas, vamos terminar a pantomima, o teatro acabou, vocês passam pelo último ato!

Manuel Crispim estava muito cansado e dolorido para reagir, nem se moveu.

Calvert adotou atitude heroica e revolucionária. Levantou o queixo, empertigou-se, perfilou-se como soldado a ser fuzilado.

José Albério suspirou. Era ridícula a coragem dos moços, pensou.

Com calma e precisão, levantou o revólver de Manuel Crispim nas duas mãos, a pontaria na cabeça de Calvert.

Um pequeno arrastar de pés.

– O moço não deve fazer isso.

A voz era estranha, profunda, vinha das costas de José Albério, dos escuros e sombras do escritório, ainda oculta da claridade.

– O moço deve baixar essa arma, põe ela no chão!

Era uma ordem, fria, cortante, dominadora.

José Albério perturbou-se. De costas, não sabia bem o que acontecia, era fato novo, precisava ver e conhecer. Virou-se devagar, afinal tinha nas mãos um revólver.

Calvert e Manuel Crispim assistiam.

Difícil de ver, a voz era uma sombra, só suspeitada porque se movia, aproximava-se, uma capa comprida de vaqueiro, um chapéu de feltro de aba larga e abaixada.

– O moço é corajoso, mas é de mandar matar, não deve ter experiência. Eu já matei muito bicho, mais um não vou estranhar.

A sombra saía para o meio-claro, não suficiente para Calvert nem Manuel Crispim, mas bastante para José Albério, que ia conhecendo a voz, o jeito e logo as feições do novo personagem. Coisa que não esperava, de onde vinha, além ou passado, não podia imaginar.

– Sr. José Albério, abaixe essa arma, não quero lhe matar...

Agora estava no claro, foi Calvert quem falou primeiro, lembrava-se bem agora.

– Zé Anjo! De onde veio, homem de Deus, graças a Deus!

– Vim de perto, vim de longe, assuntando a vida, buscando a morte.

Manuel Crispim não entendia, aquilo tudo era novidade. O moço vaqueiro, aquela voz grave, roupas de viagem, como quem de passagem fosse mesmo enviado de Deus.

– Seu José Albério, sua estrada chegou ao fim. Em desde a morte de Lina venho rodeando o Desemboque, buscando vingança. Aquele infeliz do Quirineu, que o diabo o tenha, me contou a ruindade toda que fez, na hora da capadura amoleceu e chorou, nunca foi macho de verdade. Contou do seu bandido, aquele Joaquim Teodoro. Depois morreu matado, só podia ser por esse, a culpa ficou sendo minha. Tive que fugir, era ordem do patrão.

José Albério sabia, Calvert ia sabendo agora, Manuel Crispim conhecendo.

– Fugi pouco, só pra satisfazer o patrão. Voltei rastro atrás, tinha que acabar o serviço pra Lina descansar. Rondei o Desemboque estes dias todos. Dormia no mato, de noite andava e caçava.

Zé Anjo se animava, indicava Manuel Crispim.

– Vi como este senhor procedia, o estudo que fazia das coisas e gentes. Aquele Joaquim Teodoro atrás dele, tudo querido e de propósito, até os apreparos da arapuca na cisterna do hotel, coisa de competência. Fiquei pra ajudar, observando o tempo todo, de antes até o depois. Não foi preciso, ele fez tudo sozinho, eu só nas sombras e no escuro. Um gosto somente tive: na saída, pude levantar a tampa daquela fossa e mijar na cara do matador, o matador de Lina, e decerto de tantos, e de fechar definitivo a porta do mundo pra ele. Pensei que estava acabado, mas este senhor veio pra cá, entendi que tinha mais final nessa história.

Manuel Crispim estava fascinado, não percebera jamais esse novo caçador.

– Foi fácil entrar aqui depois dele, e aqui na sombra escutar todo o acontecido, até a chegada do novo moço, o projeto do seu José Albério – e mais que tudo a história do armazém de pólvora do seu Tonho, cuidado pelo meu padrinho Zé Brilino, que Deus o tenha... Devo a Zé Brilino tudo o que aprendi e sei, pai não tive, ele foi. E se foi também matado, igual Lina, inocente, tocar berrante no céu, juntar boiada e criatura de Deus, me espera algum dia...

José Albério sentiu a emoção do vaqueiro, agora eram três inimigos mortais, seu tempo era curto, ou lhe matavam o corpo ou lhe matavam o espírito.

Manuel Crispim estava ao seu lado, combalido, inutilizado da direita, Calvert mais atrás, assustado pelas revelações e pela situação que vivia, sem ação ou querer.

Foi rápido, buscando a surpresa.

De um gesto, com a mão esquerda abraçou a cintura de Manuel Crispim, puxando-o à sua frente, escudo contra a sombra tornada gente e perigo.

Levantou o revólver contra Zé Anjo, afinal tinha seis balas e uma proteção, o vaqueiro só mostrava capa e chapéu.

Ia atirar, quando Manuel Crispim reagiu.

Num último esforço, o velho policial sustentou-se no braço de José Albério e meteu os dois pés na mesa à sua frente, com um trompaço empurrou-se de costas e com todo o seu peso contra José Albério.

Caíram juntos.

Manuel Crispim mal se moveu, a dor era demais, o braço dobrado num ângulo impossível, as carnes machucadas.

Na queda, e por momento, saíram da visão de Zé Anjo, atrás da mesa.

José Albério, moço e ligeiro, saiu de lado, o revólver buscando Zé Anjo, ali em frente, era puxar e matar.

Só não sabia nem contava com as artes do caçador.

A arma de Zé Anjo estava sob a capa. Era sua espingarda de caça, cartuchos com balote de matar anta, difícil de enfrentar a rapidez e velocidade do revólver ali na sala.

Enquanto ajeitava sua arma para tiro, Zé Anjo mergulhou atrás do balcão aberto, o tiro de José Albério perdeu-se por cima de seu corpo.

Por baixo da mesa do balcão, Zé Anjo só via o corpo de José Albério da cintura para baixo, caminhava em sua direção.

Não pensou nem mirou: puxou de uma vez os dois gatilhos, a espingarda estrondou, os dois balotes vazaram junto calças, correião, barriga e saíram pelas costas de José Albério.

Por um momento, o moço ficou de pé, a boca aberta em surpresa e dor. Depois foi caindo, de joelhos, depois de barriga e cabeça, não tinha força nem governo do corpo, das mãos, do revólver.

José Albério estava condenado à morte.

Zé Anjo levantou Manuel Crispim, corrigiu seu braço, descansou-o na cadeira.

Calvert ia saindo do seu estupor, saudade cada vez maior de suas aulas, seu salão de danças e literatura. Onde viera parar e ver?

O estrondear dos tiros fora grande, mas abafado ali no escritório, tudo hermeticamente fechado, ninguém aparecia.

Calvert deu água a Manuel Crispim, tapeava a dor, chamava a vida. Depois, deu sua atenção a José Albério.

Virado de frente, o moço estava pálido, sangue escorria pela barriga e costas, um ritual de dor e sofrimento pelo rosto, uma consciência que não absorvia todo o acontecido mas buscava o a acontecer.

Zé Anjo apenas estava calmo, parado a um canto, voltava a ser sombra anônima e distante.

Manuel Crispim voltou rápido às suas condições de entendimento.

Num olhar a José Albério e seus ferimentos, entendeu a sua sentença, tinha experiência.

Ferimento a bala, varando a barriga, matava na hora, se fizesse hemorragia. Era rápido, pouca dor, nem médico chegava a tempo.

Sem hemorragia era pior, vazava as tripas, era infecção por peritonite, das grandes, um morrer devagar e sofrido. Nem Desemboque nem São Paulo ou nada poderiam salvar José Albério.

Abaixou-se para ver o moço, agora inofensivo. O olhar já era de angústia, dor, desespero.

Manuel Crispim pensou e falou.

– Moço José Albério, chegou mesmo ao fim. Não vale conversar muito, seu tempo de vida vai ser curto, terá que escolher. Dois balaços na barriga matam de imediato, ou então amanhã ou depois. Daqui a pouco vem gente, ou nós vamos chamar a gente e contar. É sua a escolha, faça-a agora.

José Albério entendia, se agoniava, mas prestava atenção.

– O moço Calvert aqui, se for autorizado, vai dizer que o senhor foi assaltado aqui dentro, defendeu-se, alguém lhe deu esses dois tiros, saiu pelos fundos, desapareceu. Dão-lhe a assistência possível, o senhor é tratado, em sua casa ou fora, mas vai morrer conservando o que procurou na vida, fama, fortuna e poder. Leva consigo o segredo de sua vida, de suas infâmias e crimes. Nós nunca iremos delatar o que sabemos, esse moço Calvert fica igualmente obrigado, certo?

Calvert fez que sim com a cabeça.

– Agora, se preferir contar a verdade acontecida e tudo o que se passou, vai morrer da mesma forma. Vão nos caçar e procurar, aqui ou longe. Podemos escapar ou não. Se nos prendem, saiba que iremos contar tudo, e já da sepultura você vai ver que suas honras e glórias vão virar pó e vergonha. Nós vamos convocar este Calvert para testemunha, e ele não mentirá. Entendido?

Calvert fez que sim com a cabeça.

Zé Anjo não se movia.

Manuel Crispim calou-se.

José Albério sentia dor demais, queria médico, tratamento, urgência. Entendera o que Manuel Crispim lhe dizia, estava perto de morrer, falou pensando, a voz entrecortada.

– Certo... Vou contar do jeito que falou... roubo... assalto... defesa... um bandido... desconhecido... uma mentira... mas a verdade... é que... serei... poder... e fama...

– Combinado então. Saio pelos fundos, com este moço Zé Anjo, logo esqueço o nome e figura dele, de Calvert, de José Albério, do Desemboque e tudo. Volto para minha família, afinal.

Zé Anjo e Manuel Crispim se juntaram na marcha de retirada. O vaqueiro vinha sustentando o policial, forças se acabando, aquele braço precisava ser imobilizado.

Calvert sustentou a cabeça de José Albério com a almofada da poltrona, ia buscar auxílio.

José Albério acompanhava a saída de seus personagens, tinha combinado a história a contar, ia sustentá-la. Mas... se se salvasse, essa história poderia ser modificada, contada diferente. Essa era uma de suas habilidades...

Esse pensamento achou bom, quis até sorrir.

Mas a sua barriga doía demais, estava dura. Teve um vômito, doeu mais ainda. O seu Quirino, onde estava e quando vinha?

No fundo do quintal, Zé Anjo fazia umas talas de bambu rachado, forrava com um pelego fino o braço de Manuel Crispim, com arte e habilidade o imobilizava passando tiras de pano cortado de sua roupa. Terminado, pôs-lhe uma tipoia de lenço boiadeiro no pescoço, e apreciou. Achando tudo conforme, falou:

– Seu Manuel, sou bom de encanar perna de bezerro e boi, Zé Brilino me ensinou. O segredo é não deixar mexer o quebrado. O seu tá firme e no lugar, vai sarar e ficar bom. Agora, é decidir o destino. Quer voltar para o seu hotel?

Manuel Crispim experimentou, a dor grande tinha passado.

– Acho que não. Aquele José Albério não é de confiança nem na hora de morrer. Pode mudar a história, falar o meu nome ou o seu. Pego a minha mala de viagem, deixei no banco de fora da varanda, busco um animal, hoje mesmo caio no mundo, amanheço longe. Não lhe falei, mas agradeço tudo o que fez, salvou nossas vidas e castigou um criminoso. Obrigado, sr. Zé Anjo!

Zé Anjo gostava do mulato.

– Eu também desapareço, já sou procurado e preso se ficar por aqui. Retorno rumo do sertão. Tenho aqui dois animais de estimação, dados pelo patrão para esse destino. Se quiser, ofereço-lhe companhia, vamos juntos. Nesta noite ainda vazamos umas oito léguas, amanhã dez, estamos longe. Aqui não tem animal pra enfrentar nossa toada, onde chegar a notícia já passamos e longe.

– Pois seja, Zé Anjo. Dou-lhe algum trabalho, mas aguento a viagem. Um dia, se precisar e Deus quiser, lhe pago tudo. Estou pronto!

Zé Anjo tomou da varanda a arreata de viagem do Joaquim Teodoro, esse não ia reclamar nem precisar dela nunca mais. Quem sabe até, desaparecido, podia ser suspeitado como matador do patrão? Uma ideia boa, riu por dentro.

Arreados Brasina e Andejo, montaram lá nos fundos, já fora do pátio e quintal. Na frente da casa começava a chegar gente e movimento, trabalho do Calvert, sabiam.

De passagem pelo hotel, pegaram a mala de Manuel Crispim.

A lua estava pelo meio do caminho, claridade boa para a marcha cadenciada e rendosa da mula e do burro, companheiros treinados juntos nas estradas. Não precisavam ajuda de taca ou espora, rompiam em suave toque-toque, rumo do poente.

Zé Anjo deu um pito para o mulato, acendido em sua boca.

Manuel Crispim puxou uma tragada. Era fumo goiano dos bons, forte, curtido.

Não se falavam, nem precisavam.

A noite estava fresca, cheia dos cheiros de capim-gordura e mumbeca, curiangos voejavam aqui e ali, corujas curiosas acompanhavam suas passagens empoleiradas em cupins à beira da estrada, imóveis, só as cabeças giravam, só os olhos se abriam na noite que viam e dominavam.

Os cigarros alternavam luzes e tragadas, eram único sinal dos cavaleiros.

Brasina e Andejo caminhavam de orelhas assentadas, às vezes uma troca de posição, a marcha não sofria falsidade de pé ou toada, os viajantes quase dormiam no seu balançar macio.

É, iam andar as oito léguas naquela noite.

Dez, no dia seguinte, comendo paçoca de carne, rapadura, água na guampa.

Iam pôr distância daquele mundo, cada um na sua nova vida, que nem sabiam como ia ser.

Zé Anjo pensava em Lina, julgava-a agora redimida, santa, a lhe esperar depois.

Manuel Crispim pensava na filha idiotizada, na neta linda a criar, o passado era morto e enterrado. Uma volta pelo caminho, depois rumo a São Paulo e à paz.

E puxavam seu pito, juntos às vezes, às vezes em separado, vaga-lumes vermelhos da noite. Nunca mais se encontrariam, mas estavam bem em sua companhia amiga, silenciosa, enquanto durasse a sua viagem.

De alma lavada, deixavam e esqueciam o passado, afundavam-se na noite. Amanhã seria outro dia. Poderiam respirar os mesmos ares e perfumes, pássaros e caças animais, água fresca nas nascentes, uma sombra e descanso no meio-dia, o mundo era bom e seus.

23H30

Ruídos lá fora confirmavam a Calvert que chegavam os primeiros despertados pelos tiros, ainda que abafados nas paredes do escritório.

Manuel Crispim e Zé Anjo já haviam se evadido pelos fundos, era hora de pensar e agir rápido. José Albério prostrado tinha pouca condição de pensar ou agir, cabia-lhe assumir e criar.

O moço Calvert fez justiça à imaginação dos jovens, agora com a determinação ordenada pelo amadurecimento que passara no perigo e sofrimento.

Abrindo a porta da frente, gritou ordens a Manuel Tibúrcio, um espevitado e curioso mandalete local.

– Rápido, urgente, Manuel Tibúrcio! Chame o seu Quirino, na farmácia, e de lá em corrido ao tenente, na casa ou delegacia. Seu José Albério foi atirado, caso grave, corra!

A Zago, um italiano forte como um touro, ordenou:

– Depressa, aqui dentro comigo, Zago! Vamos pôr o patrão estendido no balcão, mais fácil para seu Quirino ver e cuidar, a toalha para cobrir o sangue. Vou avisar dona Mariita lá dentro!

Não foi preciso, Mariita já entrava pela porta interna de comunicação, o tempo perdido fora em se vestir. Estava pálida à luz do lampião da negra Quitéria. Calvert nunca a tinha visto tão bela e séria.

– Dona Mariita, um desastre, assisti de perto. O patrão está ferido e grave, chamei seu Quirino e a polícia.

Na rua a história se alastrava, chegavam gentes em correrias e falatórios. O maldormido Desemboque acordava em noite trágica.

Calvert imaginava e retardava, dava tempo aos foragidos, na espera do socorro médico e policial. Mantinha-se calado e cuidadoso com José Albério, este agora em ânsias de dor e medo, queria e pedia somente alívio e conforto – a Calvert caberia noticiar o fato e a sua versão.

Em minutos chegava seu Quirino, o gorro de dormir ainda na cabeça, ceroulas aparecendo por cima das calças malvestidas, o ar grave e sério, um pouco de susto também, a palavra de responsabilidade seria sua.

Abrindo as calças e rasgando a camisa de José Albério, o prático Quirino verificou os dois ferimentos parelhos, o vazado pelas costas, não muito sangue, mas já a dureza de defesa do abdome, o rosto escavado, a respiração cansada, aquilo ia mal, e ficaria pior. Tinha pronta a sua sentença.

Limpou, curou, avisou.

– Vamos levar para dentro o sr. José Albério, cama limpa, água fervida, toalha para limpezas. Pouca gente no quarto. Comer nada, água só, e pouca.

Foi feito como pedia, e enquanto isso o tenente e dois praças chegavam para pôr ordem e respeito.

– Sr. Calvert, tenho controle da situação. O senhor tem informação e esclarecimento, pode fornecer agora?

– Tenente, aguarde um momento aqui no escritório. Vou acomodar o sr. José Albério e dona Mariita, atender seu Quirino. Volto imediato.

Em quinze minutos Calvert terminou os arranjos da casa e retornou para suas declarações. Tinha aprontado tudo. Era muita coisa a salvar e a pensar em futuro.

Assentaram-se no escritório, a moça Clorinda tinha bela letra, era escrivã oficial do tenente. Suspeitava-se até que lhe emprestava horas extras de caligrafia heterodoxa.

– Tenente, meu depoimento é feito em momento de muita emoção, talvez tenha que ser revisado depois. Faço-o agora para adiantar o que lhe pode ser mais importante e interessante.

– É seu direito, sr. Calvert. Clorinda anotará, eu observo apenas. Depois conferimos o que fazer.

Foi assim que Calvert liberou sua versão – depois tornada história e fato.

– Tenente, trabalhamos o dia todo, visto e sabido por toda a gente. À noite o sr. José Albério me chamou para uns trabalhos finais na ata da nossa reunião política. Fiquei em sua casa à espera do seu chamado, disse-me que tinha uma visita à sua espera no escritório. Fiquei aguardando, o senhor sabe, o escritório estava totalmente fechado, também as portas da frente, só pelo fundo e com permissão do patrão se poderia entrar. Um tempo grande, acredito, talvez uma hora.

Calvert pareceu hesitar, escolher palavras.

– O senhor sabe, no geral sou resguardado e respeitoso, detesto incomodar. Mas a demora foi me dando um mal aqui dentro, uma gastura. Várias vezes encostei o ouvido ali na porta de comunicação, ouvia vozes de longe, não distinguia as palavras. A certa hora as vozes estavam altas, como que em discussão e calor. Tomei coragem e abri de leve a porta, o desejo era assistir e ajudar no que fosse possível o sr. José Albério.

Aí, em tiro rápido, a descrição final.

– O que vi, tenente, foi o patrão alterado, vermelho, de pé aqui ao lado da mesa. Em frente, o senhor conhece, estava aquele Joaquim Teodoro, um tipo duvidoso, que o sr. José Albério mantinha aqui nos fundos para vigiar-lhe terreno e casa. Um homem misterioso e sem amigos. Pareceu-me que estava achacando o patrão, tinha um olhar de maldade que só vendo. O sr. José Albério já devia ter tido discussões com ele, não lhe tinha medo. Era como patrão de cachorro danado, ralhava e ameaçava mandá-lo embora. Sem me ver, eu estava ali no escuro, o homem falou que queria dinheiro, muito dinheiro, porque o patrão estava rico e era agora dono do Desemboque. O sr. José Albério sopitou de raiva, ofendeu o homem, meteu-lhe a mão no peito, mandou-o desaparecer de sua vista. O homem retrucou com ofensa, e dessa vez chegou o dedo no nariz do meu patrão – o suficiente para que a coisa desandasse de vez em agressão. José Albério tomou da mesa um revólver, ameaçando-o com ordem de se retirar. Acho que o bandido teve medo, não sei de onde puxou uma espingarda de caça, não teve muito tempo para apontar, o patrão disparou um tiro, me pareceu, o tipo puxou de uma vez os dois canos – e foi aquele desastre. Não tive tempo para nada, só para aparecer e gritar. Sem mais cartucho, o bandido sumiu aqui pela porta dos fundos, desapareceu na noite. Conhece isso por aqui, vai ser difícil achá-lo por agora. Eu fiquei com o patrão, abrindo portas e gritando socorro, aí está tudo e todo!

O tenente pensou e achou conforme. Aquele tipo sempre o intrigara. Um homem das sombras, soturno, sozinho, tudo para ser um assassino de antes e de hoje.

– Deixe comigo. Ainda agora ponho gente à sua procura, aqui por enquanto, por fora se for preciso e amanhã. Não se preocupe: se esse homem estiver e aparecer, vai ser encontrado e preso. Pra fugir de mim, só se ficar sumido dentro da terra!

Não ia mesmo encontrar Joaquim Teodoro, que se adiantara à sua busca, e estava desde já sumido e enterrado.

A estória de Calvert, por aí, tornou-se história.

6H

Na Fazenda Alvorada os dias amanheciam cedo. Tonho Pólvora era sempre o despertador das gentes que cuidavam do leite, da tropa a ser reunida para montaria e campeios do dia, distribuição dos serviços e afazeres.

Aquela madrugada era de domingo, uma exceção na rotina. O descanso era mais prolongado. Tonho e Ana se permitiam vadiar um pouco nos combates de cama e coisas, para isso serviam dias de folga e feriados.

O sábado fora um dia duro. A derrota de Tonho ingênuo e simples contra a astúcia e malícia de José Albério fora contundente, e, apesar de não confessado, havia um sentimento de sofrimento, de humilhação, que a Ana doía mais por saber como seu marido nada pretendia para si, e como tinha razões em não confiar ou aceitar José Albério. Usara suas artes femininas para distraí-lo e dar-lhe um prazer anestésico, mas sabia que a dor de fundo ia continuar, nela mais ainda do que no marido.

Tonho tinha pensado numa pescaria, numa caçada, eram formas de se ocupar e distrair, mas tinha desistido: sabia que Ana estava sofrida, grávida e ofendida, e preferiu fazer-lhe companhia.

No descanso da varanda, já noite escura, lembrava e cismava.

A vida passara rápido, ficara longe aquele moço das Oliveiras, que viera em busca de aventura e futuro, de tudo encontrando em fartura, a vida pioneira, a ajuda do futuro sogro, os amigos novos... mais que tudo, o cheiro molhado da terra que era sua, e o Zé Brilino, e o Zé Anjo, até o burro Alemão. As imagens da vida escorriam velozes, de atropelo as coisas boas e ruins, a sua Ana, o seu José Albério, as evidências e dúvidas do que tinha e não tinha valor.

Devia ser assim quando se está para morrer, cismara: tudo em frente, era uma soma e balanço final, daí saía tudo novo e purificado. O de ruim ficava na terra, o de bom fazia felicidade e céu. Aquele sábado, por exemplo, fora de ruim e de sofrer, mas era véspera de domingo. Tudo ia melhorar, não valia amargar o sofrido e passado.

Tonho foi dormir filosofado e pronto e feliz – era de novo o moço das Oliveiras, capinando a vida de suas pragas e doenças, o domingo vinha sempre depois do sábado.

De madrugada, não foi a mão de Ana nem o seu mordido na orelha que o despertou. Havia bulha lá fora, no curral da frente, vozes agitadas e altas, uma eletricidade no seu ar, um arrepio nos cabelos. Tinha coisa acontecida, sentia e via sem ainda conhecer ou saber.

Levantou-se na carreira, mas com movimentos felinos e macios, nem o sono pesado de Ana grávida o percebeu.

Na varanda da frente subia Tilico, um praça ordenado e Manuel Tibúrcio, portadores sérios e compenetrados do desastre de José Albério naquela noite. Demandava-se a sua presença, e que dona Ana fosse avisada, era pedido de dona Mariita.

– Tilico, acorde a gente, mande preparar o coche e cavalos para Ana, acompanhe-a em tudo. Arreie para mim o Brasão, sigo na frente.

Assim entrou no quarto. Ana começava a acordar e inteirar-se que havia coisa nova nessa madrugada, Tonho não a deixava assim. Não rodeou toco, seu sistema e fala foram diretos, conhecia sua mulher.

– Ana, minha mulher, aconteceu coisa grave no Desemboque esta noite. José Albério foi atirado, duas balas na barriga. Seu Quirino diz que é sério, temos que ir. Você se arranja, vai com Tilico, está preparando tudo. Eu sigo na frente no Brasão, vou me inteirando do sucedido. No que puder vou ajudar Mariita até você chegar.

Ana não discutiu, conhecia e respeitava as determinações do marido. Se o que dizia fora aquilo, era porque só aquilo tinha conhecido ou devia dizer. Não perderiam tempo em discussões e desesperos.

Lá fora, Tonho já montara o resfolegante Brasão, recolhido às pressas do piquete, era o cavalo leal e ideal para a situação.

Não precisou de argumentos com seu animal. Montado, Brasão largou-se em galope macio de três tempos, a porteira da frente aberta, o caminho desembaraçado.

Tonho conhecia e admirava seu cavalo, os dois juntos eram pensamento e corpo acoplados.

Brasão sabia que o patrão demandava para o Desemboque, conhecia a distância, sabia que havia pressa, mas que tinha que chegar. Não corria desesperado, não teria fôlego nem pernas no final, mas soltava o seu galope viageiro, a velocidade máxima que era possível para no menor tempo e mais certeza chegarem ao Desemboque.

Para trás, ficaram os noticiosos. Mesmo trocando os animais não havia como acompanhar Tonho e Brasão, que iam longe à sua frente.

Tonho viajava absorto, não cogitava nem investigava o acontecido, reservava-se para conhecer o que fosse possível quando chegasse. Aproveitava o galope suave e firme, um toque-to-toque cadenciado que só Brasão conseguia uniformizar e manter, morro acima e abaixo, vazando águas e trilheiros fundos, as narinas dilatadas, o peito em respirar compassado, espuma de suor nos couros da arreata, orelhas vivas e atentas, nenhuma necessidade de assistência ou presença de seu cavaleiro.

A manhã vinha clareando. Os escuros do caminho viravam árvores e sombras, voavam os primeiros pássaros, escondia-se a fauna dos caçadores noturnos, logo era dia e luz, com toda a embriaguez de vida que Tonho respirava e amava. Uma curva na estrada, a baixada da ponte, e entravam no Desemboque.

8H

Na casa de José Albério ferviam os acontecidos e a acontecer. Varanda e salas cheias, gente na rua, um "rum-du-vum" de conversas, em voz alta e em voz baixa, de notícias certas e de notícias erradas. Todo mundo queria saber e contar e inventar e fantasiar.

José Albério estava morto, diziam. Estava vivo e forte, tomava canjica com broa de milho, diziam. O assassino está preso. O criminoso fugiu, a polícia não sabe pra onde. A briga foi por dinheiro. Foi por mulher. Foi por jogo. Foi à toa, só desaforo. Não houve briga, o delegado falou. Houve briga e tiros, disse o tenente.

Tonho deixou Brasão nos fundos do pátio, desapertou-lhe a barrigueira, tirou freio e cabeçada para água, descanso e um milho ao cocho – e varou o povo até os dentro-de-casa de José Albério.

Respeitosamente abriam-lhe caminho – era o homem da família que chegava, agora tudo se esclarecia e ajeitava.

No quarto de Mariita, em cama alta e lençóis limpos, estava um José Albério diferente, rosto afilado, olhos fundos, um suorzinho na testa, uma respiração cansada – feio de ver e sentir. Ao seu lado, Mariita e Calvert.

Num canto, imagem de desânimo, seu Quirino lhe fez sinal, e juntos foram à cozinha, lugar de notícias e discussões íntimas.

– Seu Quirino, dispense contar o caso, só as notícias do José Albério, e sem rodeios.

– Sr. Tonho Pólvora, lamento muito, nada posso fazer. Duas balas vararam a sua barriga, espingarda de caça e grossa, balote de matar capivara – estrago grande e certo lá por dentro. Não vejo solução, não dá para levar a médico distante, em Uberaba ou em Franca, já tem peritonite, febre, começa a delirar, morreria na viagem. Por aqui, só cuidado e assistência, nem cirurgia ou nada de maior. Infelizmente, tiros na barriga são sempre fatais. Só um milagre, e nunca vi milagre para salvar um caso desses... É triste, mas é só o que posso lhe dizer.

De volta ao quarto, Tonho confortou Mariita no que pôde.

– Ana está vindo, Mariita. Estamos todos muito tristes. Seu Quirino diz que vai fazer o possível. E obrigado, Calvert, pela sua ajuda.

Os dois sorriram aquele sorriso triste e convencional, nada mais a comentar.

Só aí e então Tonho Pólvora aproximou-se mesmo de José Albério. Era um encontro de fim de linha, não sabia o que dizer.

O moço estava de olhos semifechados, a expressão era de dor, qualquer movimento do corpo era fonte de gemidos.

Tonho chegou-se mais, pôs-lhe a mão na testa, era suor, calor, febre.

José Albério abriu os olhos, viu Tonho à sua cabeceira, parecia não entender bem o seu ao redor.

– José Albério, você está muito ferido, recebendo o melhor tratamento possível, saiba que eu e Ana sentimos muito...

O moço fez um esforço, tudo lhe era pesado e difícil.

– Cer...to, To...nho. Agra...deço, não vou mo...rrer. Ho...je man...do no De...sembo...que, você per...deu, lem...bra-se?

Tentou sorrir, a boca era seca e ritual.

Tonho ficou triste, não lhe agradava ver a forma de despedida de seu adversário. O ruim por dentro continuava, de que adiantava o ganhar na vida, se adiante vinha a morte?

– Certo, você ganhou, e merecido. Sabe melhor do que eu como fazer política, convencer pessoas, o que serve e não serve. Iria fazer muito bem para o Desemboque... mas tem que descansar, sarar primeiro, nada de esforço por ora...

Não precisava falar muito, José Albério já mergulhara em sono e sonhos. Tomara láudano para dor. A doença era depressiva, afundava-se devagar.

Tonho saiu para a sala da frente, era tomar café e ar. Voltaria quando Ana chegasse.

Foi recebido com um silêncio respeitoso, deram-lhe uma cadeira para se sentar, por certo um descanso da viagem e na expectativa das notícias. Todos sabiam da franqueza e objetividade de Tonho Pólvora.

Tomada uma água e café forte com broa de milho, Tonho percebeu que os graduados da sala esperavam seu falar.

– Amigos, meu cunhado José Albério está mal. Diz seu Quirino que tem peritonite, fatal e sem recurso, só Deus pode resolver. Agradecemos a presença de todos, mas não podem visitá-lo, a agitação lhe faria mal. Agradecemos, portanto, e esperamos.

Ao redor, os rostos tomavam expressões variadas. Alguém já saía para a rua, ia detonar o jornal oral da cidade, notícias frescas e oficiais.

Alguns aproximavam-se, ofereciam palavras de conforto, uma água benta em Santana, fazia milagres. Outro, um chá caseiro, um emplastro, uma oração para colocar no peito do enfermo, de tudo um pouco.

Em cantos da sala, de forma curiosa, Tonho verificou que se juntavam os eleitores da véspera, imperialistas de um lado, republicanos do outro. Imaginou, com surpresa, se já estariam comentando o passado, e discutindo o presente em razão do desastre José Albério. Afinal, desaparecia a cabeça coroada, perdia-se todo um trabalho político, era tudo recomeçar.

Tonho sorriu, a imagem desiludida que tinha da vida pública se confirmava. José Albério nem bem existira, e já era passado...

Resolveu ir para a cozinha, tomar o café e a prosa da negra Kita que eram de melhor aproveito e gosto.

11H

Na sala da frente, Zé Carneiro puxava pela manga do paletó seu velho companheiro Camilo Antunes. Era convidá-lo para um particular nos fundos da Comercial, hoje casa aberta a todas as visitas.

Zé Carneiro mastigava ainda a desfeita e decepção infligida na véspera pelo José Albério, o mau preço que lhe pagava pela traição a Tonho e companheiros. Agora vivia e gozava o que lhe parecia castigo divino e reoportunidade às suas ambições.

No silêncio da varanda que fora de Joaquim Teodoro, desfilou.

– Compadre Camilo, está morrendo a ameaça maior da nossa vida.

Esse José Albério seria o nosso fim. Pessoa sem caráter e com dinheiro é ameaça séria a qualquer cidadão honesto, e nós quase ficamos vítimas desse homem. Agora, veja, os republicanos ficam sem chefe e dono, nós voltamos a ter valor, o governo vai precisar de nós...

Camilo Antunes concordava com a ameaça agonizante, mas desconfiava do renascente Zé Carneiro.

– Pode ser, companheiro. O que quer dizer?

– Quero dizer que a reunião de ontem não existiu, morreu esta noite, tudo volta a zero. Seu Quirino não chefia nada nem ninguém, o moço Calvert não tem experiência, os outros são também jovens ou inexperientes. Vão precisar de nós, compadre!

– E daí? Eu não tenho cara nem coragem de falar em reunião. Ontem fiz um papel de que me envergonho, não sirvo para isso...

– Sei, o compadre é homem de honra, mas deixe comigo. O que eu digo é que devemos estar de novo juntos.

Camilo Antunes meditava.

– E tem mais, seu Camilo, o tal Classet terá que voltar por aqui, fazer tudo de novo. Nós devemos conversar rápido, pegar os companheiros. Estão aí fora o Giusepe e os italianos, o Badico, o Antero Silva, seu Jonas Macedo. Vamos preparados para a nova reunião, não dar tempo ao pessoal da República para se organizar. Pagá-los na mesma moeda, já que o governo agora é uma democracia.

Os olhos de Zé Carneiro brilhavam, espertos de astúcia e ambição. Tonho Pólvora era um simplório, já se via comandando o partido e as decisões. Era Zé Carneiro novamente a cavaleiro e galope...

11H

Na cozinha, Calvert servia um café aos companheiros, reunidos e condoídos da situação, preocupados com os novos rumos do desfecho anunciado.

Seu Quirino, assentado num tamborete, era a imagem do desânimo, já não tinha idade nem fôlego para chefiar aquela juventude desorientada.

Calvert envelhecera anos naqueles dias passados, mas não o suficiente para assumir aquela conversa política, e sua preocupação mesmo era com Mariita e seus destinos.

– Amigos, vamos com calma, o sr. José Albério ainda não está morto, sempre é possível um milagre. Depois, nós nunca pensamos num acontecimento destes, estamos desarmados. A sorte é que o líder deles, atual e declarado, é o sr. Tonho Pólvora, um homem honesto e direito, sem politiquices na cabeça, e que pode até nos servir num caso de se fazer uma composição para evitar uma luta fora de hora. O que pensa disso, seu Quirino?

Seu Quirino não pensava mais nada, coitado. Gostaria é de estar longe, José Albério morria em suas mãos, morriam os sonhos juvenis dos republicanos do Desemboque. Era bom mesmo passar ao Tonho Pólvora aquela batata quente, pelo menos o nome, tradição e respeito do velho Macedo estariam garantindo paz e responsabilidade.

– Concordo com o moço Calvert. De minha parte, podem conversar com o moço Tonho Pólvora. É gente amiga, conhecida e honrosa, pode servir-nos a todos. Eu, além de cansado, tenho a preocupação do meu doente, desculpem-me, vou vê-lo, coitado, vai morrendo devagar...

13H

Zé Carneiro não perdera tempo em buscar notícias de José Albério. Conhecedor antigo dos vaticínios do velho Quirino, já vira casos em que ele errara ao esperar saúde de gente que esperava curar. Entretanto, nunca acontecera de alguém a que seu Quirino prognosticara morte dela escapar – e no caso de José Albério ele fora categórico, e para Zé Carneiro o homem já era morto ou o seria em breve.

Nos planos de Zé Carneiro estava necessariamente o projeto político do Desemboque, e nele o seu papel, que pretendia ser o melhor e mais proeminente. Assim, desde a manhã vinha trabalhando as rodinhas, os falatórios e comentários, soltando aqui e ali as suas sementes.

– Triste o amigo José Albério nessa situação, logo e justo quando se elege nosso representante e líder. De qualquer forma, temos que pensar em substituí-lo, se acontecer o pior, é claro, e aproveitar a viagem desse nosso Teodomiro Classet, que bem conheço e é nosso amigo...

E, em roda dos imperialistas:

– A falta desse sr. José Albério deve ser preenchida logo, de imediato.

Temos que escolher entre nós e dos nossos, levar o nome ao Classet, antes que esses republicanos se recomponham...

Com os republicanos:

– José Albério conseguiu uma grande vitória, e eu fiquei feliz em participar e ajudar sua eleição. Uma sorte eu ter entrada e caminho entre todos, poder ajudar de novo.

E logo mais:

– A eleição que Tonho Pólvora perdeu foi um desastre, mostrou que ele não tem experiência nem malícia para política. Uma pena, agora que temos que substituir José Albério...

Assim corria Zé Carneiro o seu dia, apontando o desastre de José Albério e da política do Desemboque, que ia precisar de alguém com malícia, experiência e caminho aberto entre tudo e todos.

13H30

Na cozinha, Calvert puxou Tonho Pólvora pela manga da camisa, um canto mais longe e só.

– Tonho, você dando presença e assistência à Mariita e José Albério, precisa saber coisas que me contaram. Esse Zé Carneiro anda falando pelos cantos e com toda a gente, dá José Albério por morto, e parece que se prepara para ser seu substituto. Não tenho nada provado, mas acho que você devia saber, esse Zé Carneiro é um oportunista sem escrúpulos. Acho até que nós republicanos iríamos preferir você a esse aproveitador. Já conversei com seu Quirino e amigos, assim deve ser e estamos querendo. Você não sabe, precisa saber, foi Zé Carneiro o grande ajudante de José Albério em pressionar, intimidar e ganhar votos dos imperialistas na sua eleição. Pressão de todo lado e forma, de vergonha, até de dinheiro...

Tonho escutava, ia vendo o tecido que Zé Carneiro estava fazendo, os perigos e riscos, mas já era então malícia e prudência de caçador em espera.

– Certo, Calvert, mas não posso desviar atenção agora. Entretanto, deixe Zé Carneiro trabalhar sua trama. Diga a ele coisas estimulantes, dê-lhe coragem e animação. Bote terra no pé dele, deixe crescer e florescer o mais depressa possível – vamos ver as raízes que ele tem.

Calvert não entendeu bem, mas falou que sim, era homem de ter e obedecer ao chefe, coisa que agora lhe parecia Tonho Pólvora.

Tonho, em calado silêncio, assumia a sua nova experiência. Não queria, mas precisava assumir o cargo de José Albério. Onde iria um Desemboque por mãos e comando de um Zé Carneiro?

Bom, pensava, que fosse esse o ambicioneiro, que encarnasse sozinho a luta pelo poder. Iria evitar novas presenças e desgastes, caça solitária em mira certeira.

18H

Na chegada da noite, seu Quirino dava novas e más notícias de José Albério.

– Tonho, Mariita, amigos, o nosso doente vai piorando, a intoxicação dos venenos da peritonite. Pulso rápido, começa a delirar. A consciência vai se apagando, nem sei se passa a noite. É bom que se preparem.

Mariita fez um beiço de choro, em vestido negro justo. Um carmim leve no rosto, um olhar inocente, era uma beleza de viúva em promessa.

Tonho entrou no quarto amplo, agora portas abertas, amigos se revezavam na visita de passagem e despedida muda, de curiosidade, uma solidariedade final e afinal.

A visão de José Albério era de névoas, mas a Tonho sempre via com clareza. Falava lento, entrecortado.

– Veio me ver, Tonho? Não pense que estou mal... ou que vou morrer... lutei muito... cheguei ao topo... não vou cair.

– Pois seja, José Albério. Você está firme, não vai cair, chegou lá em cima.

A mão do cunhado estava fria, agora, um suor pegajoso. Fazia mal apertar.

20H

Na sala de visitas Zé Carneiro reunira o que supunha ser as suas forças, votantes da véspera, o seu golpe afinal preparado. Seu Quirino dera as notícias do fim, agora era a sua fala, que procurou fazer em contrito semitom.

– Amigos, cumpre-se o destino. Vamos tomar decisões sérias, pelo nosso Desemboque e pelo futuro. Acho que devemos chamar Tonho Pólvora, e confirmar o que esperamos, e decidir o que vamos ser. De minha parte, estou pronto para assumir o papel que me confiarem, na dolorosa hora que passamos, e que ao próprio Tonho deve incomodar e inibir.

Um certo desconforto e desassossego, todos sentiam a pressa do Zé Carneiro, mas ouvir Tonho Pólvora era pelo menos uma curiosidade a mais.

Foi Calvert quem introduziu Tonho naquele ambiente.

– Tonho, seu Zé Carneiro vem falando aos amigos, pediu a sua presença...

Tonho Pólvora fez que sim, mas disse:

– Não sei, imagino de que se trata. Mas, antes de tudo, queria uma palavra em separado com o Zé Carneiro, aqui no escritório do José Albério.

Sem esperar, entrou pelo corredor e porta de passagem ao escritório da Comercial, o palco da tragédia, seguido por um Zé Carneiro surpreso, desconcertado. Sentou-se na cadeira de José Albério, indicou em frente o lugar de Carneiro, era hora de definições.

– Seu Zé Carneiro, estou ciente de toda a sua luta e trabalho. Vamos poupar tempo, andar ligeiro como foi hoje o seu dia. Os amigos esperam e decidirão depois. No intervalo, tudo promete um velório sofrido, ao qual devo assistir. Sua intenção?

Zé Carneiro estava desconfortável e só, esperava um debate, apoios, confortos.

– Amigo Tonho, o caso é mesmo a partida do José Albério, o vazio que deixa, o lugar que precisamos preencher de imediato, evitar nova luta e sofrimento...

Tonho interrompeu.

– Foi por isso que chamei você à parte, não quero que os amigos participem. Não quero nem aceito a sua liderança para o Desemboque, se for preciso darei os motivos e razões, mas sei que vai me poupar isso tudo.

– Mas, Tonho, e a democracia prometida, onde fica? Temos que ponderar e conversar...

– Certo, se você preferir, chego lá. Aí não vou falar, vou chamar o Manzan, o Camilo Antunes, o Crema, os enganados por você. Eles vão dizer o que me contaram, o seu trabalho para votarem em José Albério, o preparo da reunião. Alguém até vai contar da pressão financeira, agora que o medo acabou... e sobretudo de como você foi o líder desse arranjo todo, onde até vergonha e humilhação passaram, conduzidos pela sua mão... Isso, Zé Carneiro, é democracia, se você quiser vê-la de perto.

– Você não teria coragem de dizer isso, Tonho. Você é herdeiro do nosso coronel Macedo, não usaria esse tipo de arma contra mim.

– Engano seu, Zé Carneiro. Aprendo rápido, foi assim pra viver e sobreviver. Usarei essa e outras armas, o que precisar para que o Desemboque lhe conheça bem e se livre do seu perigo. Você falou que sou herdeiro do coronel, e falou certo. Em rumo e destino certo. O coronel Macedo nunca fugiu nem atalhou, até o dia de sua morte. Fique certo de que eu vou ser igual. Se quiser provar, volte lá para a sala, retome sua conversação. Diga apenas que lhe contei que por hoje eu não irei falar nada, sou assistente da minha família e gente. Depois, veremos...

Tonho se levantou, não precisava dizer nada. A cara de Zé Carneiro lhe parecia aquele boi Pintado que o Zé Brilino levantara por afogamento. O homem era medroso, coisa de pouco caráter, não ia precisar de mais sufoco.

Enquanto Tonho Pólvora retornava ao quarto do agonizante, Zé Carneiro reentrava na sala de visitas, um suor incômodo no pescoço, muito calor – pensava.

– Amigos, esse moço Tonho Pólvora me surpreendeu. No pouco que conversamos, descobri como ele está pronto e preparado para substituir o nosso amigo José Albério. O moço é atencioso, compreensivo, habilidoso como convém ao político que queremos para o Desemboque. Como colaborador e não candidato, irei apoiá-lo em nossa reunião!

Os amigos entenderam. Esse Tonho devia ser mesmo persuasivo, a ponto de Zé Carneiro jogar fora toda a conversa do dia e declarar-se seu incondicional aliado.

20H30

De passagem pela sala, Tonho observara os amigos, os companheiros, a fauna política arregimentada e à sua espera.

Não podia deixar de considerar: na véspera, ninguém lhe dera atenção ou palavra, na derrota da reunião. Agora, eram ávidos do que ia decidir e falar.

Os rostos que via lhe lembravam as matas, os campos, as flores, os espinhos, os bichos da terra que amava e entendia.

Tinha a raposa velhaca, o lobo agressivo, o macaco, o papagaio, a cobra traiçoeira e dissimulada, as inocentes preás e coelhos, os espinhos-agulhas, o timbó venenoso, a codorna feliz, o sabiá cantador, o joão-de-barro do trabalho, o predador gavião carcará. Tinha o fedegoso, o tinhorão, mas tinha a rosa silvestre, o lírio-do-brejo, a flor do murici, o gostoso do articum maduro...

Aquele era o seu mundo – a humanidade –, resumia e pensava. De um tudo havia, não só de dar prazer, mas também de dor e sofrer. Ninguém vivia só do bom, a vida convivia e misturava tudo. Por dentro e prazer, queria fugir deles e todos, não precisava do sofrer que sabia para o futuro. Viveria sua Ana e filhos, sua terra cheirosa e fértil, suas lavouras, e gados e caças, e pesca e frutos e flores, e um cavalo Brasão pra correr um dia até chegar no céu...

22H

– Dona Mariita, infelizmente não tenho nada a fazer, o sr. José Albério pode ser considerado um caso perdido. Peritonite em evolução, não dá tempo nem recurso para levá-lo a Franca, morrerá na viagem. Peço-lhe autorização para dar ópio, minora o sofrimento, fica com a cabeça desligada...

Seu Quirino tinha experiência, sabia, era respeitado.

Mariita, ao lado da cama, apertou a mão de Calvert. Tinha os olhos vermelhos, como convinha à história contada por José Albério e à situação do momento.

Já era a noite de domingo. Tonho Pólvora, Ana, Donana, amigos, companheiros, liderados e curiosos prestavam suas homenagens de final companhia ao agonizante.

Serviam-se bolos, broas de milho, biscoitos e muito café, um ritual que prenunciava o velório a acontecer. As vozes eram baixas, sussurradas, respeitosas, o homem ainda estava vivo. No velório seriam altas, contadoras de casos acontecidos e passados, comentários sobre o possível assaltante-assassino, seria mesmo aquele desaparecido Joaquim Teodoro?

Seu Quirino deu boa dose de láudano a José Albério, o ópio de sua farmácia. O moço estava morrendo, nada mais lhe faria mal ou bem.

José Albério abriu os olhos, buscando ver e compreender, não ia entendendo que passava e o que se passava.

Pela porta do quarto, via seu derrotado cunhado recebendo cumprimentos, atenções. Aquele nojento do Zé Carneiro à frente, o velho Camilo Antunes, os Crema e – surpresa! – a turma republicana também, contrita, um corredor passante de gente, as mãos dadas em duplo, o abraço, cochichos ao ouvido... e ninguém vinha ao seu encontro, tomar-lhe a bênção de chefe e líder!

Ali dentro, via Mariita mãos na mão de Calvert, o braço de Calvert no ombro de Mariita. Não gostou de nada, mas não conseguiu falar.

Chegavam mais pessoas no quarto, um desfile de sombras, era o velho Almeida, o tenente Oscavo, o coronel Macedo, até um Gercino Spíndola, o mulato Manuel Crispim, o gordo Quirineu...

Onde estaria o Joaquim Teodoro, para livrá-lo dessas assombrações?

Tinha dor, tinha sono, tinha sede, tudo sem alívio.

Queria vomitar o que tinha dentro, e não conseguia. Não tinha força, nem braço ou perna conseguia mover.

Suas pálpebras pesavam muito, só elas podiam se mexer.

Assim, José Albério fechou os olhos, e dormiu sem fim.

Para saber mais sobre os títulos e autores da Editora Arqueiro,
visite o nosso site e siga as nossas redes sociais.
Além de informações sobre os próximos lançamentos,
você terá acesso a conteúdos exclusivos
e poderá participar de promoções e sorteios.

editoraarqueiro.com.br